DIE DUNKLE
MACHT

LIANE WOLLENSCHLÄGER

DIE DUNKLE MACHT

ROMAN

1. Auflage 2003

Koordination : René Burkhardt
Covergestaltung : Gunther Tilche / Jens Lugner
Lektorat : Silka Aue, Peggy Lindau, Viola Naumann
Druck und Bindung : Jütte-Messedruck Leipzig
ISBN 3-00-011267-7

INHALTSVERZEICHNIS

ERSTES KAPITEL

DER GRAUE NEBEL

Hauchfeine graue Nebelschleier sammelten sich an einem Feldrand in der Nähe des Dreiviertel-Steines zu einem grauen wogenden Nebelfetzen, von der Größe eines großen, kräftigen Menschen. Nachdem sich keine weiteren Nebelschwaden und versprengten Dunstfäden sammelten, mußte er entsetzt feststellen, daß nur wenig seiner Selbst übriggeblieben war. Längeres Warten würde sich jetzt nicht mehr lohnen, alles was gegen den Westwind anstürmen konnte, hatte sich hier am Dreiviertel-Stein gesammelt. Er konnte froh sein, daß nicht noch mehr seiner unsterbliche Seele in alle Himmelsrichtungen verweht wurde.

Langsam glitt er entlang eines Feldweges nach Osten, hielt kurz inne und stieg dann etwas höher hinauf. So hatte er einen guten Überblick über das Land, das sich um ihn herum erstreckte. Kleine Gehöfte waren da, Felder und Wiesen, so weit das Auge blicken konnte. Gerahmt wurden sie von vielen Wäldchen, die natürliche Grenzen bildeten.

Das Wetter war nun trüb geworden und dicke Wolken schoben sich vor die Sonne, kühler Wind strich von Westen her durch die Felder und rüttelte ihn durch. Schon schien es, als würde er von ihm auseinandergerissen werden. Schnell stieg er wieder hinab. Er musste sehr vorsichtig sein, dass der Wind seine verbliebene schwarze Seele, die sich als grauer Nebelfetzen gesammelt hatte, nicht doch noch in alle Himmelsrichtungen zersprengte.

Nur noch kurz kann ich mich über dem Boden aufhalten, dachte er verärgert. Es war zu gefährlich, in die Lüfte aufzusteigen. Er fluchte unablässig, doch es half ihm wenig. Und so kroch er wütend den

Feldweg in Richtung Osten. Das Wetter würde sich sobald nicht ändern, das spürte er ganz deutlich. Es war zwar vorteilhaft für ihn, denn dadurch würde er nicht so leicht zu bemerken sein, doch die Angst vor Regen überkam ihn. Das Wasser würde seine Nebel zerreissen und mit sich fortspülen. Er musste aufpassen und trockenen Unterschlupf suchen, wenn das Wasser von oben kam.

Der Feldweg, an dessen Rändern er nun vorsichtig entlangschwebte, war menschenleer. Keine Seele war zu sehen. Wenn doch ein Hobbit des Weges kam, dann wollte er sich in den abgeernteten Feldern verbergen. Er hoffte, dass niemand auf seine dunstigen Nebelfetzen aufmerksam werden würde, die an den Rändern der Felder und Wiesen dahertrieben. Die verhassten Hobbits, denen er entkommen konnte, dachten nun sicher, dass der Windstoss ihn zerrüttet hatte. Sie hatten jedoch nur gesehen, wie der starke Westwind durch seine schwarze Seele gefahren war und ihn endgültig zerrissen hatte. Doch was dann geschah, entzog sich ihrer Kenntnis. Er lachte hämisch.

Frodo, dieser aufrührerische Hobbit und seine miesen Spiessgesellen standen nun sicher um seine Leiche und es bestand vorab kein Zweifel, dass sie meinten, er hätte Mittelerde als toter Zauberer verlassen. Der Hass wütete in ihm und seine finstere Seele sann auf böse Rache.
Er blickte in Richtung der Ausläufer der Grünberge und kroch dem Walde zu. Diese Gegend, so wusste er, war von den Hobbits nicht bewohnt. Von dort konnte er sich unbemerkt aus dem Auenland schleichen. Er sah an sich hinab, nur dichter Nebel umgab ihn. Es war seine schwarze Seele, die die Hobbits nicht vernichten konnten.

Doch er musste Kräfte sammeln ohne Verdacht zu erregen. Er schwebte weiter voran. Sein Weg führte ihn vorbei an kleineren Gehöften und Höhlen, in denen die Hobbits lebten und schlug um die Bebauungen einen grossen Bogen. Als er die Wässer passierte, blickte er noch einmal zurück. Hinter ihm lag seine sterbliche Hülle am Beutelhaldenweg. Er sah sie durch sein inneres Auge, das Gesicht eingefallen und verrunzelt, die Haut löste sich bereits auf und zerfiel. Die Hobbits hatten seinen verschmutzten Umhang über ihn geworfen. Bald schon würden sie seine

kläglichen Überbleibsel ohne Trauer verscharren und er wünschte sich innig, dass auf diesem Fleckchen Erde nie etwas wachsen möge.
Doch dies waren nur die Reste seiner sterblichen Hülle, die eines weisen und listigen Istari, den die dummen Geschöpfe der Einfachheit halber nur Zauberer nannten. Er aber lebte noch immer. Wenn die Hobbits dachten, dass er so leicht zu töten war, irrten sie gewaltig. Diese einfältigen Auenländer unterschätzten die Macht des mächtigsten Zauberers von Mittelerde. Sicher, sein Körper verrottete, aber er würde noch allen zeigen, wozu er imstande war. Die Hobbits wollten ihm seine Schuld für die begangenen Taten vergeben. Er lachte irre. Niemand brauchte ihm irgend etwas zu vergeben.
Doch jetzt war es erst einmal wichtig, dass er sich sicheren Schutz für die kommende Nacht suchte. Er musste aufpassen, dass er in dieser Gestalt nicht zum Spielball des Windes wurde. Und so schwebte er Meile um Meile voran, entlang des Weges, der zu den Grünbergen führte.

Der Tag ging langsam zur Neige und die Dämmerung brach herein. Er kam zu einem kleinen Waldstück, etwas oberhalb der Strasse. Von hier aus hatte er einen guten Überblick über das Land und den Weg, den er bereits zurückgelegt hatte. Reisende, die hier heraufkamen, würde er sofort bemerken und dann konnte er sich in dem Tannenwäldchen gut verbergen. Er erwartete nicht, dass dieser Weg, zwei Meilen südlich von der Grossen Oststrasse, von Hobbits, Menschen oder Elben passiert werden würde.

Friedliche Zeiten waren nun angebrochen und seine Getreuen waren vertrieben. Die Nebenstrassen waren daher nicht mehr so wichtig. In der nächsten Zeit verkommen sie zu Spazierwegen, dachte er und blickte in den tiefschwarzen, wolkenverhangenen Himmel. Bei dieser Witterung hatte er nichts zu befürchten, Spaziergänger oder Wandersleute waren jetzt nicht mehr unterwegs.
Er sah sich etwas um und bemerkte eine kleine Lichtung, auf der er unbemerkt nächtigen konnte. Seine Kraft hatte nachgelassen und er fühlte sich sehr erschöpft. Seine Nebelschwaden hing er in die Zweige einer alten Tanne und deren Geäst umschloss ihn sanft. Die Nacht wurde kalt und trüb. Durch die Zweige hindurch konnte er in weiter Ferne die Lichter

Hobbingens und Wasseraus erblicken.
Ihm war nichts geblieben ausser sein nacktes, kaltes und grässliches Leben und dies würde er nun hüten, wie einen Schatz. Seine Zeit würde kommen, da war er sich sicher. Doch bis dahin blieb abzuwarten, wohin ihn das Schicksal trieb. Reste der dunklen Macht waren noch immer in grosser Menge in Mittelerde verstreut und sie würde zu ihm finden. Sie brauchte eine Kreatur, die ihr mit seinen finsteren Gelüsten zur Seite stand und mit der sie sich verbinden konnte.

Vor tausenden Jahren war der machtgierige Ainur, Melkor genannt, nach Mittelerde gekommen. Er war ein Geistwesen der besonderen Art. Mehr als alle anderen Ainur war er mit Wissen und Begabung ausgestattet. Doch Melkor war dies nicht genug. Er spürte den Drang mächtig zu sein und zu herrschen und so griff er in die Schöpfung der Erde ein und beanspruchte sie für sich allein. Doch diese Absicht wurde durchkreuzt und darum versuchte er aus Hass und Eifersucht viele Zeitalter, sie, für sich zu gewinnen.

Er beherrschte viele Länder der Erde, doch da er sie nicht allein zu besitzen vermochte, begann er Mittelerde mit Zerstörung und Krieg zu überziehen. Seine Macht zog viele an, die er sich mit Tücke und Lügen gefügig machte. Schnell wurde er zum gefürchteten Fürst der Finsternis. Er hatte eine dunkle Gestalt angenommen und seine mächtigsten Waffen waren die Kälte und die Dunkelheit.

In Angband, hoch im Norden hatte er seine Festung. Viele Zeitalter hindurch stiftete er Unruhe und brachte Tod über die Bewohner der Länder Mittelerdes. Doch er vergiftete mit seinen Lügen nicht nur die Menschenvölker und Elben. Er züchtete aus denen, die er gefangen nehmen konnte, Orks.
Doch noch andere furchtbare Geschöpfe begannen durch seine Macht zu leben, grässliche Trolle, feuerspeiende Drachen und viele andere Wesen, die ihm treu ergeben waren.
Viele Geistwesen verführte er und die Balrogs, grausame Feuergeissler, waren nur einige wenige seiner furchtbaren Diener. Sämtliche finsteren Geschöpfe die bald ihr Unwesen trieben und mordend und plündernd

durch die Lande zogen, waren sein Werk. In der letzten, grossen Schlacht, in der die Menschen und Elben Seite an Seite gegen ihn fochten, kamen auch die mächtigen Ainur von Aman und nur ihnen war zu verdanken, dass sein Heer vernichtend geschlagen werden konnte. Melkor geriet in Gefangenschaft und wurde zur Strafe für seine vielen Greueltaten, durch das Tor der Nacht, in die Leere, verstossen.
Doch sein Schatten und seine Bosheit ließ er zurück und dadurch verblieb auch seine dunkle Macht in Mittelerde. Sein grösster und grausamster Diener, Sauron, hatte sie nicht zu gebrauchen gewusst.
Die grauen Nebelschwaden lachten hämisch und voller Genugtuung.
Sauron, der zuletzt die Gestalt eines lidlosen, feuergerahmten Auges angenommen hatte, wurde unaufmerksam und so konnten ihn die Geringsten und Schwächsten unter den Völkern besiegen, als das letzte Bündnis vor seinem vernichtenden Ende stand. Voll Bitterkeit dachte er daran, dass ihm Sauron keine Hilfe zukommen liess, als die Ents und Huorns Isengard zerstörten. Das Schicksal Saurons war ihm gleichgültig.

Er war der Grösste unter den Weisen, Oberster des Ordens der Zauberer und Vorsitzender des Rates und er war zu Höherem bestimmt, als Sauron als Werkzeug zu dienen. Mit dem Untergang des einen Ringes, war auch Saurons Macht in sich zusammengefallen.
Er aber lebte, stolz und eigensinnig und von kalter Grausamkeit.
Seine Kenntnisse waren gewaltiger, als den meisten bekannt war. In den vielen Jahren in denen er in Mittelerde lebte, hatte er Zeit genug, an ihnen zu arbeiten. Seine Stimme zum Beispiel betörte alle Kreaturen und machte sie ihm willens. Diese und andere Fähigkeiten würden ihm nun eine hilfreiche Quelle seines Wissen sein, der er sich bedienen konnte, sobald er die Gabe erlernt hatte, eine körperliche Gestalt anzunehmen. Jetzt war es jedoch wichtig, dass er seine Kräfte sammelte und zu seiner alten Stärke wiederfand.

Er sank in eine Art Schlaf, doch sein Hörsinn blieb geschärft. Unbemerkt würde an ihm niemand vorüberziehen können.
Der bleiche Morgen weckte ihn. Dichte Nebelbänke stiegen aus der feuchten Luft nach oben. Ein kühler Tag brach an und die Sonne fand kei-

nen Weg durch die dichten Wolken und Nebel um die Erde zu erwärmen. Er erhob sich von seinem Platz auf dem Geäst der Tanne und glitt zu Boden. Dann schwebte er kurz über dem Erdreich an den Rand des Weges. Er hatte noch einen weiten Weg vor sich zum Waldende, entlang der Grünberge und er musste sich beeilen, wenn er die Brandyweinbrücke morgen, vor Einbruch der Dunkelheit erreichen wollte. Seine grauen Nebelschwaden lenkte er daher nun an dem Weg entlang, der sich wie ein graues Band, die Hügel weiter emporwand. Er kam nur schwer voran und musste gegen die kühle Morgenbrise ankämpfen. Ab und zu hielt er Rast zwischen Hecken oder Büschen, die ihm ausreichend Platz boten, sich vor unliebsamen Blicken zu schützen. Sorgsam beobachtete er den Weg, und achtete darauf, dass ihn niemand zu Gesicht bekam.

Er war sehr erleichtert, dass auch jetzt bei Tag, sich keiner auf dieser entlegenen Strasse fortbewegte. Es durfte nicht bekannt werden, dass sich seine schwarze Seele retten konnte und so verbarg er sich so gut er konnte, jedes Risiko vermeidend. Immer erst, wenn er sich sicher war, dass niemand auf dem Weg entlangzog, schwebte er unter Aufbietung aller Vorsichtsmassnahmen an dessen Rändern entlang. So kam er nur recht mühsam vorwärts und zur Mittagsstunde hatte er gerade einmal sechs Meilen zurückgelegt. Doch dies war nicht wichtig, er hatte es nicht sonderlich eilig und die Sicherheit stand im Vordergrund. Momentan war er nur ein Schatten seiner Selbst, verletzlich und angreifbar. Seine alte Stärke war verpufft und daher schien es ihm ratsam, sich so verborgen, wie möglich zu halten.

Am Abend des darauffolgenden Tages erreichte er endlich die Brandyweinbrücke. Er verbarg sich hinter einer kleinen Anhöhe unter dem riesigen Wurzelgeflecht einer alten, knorrigen Eiche, deren Krone erhaben über dem Brandywein thronte. Von hier aus konnte er die Brücke gut überschauen, ohne selbst gesehen zu werden. Reges Treiben herrschte dort. Doch bald würde die Nacht hereinbrechen und die Händler und Bauern beeilten sich bereits in ihre Höhlen, Häuser und Gehöfte zurückzukehren, noch bevor es dunkelte. Er beobachtete sie, die halbwüchsigen Hobbits, die ihre kleinen Karren über die Brandyweinbrücke schoben und hatte nur verächtliche Gedanken für sie.

Sie waren klein und mickerig im Wuchs, fast so wie die Zwerge, sahen vollgefressen aus, hatten struppeliges Haar und waren ein trinklustiges Völkchen. Doch er musste lernen, genau wie der besiegte, finstere Sauron, dass man sie nicht unterschätzen durfte. Waren sie doch bauernschlau und voller Mut, sie waren trotz ihrer Grösse wendig und bewegten sich eiligen Schrittes. Die meisten Hobbits trugen keine Schuhe, ihre pelzigen Füsse waren ihnen Schuhwerk genug und im Gegensatz zu ihrem kleinen Körper, erschienen diese riesig.

Der Hobbits grösstes Interesse, so hatte er während seines Aufenthalts gelernt, galt dem Essen und Trinken und von beidem schienen sie nicht genug zu bekommen. Verächtlich schnaufte er. Er hasste sie abgrundtief. Trotzdem sie ihn besiegt hatten, waren sie in ihrer Art leicht zu beeinflussen gewesen und er hatte ein leichtes Spiel mit ihnen gehabt. Es war nicht einmal nötig gewesen, dass er Gebrauch von seiner Schlangenzunge machen musste. Nun zogen sie vor seinen Augen in Scharen vorüber.

Als die Nacht hereinbrach, wurde es auch um die Brandyweinbrücke ruhig. Nur vereinzelt waren noch ein paar Hobbits und Wanderer unterwegs. Sie gingen ohne Vorsicht über den breiten Steg. Kaum das seine Schergen, Handlanger und Scharfrichter vertrieben waren, liess ihre Aufmerksamkeit bereits nach. Ihm sollte es recht sein.
Er beschloss sein Nachtlager unter dem Wurzelwerk der alten Eiche aufzuschlagen. Es war kein sicheres Versteck, doch er glaubte nicht, dass in der Nacht jemand auf die Anhöhe zur alten Eiche klettern würde. Von dieser Stelle, hatte er einen hervorragenden Blick auf die Brücke und er konnte von hier aus, ein Stück weit den Norden und Süden des Flusses einsehen und auch einen Teil des Bocklandes, das sich hinter der Brücke erstreckte.

Am Ostende der Brandyweinbrücke stand ein kleines Wachhaus, vor dem jetzt ein Wachmann stand. So weit er sich erinnern konnte, stand dieses Häuschen noch nicht, als es ihn ins Auenland verschlug. Es musste erst vor kurzem gebaut worden sein, vielleicht sogar von seinen Handlangern, um die Brücke besser bewachen zu können.
Er richtete seinen Blick wieder auf die Stelle und beobachtete sie lange.

Dann war er sich nach einiger Zeit sicher, dass nur ein Wächter zum Bewachen dieser Brücke abgestellt worden war. Gegen Mitternacht verschwand dieser in seiner Hütte. Jetzt, nachdem Ruhe ins Land eingekehrt war, schien es den Hobbits schon nicht mehr so wichtig, die Brandyweinbrücke von vielen Wächtern bewachen zu lassen und so erfüllte dieser Hüter wohl eher die Zwecke eines Herolds und Verteiler von Auskünften.

Er beschloss am Morgen, wenn die Nebel vom Brandywein und aus den Niederungen aufstiegen, am Rande der Brücke entlang zu schweben. So würde er nicht sonderlich bei den aufsteigenden Nebelschwaden des Flusses auffallen und er hoffte, dass seine Überquerung des Brandywein unbemerkt bleiben würde. Bei der Aufmerksamkeit dieses Wachmannes, schien es ihm auch nicht schwierig, unauffällig an ihm vorbeizuziehen.

Er hatte einige Stunden geschlafen, bevor er aus seinem leichten Schlaf hochschreckte. Geräusche drangen von weit her an sein Ohr. Ein grosser Zug bewegte sich auf den Brandywein zu. Er konnte ihn nicht sehen, und doch spürte er die Bewegungen einer Hundertschaft. Gesänge, klar und rein, wehten zu ihm, dünn wie das Säuseln eines Windes, das allmählich lauter wurde. Noch waren sie über eine Wegstunde entfernt.

Er beschloss aufmerksam zu bleiben und verkroch sich tiefer in das Wurzelgeäst. Sollte es gefährlich für ihn werden, musste er schnell reagieren und sich zwischen den Bäumen des kleinen Wäldchens hinter ihm davonschlagen. Dann sah er sie kommen.
Ein grosser Elbenzug rückte heran und der fahle Schein hunderter kleiner Lämpchen, die sie trugen, erleuchteten den Weg. Der Gesang der Elben war nun deutlich zu vernehmen.
Bald haben sie die Brandyweinbrücke erreicht, dachte er voller Argwohn.

Er spähte, ob einige Kundschafter dem Elbenzug vorauseilten, konnte jedoch zu seiner Erleichterung keine beobachten. Die Elben hatten keine Aufmerksamkeit auf Feinde gerichtet. Sie fühlten sich sicher. Wer sollte sie auch angreifen? fragte er sich. Die finsteren Geschöpfe waren nun besiegt und die, die sich retten konnten, waren auch nicht so dumm,

Hunderte von Elben zu überfallen.
Als nun der graue Morgendunst sich aus den Niederungen und von den Ufern erhob, da erreichte die Schar die Brandyweinbrücke. Er war dazu verdammt in dem Wurzelgeäst auszuharren, bis die Elben vorbeigewandert waren. Unter diesen Umständen war es einfach nicht möglich, unbemerkt über die Brücke zu gelangen. Masslose Wut bemächtigte sich seiner und er hätte sie am liebsten alle getötet, wenn er dazu imstande gewesen wäre.

Zu allem Überfluss hielt der Zug auch noch an und ihr Führer sprach ein paar Worte mit dem Hüter der Brücke. Er konnte nichts verstehen, jedoch erschien ihm dies mehr als überflüssig und zeitraubend und er beobachtete das Treiben äusserst missgelaunt. Der Hüter verbeugte sich nach einiger Zeit vor den Elben und liess sie an sich vorüberziehen. Es mussten weit mehr als Hundert sein.
Sie verlassen das Land, stellte er mit Genugtuung fest. Langsam zogen sie gemächlichen Schrittes über die Brücke und ihre reinen Stimmen sangen das traurige Lied von Leithan, einer Dichtung über die Liebe und das Leid von Luthien und Beren.

Die Elben wanderten auf der grossen Oststrasse zur Förde von Lhun. Dort warteten Schiffe auf sie, bereit, sie an die ewigen Gestade zu bringen, den unsterblichen Landen.
Ihm war es nur recht, dass sie von dannen zogen, so konnten sie ihn in seinem Tun nicht mehr behindern. Falsch und hinterhältig waren diese Elben und ihre Gesänge widerten ihn an. Er beobachtete den Zug der westwärts zog und war erleichtert, dass seine heimliche Gegenwart unbemerkt geblieben war. Als auch die letzten Elben vorüber gezogen waren, kroch er langsam aus dem Geäst hervor und verfolgte ihren Weg, bis der letzte Elb aus seinem Blickfeld verschwunden war.

Die Nebel hatten sich verzogen und nun stand zu befürchten, dass er, sobald er aus dem Wurzelgeflecht hervorkriechen würde, nicht mehr unbemerkt blieb. Noch war kein Verkehr auf der Strasse. Er wollte, nein, er musste es versuchen, die Brücke zu überqueren, bevor die ersten Hobbits auftauchten. Noch einen Tag und noch eine Nacht wollte er hier

nicht bleiben. Es war einerseits zu gefährlich und andererseits wollte er aus der Nähe der verhassten Hobbits verschwinden. Also kroch er aus dem Geäst hervor und glitt langsam über den Boden, hinüber zum Flussufer des Brandywein.
Nachdenklich blickte er in die braunen, reissenden Fluten, er fürchtete sich vor den Wassern und hatte Sorge, dass er von den schäumenden Wogen hinfort gespült wurde.
Das Wasser und der Wind waren die einzigen Feinde, die ihm wirklich Angst einflössten, nur sie hatten die Macht seinen Nebelpanzer zu zersprengen und ihn dadurch zu töten. Nein er konnte nicht wagen, über die Wasser zu schweben. Ganz vorsichtig, im Dickicht von kleinen Sträuchern, kroch er an den Steg heran, wand sich um den Holzpfeiler und lugte zum Hüter herüber.
Dieser schien ihn noch nicht bemerkt zu haben. Und so schlängelte er sich langsam an den Aussenseiten der Brücke weiter. Stück für Stück kam er voran. Einen kurzen Moment überlegte er, ob er in den Morgen aufsteigen sollte, verwarf den Gedanken aber sofort, da der Westwind noch immer kräftig blies.
Und so schob er sich weiter an dem Holz der alten Brücke entlang. Nur ab zu war ein Fetzen seines grauen Nebels, zwischen den Verstrebungen der Brücke zu sehen.

Der Wachmann rührte sich und suchte mit seinem Augen die Brücke ab. Er spürte, das etwas Eigenartiges vor sich ging. Irgend etwas zog herauf, sein linker Zeh fing an zu zucken, für ihn ein untrügliches Zeichen. Aber er sah nichts Ungewöhnliches und alles war ruhig.
“Ich werde besonders aufmerksam bleiben”, dachte er sich und holte sich einen alten Schemel aus dem Wachhäuschen. Er setzte sich am Brückenende in die Mitte des Weges. So viel stand für ihn fest, unbemerkt würde kein Hobbit, Mensch oder Tier, an ihm vorbeiziehen können. Doch nichts geschah und so zogen seine Gedanken mit ihm fort.

Er erinnerte sich noch genau an den Tag, als er zum Hüter der Brandyweinbrücke, vom Thain des Tuklandes, ernannt wurde. Zahlreiche Anwärter hatten sich vor der Höhle des Perregrin Tuk versammelt, die sich für diesen Wachposten beworben hatten. In dem Vorsitz der

Versammlung sass er, der grösste und ehrenwerteste Hobbit des Tuklandes mit seiner Weggefährten Meriadoc Brandybock. Ihn, ja ihn, hatten sie für die verantwortungsvolle Aufgabe ausgewählt, denn er war ein ehrlicher, gerechter und arbeitsamer Landbüttel, wie in der Hobbitsprache die Wachleute genannt wurden. Auch waren in seiner sorgfältig geführten Ahnenkunde etliche Vorfahren verzeichnet, die dem Auenland als Hüter oder Wachmann gedient hatten. Er war so stolz darauf, dass er, Gorlando Guttleib, nun in dieser Reihe seinen ehrenvolle Pflicht tat. Er war jetzt der Hüter der Brandyweinbrücke. Äusserst unwillig und nur gelegentlich liess er sich von seiner Bruder Brolano vertreten, wenn er zum Thain gerufen wurde und die äusserst wichtige Aufgabe der Berichterstattung erfüllte.
Viel gab es freilich nicht zu berichten, doch Herr Perregrin schenkte seinen Ausführungen stets grosse Beachtung und lobte ihn für seine Dienste. Dies war ihm der grösste Lohn für seine Mühen. Ausserdem war für seine Verpflegung gut gesorgt, die Händler gaben ihm von ihren Waren reichlich und so hatte er sich schon ein beachtliches Bäuchlein seit seinem Dienstantritt angefuttert.

Ein jäher Schrei riss ihn aus seinen Gedanken. Er sprang von seinem Schemel auf und riss sein Schwert aus dem Schaft. Sein Herz schlug wild und sein Zeh zuckte wie verrückt. Hier stimmte etwas nicht, doch was? Er suchte die Umgebung ab und sah, ausser einen aufgeschreckten Vogel, der diesen Schrei womöglich ausgestossen hatte, niemanden. Sein Blick glitt ratlos wieder über die Brücke. Nichts, aber auch gar nichts war zu sehen. Nur ein grauer Nebelfetzen schlingerte um das Geländer der Brandyweinbrücke und trieb in seine Richtung.
Er beruhigte sich etwas und setzte sich wieder auf den Schemel. Nichts rührte sich mehr und nur der Nebel kroch näher zu ihm heran. Er verfolgte ihn mit seinem Blick.
Ist das nicht merkwürdig, dachte er sich, der Wind bläst aus Westen und dieser Nebel schwebt ostwärts !? Das ging nicht mit rechten Dingen zu. Gorlando erhob sich langsam von seinem Schemel und schritt auf die Nebelbank zu. Zu seiner Verblüffung, wich sie vor ihm zurück.
Das ist doch gar nicht möglich, dachte er und schritt nun schneller mit gezogenen Schwert auf sie zu. Plötzlich sprang der graue Nebel auf die

Strasse und erhob sich drohend vor ihm. Gorlando stand erschrocken vor der Nebelwand und dunkle Vorahnung befiel ihn. Er achtete weder auf sein Zucken, noch auf seinen unregelmässigen Herzschlag, sondern starrte gebannt auf den grauen Dunst. Dann langsam schwankte der Nebel auf ihn zu. Gorlando hielt sein Schwert schützend vor sich und stolperte rückwärts. Gleich hat mich die wabernde Masse eingeholt, dachte er verängstigt. Eisige Kälte schnitt ihm die Kehle zu und Grauen bemächtigte sich seiner. Verzweifelt fing er an, auf die Dunstschwaden einzuhauen. Ein schauerliches, grässliches Gelächter höhnte seine sinnlosen Bemühungen. Sein Schwert teilte die Nebel, die sich jedoch immer wieder sofort schlossen. Die Luft wurde ihm knapp und ihm schwanden langsam die Sinne.
Um ihn herum wurde es schwarz und er fiel bewusstlos zu Boden. Ein gequälter, lang ausgedehnter Schmerzenslaut entfuhr seiner Kehle, dann wurde es still um ihn.

Der Nebel besah sich den Körper des Hüters, der zusammengesunken vor ihm lag.
“Dummer kleiner Hobbit, Hüter der Brandyweinbrücke, nun bist du des Todes”, murmelte er und drang in den Leib des Wachmanns ein, dann brachte er, mit tiefster Zufriedenheit, das Herz zum Stillstand. Nachdem er ihn getötet hatte, kroch er wieder aus dem Hobbit heraus und schwebte über ihm. Er konnte ihn hier nicht liegen lassen und musste ihn schnell beseitigen. Ein toter Hüter auf der Brandyweinbrücke würde Verdacht erregen. Er musste sich beeilen, gleich würden die ersten Wagen den Weg heraufziehen, bis dahin wollte er verschwunden sein. Schnell schwebte er unter den leblosen Körper des Hobbits und versuchte ihn nach oben zu stemmen. Dieser kleine, dreckige Wachmann hätte nicht soviel fressen sollen, dachte er verhasst.
Langsam erhob sich der fettleibige Körper und mit Mühe wuchtete er ihn auf das Geländer der Brandyweinbrücke. Ein kleiner Stoss und der Hüter klatschte auf das Wasser des Brandyweins und versank gurgelnd in den reissenden Fluten. Tiefe Befriedigung erfüllte ihn, denn nun war sein Weg frei. Er wandte sich nach Osten und verschwand in den Büschen neben der grossen Oststrasse.

ZWEITES KAPITEL

DER WEG IN DIE ZUFLUCHT

Er befand sich nun in Bockland und folgte noch ein kleines Stück dem Weg am Rand der alten Oststrasse. Er kroch in ausreichender Entfernung bis er den Schutzwall, eine riesige dichte Hecke aus undurchdringlichem Gestrüpp, erreichte. Die Bockländer hatten den hohen Hag, wie sie die Hecke nannten, vor vielen Jahren dort angepflanzt, und sie verlief von der alten Oststrasse bis nach Hagsend, wo die Weidenwinde den alten Wald verliess.

Er bog hinter der Hecke nach rechts ab und zog in südliche Richtung, tauchte ein in die Wiesen, in Richtung des alten Waldes. Er glitt vorsichtig an der Hecke und den vereinzelten Büschen entlang. Stets bedacht, unbemerkt zu bleiben. Die Sorge regte sich in ihm, dass er im Tageslicht leichter entdeckt werden könnte und die grauen Nebel ihn verraten würden. Er beschloss daher am Tage zu ruhen und erst bei einbrechender Nacht seinen Weg fortzusetzen. Und so kroch er in das dichte Gestrüpp der Hecke hinein, bis er sicher war, dass alle Nebelschwaden vollständig in den dichten Verästelungen verschwunden waren.

Es ist zur Zeit, dass sicherste Versteck, welches ich finden kann, dachte er und hing sich ermüdet und erschöpft in die Zweige.
Die hereinbrechende Dämmerung am Abend weckte ihn und er schlängelte sich aus dem hohen Hag heraus. Die aufziehenden Nebelbänke kamen ihm ausserordentlich gelegen und er kroch an der Hecke südwärts.
Nach zwei Stunden sah er die ersten Ausläufer des alten Waldes.
Die Bäume, die hier wuchsen, hatten ein Eigenleben entwickelt und sie konnten sich miteinander verständigen. Manche meinten sogar, dass sie in der Lage waren, ihren Standort zu wechseln. Nun sahen sie auf die

Dunstschwaden und beobachteten seine Bewegungen aufmerksam. Sie hatten etwas gegen Fremde und beäugten misstrauisch jeden, der sich ihnen näherte.
Vor vielen Jahren hatten die Bäume einmal versucht den hohen Hag zu stürmen, doch die Hobbits wehrten den Angriff der Bäume erfolgreich ab, entlang der Hecke hatten sie die Bäume gefällt und sie mit Feuer bekämpft. Durch den hohen Verlust, den die Bäume damals erlitten hatten, gaben sie den Ansturm auf, aber sie wurden äusserst unfreundlich und sehr bösartig.

Er kannte diesen alten Wald gut und konnte ungehindert in ihm gehen. Diesen Umstand verdankte er nicht zuletzt seiner langjährigen Freundschaft aus früheren Tagen, die ihn mit Tom Bombadil verband. Dieser lebte seit Angedenken mit seinem Weib, als einzige menschliche Wesen, in diesem Wald. Tom behauptete von sich selbst, dass älteste Wesen Mittelerdes zu sein. Er sprach oft von den Tagen als nur die Dunkelheit existierte. Tom kannte die Eigenheiten des Waldes, die Sprache der Bäume und lebte mit ihnen in Einklang, in einer alten, grossen Hütte, tief im Inneren des Waldes. Er war der Einzige, der den alten Weidenmann, den Herrn der Bäume, in seine Schranken weisen konnte.

Der graue Nebel blickte auf und betrachtete die Bäume, die ihre Äste schwankend um sich warfen. Eine Begegnung mit Tom wollte er, wenn möglich vermeiden, zu viele Fragen würde er ihm beantworten müssen und dies behagte ihm überhaupt nicht.
Von den Bäumen des alten Waldes hatte er jedoch nichts zu befürchten, auch er besass die Gabe, sich mit ihnen zu verständigen. Sie würden ihn nicht abweisen und als Eindringling behandeln, dafür würde er sorgen. Er schwebte lange Zeit an den Rändern des alten Waldes entlang. Die Nacht war hereingebrochen, als er in die Nähe von Ortschaften der Hobbits gelangte.

Durch die Hecke sah er die Lichter Neuburgs und Kricklochs und vor ihm erhoben sich die Hügel des Bocklandes. In der Ferne sah er das Brandyschloss an der alten Haupstrasse am Rande von Bockenburg. Es war eine Ansammlung von vielen Höhlen, die in den Berg gegraben waren. Sie waren von edler Ausstattung, von ungewöhnlicher Grösse und nahmen den gesamten unteren Teil des Hügels ein.

Er blickte durch die Ritzen der Hecke, auf die Hauptstrasse, die von der Brandyweinbrücke kam und weiter nach Süden führte. Sie war um diese Zeit leergefegt. Er lachte amüsiert, denn er wusste, dass alle Bockländer sich des Nachts fürchteten und ihre Höhlen und Häuser verschlossen hielten.
Wer sich um diese Zeit noch auf den Strassen bewegte, war für den Geschmack der Hobbits sowieso nur übles Gesindel. Er betrachtete seine wogenden Nebelschwaden und fand sich herrlich grauenhaft.
Dann besah er seine Umgebung genau. Hier bei Bockenburg, so stellte er fest, war der hohe Hag besonders dicht angepflanzt und sorgsam gepflegt.

Er untersuchte die Hecke und fand schliesslich heraus, dass sie nur an zwei Stellen passiert werden konnte. An diesen Orten hatten die Hobbits den hohen Hag untergraben und einen Gang unterhalb der Hecke angelegt. An deren Enden waren schwere Eisentüren, die ihn verriegelten. Nun ja, dachte er befriedigt, so waren die Bockländer sicher vor ungebetenen Gästen. Doch das Wichtigste war für ihn, dass er sicher vor einem unerwünschten Besuch der Hobbits war.

Sein Ziel war Hagsend, die südliche Spitze des alten Waldes. Hier wollte er eine Weile rasten, wenn die Möglichkeit bestand, einige Zeit dort unbemerkt zu bleiben. Er musste sich Gedanken machen, wohin er sich dann wenden sollte, denn er hatte bei Hagsend die Grenze des Auenlandes erreicht. Er kannte die Gegend nur unzureichend, doch er wusste, dass nur wenige Hobbits in den südlichsten Ausläufern des Auenlandes lebten. Es gab da lediglich eine Ortschaft, Tiefenhain genannt, in dem sonst recht verlassen wirkenden Landstreifen.

Vor sich sah er jetzt nur noch Baumstämme in die Höhe ragen. In allen Grössen und Formen schienen sie hier zu wachsen, grosse und kleine, dicke und dünne. Einige der Bäume standen schief und andere waren knorrig, sahen verrenkt aus, waren miteinander verwachsen oder stark verzweigt. Der Herbst hatte alle ihre Blätter verfärbt. In der Dunkelheit sah es aus, als wären sie in ein braunen Farbtopf gefallen und hätten die tonlose Farbe angenommen. Nur die Tannen standen in sattem Grün, bewachsen mit grauem Moos. Efeu, grazile Waldreben und zottige Flechten umrankten die Bäume.

Er huschte zwischen ihnen vorwärts und achtete darauf, den vielen gewundenen und ineinander verschlungenen Wurzeln auszuweichen. Unterholz gab es kaum. Der Waldboden fiel nun stetig ab, nachdem er die hügelige Gegend um Bockenburg verlassen hatte und je weiter er kam, desto höher, dunkler und dichter schienen die Bäume um ihn zu stehen. In dieser Gegend war kein Laut mehr zu hören, ausser dem leisen Säuseln des Windes in den Baumkronen und das Rauschen der Tannen. Er spürte die Blicke der Bäume, die nach ihm Ausschau hielten. Sie tuschelten :

"ssshhh, scchhhh, ssssakk, chechchcsss."

Die Bäume hatten den grauen Nebel, der geräuschlos zu ihren Füssen zog, beobachtet und seine Wanderschaft in ihrem Reich verfolgt. Ihr Wispern verriet ihm, dass sie ihn nicht für ein menschliches Wesen hielten, und er daher von ihrem Hass verschont blieb. Er wurde von den Bäumen geduldet und er schlich vorsichtig um ihre Stämme, ohne auch nur ein Zweiglein zu krümmen oder gar zu beschädigen. Dann und wann spürte er einen Tropfen von Feuchtigkeit durchs bewegte Laub hinabgleiten, dem er geschickt auswich. Er rastete an einer alten knorrigen Weide, deren Arme bis zum Boden reichten und wisperte zu ihr:

"Asshh, ssskchs, schechssaaa, schchiikj."

Die alte Weide richtete sich auf, ordnete ihre langen Zweige, dann sah sie auf die Nebelfetzen hinab.
"Warum sollten wir dir Zuflucht gewähren, *aschkssss*, grauer Nebel, *sshsch*, der ungebeten unser Reich betreten hat, *chechksssch* ?"
In der Sprache des Waldes log er die Bäume an :
"Ich bin auf der Flucht vor den Hobbits, diesen hinterhältigen Geschöpfen. Sie sind ein bösartiges Volk." Er sah wie die Bäume zustimmend schwankten. "Sie wollten mich aus dem Auenland vertreiben. Als

ich nicht freiwillig ging, haben sie mich mit Pfeilen hinterrücks getötet und anschliessend meine sterbliche Hülle verbrannt. Doch meine Seele konnte sich als grauer Nebel retten.
Die Halbwüchsigen neiden euch Bäumen eure erhabene Grösse. Viele eurer Brüdern und Schwestern haben sie gefällt. Ich habe versucht, sie davon abzuhalten, doch meine Mühen waren vergebens und brachten mir den Tod. Nur ein dunstiger Nebelschleier ist von mir übrig geblieben. Ich wurde von den Hobbits verfolgt und gejagt. Die Flucht hat mich ermüdet, der zurückgelegte Weg war weit und beschwerlich. Nun brauche ich etwas Ruhe und Schutz, doch nur mit eurer Zustimmung würde ich wagen, in eurem Reich zu weilen, um zu neuen Kräften zu gelangen."
Er hoffte, dass mit der Verbreitung dieser Lügen die Bäume ihm gewogen waren und schützen würden. Wenn sie ihm Glauben schenkten, dann vergrösserte sich ihr Hass auf die Hobbits nur noch mehr. Er sah zu ihnen auf und blickte sie demütig an. Seine Stimme klang etwas eingerostet, da er sie seit Tagen nicht mehr benutzt hatte und er hoffte, dass sie seinen Worten trauten.
Die Bäume schwankten und warfen ihre Äste hin und her und wisperten sich zu.

"sssh, ssaksss, chheechsch, shalschh cchrechcc, chehecschh, seschhhalschhd, akssssh, shkeccchssch, sschshshs."

Dann beugte sich die alte Weide zu ihm hinab.
"Uns sind die Tücken der Hobbits bekannt, *akkss*. Feuer, *ssssh*. Böses Volk diese Hobbits, *aassksch*. Wir gewähren dir Zuflucht, *ekkschs*. Aber hüte dich grauer Nebel, *sssh*, wir beobachten dich, *aschchh*. Wenn du unser Vertrauen missbrauchst, werden wir dich zerreissen und zerquetschen, *sskchkk, ssschakschcc*."
Er strich um den Fuss der alten Weide und dankte ihr für ihre Güte. Ihre langen Arme streiften seinen grauen Nebel und wiesen ihn zu einer kleinen Lichtung. Hier wuchs struppiges Gras und allerlei eigentümliche Pflanzen. Aber auch zahlreiche ihm bekannte Pflanzenarten. Nesseln, Farne und Wildkräuter säumten den Rand der Lichtung. Auf einem Bett aus Lungenkraut und Wolfsmilch bettete er sich und fiel in einen tiefen Schlaf.

Morgentau, der von den Pflanzen tropfte, weckte ihn. Er sah sich um, es hatte sich einiges verändert. Die alte knorrige Weide, ein paar Eichen und Eschen, Tannen und Kiefern hatten einen engen Kreis um ihn geschlossen, damit er unbeobachtet ruhen konnte.

Er erhob sich von seiner Schlafstatt und kriechend bewegte er sich auf den Waldrand zu, aus dem er gekommen war. Die alte Weide öffnete ihre langen Zweige und liess ihn passieren.
Sein Weg führte ihn wieder in Richtung Süden und er schwebte in Bodennähe am hohen Hag entlang. Die Bäume liessen ihn ungehindert vorüberziehen und er kam schneller als die letzten Tage voran.
Hier in dieser Gegend würde er niemanden treffen. Zu gross war die Angst der Hobbits vor den seltsamen und namenlosen Bäumen des dichten alten Waldes. Niemand wagte sich hier hinein. Er stiess auf tiefe Bodenfalten, die grossen eingesunkenen Strassen glichen, die seit langem nicht mehr benutzt und nun mit dichten Dornengestrüpp zugewachsen waren.

Er folgte der Hecke bis Hagsend. Kurz von ihrem Ende, verbarg er sich in dem Geäst einer alten hohen Kiefer und liess seinen Blick über die Hecke schweifen. Er konnte den Ort sehen, der die südöstliche Grenze des Auenlandes bildete und erblickte in der Ferne einige Höhlen der Hobbits. Dünne Rauchfäden stiegen aus ihren Bauten und der Geruch von Kaminfeuer wehte zu ihm herüber. Der Brandywein strömte reissend und strudelnd zwischen der Hecke und Tiefenhain. Ein Stück weiter unten sprudelte das kleine Flüsschen aus dem alten Wald und vereinigte sich mit dem Brandywein. Die Weidenwinde sah von seinem Ausblick wie ein gewundener, schwarzer Streifen aus, an dessen Ufer alte Weiden und überhängende Erlen standen.

Er vermied jedes Geräusch und blickte lange zu den Hobbitbauten hinüber. Dann suchte er den Brandywein nach Booten ab, konnte aber, zu seiner Befriedigung, keine entdecken. Es gab auch keine Brücke oder dergleichen. Es sah so aus, als ob es für die Hobbits keine Möglichkeit gab, den grossen Brandywein zu überqueren, der schwer gurgelnd dahinströmte. Es schien, als ob sich die Hobbits aus Tiefenhain doch sehr von den Bockenburger Hobbits unterschieden, die sich geschickt im Booten verstanden. Er sah hinter dem Dorf die Hänge sanft ansteigen, die zu den Ausläufern den Grünwalds führten. Links neben dem Dorf breitete sich das riesige, liebliche Tal der Auenbronn aus.

Wie alle Hobbits, betrieben auch die Tiefenhainer geschickt den Ackerbau und bestellten die Felder, hatten grosse Wiesen, auf denen ihr Vieh weidete. Er beobachtete die weite Gegend bis zum einbrechenden Abend, bald verschwand das Land hinter den Falten der nächtlichen Dunkelheit und nach und nach flammten die Lichter von Tiefenhain auf. Die Nacht wurde sehr kühl und seit Tagen war sie erstmals sternenklar. Vom Brandywein und den Wiesen der Niederungen zogen Nebelschwaden wie Rauchkringel die Hecke und die Bäume hinauf. Die dünn belaubten Erlen schwankten im leichten Wind und zogen ein dunstiges, schwarzes Netz vor den fahlen Himmel.

Da die Hobbits keine Möglichkeit hatten, zu ihm herüber zu gelangen, beschloss er hier zu bleiben und zu lagern. Er musste sich nun endlich klar darüber werden, wohin er sich wenden sollte. Ausreichend Ruhe und Zeit würde er finden, seinen Gedanken nachzugehen und seinen weiteren Weg zu planen. Keine vorschnelle Eile würde ihn zu falschen Entschlüssen treiben. Die nächsten Tage war er hier erst einmal sicher. Die Hecke schüzte ihn vor unliebsamen Blicken der Hobbits. Dass er nun in der Nähe des entlegensten Ortes des Auenlandes, in Nachbarschaft seiner verhassten Feinde lagerte, behagte ihm zwar nicht, doch jetzt musste er sich für eine Richtung entscheiden, die er einschlagen wollte. Falls sich ein Hobbit doch auf die falsche Seite verirren sollte, so konnte er noch immer in den alten Wald verschwinden. Dorthin würde ihm kein Hobbit folgen, soviel stand zumindest fest.

Nach einer Weile glitt er die Kiefer wieder hinab und schwebte einen tiefen Hohlweg zwischen Bäumen hinunter, deren dürres Laub im Nachtwind raschelte. Er fand ein geschütztes Fleckchen, wo es sich für sein Dafürhalten eine Weile aushalten liess. Er suchte sich einen Tann mit trockenem Boden. Zwischen braun, grau und grün gescheckten Blättern sank er herab und sog die tiefe harzduftende Dunkelheit in sich auf. Dann übermannte ihn die Müdigkeit und er fiel in einen dunklen, traumlosen Schlaf. Die Waldgeister schlossen einen engen Kreis um ihn und verbargen ihn vor möglichen Eindringlingen.

Der Morgen brach an, fahl und feucht. In den frühen Stunden hatte es ausgiebig geregnet. Seine Lagerstatt war trocken und somit war er von Schlimmeren verschont geblieben. Er hatte eine gute Wahl getroffen und seine Schlafstatt mit dem sicheren Gespür für derartige Gefahren ausgesucht. Das Wasser, das seine grauen Nebelpanzer zersprengen konnte, war eine drohende Gefahr für ihn. Bisher hatte ihn das Wetter verschont und war ihm gnädig gewesen. Er konnte jedoch nicht ewig davon ausgehen, dass das Wetter seinen Bedürfnissen entsprach.

Hierum würde er sich auch noch kümmern müssen, er brauchte eine sichere Hülle, die ihn vor Regen und Wind schützen würde. Während er diesen Gedanken nachging, stieg im Osten die Sonne rot aus den Nebeln, die dick über dem Land lagen. Seit Tagen hatte er den Feuerball nicht mehr gesehen. In Gold- und Rottönen erhob sich die Sonne über den schattenhaftem Meer über den Wipfeln und Kronen der Bäume.
Er erhob sich von seiner Schlafstelle und erkundete die nähere Umgebung. Ein wenig oberhalb von ihm stand der hohe Hag und unterhalb floss die Weidenwinde durch eine steile Mulde und verschwand hinter den Bäumen. Er folgte ihrem Lauf, bis sie tief über einen grauen Felsen herabfiel. In ständigen Zickzackwendungen floss sie dem Brandywein entgegen.
Er kroch eine steile Bergflanke hinauf. Vor ihm lag jetzt das flache Land, gefleckt von kleinen Baumgruppen, die in der Ferne zu bräunlichem Waldesdunst verschwammen. Er blickte über das Waldende zum Ufer des Flusses.

Im Hobbitdorf war bereits reges Treiben ausgebrochen. Sie liefen hin und her, ein wildes Durcheinander. Er beobachtete sie und konnte sehen, dass sie eine Art Fest vorbereiteten. Bunte Fähnchen und Wimpelchen wurden aufgehängt und der Dorfplatz geschmückt. Jetzt im Herbst stand das Erntedankfest an. Die Scheunen waren nach der reichen Ernte wieder voll

und das Vieh hatte ausreichend Futter für den Winter.
Auch er musste sich überlegen, wo er sein Winterlager aufschlagen wollte. Kamen erst die Herbststürme und der erste Schnee, würde er nicht mehr durch die Lande ziehen können. Bis dahin brauchte er dringend einen Unterschlupf. Hier würde er nicht bleiben können. Der alte Wald bot zwar ein ausreichendes Lager für den Herbst, aber im Winter würde die Hecke kahl und dornig sein und die Laubbäume würden alle ihre Blätter abgeworfen haben. Dann würde der Wind an seinen Nebeln zerren und ihn zerreissen. Ausserdem konnte er sich längere Zeit nicht vor Tom Bombadil verbergen, die Nachricht der Bäume würde ihn irgendwann erreichen. Womöglich würde er zu ihm, nach Hagsend kommen und unangenehme Fragen stellen. Nein, nein, hier war er auf längere Zeit nicht sicher.

Er richtete seinen Blick wieder auf das Dorf. Grosse und kleine Hobbitkarren waren zum Rand des festlich geschmückten Dorfplatzes gezogen worden. Sie waren mit Stroh- und Heuballen beladen, geformt zu lustigen Figuren, denen sie Kleidungsstücke umgebunden hatten. Er erkannte menschliche Strohpuppen, Hähne, Schafe und sogar ein Schwein. Über den Festplatz hingen die Hobbits ein Spruchband auf, aber aus der Entfernung konnte er nicht lesen, was darauf stand. Dünn hallten zu ihm die Stimmen und Rufe der Hobbits. Ein zweifelhaftes Vergnügen, dem sich das abscheuliche, zwergenähnliche Volk hingab, dachte er voller Grimm. Nur Gelage feiern, fressen und saufen, ja das konnten sie vortrefflich und scheussliche Lieder grölen. Sie widerten ihn an und er wendete sich ab, kroch zu seiner Schlafstatt zurück und liess sich auf den Boden sinken.

Für ihn stand fest, dass er hier nicht länger als nötig weilen wollte. Nur blieb die Frage offen, wohin er sich wenden sollte.

Die bewohnten Gegenden und Orte werde ich meiden müssen, dachte er und und ging in Gedanken seine alten Landkarten durch. Es war gefahrvoll durch die Lande zu ziehen, längere Strecken würde er nicht mehr zurücklegen können, ohne grössere Aufmerksamkeit auf sich zu ziehen oder die Begegnung zu vermeiden. Vor seinem inneren Auge tauchten die

Südhöhen auf. Die Gegend war nicht schlecht. Die Berge dort zogen sich mehr als fünfzig Meilen südlich der Oststrasse entlang. Bei guter Sicht konnte man die Berghöhen von der grossen Oststrasse erkennen. Aber meistens lagen sie in nebligem Dunst. Soviel er wusste, war die Gegend völlig unbewohnt. Nur karges Ödland, felsig und von vielen Höhlen durchzogen. Lediglich am Fusse der Südhöhen war die Vegetation artenreich.

Das Land in dem sich die Südhöhen befanden, hiess Cardolan. Früher lebten hier die Dunedain des Nordens, doch ihre Zahl nahm durch die vielen Kriege und die wenigen Nachkommen, die sie zeugten, ab. Nur noch wenige Menschen lebten jetzt im südlichen Teil Cardolans. Auf seinen früheren Reisen kam er oft durch Eriador, dem Land westlich des Nebelgebirges. Viele Länder wurden unter diesem Namen zusammengefasst, so auch Cardolan, das Auenland, Enedwaith, Minhiriath, Eregion, Dunland und andere mehr. Er hatte sie häufig von Isengard, seinem früheren Stammsitz, durchquert. Damals wanderte er viel auf der Nord-Süd-Strasse, einer grossen, alten Handelsstrasse, die den Süden mit dem Norden verband. Folgte man ihr Meile um Meile, so gelangte man nach vielen Wochen zu den grauen Anfurten, der Förde von Lhun. Eine mehrere hundert Meilen grosse Bucht und Sitz der Elben, die das Wasser liebten und Schiffe bauten.

Diese Strasse war damals meistens sein Weg, wenn er den Westen oder Norden bereiste und so gelangte er dabei auch an die Grenzen Cardolans. Aber dieses Land reizte ihn nur wenig und er hatte es die vielen Jahre hindurch nur wenig beachtet. Doch er kannte die Gegebenheiten recht gut. Die westliche Grenze bildete der Grünweg, nördlich zog sich die Oststrasse dahin und östlich rauschte die Bruinen mit ihren lauten Wassern zum Meer. Südlich lag die Nord-Süd-Strasse, der er selten weiter folgte, als bis an die Grenzen des Auenlandes oder den weissen Höhen.

Sein Weg führte ihn häufig in die nördliche Gegend, entlang des Grünweges, bis nach Bree und weiter. Westlich des Grünweges befand sich der alte Wald, an dessen südlichstem Zipfel er nun lagerte, und die Hügelgräberhöhen. Doch sobald er den Grünweg überquerte, war er in Cardolan und konnte in den Südhöhen, den einzigen bergigen Erhebungen, durchsetzt mit vielen Höhlen, Schutz suchen und überwin-

tern.
Er dachte lange nach. Der Grünweg würde um diese Jahreszeit sicher nur wenig genutzt werden, die Händler aus Bree bereiteten sich wie alle auf den nahenden Winter vor. Ausserdem war der Grünweg keine der grossen Handelsstrassen wie die Nord-Süd-Strasse oder die Oststrasse und war schon aus diesem Grunde weniger befahren.
Soweit er sich erinnern konnte, rastete er nur einmal in den Südhöhen. Damals war ein grosser Sturm über die Lande gefegt und der Weg nach Bree war noch weit. Er suchte damals Schutz in einer der vielen Höhlen und wartete den Sturm ab, bis dieser sich gelegt hatte. "Die Berge und Höhlen dort könnten mich doch wieder beherbergen", dachte er. Keiner Menschenseele würde er dort begegnen. Er würde sich das Land mit den vielen Tieren, die es dort gab, teilen. Grosse Wolfsrudel hatte er beobachtet, die räuberisch durch die Berge zogen. Nun, er fürchtete sich nicht vor ihnen.

Und so beschloss er, in die Südhöhen zu ziehen, um dort den Winter zu überdauern und auf das Frühjahr zu warten. Nur ein paar Tagesmärsche waren sie entfernt und er wollte, nachdem er sich entschieden hatte, so schnell als möglich aufbrechen. Sein Weg würde ihn an den Ausläufern der Hügelgräberhöhen vorbeiführen und durch unwirtliches Land bis zum Grünweg. Aber niemanden war es dann noch möglich, seinen Weg nachzuvollziehen, geschweige ihn zu bemerken.
Die einzige Schwachstelle war der Grünweg. Über ihn würde er kriechen müssen. Die Waldläufer patrouillierten jetzt sicher wieder in diesem Gebiet und jagten die Wölfe. Vor ihnen musste er sich vorsehen. Ihren Blicken würde er nicht so leicht entgehen, sie hatten ein sicheres Gespür für Gefahren und konnten ihn bemerken, wenn er sich in ihre Nähe wagte.
Er horchte auf, um sich zu vergewissern, dass sich um ihn herum nichts regte und sank dann erleichtert zurück, als er ausser dem Wispern der Bäume und dem Kreischen von ein paar Krähen und Raben nichts vernahm.
Wenn ihm das Wetter nicht in die Quere kam, würde er morgen gegen Abend aufbrechen.

Als die Dunkelheit hereinbrach, begann in Tiefenhain das Fest. Ein lauer Westwind trug das Stimmenwirrwarr zu ihm herüber. Es wurde gelacht, gesungen und getanzt und wahrscheinlich würde sich das Fest bis Mitternacht hinziehen. Er blickte durch die Tannen in den Nachthimmel und die Sterne leuchteten klar und deutlich. Stunde um Stunde sah er in den Nachthimmel und beobachtete die Sterne und den Mond. Schon immer hatte er die Zukunft aus der Konstellation der Planeten herausgelesen. Den Mond empfand er als lästige, matt schimmernde Scheibe, die ihm nicht wohlgesonnen war.
Doch heute war es anders, ein dunkler Schatten lag auf ihm und verdunkelte seinen Schein. Ein gutes Ohmen, dachte er.
Bald schon würde er wieder stärker werden. Er konnte es bereits deutlich fühlen. Dunkle Energien strömten ihm zu und er spürte eine Zunahme seiner Kraft. Der eisiger Atem, der sich in ihm regte, wurde mächtiger und er konnte die Kühle des Herbstes kaum noch wahrnehmen.

Nach Mitternacht erstarben die Stimmen und es wurde ruhig im Hobbitdorf und er sank, sich zur Vorsicht ermahnend, nur in einen leichten Schlaf.
Als der nächste Morgen kam, brachte er stürmischen Wind aus Norden mit sich. Der graue Nebel blieb auf seiner Schlafstatt liegen und lauschte dem Wispern des Waldes. Die Sonne zog ihre Bahn durch den leicht bewölkten Himmel und wärmte mit ihrer letzten Kraft die Bäume, die ihr ihre Äste wohlig entgegenreckten. Um die Mittagsstunde konnte er plötzlich Geräusche vernehmen. Er erschrak. Es näherte sich ein Wesen und er ahnte, wer bald bei ihm sein würde und machte sich zu einer übereilten Flucht bereit. Jetzt in der Mittagssonne zu fliehen, war natürlich gefährlich und auffällig. Die Hobbits konnten ihn womöglich sehen. Schnell überflog er die möglichen Risiken.
Was sollten ihm die kleinen Hobbits schon anhaben können?

Aber wenn bekannt würde, dass sich ein grauer Nebel umhertrieb, musste er damit rechnen, verfolgt und aufgespürt zu werden. Diese Aussicht schien ihm nach reiflichen Überlegungen schlechter für sein weiteres Vorhaben, als mit Tom Bombadil ein Schwätzchen zu halten. Mit viel Glück würde dieser ihn nicht einmal erkennen. Und falls doch, Tom

Bombadil mischte sich nicht in die Angelegenheiten Anderer ein. Es war von ihm weniger zu befürchten, als von den Hobbits oder den Menschen. Tom scherte sich nicht um Dinge, die ausserhalb seines Waldes geschahen.
Tief im Innern des Waldes lebte er mit Goldbeere seinem Weib. Früher, vor sehr langer Zeit, weilte er oft bei Tom und die Gespräche, die sie führten, zogen sich oft über mehrere Tage dahin. Sie sprachen dann über die Bäume, die Insekten und Tiere, von den Blumen, den seltsamen bösen und guten Geschöpfen und den vielen Geheimnissen. So erfuhr er einiges über den alten Wald, dem ältesten der Erde, ein überlebender Rest der riesigen, nun vergessenen Wälder von einst. Die Vorväter der ersten Bäume lebten noch in ihm. Am interessantesten aber waren die Erzählungen Toms vom gefährlichen und listenreichen Weidenmann, der die Macht über die Bäume erlangt hatte. Mit einem seiner Nachkommen hatte er auf seinem Weg entlang des hohen Hags gesprochen und dieser hatte ihm Zuflucht gewährt. Nun musste Tom Bombadil Nachricht von seiner Ankunft erhalten haben.
Er lauschte in den Wald und hörte die Gesänge Tom Bombadils zu sich herüberwehen. Eine Begegnung war nun unvermeidlich. Zu lange hatte er gerastet, doch die bitteren Vorwürfe, die er sich machte, brachten ihm gar nichts. Er verkroch sich unter das Dickicht am Fusse der Tanne auf der kleinen Lichtung und wartete. Das Lied das Tom sang, kannte er in- und auswendig, es war ein Loblied auf sich selbst und er hasste es.

Bombadil der alte Tom, daran erkennt ihn jeder :
Gelbe Stiefel, blaue Jacke, Hut mit blauer Feder.
Fing ihn niemals niemand ein, denn er ist der Meister,
seine Lieder haben Macht über böse Geister.

Dann war Tom war ganz nah und mit tiefer Stimme sang er sein Liedchen. Er schien vergnügt zu sein und dann sah er hinter den Bäumen Toms alten vergilbten Hut mit der langen blauen Feder am Rande der Lichtung auftauchen. Er schien noch runder geworden zu sein, als er ihn das letzte Mal gesehen hatte und trug noch immer seine albernen gelben Stiefel.
Tom Bombadil trat in die Mitte der Lichtung. Er blickte auf den grauen

Nebel und setzte sich auf den Waldboden und trällerte munter sein Lied zu Ende. Ununterbrochen ruhte sein Blick auf dem grauen Nebel unter dem Tann und als er seine Weise gesungen hatte, wurde es still.
Schweigend sahen sie einander an, dann sagte Tom :
“Nichts Gutes habe ich in letzter Zeit von Dir gehört, Saruman der Weisse”.

Er sprach in scharfen Ton und heftete seine durchdringenden Augen in die Nebelschwaden.
Der graue Nebel antwortete darauf nichts. Dieser alte Waldschrat hatte ihn erkannt, nur wenigen wäre dies möglich gewesen. Doch er hatte nichts anderes von ihm erwartet.
“Ob ich ihn töten sollte ?” fragte sich Saruman als Tom Bombadil ihn mit einem neuen Wortschwall aus seinen Gedanken riss.
“Gandalf der Weisse hat mich vor etlichen Monden besucht” sprach er geschwätzig daher. “Und auch von dir hat er gesprochen. Die Ents vom Fangorn sollen sehr wütend auf dich sein, doch das du nun als grauer Nebel durch die Lande ziehst, hat er nicht berichtet. Na vielleicht war es ihm auch nicht bekannt.”
Tom sah Saruman mit seinen blauen Augen an und sie blitzten im Schein der Nachmittagssonne.
“Nun”, hob Saruman an zu sprechen : “Viele schlimme Dinge habe ich getan, teils verzeihlich und manch andere auch nicht. Sauron hatte sein Auge auf mich geworfen und ich bin der dunklen Seite und seiner Macht zum Opfer gefallen. Die Schuld trifft mich nicht allein.”
Tom wiegte bedächtig seinen Kopf und brummte ein paar unverständliche Worte in seinen Bart.
“Ein weiter Weg war es zur dunklen Macht, den du, Saruman, vollzogen hast.”
Saruman schwieg. Er wollte nicht sehr viele Worte darüber verlieren. Schon gar nicht an Tom Bombadil. Der Hass und die Dunkelheit hatte sich seiner bemächtigt und unauslöschlich seinen Geist verdorben. Misstrauisch beäugte er Tom Bombadil, der gegen seine Gewohnheit, seine Augen mit tiefem ernsten Ausdruck auf ihm ruhen liess.
“Ich will dich nicht richten, denn dies ist nicht meine Aufgabe!”, sprach Tom nach einer Weile.

"Meinen Wald hast du nun vor mehr als drei Tagen betreten, die Bäume haben es mir berichtet. Der alte Weidenmann sprach schon von dir und von deinem Aufenthalt bei den Hobbits".
Er hielt inne und dachte nach. "Es sind Gute und Schlechte unter den Hobbits. Es ist nicht anders als bei den Menschen und Elben. Vor langer Zeit machte ich die Bekanntschaft von vier kleinen aussergewöhnlich lustigen Hobbitleuten, die es tatsächlich gewagt hatten, durch diesen Wald zu reisen. Ein Herr Frodo führte sie. Aber dies ist eine andere Geschichte." sagte Tom Bombadil verschmitzt.
"Saruman, komm, lass uns wie in alten Tagen, als dich dein Weg noch öfter zu mir führte, durch diesen, meinen alten Wald gehen und ein wenig plaudern."
Tom Bombadil erhob sich. Es war eindeutig eine Aufforderung an Saruman, ihm zu folgen.
Der graue Nebel erhob sich aus dem Tann und schlich zu ihm herüber. Tom blinzelte ihn an und knuffte in die Nebelschwaden, dann bewegte er sich flink hüpfend, ein Liedchen pfeifend, fort, so dass Saruman Mühe hatte, ihm zu folgen. Dann sprachen sie lange, wie in alten Zeiten, über die Wälder und die Bäume, die Blumen und die Waldkräuter, über den Gezeitenlauf, die Sterne und allerlei andere Dinge. Vor allem aber über den alten Weidenmann. Weit nach Mitternacht kehrten sie zur Lichtung zurück. Tom Bombadil verabschiedete sich, schwenkte seinen Hut noch einmal zum Abschied, stimmte ein Liedchen an und tanzte, singend und pfeifend, in den Wald davon.

Saruman liess sich auf den Waldboden sinken. Ein eigenartiges Geschöpf, dachte er bei sich. Nicht ein Wort der Missbilligung oder Mahnung hatte er vom ihm gehört. Wie früher, als er noch der Oberste seines Ordens war, sprachen sie miteinander, als wäre in der Zwischenzeit nichts geschehen. Freundlich und gutmütig unterhielt er sich mit ihm und Tom versprühte eine Lebenskraft, als wären seine Tage noch jung.
Nach einer Weile schob er seine wohlgesinnten Gedanken beiseite. Dieses Waldgeschöpf hatte ihm seine Zeit gestohlen und seine Pläne durchkreuzt, wenn dieser lausige Tom nicht gekommen wäre, hätte er seine Wanderschaft bereits angetreten.

Er wollte keine Zeit mehr verlieren.
Tom Bombadil, dieser dumme alte Waldmensch, würde ihn nicht mehr belästigen mit seinem albernen Gerede über die Bäume. Verächtlich wollte er der Tanne, die ihm bisher Schutz geboten hatte, Schmerz zufügen und sie kränken, hielt jedoch sofort inne. Unklug war es, den Wald jetzt gegen sich aufzubringen, wo er doch schon so weit gekommen war. Er kroch aus seinem Winkel aus der Lichtung heraus, zum Hohen Hag und schlich sich zu den Ufern der Weidenwinde.
Er trat an die alten Weiden heran und sprach zu ihnen :

"chsskks, achskkshhh, sskhscccssch, chrrchhkkks."

Eine der Weiden beugte sich tief zu ihm herunter und warf ihre langen Weidengerten herab. Geschickt schlängelte er sich an ihren Armen nach oben. Ihre Zweige schwangen zum Ostufer herüber und schlangenartig kroch er wieder herab. Als Saruman davonschwebte, blickten ihm zwei sternenklare, blaue Augen aus einem verborgenen Versteck hinterher.
"Nach Osten zieht er also" dachte Tom Bombadil, als er hinter den Bäumen im Waldesinneren endgültig verschwand.

Saruman liess den alten Wald hinter sich und seine Nebel trieben nun ostwärts in Richtung der Hügelgräberhöhlen, die er in den frühen Morgenstunden erreichte. Hier lebten die Grabwichte in alten Gräbern, vollgestopft mit Reichtümern, die sie in vielen Jahrhunderten angehäuft hatten. Kleine, grausame Kreaturen, die keine Seele entrinnen liessen, die sich unaufmerksam in die Nähe ihrer Höhlen wagte. Sie waren die Meister der Bannsprüche, herzlos und abscheulich. In Gedanken stellte er sich ein Heer aus Grabwichten vor, die ihre Gegner mit Bannsprüchen bekämpften. Es amüsierte ihn, dass ganze Heerscharen kippten, da sie kampfunfähig wurden und sah sie der Reihe nach zusammenbrechen, erkaltete Scheintote, die sich auf den Schlachtfeldern türmten. Diesen finsteren, kleinen Geschöpfe waren die Menschen hilflos ausgesetzt. Der einzige Nachteil war, dass die Bannsprüche nur wenig bei den Elben und Zwergen wirkten.

Doch die Idee war nicht schlecht und er nahm sich vor, gelegentlich diesen Gedanken weiterzuspinnen. Ein solches Heer hatte noch keiner aufgestellt. Aber er war sich auch nicht sicher, ob die Grabwichte ihm in einen Krieg folgen würden? Doch was wäre, wenn man ihnen unverhoffte Reichtümer versprechen würde, wer weiss?

Als er an ihrem Reich vorbeiglitt, sah er aus weiter Ferne dunkle Gestalten mit kalten Augen, aus denen ein fahles Licht schimmerte. Dies waren die Grabwichte und sie verfolgten ihn mit ihren eisigen Blicken. Er fühlte sich mit ihnen auf geheimnisvolle Weise verbunden. Sein Geist war von eisiger Kälte beseelt, wie der ihre und er hasste, wie sie, alles Leben. Während sie dem kalten Metall, dem Gold und dem Silber verfallen waren und immer mehr Schätze begierig ansammelten, so strebte er nach der dunklen Macht, getrieben und gejagt. Neuer in ihm aufsteigender Hass, verfinsterte seine schwarze Seele mehr und mehr. Saruman hörte der Grabwichte frostigen, eisigen Singsang, kalte herzlose Töne aus ihren verfluchten Seelen, abscheuliche Laute. Um die schattenhaften Gestalten sah er kalte und feuchte Nebel aufsteigen und Truggestalten, die ihn zu ihren Hügelgräbern locken wollten. Listig waren die Grabwichte und so wundervoll grausam. Irre Verzückung befiel ihn.
Dann wandte er sich ab und kroch weiter ostwärts.

Seine Gedanken waren nun mit dem Grünweg beschäftigt, den er passieren musste. Er würde bald dort sein. Als er Stunden später ein kleine Anhöhe erreichte, schlich er sich auf deren Rand und erblickte den Grünweg, der sich wie ein grünes Band von Süden nach Norden wand. Seine Wegränder säumten vereinzelte Baumgruppen, Büsche und Gesträuch, endloses Brachland. In weiter Entfernung sah er bereits die ersten Ausläufer der Südhöhen. Ihn trennten gerade einmal fünf oder sechs Meilen von seiner Zufluchtstätte.

Aufmerksam beobachtete er den Grünweg. Er konnte niemanden sehen. Ein paar Eichhörnchen tummelten sich auf den Bäumen am Wegesrand. Auf den Wiesen konnte er drei Rehe ausmachen, die friedlich ästen. Das Gras hatte sich bereits bräunlich gefärbt und die Bäume hatten ihr rostgoldenes Laub weitgehend abgeworfen. Der Herbst hatte hier schon seit einiger Zeit Einzug gehalten. Der Wind blies nur schwach aus südlicher

Richtung. Es war ein klarer Tag gewesen, der nun zur Neige ging. Er überlegte, im Schutz der Dunkelheit den Übergang zu wagen und spähte in die nähere Umgebung, um sich die geeignetste Stelle für sein Vorhaben zu suchen. Dann erblickte er eine geschützte Senke, die sich eine viertel Meile nordwärts von ihm befand. Dort standen sturmgebeugte Laub- und Nadelbäume und viele, stark verzweigte, Haselnusssträucher. Sein Weg von dieser Anhöhe führte durch hohes Grasland. Felsgeröll und Sträucher, die hier zahlreich wuchsen, würden ihn gut verdecken.

Das Waldstückchen, bei dem er den Überweg plante, reichte weit ins Landesinnere Cardolans. So würde er vor unliebsamen Blicken, bis zwei Meilen vor den Südhöhen, verdeckt bleiben. Wenn er erst einmal dort angekommen war, würde er sich Gedanken über den weiteren Verlauf seines Weges machen. Er wartete bis weit nach Mitternacht. Dann schlich er vorsichtig aus seinem Unterschlupf und kroch hinter Felsblöcken entlang, wand sich um Ginster und andere Sträucher. Oft hielt er inne und spähte, ob sich Verdächtiges regte. Dann erst, nachdem er sich vergewissert hatte, dass um ihn herum alles ruhig blieb, kroch er vorsichtig weiter. Endlich erreichte er die erste Buche, schlang sich um ihre Wurzeln und verkroch sich unter dem herabgefallenen Laub. Sie stand wenige Schritte vor dem Grünweg. Er senkte seine Nebelschwaden ganz nah an den Boden und lauschte.

Nichts.

Langsam schob er sich weiter vorwärts. Nun war er in einem der Gräben angekommen, die sich zur linken und rechten Seite des Grünweges entlangzogen. Sie waren als Wasserrinne angelegt, damit der gefallene Regen von der Strasse abfliessen konnte und sich nicht auf ihr staute. Er befand sich an der tiefsten Stelle des Grabens, vor ihm stieg die Erde an bis hinauf zum Grünweg. Er richtete sich auf, spähte nach links und rechts. Niemand war zu sehen und so schnell er konnte, huschte er über den Boden zur anderen Seite. Plötzlich stockte er. Hufgetrappel konnte er deutlich fühlen, gut zwei Meilen war das Pferd noch von ihm entfernt. Er blickte in den nachtblauen Himmel, bald würde der Morgen anbrechen.

Wer es wohl war, der es so eilig hatte, mitten in der Nacht zu reiten? Er kroch vom Grünweg herunter und schlich sich tiefer in das Wäldchen. Neugierde packte ihn. Hundert Schritt vom Grünweg entfernt, kroch er in das Wurzelgewirr, unter das Laub einer Eiche. Von hier aus konnte er die Strasse gut einsehen, ohne selbst gesehen zu werden. Er glitt tiefer unter das rotgoldene, sonnengelb leuchtende Laub, dass jetzt nur fahl im Mondschein schimmerte und seine Farbenpracht nicht entfalten konnte. So gut verborgen wartete er, bis das Pferd in seine Nähe kam.

Ein Reiter galoppierte den Grünweg herauf. Kurz vor der Baumgruppe fiel er in einen leichten Trab und blieb stehen. Er spähte mit seinen Augen das Gelände ab, um sich zu vergewissern, dass sich kein Feind hinter den Bäumen verborgen hielt. Dann stieg er von seinem edlen Tier und suchte das Gelände weiträumig nach frischen Spuren ab. Nach einer Weile kehrte der Reiter zu seinem zitternden Pferd zurück. Die Flanken des Tieres vibrierten noch immer nach dem schnellen stundenlangen Galopp, den es zurückgelegt haben musste. Der Schweiss lief in Strömen an ihm herunter. Der Reiter, für sein Dafürhalten ein räudiger Waldläufer, schwang sich wieder auf den Rücken des Pferdes, blieb jedoch stehen und blickte lange um sich, bis seine Augen auf der Stelle ruhen blieben, an der sich Saruman verborgen hielt.
Der Waldläufer richtete sein Aufmerksamkeit zu ihm ins Wäldchen. Saruman hatte den Eindruck, als würde der Waldläufer ihn direkt ansehen.
Doch scheinbar hatte er sich geirrt, denn mit einem mal sank der Waldläufer langsam an den Hals seines Tieres. Das Pferd bäumte sich jäh auf und aus dem Stand fiel es in einen scharfen Galopp und jagte davon. Wie ein Sturmwind preschte der braune Hengst an ihm vorrüber und tauchte in das Wäldchen ein und verschwand aus dem Blickfeld Sarumans.

Den Hufschlägen horchte er nach, bis sie nach einer Weile verklungen waren. Was diesen Waldläufer plötzlich zu dieser Eile getrieben hatte, beschäftigte ihn sehr. Doch die Frage blieb für ihn jetzt zumindest ungeklärt. Widerstrebend erhob er sich aus seinem Laub und Wurzellager und kroch in Richtung der Südhöhen davon.
Am späten Morgen erreichte er den Rand des Wäldchens, dem er fast drei

Meilen vom Grünweg bis hierher, tief hinein ins Landesinnere Cardolans, gefolgt war.

Saruman bezog einen Beobachtungsposten auf einer Kiefer, in deren Geäst er einen weiten Blick in das weite Ödland werfen konnte, dass sich vor ihm erstreckte. Die Südhöhen waren zum Greifen nah und er war geneigt das letzte Stück eilends hinüberzuschweben. Doch jeder Schritt vor dem Ziel, wollte wohl überlegt sein. Unnötige Eile oder übertriebene Hast war unvorsichtig. Er blickte über das weite Grasland, welches wellenartig in der Morgenbrise brandete. Aschgelb und ockerfarben rankten tausende von Gräsern wie loses Schilf aus dem Meer des Graslandes. Wenig Deckung bot sich ihm. Lediglich ein paar Bäume, die unsicher wankten, standen dort und nur wenig niedriges Gebüsch, bot sichere Deckung. Hier konnte man das Land weit
einsehen und wenn er nicht selbst bemerkt werden wollte, musste er besonders aufmerksam sein.

Er hängte sich in das Geäst einer Kiefer, um die hereinbrechende Nacht abzuwarten. Die Sonne war hoch aufgestiegen. Ihre letzten warmen Strahlen wärmten die Glieder der Tiere und sie warf einen goldenen Schimmer über die herbstliche Flora.
Vögel zogen über ihn hinweg und am Rande der Südhöhen konnte er ein kleines Rudel Wölfe ausmachen. Sie aalten sich auf den Felsvorsprüngen in der warmen Mittagssonne. Der Himmel war klar und nur kleine Federwolken waren am Horizont auszumachen. Eidechsen krochen an dem Baumstämmen empor. Eine Vielzahl von Insekten tummelten sich. Die Bienen holten den letzten Honig ein, bevor hier der harte Winter anbrechen würde, der diese Region jedes Jahr in eine Schnee- und Eislandschaft verwandelte. Ohne Unterlass war sein Blick auf die Berge gerichtet. Er suchte sie nach verdächtigen Bewegungen ab und war sichtlich erleichtert, dass sich hier scheinbar niemand aufhielt.

Von seiner Kiefer aus konnte er im Wald, unweit von ihm, zwei Luchse beobachten, die sich um ihre Beute stritten und wild durcheinander gewürfelt darum balgten. Ihr Fauchen hallte zu ihm herüber. Nach einiger Zeit trollte sich einer der Luchse, während er die Schmatzlaute des

anderen, der sich nun über die errungene Beute hermachte, deutlich hören konnte. Er zerriss das Fleisch eines Tieres, das unvorsichtig genug war, sich aus seinem Bau zu trauen.
Als die Nacht sternenklar hereinbrach, konnte er die Rufe von einigen Waldkauzen hören, die sich auf die Jagd nach Mäusen und anderen Kleintieren machten.

Er beobachtete die Sterne und ihn blendete das Licht des Silmarils, der hoch oben am Firmament erstrahlte. Es hiess, Earendil der Seefahrer, wäre aus den Nebeln der Welt mit seinem Schiff Vingilot in die Meere des Himmels hinaufgefahren. Auf seiner Stirn trug er den Silmaril, den Luthien und Beren dem dunklen Herrscher Melkor entrissen hatten. Earendil galt als einer der Tapfersten und Mutigsten unter den Menschen und kein Anderer, ausser ihm, erreichte je lebend die Ufer der unsterblichen Lande. Am Ende seiner Irrfahrt liessen ihn die Valar wählen, ob er sterblich bleiben wollte oder den Elben gleich unsterblich blieb. Er wählte aus Liebe zu seiner Frau, die elbischen Blutes war, das ewige Leben. Die Elben besangen sein Schicksal in ihrem Lied von Earendil.
Wenn das helle Licht des Silmarils am Firmament leuchtete, dann schöpften die friedlichen Völker Hoffnung und Mut.
Er aber hasste das gleissende Licht.
Sein Blick glitt über die Sterne und fernen Planeten. Der abnehmende Mond tauchte das Grasland in blasses Licht und verlieh ihm silbrigen Glanz. Die Bewölkung nahm langsam zu, doch im Schein des Mondes wollte er nicht über das Grasland schweben. Er ruhte in den Zweigen, verborgen vom Nadelwerk der Kiefer. Bis zur Morgendämmerung wollte er warten. In die Wogen des Graslandes wollte er sich wagen, wenn es noch halbdunkel und diesig war. Mit etwas Glück würden über dem Grasland Nebel aufsteigen, in denen er sich verbergen konnte.
Gegen Morgen machte er sich auf. Er glitt von der Kiefer herunter und schwebte auf das Grasland zu. Nebel hatten sich, wie erhofft, über dem Grasland ausgebreitet. Er schwebte schnell voran und tauchte in die Wogen aus gräulichem Nebel ab und verschwand in Richtung der Südhöhen. Es dauerte nicht lang und er hatte sein Ziel erreicht.

Saruman kroch die kahlen Felsvorsprünge hinauf. Bald konnte er das wogende Grasland von oben erblicken. Die Nebelfelder waren bis hier hoch aufgestiegen und zerfielen langsam. Nur an den Berghöhen hingen sie fest. Höher und höher stieg er hinauf. Als er den Kamm des vordersten Hügels erreicht hatte, schaute er über das Land und konnte weitere Gipfel der Berge durch die Nebel und tief hängenden Wolken ausmachen.

Er schlug östliche Richtung ein und verschwand in den Höhen. Den ganzen Tag kroch er über die Felsen und das karge Ödland. Gegen Abend hatte er eine Höhle gefunden, die seinen Zwecken entsprach. Der Eingang befand sich auf einem Felsvorsprung, der nicht ohne Weiteres von Menschen erklommen werden konnte. Ein dunkles, schwarzes Loch klaffte dahinter. Die Wände waren aus dunklem Schiefer und absorbierten das Licht. Einem schwarzem Mantel gleich umhüllte ihn die Finsternis dieser Höhle. Der Gang reichte tief in den Berg hinein, wo er sich mehrfach gabelte und in Innern des Berges verschwand.
Er fand keine Spuren, die darauf deuteten, dass die Höhle von Tieren bewohnt war. Die Felsen waren feucht und die Kälte war ungemütlich und unwirtlich.
Doch ihm behagte die Frostigkeit, mit der die Höhle ihre Besucher empfing. Etwas tiefer im Innern waren grosse Felsspalten und Nischen in dem Berg entstanden, die trocken und geräumig waren. Dort wollte er sich seine Ruhestätte einrichten, in die er sich nach seinen Streifzügen zurückziehen konnte. Er unterbrach seinen ersten Erkundungsgang und schwebte zurück auf den Felsvorsprung vor der Höhle. Von hier hatte er einen weiten Blick über die Südhöhen und konnte tief ins Landesinnere sehen. Über ihm türmten sich Felsen auf, an deren Spitze eine einsame verdorrte Kiefer stand. Saruman thronte nun auf der Felsplatte und blickte ins Land vor ihm. Er beobachtete die Gegend und suchte sie mit seinen scharfen Augen ab.
Befriedigt stellte er fest, dass er allein war und wie elendes Gewürm verliess er seinen Aussichtsplatz und kroch in das Innere der dunklen Höhle zurück. Tiefer und tiefer schlich er sich hinein, suchte und fand eine Nische, die mehrere Fuss über dem Erdboden im Fels verborgen war. Sie war zwar niedrig, aber einige Fuss tief und der felsige Boden war trocken. Er liess sich zu Boden sinken und fiel in eine Art tiefen, langen Winterschlaf.

DRITTES KAPITEL

MEOSELD

Meoseld war ein Waldläufer des Nordens, von denen es nur noch wenige in Mittelerde gab. Sie hatten keinen festen Wohnsitz und glitten schattengleich durch die Lande. Meist hielten sie sich im Verborgenen. Doch ihre Dienste waren unschätzbar, denn sie hielten die Wölfe und Orks von den Städten und Dörfern fern und erkundeten das Land. Sie waren Dunedain, aus dem königlichen Geschlecht der Numenorer, den Getreuen, die der Vernichtung ihres Landes entkamen und in Mittelerde grosse Königshäuser gründeten. Sie waren in zwei Gruppen gespalten, in die von Anor und die von Gondor.

Die Waldläufer des Nordens wurden von den Stammesfürsten der Linie Isildurs regiert. Die Dunedain waren den anderen Menschen in vielen Dingen überlegen. Ihre handwerkliche Kunst glich denen der Elben. Sie waren edel und stolz und hatten die Gabe, viele Dinge bereits im voraus zu erahnen. Schweigsam waren sie und die meisten gingen als Einzelgänger ihrer Wege. Sie besassen aussergewöhnliche Sehkraft und hatten ein ausgeprägtes scharfes Gehör, welches auf Meilen entfernt noch Geräusche aufnehmen und unterscheiden konnte. Die Waldläufer sprachen Westron, die Allgemeinsprache und viele von ihnen verstanden die Sprache der Vögel und anderer Tiere. Sie schweiften ruhelos nach Belieben durch Mittelerde und kamen weit herum. Die Waldläufer beherrschten die elbischen Sprachen Quenya und Sindarin, die sie vor langer Zeit von den Elben erlernt hatten und deren Gebrauch die pflegten. Am aussergewöhnlichsten war das hohe Alter, das sie erreichten. Die Dunedain wurden mehr als zweihundert Jahre alt.

Meoseld war selbst für einen Waldläufer gross und hatte ein stattliches Aussehen. Seine Gesichtszüge hatten elbischen Einfluss, sie waren ebenmässig und scharf geschnitten. Aus seinen grauen Augen sprach Klugheit und ein waches Herz. In der linken Gesichtshälfte trug er eine Narbe, die sich einen Fingerbreit unter dem Auge bis zum Mundwinkel herabzog. Diese Narbe hatte er einer unaufmerksamen Stunde zu verdanken, als ihn ein Ork aus dem Nebelgebirge hinterrücks im Schlaf überfiel. Sein schönes, waches Gesicht umrahmten schwarze Haare. Die Strähnen seiner vorderen, langen Haare waren nach Elbenart zu kleinen Zöpfen geflochten.

Er trug lederne Hosen und ein reich besticktes Hemd, welches ihm vor vielen Jahren von Roseane, einer wunderschönen Frau aus Esgaroth, geschenkt wurde. Darüber trug er einen langen, grauen Mantel der Elben ohne Schmuck, ausser einem sechszackigen Stern als Mantelschliesse. Die grosse Kapuze, die er sich tief ins Gesicht ziehen konnte, verbarg ihn vor unerwünschten Blicken. An seinem Gürtel trug er einen stark gegerbten ledernen Schwertschaft. Sein Schwert, dem er den Namen Masuril gegeben hatte, steckte darin. Es war schlicht, aber hart wie das stärkste Metall und seine scharfe Klinge hatte ihm bereits wertvolle Dienste geleistet. Er trug es stets bei sich und legte es so gut wie nie ab. Am Heft waren kleine Runen eingeritzt und ein ungeschliffener Rohdiamant zierte ihn. Die Zwerge hatten es gefertigt und es wurde schon seit vielen Generation von Vater zu Sohn vererbt.
Er hielt es hoch in Ehren, denn das Schwert hatte noch keinen aus seiner Sippschaft im Stich gelassen. Auf der anderen Seite seines Gürtels trug er einen Dolch und ein kleine Tasche, in der er seine Silberlinge, Goldstücke und seinen Tabak aufbewahrte.

Nachdem Aragorn unter dem Namen Elessar König des wiedervereinten Königreiches wurde, lenkte Meoseld im Sinne Aragorns die Geschicke der Waldläufer.

Aragorn war wie er und alle anderen Waldläufer des Nordens ein Dunedain. Sie dienten der königlichen Linie Isildurs, von der Aragorn in direkter Folge abstammte. Er nahm die Königswürde an und wurde fort-

an Elessar genannt, das Elbenstein bedeutete. Den Namen bekam er durch die grüne Smaragdbrosche, die er stets bei sich trug. Aragorn nahm diesen Namen, der ihm geweissagt worden war, als Königsnamen und er lebte nun mit Arwen, der Halbelbin, in der schönsten Stadt Gondors. Alle Waldläufer, einstige Gefährten, hatten ihm die Treue geschworen und dienten ihm nun aus der Ferne.
Der Ruf Aragorns, Arathorns Sohn, der nun das schwere Erbe seiner Vorfahren erfüllte, erreichte Meoseld.
Aragorn liess ihn wissen, dass er sich alsbald bei König Eomer einfinden sollte.

Am Morgen bei Tagesanbruch erreichte Meoseld Edoras und schritt die Stufen zur goldenen Halle des Meduseld herauf, in der einst Theoden, König der Mark, das Land regierte, bevor er ehrenvoll in der Schlacht auf den Pelennorfeldern bei Minas Tirith fiel. Ein Nazgul hatte seinem Leben im Krieg ein jähes Ende bereitet.
Eomer, der dritte Marschall der Mark, war jetzt König der Rohirrim und stolz erhobenen Hauptes begrüsste er ihn in der goldenen Halle, die in neuem zuversichtlichen Licht erstrahlte. Der gepflasterte Boden war ausgebessert worden und so erstrahlte die Steine der verschiedensten Farben in neuem Glanz und alter Herrlichkeit. Die vielen Runenzeichen waren erneuert worden und verzweigten sich, unter seinen Füssen, zu seltsamen Mustern und Bildern.

Tageslicht durchflutete die Halle und von Osten brach die aufgehende Sonne durch die hohen Fenster. Das Feuer prasselte in dem langen Herd in der Mitte der Halle, als er sie betrat. Auf dem geschnitzten und vergoldeten Thron, den nun viele Runen zierten, sass der ehemalige Dritte Marschall der Mark, nun König von Rohan.
Es bestand eine Allianz zwischen Rohan und Gondor. Elessar, König der Menschen hatte Eomer sein Land Rohan zum Regieren überlassen und dort war auch Eomer bald zum König gekrönt worden. Ihn, Meoseld, verband nur die Treue zu Aragorn, der direkten Linie Isildurs, der er sich verpflichtet fühlte. Er befand sich nun vor dem Thron Eomers dem Verbündetem der Allianz.
Eomer blickte auf ihn mit eiserner Miene und seine strahlenden, blauen

Augen durchbohrten ihn. Edel und erhaben war sein Antlitz, königliche Würde ausstrahlend. Seine blonden Haare waren seitlich zu beiden Seiten in Zöpfen geflochen. Ein silberner Reif krönte sein Haupt, in dessen Mitte ein tiefblauer Saphier eingelassen war, der das Licht der Sonne brach.

Eomer erhob sich und sprach : "Seid gegrüsst, Meoseld, Waldläufer des Nordens."

Meoseld verneigte sich vor dem König, kniete nieder und senkte sein Haupt als Zeichen, der Ergebenheit zum Throne Rohans.

"Schnell eiltet ihr nach Edoras", sprach Eomer.

"So schnell ich konnte und die Eile es gebot", sprach Meoseld und richtete seinen Blick auf Eomer.

"Kommt", sprach dieser und schritt die Stufen des Podestes nach unten und bedeutete Meoseld mit einem Wink ihm zu folgen.

Beide schritten durch die grosse Halle, vorbei an den reich verzierten und teils vergoldeten Säulen. Neben jeder Säule stand ein stolzer Wachmann in den Rüstungen Rohans, stolz und den Blick gerade gerichtet. Ein Schild mit dem Symbol der Sonne, ein Wahrzeichen Rohans, hielten sie vor ihrer Brust verschränkt. Meoseld liess seinen Blick in der Halle umherwandern.

Jetzt erst bemerkte er die vielen Wandbehänge, die die Wände zierten und sah dort ruhmreiche Gestalten der alten Geschichte Rohans. Ein neueres Tuch war im Eingangsbereich angebracht worden. König Theoden und sein Sohn Theodred, Zweiter Marschall der Mark, kämpften auf ihren, sich aufbäumenden Rossen, und schwangen ihre Schwerter. Stolz und erhaben sahen sie auf ihre Betrachter herab.

Er folgte Eomer eilenden Schrittes und sie bogen in einen Gang ab, der sie nach einem kurzem Weg in einen kleinen Raum führte. Dort lagen auf einem grossen, schweren Eichentisch alte Schriftrollen und allerlei Urkunden, Karten, Schreibuntensilien und ein altes Buch. An den Wänden standen hohe Regale aus gebeizter tiefbrauner Eiche, in denen alte Schriftrollen lagen und jede Menge Bücher standen, reich mit Gold verziert oder einfach in Leder gebunden.

Eomer gebot ihm an dem schweren Eichentisch Einhalt und breitete eine grosse Landkarte aus, die sich in ihrer Grösse fast über den gesamten

Tisch erstreckte.
"Dies ist eine Landkarte Mittelerdes", sprach Eomer.
Meoseld blickte auf sie herab und sah auf die detailgetreu dargestellten verschiedenen Länder und Landschaften, die darauf abgebildet waren. Es war eine gute Landkarte, die mit viel Mühe gezeichnet wurde.
Eomer tippte auf das Auenland. "Ein Unglück", sprach er, "schlechte Nachricht ereilte uns aus dem Auenland."
Meoseld blickte auf das Auenland, so als könnte er lesen, welche ungünstige Botschaft bis nach Edoras gelangte. Noch nie hatte er dieses Land aufgesucht. Obwohl es unter dem besonderen Schutz der Waldläufer des Nordens stand und sie die Grenzen des Auenlandes sicherten, seit dem Zauberer Gandalf bekannt geworden war, dass sich der eine Ring dort befand. Die Hobbits, die dort lebten, sind ein recht eigentümliches Völkchen, dachte er und voll Bewunderung waren seine Gedanken bei dem Hobbit Frodo und seinen Gefährten, die sich ehrenhaft im Felde bewährt hatten. Die das Unmögliche möglich gemacht und ihre Aufgabe im Ringkrieg erfolgreich zum Ende gebracht hatten.
Ein kleiner Wuchs, aber ein starkes Volk, dachte er achtungsvoll.
Bis zum Ringkrieg hatte sich niemand für sie interessiert.

Eomer holte ihn wieder aus seinen Gedanken.
"Meoseld, Herr der Waldläufer", sprach er. "Elessar Elbenstein und ich, Eomer, König von Rohan bitten euch, reitet schnell ins Auenland zur Brandyweinbrücke."
Meoseld liess seinen Blick wieder auf die Karte schweifen und er verfolgte den Baranduin, den die Hobbits Brandywein nannten, bis zur grossem Oststrasse. Dort befand sich die gesuchte Brücke und sein Augenlicht ruhte auf ihr. Er studierte die Karte sorgfältig. Wenn er ein schnelles Pferd bekam, konnte er recht bald dort sein.
"An dieser Brücke ist ein Wachmann verschwunden", sprach Eomer und tippte mit seinem Finger auf die Stelle des Brandywein, an der sich die auenländische Brücke befand.
"Ein grosser Elbenzug reiste vor zwei Tagen in den frühen Morgenstunden auf der Oststrasse und sie sind ihm noch begegnet", sprach Eomer.
Freundliche Worte wechselten er und die Elben, bevor er wenig später

spurlos verschwand.
Hobbits, die später über die Brücke zogen und ihn nicht in seinem Wachhaus und in der näheren Umgebung fanden, erstatteten Meldung beim Thain Perregrin Tuk und dem Herrn des Bocklandes Meriadoc Brandybock.
“Sie haben uns um Mithilfe bei der Aufklärung des Vorfalles gebeten”, sprach Eomer bedächtig. “Die friedliche Allianz gebietet uns hilfreich zur Seite zu stehen.”
“Meoseld, reitet so schnell ihr könnt und lasst mich unverzüglich wissen, was dort geschehen ist.”
Meoseld, verneigte sich vor dem König von Rohan, kehrte ihm den Rücken und eilte schnellen Schrittes davon. Als er die Tür erreicht hatte, rief ihm Eomer nach :
“Lasst euch von Hambar mein Pferd Feuerfuss geben! Es ist das Schnellste und wird euch rascher als der Wind ans Ziel bringen.”
Meoseld nickte ihm stumm zu und verschwand. Er ging zügig zu den Stallungen des Königs. Dort liess er sich Feuerfuss, den edlen Braunen des Königs geben. Er streichelte ihm über die Nüstern und schmiegte seinen Kopf an den Hals des königlichen Pferdes. Feuerfuss, das erfahrene kluge Tier, schnaubte und kratzte mit den Vorderhufen auf dem Heuboden. Es stand schon eine Weile in den Stallungen und schien sich zu freuen, dass es nun gesattelt wurde. Meoseld sprang auf seinen Rücken und fegte aus den Stallungen heraus, dass das Heu aufwirbelte. Es war ein prächtiges Tier, dass auf die kleinste Bewegung seines Reiters reagierte. Er klopfte Feuerfuss den Hals und trieb es zur Eile. Die Mähne des Hengstes wurde vom frischen Morgenwind erfasst und wehte in der Brise. Sie schossen dahin wie der Blitz.

Nur kurze Pausen gönnte er sich und seinem Pferd. Der edle Hengst flog geradezu über das Grasland, war robust und so war es keine Mühe für ihn, dass hohe Tempo auch mehrere Tage beizubehalten.
Er ritt eilends vorbei an Helms Klamm in der Westfold, liess die Pforte Rohans an den Furten des Isen hinter sich und näherte sich dem Orthanc bei Isengard. Selbst von Weitem sah man noch, welche Kraft der Zerstörung hier gewütet hatte.
Sein Weg führte ihn auf der Nord-Süd-Strasse in Richtung des

Auenlandes, vorbei an Dunland und Enedwaith. Als er bis weit nach Mitternacht geritten war, sucht er sich eine geschützte Stelle in einer kleinen Waldhöhe für die Nacht. Der edle Braune und er hatten sich angefreundet. Er rieb das Fell des Pferdes mit etwas Gras trocken und liess ihn an einer windgeschützten Stelle grasen. Er vertraute dem Pferd und liess Feuerfuss frei laufen, so dass er bei Gefahr schnell aufspringen und fliehen konnte.
Verdächtige Spuren hatte er nicht erblicken können und so fiel er in einen leichten Schlaf. Der Morgen brach an. Die Sonne stieg bereits über dem Horizont auf und kletterte rasch in den klaren, blassen Tag. Er verzehrte ein wenig seines mitgeführten Proviants und Feuerfuss knabberte zärtlich an seinem Ohr. Er streichelte versonnen das Fell dieses wunderschönen Tieres, dann sprang er auf. In wilden Galopp passierten sie am darauffolgenden Tag um die Mittagszeit die Grauflut bei Tharbad.

Nur wenigen Reisenden war er bisher begegnet. Diese zogen friedlich auf der Strasse in nördliche oder südliche Richtung. Zum Grusse schwenkten sie ihre Hüte und winkten ihm zu. Doch er hatte weder die Zeit, noch die Lust, sich mit ihnen zu unterhalten.
Meoseld beschloss der Nord-Süd-Strasse bis zur Weggabelung zu folgen und dann weiter auf dem Grünweg zur Oststrasse zu reiten. Dieser Weg wurde nur wenig genutzt, so dass er mit niedrigem Gras überwachsen war und dadurch seinen eigentümlichen Namen erhalten hatte. Wenn er die Nacht hindurch ritt, könnte er bei Tagesanbruch in Bree sein. Der Wirt würde ihn mit den nötigen Informationen versorgen. Der geschwätzige Butterblüm hörte so allerlei Dinge von den Reisenden. Vielleicht wusste er mehr von dem verschwundenen Wachmann der Brandyweinbrücke. Er trieb Feuerfuss zur Eile und ritt an den Grenzen Cardolans Richtung Norden. Hier war weites Ödland, riesige, steppenartige Wiesen breiteten sich vor ihm aus und er konnte weit ins Land blicken. Er kam gut voran. Die Hufe seines treuen Pferdes glitten über die Grasebene hinweg und es konnte seine volle Schnelligkeit entfalten. Voll Liebe schmiegte er sich nah an den Hals des Pferdes um so den geringsten Widerstand gegen den Wind zu bieten. Pfeilschnell stoben sie durchs Land.

Den Grünweg erreichte Meoseld gegen Abend. Er liess Feuerfuss laufen

und grasen. Aus seiner Tasche holte er ein Stück Brot und biss lustlos darauf herum. Sein Blick glitt über das weite Grasland und er liess seine scharfen Augen über das Land streifen. Im Norden konnte er schemenhaft die Südhöhen ausmachen. Von dort aus würde es nicht mehr weit nach Bree sein. Er ruhte nur eine knappe Stunde, dann pfiff er nach Feuerfuss. Kurz darauf sah er die schattenhafte Gestalt des edlen Hengsten auftauchen. Er begrüsste ihn zärtlich und schwang sich auf seinen Rücken. Liebevolle elbische Worte flüsterte er ihm ins Ohr und Feuerfuss stieg und jagte in wilden Galopp Richtung Norden davon.
Die Nacht war klar und der abnehmende Mond tauchte das Grasland in silbriges Licht. Der Wind strich über das Gras und wie ein weites Meer wogten die silbrigen Wellen.
Vor fast drei Tagen war er nun aus Rohan aufgebrochen und hatte sich und seinem Pferd Feuerfuss kaum Ruhe gegönnt. Er war sehr erschöpft, doch die Zeit drängte und so trieb er sich und seinen edlen Braunen immer wieder zur Eile an.
Weit nach Mitternacht konnte er vor sich ein kleines Wäldchen ausmachen. Er kam jetzt in die Nähe der Hügelgräberhöhen und des alten Waldes. Dort konnten sich Feinde gut verbergen, er würde vorsichtiger sein müssen. Kurz vor dem Wald stieg er vom Rücken seines Pferdes. Er liess die Zügel hängen und schlich sich in die nähere Umgebung. Er suchte den Boden nach frischen Fussspuren ab. Im hellen Mondlicht der Sichel konnte er den Boden genau betrachten. Zwischen den Felsbrocken und Büschen suchte er nach frischen Spuren, konnte jedoch nichts Verdächtiges erblicken.
Er kroch vorsichtig zu seinem Pferd zurück und spürte, das es zitterte. Furchtvoll blickte es Meoseld an. Er klopfte ihm sanft den Rücken und spähte umher. Eisiger Atem wehte ihm aus dem Wäldchen entgegen. Er fragte sich ob die Grabwichte aus ihren Höhlen bis an den Grünweg herunterkamen. Hier war Eigenartiges im Gange. Ihm stieg die eisige Kälte die Kehle herauf. Grauenhaftes war in der Nähe und versuchte sich seiner zu bemächtigen. Sein Blick suchte das Wäldchen ab, dass sich weit bis zu den ersten Ausläufern der Südhöhen erstreckte. Alles war ruhig, kein Sterbenslaut war zu hören. Eine eigenartige Stille herrschte hier. Er fühlte sich beobachtet. Die eisige Kälte, die sich in ihm rührte schnitt ihm den Hals zu, die Luft wurde ihm knapp. Er musste diesen Ort auf der

Stelle verlassen. Schnell schwang er sich auf den Rücken seines Pferdes. Mühsam beugte er sich zu ihm herunter und flüsterte ihm ins Ohr.
Noro lim, Feuerfuss, noro lim! und dachte nur noch : Feuerfuss lauf, lauf so schnell du kannst, ein merkwürdiger Feind hält sich hier verborgen.
Ihm schwanden die Sinne, aber Feuerfuss jagte mit ihm bereits wie der Sturmwind durch das Wäldchen hindurch, so als müsste er einen lästigen, gefährlichen Verfolger abschütteln. Nur langsam kehrten die Lebens-gei ster zu Meoseld zurück. Er richtete sich auf seinem Braunen auf und warf einen Blick über die Schulter zurück, in das Waldstück hinter sich. Grauen schüttelte ihn und er spähte, ob er verfolgt wurde. Doch nichts regte sich. Nur ein paar aufgezogene Wolken schoben sich vor den Mond, und tauchten die Landschaft in schattenhafte gespenstische Finsternis. Ausser dem Rufen eines Kautzes und dem Wind im Grasland konnte er nichts Ungewöhnliches vernehmen. Die eisige Kälte wich aus seinem Körper.
Seine Gedanken gingen nochmals zurück. Er war ein Meister im Fährtenlesen, hatte jedoch keine Spuren entdecken können, ausser einer Älteren, die eines Luchses. Hier war seit mehr als einem halben Jahr keine Seele durch die Wiesen und das Felsgestein gegangen. Hätte es eine Spur gegeben, er hätte sie nicht übersehen. Der Feind, der sich hier aufhielt und sein Unwesen trieb, hinterliess keine Spuren oder er achtete äusserst sorgsam darauf, seine Fährte verborgen zu halten.
Als die Nacht ihrem Ende entgegen ging und die ersten Strahlen der Sonne die Erde erwärmte, tauchte Bree vor seinen Augen auf.

Bree war einer der grössten Orte des Breelandes, einer im Verhältnis zu den umliegenden Ländern, kleinen Region, an deren Demarkation das Öd- und Grasland ringsum angrenzte. Hier so wusste er, lebten Menschen und Hobbits in einer sonst nirgendwo anzutreffenden Gemeinschaft.
Die Gebiete im Breeland wurden entweder beackert oder als Weidefläche für das Vieh genutzt.
Er liess Feuerfuss in Trab fallen und näherte sich der grossen, sehr dicht angelegten Hecke, die Bree kreisförmig einschloss. Er ritt langsam auf das grosse Tor zu, dass in die Hecke eingelassen war und nun offen stand. Meoseld konnte zwei Wachleute an dem Pförtnerhäuschen stehen sehen, die sich angeregt unterhielten.

Hinter der Hecke konnte er an die hundert Steinhäuser oberhalb der Strasse ausmachen, die meisten von ihnen wurden von den grossen Leuten, wie die Menschen in Bree genannt wurden, bewohnt.
Er ritt grüssend durch das breite Tor hindurch, dessen Flügel weit geöffnet waren. Die Wachleute sahen von ihrem Gespräch auf und begrüssten den Ankömmling freundlich, den sie als einen Waldläufer erkannten. Die Menschen, die hier lebten, waren meist stämmiger Natur und kleiner als die Waldläufer, die grösser und dunkelhaariger waren. Während die Waldläufer ernsteren Gemüts waren, zeichneten sich die Breeländer Menschen eher durch ihre unbekümmerte Heiterkeit aus.
Hier in Bree verkehrten Zwerge, Menschen der umliegenden Ortschaften und Länder und natürlich jede Menge Hobbits.
Vertrauter und sehr viel freundschaftlicher, als unter dem sonstigen grossen Volk üblich, gingen hier die Hobbits und Menschen miteinander um. Die Breeländer hielten sich für die Urahnen der Menschen, sozusagen die direkten Nachkommen der ersten Menschen, die in den ältesten Tagen im Westen Mittelerdes eingewandert waren.
Reges Kommen und Gehen herrschte hier in den frühen Morgenstunden. Auenländische Hobbits kamen die Oststrasse herunter nach Bree. Kleine Ponys zogen Karren, die mit allerlei Waren beladen waren. Der Handel zwischen Bree und den Auenländern war wieder in vollem Gange.

Er überquerte die Strasse und stieg von seinem edlen Braunen und führte ihn ein Stück weiter die Strasse hinauf, die sich um den Fuss des Berges wand und zu deren rechter und linker Seite sich die Steinhäuser der Menschen reihten. Vor ihm tauchte das alte, grosse, dreistöckige Gasthaus mit seinen vielen eckigen und runden Fenstern auf. Über dem Torbogen schwankte in der frischen Morgenbrise die kleine Lampe und das grosse Wirtshausschild, auf dem ein dickes, sich aufbäumendes, weissen Pony abgebildet war. Über der Tür stand in neuen Farben in weissen Lettern :

ZUM TÄNZELNDEN PONY
INHABER :
GERSTENMANN BUTTERBLÜM

Er schritt mit Feuerfuss durch den hohen Torbogen zu einem der zwei

Seitenflügel und brachte sein Pferd in Richtung der Stallungen.
Links unter dem Torbogen war der Haupteingang, zu dem einige breite Stufen hinaufführten. Ein aufgeweckter kleiner Hobbit eilte vom Haupteingang zu ihm herüber und begrüsste ihn freudig.
"Schön Herr Meoseld, dass sie uns wieder einmal besuchen", schwatzte er munter drauf los.
"Schön dich zu sehen, Nob", antwortete Meoseld dem Hobbit.
"Bring' mein Pferd in die Stallungen des alten Gauners", sprach er und lachte Nob verschmitzt zu.
Während er dem Hobbit Nob die Zügel des Pferdes zuwarf, fragte Meoseld : "Ist der alte Gerstenmann schon zugange, zu dieser frühen Stunde?"
Aber bevor dieser überhaupt antworten konnte, rannte ihm auch schon der glatzköpfige Wirt Butterblüm entgegen, der schon am frühen Morgen schwitzte, als hätte er sein Tagwerk bereits vollbracht, und die Schweissperlen tropften von seinem puterroten Kopf. Er schmierte sich seine schmuddeligen Finger an der nicht mehr ganz weissen Schürze ab und begrüsste ihn wie einen lang vermissten Freund.
"Freut mich sehr, euch zu sehen" plapperte er los. "Gibt es etwas Neues zu berichten? Wie gehts dem König?"
Ehe Meoseld überhaupt antworten konnte, prasselte eine neuerliche Fragenflut auf ihn hernieder und er lachte dem Wirt ins Gesicht. Dieser verstand dies als eine positive Antwort auf alle seine Fragen und geleitete ihn schwatzend zum Eingang des Gasthauses.

Gleichzeitig brüllte er dem Hobbit über die Schulter zu : "Nob, und das du mir das Pferd des Herrn Meoseld, auch in eine besonders schöne Box stellst" und nun schrie er schon, damit ihm der Hobbit auch noch verstehen würde "gib dem Tier ausreichend Grünzeug und Heu!"
Zu ihm gewandt sprach er :
"Ein schönes Tier, woher habt ihr es?" Meosold antwortete ihm wahrheitsgetreu, dass es sich hier um ein Pferd der Rohirrim aus den Stallungen Eomers handelte, dass es das Pferd des Königs selbst war, verschwieg er und wollte es auch nicht erwähnen. Das Pferd war edel und kostbar, doch wie kostbar, würde er dem geschwätzigen Wirt nicht erzählen. Allerlei Lumpen und Diebe trieben sich noch immer in Bree herum,

die er nicht in der Nähe seines stolzen Rosses sehen wollte.
Er schritt mit dem Wirt die Stufen zum Haupteingang hinauf und trat in das Gasthaus ein.
Durch die Fenster fiel nur wenig Tageslicht in die Gaststube, da die dunklen Vorhänge vor den Fenstern zugezogen waren. Der Wirt drückte Meoseld auf eine Bank in der Ecke, an einem langen Tisch gleich bei der Eingangstür. Als seine Augen sich an das Licht des nur dämmrig erhellten Raumes gewöhnt hatten, sah er sich um. Von den dunklen Balken der Decke, glimmten nur drei trübe Deckenlampen. Ihr schmutziges mattes Licht konnte die Schankstube nur schwach erhellen und musste sich mühsam seinen Weg durch die Rauchschwaden bahnen, die in der stickigen Luft hingen. In einer Ecke brannte munter ein grosses Kaminfeuer.

Hier war der Treffpunkt für viele Reisende und Händler, für Geschwätzige, Neugierige und Müssiggänger. Er nahm die Kapuze seines Mantels ab, die ihn bisher vor neugierigen Blicken geschützt hatte, holte seine langstielige geschnitzte Pfeife aus seiner Manteltasche und stopfte sie. Sein Blick glitt durch die Schankstube, die um diese Zeit schon zum Bersten gefüllt war. Am Nachbartisch sassen ein paar Zwerge, die sich aufgeregt unterhielten. Einen Tisch weiter sassen auf den Bänken Breeländer Menschen und stritten sich.

So zollte er jedem Tisch seine Aufmerksamkeit, bis seine Blicke bei dem Kamin hängenblieben. Dort sassen zwei in Kapuzen gehüllte Menschen, die er sofort als Waldläufer erkannte.
Sie unterhielten sich leise und blickten aufmerksam in seine Richtung. Er zündete sich seine Pfeife an und erhob sich. Gemächlichen Schrittes ging er durch den Raum und beobachtete aus den Augenwinkeln jeden Tisch mit Aufmerksamkeit, ohne das die anderen Gäste etwas davon bemerkt hätten und ging zu den beiden am Kamin herrüber. Seine Miene hellte sich auf, als er seine treuen Weggefährten Tharbath und Arodan erkannte. Sie begrüssten ihn freudig, was sich im wesentlichen nur dadurch bemerkbar machte, dass sie ihm lediglich zulächelten.
Er setzte sich zu den beiden und gleich darauf rannte der Wirt Butterblüm suchend mit einem grossen Tablett durch seine Schankstube. Er erblickt Meoseld bei den beiden anderen Waldläufern und eilte auf ihn zu.

“Hätte mir ja gleich denken können, dass ihr bei Euresgleichen sitzen wollt” sagte er freundlich zwinkernd und servierte frisches Brot und duftenden Geflügelbraten. Dazu reichte er bekömmliches Bier. Meoseld bemerkte erst jetzt, dass er seit Tagen nichts Anständiges mehr zu sich genommen und hatte. Er legte seine Pfeife beiseite und riss sich einen Flügel aus dem Braten, den er sofort herunterschlang. Der Gerstenmann setzte sich zu den drei Waldläufern und versuchte Meoseld und die beiden anderen auszufragen.

Doch viel konnte er von den schweigsamen Waldläufern nicht in Erfahrung bringen, so dass er sich kurz darauf unverrichteter Dinge trollte und zu gesprächigeren Gästen eilte. Viel Zeit, so überlegte Meoseld, konnte er hier nicht vertrödeln. Bevor er weiterritt, würde er auch noch ein Weile schlafen müssen. Seine Freunde Tharbath und Arodan sahen ihm schweigend beim Essen zu. Als er sich satt gegessen und den Bierkrug zur Hälfte geleert hatte, richtete er das Wort an die beiden.
“Ich habe einen seltsamen Auftrag von König Eomer erhalten” hob er an zu sprechen. “Drüben im Auenland” und er deutete mit einer Kopfbewegung in westliche Richtung, “ist der Wachmann der Brücke des Baranduin”, so nannten die Waldläufer und Elben den Brandywein, “spurlos verschwunden”. Die beiden Waldläufer nickten zum Zeichen ihrer Aufmerksamkeit. Er sah sich noch einmal um und vergewisserte sich, dass niemand sie belauschte. Dann sprach er im Flüsterton weiter :
“Ich soll mich dort ein wenig umschauen und der Sache auf den Grund gehen” führte Meoseld in bedeutungsschweren Worten aus.
“Um die Mittagszeit werde ich mich auf den Weg machen und auf der Oststrasse zum Auenland reiten”, sagte er und Arodan und Tharbath blickten ihn aufmerksam an.

Dann sprach Arodan leise zu Meoseld : “Ruh dich aus, wir werden deinen Schlaf bewachen.”
Meoseld nickte und rauchte seine Pfeife zu Ende.
“Allerlei Gesindel treibt sich hier noch immer herum” flüsterte Tharbath und liess seinen Blick durch die Schankstube gleiten, während seine Augen bei ein paar übel aussehenden Strauchdieben in der Nähe der Eingangstür hängen blieben.

Alle drei Waldläufer erhoben sich und verliessen die Schankstube. Meoseld bezog einen kleinen Schlafraum in der ersten Etage, das nur ein Fenster in Richtung der Stallungen hatte. Seine Gefährten folgten ihm.
“Behaltet auch die Stallungen im Auge, dort steht der edle Feuerfuss”, sagte Meoseld.
Die Köpfe der beiden sprangen zu ihm herum.
“Feuerfuss?”, fragte Arodan ungläubig. Meoseld lächelte. “Ja, Feuerfuss, Eomers Pferd”, ihr habt richtig gehört. Arodan und Tharbath tauschten fragende Blicke aus und setzten sich in die Nähe des Fensters. Tharbath öffnete den Vorhang einen Spalt, so dass sie die Stallungen gut einsehen konnten, ohne selbst gesehen zu werden. Meoseld sank in einen kurzen, aber tiefen Schlaf, bewacht von seinen Getreuen. Als die Sonne am höchsten stand erwachte er und sprang von seiner Schlafstatt auf.
Er klopfte seinen Getreuen auf die Schultern und dankte ihnen.
“Wir werden dich begleiten”, sagte Arodan.
“Und dir bei der Erfüllung deines Auftrages behilfreich sein”, sprach Tharbath.
So, als hätte Meoseld nichts anderes erwartet, richtete er sich auf und schritt schnellen Schritts aus seinem Zimmer durch das Gasthaus. Dem Wirt warf er ein paar Silberlinge zu und eilte zu den Stallungen. Arodan und Tharbath folgten ihm wie sein Schatten.
Als Feuerfuss ihn witterte, wieherte er ihm freudig entgegen. Meoseld sattelte ihn, schwang sich auf den Rücken des Rosses und ritt aus dem Stall. Arodan und Tharbath folgten ihm auf ihren Pferden. Auf der Strasse wendeten sie ihre Pferde dem geöffneten Tor auf der Westseite Brees zu und ritten an dem Pförtnerhäuschen vorbei auf die Oststrasse. Als Bree ihren Blicken entschwand, schlugen sie einen scharfen Galopp an. Die Breeländer sollten nicht wissen, dass sie es eilig hatten. Meoseld ritt auf Feuerfuss voraus, so dass die Pferde Arodans und Tharbaths Mühe hatten, ihm zu folgen. Arodan ritt eine schöne Schimmelstute und Tharbath einen falben Hengst.

Arodan der Waldläufer war gross gewachsen und hatte milde, gleichmässige Züge. Seine Haut war wettergegerbt und in seinen tiefgrünen Augen schimmerte ein schwacher Glanz. Die dunklen, schwarzen Haare, die sein Gesicht umrahmten, waren kurz gehalten. Wie alle Waldläufer trug er einen dunklen elbischen Umhang, dessen Farbe nicht genau zu bestimmen war. Dieser konnte ihn verborgen halten, da er sich der Umgebung anzupassen wusste. Er wurde am Hals mit einem sechszackigen, silbernen Stern geschlossen, dem Erkennungszeichen der Waldläufer des Nordens.

Tharbath hingegen, hatte ein breites Gesicht und buschige Augenbrauen. In tiefen Höhlen sassen seine Augen, die graublau leuchteten. Er hatte eine grosse Nase und einen breiten Mund. Sein Gesicht wirkte hart und ernst. In den dunkelbraunen Haaren schimmerten blonde Strähnen, dort wo die Sonne seine Haare ausgeblichen hatte. Er trug sie schulterlang und sie fielen wellig von seinem Kopf herab. Kein Gesichtsmuskel bewegte sich, so dass man oft den Eindruck hatte, in das Antlitz einer Statue zu blicken. Auch er trug einen elbischen Mantel.

Die drei Waldläufer kamen gut voran. Sie liessen rasch die nördlichen Ausläufer der Hügelgräberhöhen hinter sich und einen Tag später, die des alten Waldes . Ohne ihren Pferden eine grössere Pause zu gönnen, galoppierten sie westwärts und kamen am Abend an der Brücke des Brandywein an. Sie stiegen am Wachhäuschen von ihren Pferden und banden sie an einen Pfeiler der Brücke.
Der Wachmann stellte sich als Brolano Guttleib vor und beäugte die Waldläufer argwöhnisch. Die drei überragten den Hüter der Brücke fast um das Doppelte. Meoseld stellte sich und seine Getreuen dem Wachmann vor. Als dieser nun die Namen der Waldläufer erfahren hatte und wusste, wer vor ihm stand, schien auch dies das kleine Kerlchen nicht sonderlich zu beruhigen. Meoseld beugte sich zu ihm herunter und sprach :
“Hüter der Brandyweinbrücke” und blickte dabei den Hobbit amüsiert an.
Dann sprach er weiter :
“Wir suchen die ehrenwerten Hobbits Meriadoc Brandybock und Perregrin Tuk”.
Von der kräftigen Stimme zu Tode erschreckt, aber im Angesicht der Gefahr, schrie er den dreien entgegen: “Warum wollt ihr das wissen?” und war erstaunt, wie kraftvoll seine Stimme klang, während seine Hosen um seine zitternden Knie schlotterten.

Meoseld, Arodan und Tharbath waren sichtlich angetan, von der Tapferkeit dieses kleinen Hobbits und mit gemässigter Stimme sagte Arodan :
“Meoseld” und während er den Namen aussprach, zeigte er auf den genannten Waldläufer, “wurde von König Elessar und von Eomer, dem König von Rohan, hierher gesandt um den eigenartigen Dingen auf den Grund zu gehen, die an dieser Brücke geschehen sind.”
Brolano, dem fast schwindlig wurde vor soviel ehrenwerten Königen, die sich für die Brücke zum Auenland interessierten, schüttelte misstrauisch den Kopf.
“Herr Peregrin Tuk und der Herr Meriadoc Brandybock baten um Mithilfe, damit dieser Vorfall aufgeklärt wird”, sagte Arodan ungeduldig zum Hüter der Brandyweinbrücke.
Dieser nahm nun eine wichtige Haltung ein und deutete mit der rechten Hand nach Bockenburg und sprach : “Zwei Wegstunden von hier kommt ihr auf der Strasse, entlang des Brandywein, erst nach Neuburg, dann nach Krickloch und später nach Bockenburg. Sobald ihr dort seid, fragt nach dem Brandyschloss.”
“Die Gesuchten werdet ihr dort finden”, fügte er noch hinzu.

Die Waldläufer bedankten sich und liefen zu ihren Pferden. Der Hüter blickte ihnen nach, fasste noch einmal Mut und rief :
“Gorlando, der ehemalige Hüter dieser Brücke, war mein Bruder” und eine Träne floss aus seinen Augen bahnte sich seinen Weg, vorbei an der dicken Knollennase, durch sein rundes gutmütiges Gesicht. Die Drei blieben stehen, drehten sich um und kehrten zu ihm zurück. Sie bildeten einen Kreis um den Wachmann und klopften ihm tröstend auf die Schulter. Tharbath blickte Brolano in die Augen und sprach :
“Wir werden alles tun, um diesen mysteriösen Vorfall aufzuklären.” Brolano schaute sie voll Zuversicht an und sprach mit neuem Hoffnungsschimmer :
“Vielleicht lebt er ja noch. Wollen die ehrenwerten Herren nicht gleich mal mit der Spurensuche beginnen?”
Tharbath und Arodan blickten Meoseld an.
“Warum nicht, so lange es noch hell ist, können wir versuchen, herauszufinden, was hier geschehen ist.”

Tharbath und Arodan gingen, um die Brücke auf der Seite des Wachhäuschens abzusuchen und Meoseld lief daher auf die gegenüberliegende Seite.
Arodan und Tharbath befragten den Wachmann als Erstes, wie man überhaupt bemerkte, dass der Hüter nicht mehr da war. Wahrheitsgetreu berichtete er, dass am Morgen die ersten Hobbits mit ihren Karren zur Brücke zogen. Die Gebrüder Dragan und Drogo Straffgürtel hatten als Erste an diesem Morgen die Brücke befahren und festgestellt, dass der Hüter Gorlando nicht in seinem Wachhäuschen war, aber einen Schemel aus dem Wachhäuschen geholt und ihn in die Mitte des Weges gestellt hatte. Er knuffte Arodan in die Seite und sagte :
"Ist doch eigenartig, oder meint ihr nicht?"
Arodan gab ihm zu verstehen, dass er mit seiner Geschichte fortfahren sollte. Das mit dem Schemel war ihm bereits im Gasthaus zum Tänzelnden Pony von Durchreisenden zu Ohren gekommen und auch ihm war es merkwürdig vorgekommen.
Aber um sich ein Bild zu machen, wollte er zuerst alle nötigen Informationen sammeln und darüber nachzudenken, um dann das Rätsel zu lösen. Bis dahin war aber noch Zeit. Brolano Guttleib rückte sich seinen Gürtel an der Hose zurecht und sprach weiter :
"Ja, dann kamen weitere Hobbits und fingen an, Gorlando zu suchen".
Arodan dachte : "Na herrlich", die aufgeregten Hobbits werden mit Sicherheit jede Spur zerstört haben, die sich hier je befunden hatte".

Die redlichen Absichten jedoch in Ehren haltend, hielt er seinen Mund und dachte sich seinen Teil. Brolano berichtete weiter, dass sofort ein Sondertrupp von Hobbits gebildet wurde, unter der Führung des ehrenwerten Herrn Perregrin Tuk, die die Gegend weiträumig nach dem Wachmann absuchten. Doch diese gaben ihre Suche noch am gleichen Tag auf, da nicht die geringste Spur gefunden wurde, die auf das verdächtige Verschwinden Gorlandos hindeutete. Da Herr Perregrin bemerkt hatte, dass ein riesiger Elbenzug an der Brücke vorbeigekommen sein musste, ritt er den Elben höchst selbst hinterher und holte diese auch ein. Hier machte Brolano eine bedeutungsschwangere Pause, die Blicke von Tharbath und Arodan, die ihn höchst interessiert anblickten, geniessend.
"Die Elben haben bestätigt, den Wächter noch gesprochen zu haben. Es

muss in der Morgendämmerung gewesen sein und zu diesem Zeitpunkt war er noch sehr lebendig."
Soso, dachte sich Arodan, das war nun die wertvolle Information. Brolano fuhr weiter fort :
"Von Selbstmord, wie einige böse Zungen behaupten, kann gar nicht die Rede sein. Mein Bruder wäre zu so etwas gar nicht in der Lage gewesen und selbst die Elben haben Herrn Perregrin Tuk berichtet, dass er putzmunter und diensteifrig war und sogar ein kleines Scherzchen auf den Lippen hatte." Brolano beendete seinen Bericht und blickte die beiden erwartungsvoll an.
Tharbath fragte ihn, ob man den Fluss nach dem Hobbit abgesucht hätte. Brolano bestätigte dies eilends mit einem Kopfnicken.
"Gefunden haben sie ihn jedoch nicht", sagte er. "Die Bockenburger verstehen sich aufs Booten", führte er weiter aus. "Zwei Boote sind noch am selben Tag aufgebrochen und haben die Flussufer abgesucht."
Tharbath und Arodan dankten dem Hobbit und begannen mit ihrer Suche.
"Vor wenigen Tagen also zog hier ein grosser Elbenzug vorbei", sagte Arodan. Tharbath nickte.
"Weit über Hundert müssen es gewesen sein", fügte er hinzu, als er die Spuren untersucht hatte. Sie krochen bis hinunter zur Uferböschung und falls hier jemals eine Spur gewesen war, hatten etliche Hobbits sie zertrampelt. Die Schilfrohre waren abgebrochen und das Gras schmierig breitgetreten. Hier kamen sie auf keinen Fall weiter.

Sie blickten hinüber zu Meoseld, wie er den kleinen Hügel auf der anderen Seite zu einer riesigen Eiche emporkletterte und absuchte. Er kroch sehr vorsichtig und hob die erst kürzlich von den Bäumen gefallenen Blätter vom Erdboden auf. Womöglich fand sich darunter eine brauchbare Spur. Sie kletterten die Uferböschung gefolgt von den neugierigen Blicken Brolanos, nach oben. "Und? Und?", fragte er und hüpfte wie ein Springball um sie herum. Doch Arodan und Tharbath zuckten nur mit ihren Schultern und gingen über die Brücke. Mit einem Mal blieb Tharbath wie angewurzelt stehen und rief Arodan und den verrückten Hobbit, der jetzt Wachmann geworden war, zu sich heran. Seine Blicke richteten sich auf das Geländer und nun sah es auch Arodan. An einem Holzspan hing ein dünner Faden und ein winziger Stofffetzen, nicht grös-

ser als ein Holzspan oder eine kleine Fingerspitze. Das Holz war an einer kleinen Stelle der Aussenkante etwas abgerissen. Tharbath zeigte Brolano die Stelle und dieser stierte auf das Brückengeländer. Dann endlich entdeckte er, worauf ihn die beiden aufmerksam machen wollten. Arodan fragte Brolano, ob er sagen könne, ob es sich bei dem Stück Stoff und um eines von Gorlandos Sachen handeln könnte, der sie daraufhin ansah, als hätten sie ihm einen schlechten Witz erzählt und wollten ihm gleich erklären, das der Mond eine Kugel war.
“Woher, um alles in der Welt, soll ich das denn wissen?”, fragte er sie.
Vorsichtig löste Tharbath das Fädchen und das winzige Stoffteilchen und während er sich in Richtung Wachhäuschen zurückbewegte, suchte Arodan die Brücke nach weiteren Spuren ab. Tharbath verzog sich in das Wachhäuschen und untersuchte den Schemel, der dort stand. Seine Augen glitten aufmerksam über die Sitzfläche und die Stuhlbeine und er untersuchte sie genau. Das Glück schien ihm hold. Er fand auch hier einen kleines Stück abgerissenen Stoff, der hängengeblieben war. Er verglich sie lange und war sich dann sicher, dass es sich um ein und dasselbe Kleidungsstück handelte. Das Alter, die Färbung und die Struktur der Faser waren identisch. Er steckte die beiden Stofffetzen in seine Tasche und rief Arodan zu sich. Gemeinsam liefen sie hinüber zu Meoseld.

Dieser hatte, nachdem er sah, dass die beiden sich mit dem Wachmann beschäftigten, das jenseitige Flussufer abgesucht. Heerscharen vom Hobbits waren wild durcheinander herumgetrampelt und es hatte keinen Sinn, hier noch weiter zu suchen. Er dachte nach. “Ein Feind, der Gorlando beseitigen wollte, hätte die Brücke vorab gut beobachtet müssen.” Er sah sich um und entdeckte im Gelände sofort die geeignetste Stelle für solch eine Unternehmung. Es war die alte knorrige Eiche, die auf der kleinen Erhebung stand und hinter der sich ein kleines Wäldchen erstreckte. Falls dem so war, musste er auch diesen Abhang heruntergekrochen sein. Er suchte jeden Winkel des möglichen Weges nach unten ab und war sichtlich enttäuscht, dass sich sein Verdacht nicht bestätigte.
Er blickte sich nach seinen Gefährten um, sie mussten gerade eine höchst interessante Entdeckung auf der Brücke gemacht haben. Als Letztes wollte er zumindest noch die alte Eiche selbst untersuchen. In ihren Wurzelgeflecht konnte sich ein Hobbit oder Zwerg gut verbergen. Für

Menschen war dieses Versteck recht klein. Er kroch behende an den Fuss der Eiche. Von hier aus hatte man einen idealen Blick auf die Brücke. Gleich dem Feinde versuchte er sich in dem Wurzelgeäst zu tarnen, als ihn plötzlich eisiges Grauen beschlich. Er schnappte nach Luft und versuchte, die furchtbare Kälte, die sich seiner bemächtigen wollte abzuschütteln. Er hielt sich den Hals, der ihm wie zugeschnürt vorkam. Er war sich plötzlich sicher, *ES* und hier dachte er an die seltsame Begebenheit beim Grünweg vor dem Waldstück bei den Hügelgräberhöhen, *ES* war auch hier gewesen. Der eisige Atem war hier in dem Wurzelgeäst nur noch schwach zu spüren. Im Grünweg hatte *ES* ihn fast getötet. Und auf einmal wurde ihm klar, warum der Hüter sein Leben lassen musste. Denn das er tot war, stand für ihn jetzt ausser Frage. Auch er musste diesem Grauen begegnet sein. Ihn schüttelte es und die Frage beschäftigte ihn. Wer oder was war *ES* nur? Er hatte alles untersucht, hier war absolut nichts zu entdecken. Wie war das nur möglich?, fragte er sich. Er sprang eilends aus dem Geflecht heraus und untersuchte den Waldboden und die Wurzeln erneut sorgfältig.
Falls von hier oben jemand die Brücke beobachtet hatte, war es kein menschliches oder tierisches Lebewesen, diese hätten zumindest einen kleinen Hinweis hinterlassen und Spuren gab es hier überhaupt keine.
Das war nicht nur ungewöhnlich, es war schier unglaublich. Die eisige Kälte wich langsam aus seinem Körper. Letztmalig schob er ein paar Laubblätter an die Seite, aber ausser einem dünnen Nebelfetzen, der sich hier wohl noch nicht aufgelöst hatte, war nichts zu entdecken. Etwas hatte hier gelagert, von dem er sich nicht erklären konnte, was es war.
Er wandte sich um und ging eilenden Schrittes auf seine Gefährten zu, die ihm entgegen kamen.

Es dunkelte bereits und die ersten Sterne konnte man am Firmament leuchten sehen. Sie verabschiedeten sich höflich von dem Wachmann, dann drehten sie ihre Pferde bei und ritten eilends nach Bockenburg.
Nachdem sie eine Wegstunde geritten waren, machten sie Halt und bogen von der Strasse ab. Die Nacht war schon weit fortgeschritten und sie wollten vor Tagesanbruch ein wenig schlafen. Sie ritten an den Fuss des kleinen Steilhanges, der sich entlang des Brandywein erstreckte. Sie sprangen von ihren Pferden ab und machten nur ein kleines Feuer aus

trockenen, kleinen Zweigen und herumliegenden Laub. Das Flackern des Lichterscheins spiegelte sich in ihren Gesichtern und liess sie fleckig und unruhig wirken. Der Mond war nur noch eine dünne Sichel und erhellte das Land nur wenig. In weiter Ferne konnten sie die Lichter der Ortschaften Krickloch und Neuburg sehen und gegenüber dem Brandywein, brannten die Lichter von Stadel. Sie assen von ihrem Brot und kauten die mitgebrachten Äpfel. Danach holten sie ihre geschnitzten, teils verzierten Pfeifen hervor, und bliesen kurze Zeit später dünne Rauchkringel in den Himmel.
"Aus dem Auenland soll der Tabak kommen - alter Tobi!" Genüsslich zog Arodan an seiner Pfeife und inhalierte einen tiefen Atemzug.
Dann grübelten sie lange über den Vorfall an der Brücke und berieten sich. Einer nach dem anderen teilte seine Erkenntnisse mit und sie hörten einander aufmerksam zu. Als Meoseld an der Reihe war, berichtete er alle Details, aber von dem Grauen sagte er kein Wort. Dies wollte er vorerst für sich behalten, so lange ihm nicht klar war, was er da überhaupt aufgestöbert hatte. Sie hüllten sich in ihre Mäntel und legten sich an der Feuerstelle schlafen.

Gegen Morgen brachen sie auf, traten das Feuer aus und schwangen sich auf ihre Pferde und am späten Vormittag kamen sie in Bockenburg an. Die Blicke der Hobbits folgten ihnen. Sie fragten einen Hobbit, der auf der Strasse entlangeilte, nach dem Brandyschloss und den Herren Tuk und Brandybock. Der Hobbit, ein Stolzfuss, zeigte ihnen den Weg, in deren Richtung die Pferde sofort davontrabten. Als die Waldläufer aus den Augen des Hobbits verschwunden waren, bildete sich um ihn sofort eine Traube und alle wollten genau wissen, wer die drei waren und wohin sie wollten. Dass die ehrenwerten Hobbits Merry und Pippin nun Besuche von fremdländischen Leuten erhielten, war ein vortrefflicher Grund zum Tuscheln.

Die Hobbits hatten eine angeborene Abneigung gegen alle Fremdländer. Denen vom grossen Volk konnte man sowieso nicht trauen, verstrickten sie einen nur in verschiedene, höchst gefährliche Abenteuer. Da sollte man sich nur mal den alten Beutlin, der oben in Hobbingen gelebt hatte, ansehen, Zwerge gingen bei dem ein und aus, sogar mächtige Zauberer,

sagte man sich, dass man dabei den Verstand verlieren musste, war den meisten Hobbits nur allzu verständlich. An seinem 111. Geburtstag verschwand der alte Bilbo Beutlin und wurde seither nicht mehr gesehen. Wahrscheinlich hatte ihn ein Zauberer fortgehext oder die Zwerge hatten in verschleppt. So etwas konnte nur passieren, wenn man sich mit Fremdländern einliess.
Die Bockenburger beobachteten mit Argwohn, dass ihr Bürgermeister Meriadoc Brandybock und der Thain Herr Peregrin vom Tukland, diese Dummheiten pflegten. Aber gerade diesen beiden, hatten sie es zu verdanken, dass die Besetzer vertrieben wurden.

Elendes Menschengesindel aus dem Breeland und sonst woher.
Meriadoc Brandybock, der von allen nur Merry gerufen wurde, bewohnte seit neuestem einen der unteren Stollen im Brandyschloss. Sein Cousin Peregrin Tuk, Pippin gerufen, war recht häufig bei ihm anzutreffen. Die alten Zeiten, in denen sie noch als Tunichtgute beim Bauer Maggot Pilze geklaut hatten, waren vorbei. Sie waren jetzt angesehene Leute und gaben gern Auskunft. Bei allen schwierigen und kleinen Problemchen wurden sie gerufen und ihr Rat eingeholt.

Sie lebten wieder im Auenland und futterten sich ein kleines rundes Bäuchlein an. Sie hatten gerade ein ausgiebiges Frühstück hinter sich gebracht, legten ihre Beine auf den Tisch und rieben sich ihre vollgeschlagenen Leiber, als es draussen laut und kräftig klopfte.
Sie tauschten verheissungsvolle Blicke aus und Merry ging zur Tür. Als er sie öffnete, sah er drei Waldläufer. Ihm blieb der Mund offen stehen. Einige neugierige Hobbits kamen zusammengelaufen und beobachteten den Vorgang am Brandybockschen Stollen, so dass Merry die drei Waldläufer eilends hereinbat und die Tür verärgert hinter sich zuknallte, um sich vor den neugieren Blicken der Hobbits zu schützen, die sich ihre Nasen an den Fenstern fast platt drückten.

Die drei standen etwas unentschlossen im Raum, bis ihnen Platz angeboten wurde. Sie fühlten sich wie in einer Kinderstube. Bevor sie sich setzten, stellten sie sich der Reihe nach vor. Danach blickten sie sich um. Sie waren in einem Halbrund einer Höhle, deren Deckengewölbe mit Holz

verkleidet war. Die Höhle hatte runde Fenster, an denen helle Gardinen hingen und sich jetzt einige Hobbits drängten, um die Fremdländer zu sehen. Die Räume waren teils nebeneinander, teils hintereinander angelegt und der Stollen schien weit in den Berg hineinzureichen. Die Möbel die hier standen, waren denen der Menschen recht ähnlich, nur im Verhältnis zur Grösse der Hobbits angefertigt. Was jedoch die Länge und Breite der Tische anging konnten sie mit denen der Menschen mithalten und übertrafen sie sogar. Diesen merkwürdigen Umstand konnten sie sich erst erklären, als ihnen Essen aufgetafelt wurde.
Die Blicke der drei Waldläufer glitten durch die geräumige Stube und blieben am Kamin haften. Hier hingen ein wunderschönes elbisches Schwert und ein mit Edelsteinen besetzter Dolch. Es waren wunderbare Waffen. Daneben war ein kleines, rundes Schild mit dem Wahrzeichen Gondors, dem weissen Baum, angebracht. Am Haken neben der Tür hingen zwei Elbenmäntel, die von schönen, elbischen Spangen gehalten wurden. Die eine der beiden war etwas verbogen, doch tat dies ihrer Schönheit keinen Abbruch. Hier gab es wertvolle Waffen und Kleidungsstücke und zwei aufgeweckte Hobbits.
“Tee?”, fragte Pippin und kam mit einem dampfenden Kanne aus der Küche.
“Gern”, antwortete Meoseld.
In Windeseile hatten Merry und Pippin für die Herren Tassen und Tellerchen herbeigeholt und neben Tee wurde noch ein riesiger Brombeerkuchen und einige Kekstörtchen aufgetafelt und allerlei andere Backwaren.
Pippin biss in ein grosses Stück Brombeerkuchen und zischte zwischen seinen Zähnen hervor : “Zweites Frühstück!” Dabei prustete er ein paar Kuchenstückchen aus dem Mund.
Merry richtete seinen Blick auf Arodan, der für seinen Geschmack noch am nettesten aussah und fragte ihn höflich : “Was können wir für die ehrenwerten Herren tun?”
Arodan sah ihn verwundert an und fragte :
“Habt ihr denn nicht um Hilfe gebeten, werte Herren Meriadoc Brandybock und Perregrin Tuk?” Pippin winkte mit der Hand ab und sprach :
“Merry und Pippin reicht vollkommen.” Danach tauschten sie Blicke aus

und Pippin sprach zu Merry :
“Ich habe dir doch gleich gesagt, dass sie das schafft.”
“Du solltest eine Poststelle eröffnen”, frotzelte Merry.
Pippin knuffte ihn : “Du wolltest nicht glauben, dass Iselda das meistert”.
“Wer hat was geschafft?”, mischte sich Meoseld in das Gespräch der beiden ein.
Pippin blickte stolz zu Meoseld und berichtete von seiner klugen Taube, namens Iselda.
Eigenhändig habe er ihr die Karte von Mittelerde gezeigt und auf Minas Tirith getippt. Ein kleines Briefchen hatte er an ihrem Fuss angebracht, in denen er die neuesten Ereignisse des Auenlands geschildert hatte. Auf seine Iselda war Verlass.
“Es ist schon sehr verwunderlich, dass sie dort angekommen ist”, sagte Merry.
“Flog sie nicht in nördliche Richtung davon, statt nach Süden, dein Schlaubergervogel?”.
“Nun sie wird einen grossen Bogen gedreht haben”, sprach Pippin ernsthaft.
Merry tippte Pippin an den Kopf und dann balgten sie sich. Meoseld, Tharbath und Arodan blickten dem Treiben zu und lachten herzhaft. Dann ging Meoseld zwischen die Raufbolde.
“Aber, aber, meine ehrenwerten Herren”, sprach er lachend und sah Pippin in die Augen.
“Die Künste eurer Taube, die ihr Iselda nennt, in Ehren, ist sie denn schon zurück?”, prustend bog sich Merry vor Lachen. Pippin sah verärgert auf Meoseld, Merry und die anderen Waldläufer. “Selbstverständlich und der Brief war ab”. Meoseld nahm ihn bei den Schultern und sprach :
“Mein lieber Pippin, könnt ihr euch erinnern, dass ihr den Elben nachgeritten seid?”
Pippin schien unwillig in seinem Gehirn zu kramern und nickte missgelaunt.
“Nun die Elben haben zu Arwen Abendstern, der Gemahlin des Königs, eine gedankliche Verbindung aufgebaut und die Botschaft von euch überbracht. Aus diesem Grunde sind wir hier.”
Pippin zog ein beleidigtes Gesicht und Merry bog sich vor Lachen.
Meoseld wand sich an die beiden und teilte ihnen mit, was sie herausge-

funden hatten.
“Mit grosser Wahrscheinlichkeit”, so endete Meoseld seinen Bericht, “hat der Hobbit auf den Geländer gesessen und ist dann in das Wasser gefallen oder gestossen worden”, sagte er.
Merry und Pippin blickten sie anerkennend an, soviel hatten sie nicht in Erfahrung bringen können.
Leider konnten wir weitere Spuren aus der Vielzahl anderer nicht mehr herauslesen.
Verlegen murmelte Pippin zu seiner Verteidigung :
“Wir haben den Hüter der Brücke am Flussufer suchen lassen”.
Meoseld ging nicht näher darauf ein. Für seine Verständnis sah eine Suchaktion anders aus, als dass eine Horde wild gewordener Hobbits alles niedertrampelte.
Dann bat Meoseld die Herren Merry und Pippin ihrer Rückreise an den Hof Eomers zuzustimmen, da Weiteres an der Brandyweinbrücke sicher nicht in Erfahrung zu bringen sei.
Der braune Fluss hatte den Wachmann mit sich gerissen und würde, wenn überhaupt, ihn erst viele Meilen weiter südlich an das Ufer spülen.

Merry und Pippin bedankten sich für die Hilfe und besonders Merry liess extra viele Grüsse an Eomer übermitteln, an dessen Hof er einige Zeit Theodens Schildknappe war. Sie wollten sich gerade von ihren Stühlen erheben, als Merry und Pippin, den Tisch mit Braten, gedünsteten Fisch und knusprigen Knollen füllten. Sie stellten dampfenden Mais und einen grossen Berg Salat hinzu. Danach brachten sie einen grossen gefüllten Brotkorb. Arodan sprach : “Aber wir haben doch gerade gegessen”. Worauf ihn Pippin verständnislos ansah. “Das war doch das zweite Frühstück, jetzt ist das Mittagessen dran”.
“Wie oft esst ihr denn?” erkundigte sich Arodan besorgt.
“Nun” sprach Pippin und zählte die verschiedenen Mahlzeiten mit den Fingern ab.
“Also mit Mitternachtsimbiss sind es sechs” sprach er strahlend und schob sich eine knusprige Knolle in den Mund.
“Wir Waldläufer essen selten öfter als einmal am Tag”, sagte Arodan.
“Selbst Schuld”, schmatzt Merry.
Die Waldläufer assen dann aber doch von dem köstlich, duftenden Braten

und dem Gemüse. Anschliessend standen sie auf und verabschiedeten sich höflich und gingen nach draussen zu ihren Pferden.
“Wohin jetzt?”, fragte Tharbath.
Meoseld zeigte in südliche Richtung
“Auf nach Rohan, meine Getreuen!”. Sie liessen ihre Pferde steigen und galoppierten auf der Strasse nach Süden davon.

VIERTES KAPITEL

DER SCHATTEN REGT SICH

Mehrere Monate überdauerte Saruman in der Felsnische und dämmerte vor sich hin. Erst im Frühjahr regten sich seine grauen Nebelmassen und er erhob sich an einem warmen Frühlingstag und suchte seinen Weg nach draussen. Das Gras begann in frischem Grün nachzuwachsen, das Moos hatte sich mit Wasser vollgesogen und bevölkerte die schattigen Felsen. Eidechsen sonnten sich auf den Felsvorsprüngen und Zikaden zirpten. Allerlei Insekten krochen aus ihren Löchern und erfüllten die Luft mit ihrem Surren, Summen und Schwirren. Vögel zogen in Scharen durch die Lüfte. Er rekelte seine eingestaubten Nebelfetzen und reckte sie der Frühjahrsonne entgegen, die ungewöhnlich stark vom Himmel strahlte.
Sein Blick glitt über das vor ihm liegende Land. Einige Gipfel der Südhöhen waren noch mit Schneefeldern überzogen, die in der Sonne glänzten. Nur die Kiefer auf dem felsigen Gestein sah traurig aus. Ihre kahlen Äste waren verdorrt und der Baum starb einen langsamen Tod.

Auf dem Felsvorsprung vor seiner Höhle hielt er sich nun täglich viele Stunden auf. Er sah, wie der restliche Schnee in der warmen Sonne taute, die Blumen erblühten und er folgte den Wolken mit seinen Blicken. Hier wuchsen Gräser, Kräuter, Silberdisteln und ein paar halbhohe Sträucher, deren stark verästelte Stämmchen dichte Teppiche bildeten. Die verschiedenen ausdauernden Pflanzen, mit ihrem robusten Wurzelstock, blühten in den verschiedensten Farben. Gelbes Bergnelkenwurz, purpurne Bergflockenblume, orangerotes Habichtskraut, weisser Steinbrech und viele andere mehr. Eine bunte und fast unendlich vielfältige Welt. Ein heisser und regenreicher Sommer löste den Frühling ab.
Die Tiere witterten Sarumans Nähe und schlugen einen grossen Bogen

um den Felsvorsprung, nur die Vögel flogen arglos über ihn hinweg.
Um den nicht gerade günstigen Verhältnissen zu trotzen, entwickelte er spezielle Verhaltensweisen, die sein Überleben in dieser rauhen Bergwelt gewährleisteten. Er unternahm jetzt häufiger Ausflüge in die nähere Umgebung.
Je weiter er auf die Gipfel der Berghöhen stieg, umso seltener wurden die verschiedenen Blumenarten. Schliesslich fehlten sie ganz. Ihren Platz nahmen niedrig wachsende, verholzende, oft krumme Sträucher ein, die den rauhen Winden und der winterlichen Schneedecke besser standhalten konnten.
Oftmals rüttelte der Wind so stark an seinen Nebeln, dass er in Felsspalten Unterschlupf suchen musste.

Bald hatte er den Charakter der näheren Berge erforscht und konnte sich ungehindert und gefahrlos fortbewegen. Über die Gesamtheit des Bergmassivs erstreckten sich die verschiedenen Höhenstufen, die jeweils eine typische Vegetation aufwiesen. In den unteren Regionen standen kleine geschlossene Mischwälder, denen ansteigend Nadelwald, Krummholz und Zwergstrauchgewächse folgten und mit kleineren Matten und Geröllpflanzen endete.
Er hatte ein sicheres Gespür für Gefahren entwickelt und konnte das Wetter bereits längere Zeit im voraus vorhersagen, so dass er sich sehr sicher in dieser Bergregion fühlte.
Von seinem Felsvorsprung aus konnte er weit in das vor ihm liegende Land schauen. Das Wetter würde bald umschlagen, es zogen grosse Wolkenbänke von Norden heran. Der Wind wurde kühler und blies die letzten Tage kräftig. Der Frühling und der Sommer endete und der Herbst hielt in den Südhöhen Einzug.
Ein Jahr hatte er hier nun zugebracht. Nicht mehr lange und der erste Schnee würde in den höheren Lagen fallen. Das Grasland war verbrannt und die Bäumen begannen bereits ihr rostrotes und gelbbraunes Laub abzuwerfen. Die Tiere zogen sich in ihre Winterquartiere zurück und er wollte die Zeit nutzen, seine Höhle genauer in Augenschein zu nehmen.
Er spürte,dass ein Sturm bereits zur Nacht über die Bergwelt hereinbrechen würde. Er kroch zu seinem schwarzen Loch, das ihn wie einen vertrauten Freund umschloss. Er folgte dem Höhlenweg bis zur ersten

Gabelung und kroch immer tiefer hinein. Aus der Tiefe des Berges, hörte ein singendes Geräusch. Merkwürdige Felsgebilde schienen von der Decke herabzuwachsen. Andere wuchsen vom Boden, wie Kegel und der Gang wurde recht unwegssam. Das Singen wurde zunehmend tosender. Er schloss daraus, dass hier, tief im Innern, eine Quelle sich ihren Weg nach draussen bahnte.

Bald kam er zu der Stelle, wo ein kräftiger Wasserstrahl aus dem Felsen hervorbrach und ins Dunkel hinabstürzte. Auf dem Boden konnte er abgenagte Knochen spüren, die lose verstreut herumlagen. Wilde Tiere, Bären oder Wölfe hatten ihre Beute zu diesem Bach gezerrt und gefressen.

Er lies sich bei einer Felszacke auf den Boden gleiten und hörte dem Rauschen des Baches zu.

Die Tiere, die hier gelagert hatten, waren verschwunden. Einige Knochen waren noch ganz frisch. Irgend etwas musste sie aufgeschreckt haben.

Er blieb noch eine Weile, dann erhob er sich und erkundete die Höhle weiter. Bis zum Wintereinbruch hatte er die vielen Gänge ergründet noch vier andere kleine und grosse Ausgänge gefunden, die an verschiedenen Stellen, aus der Höhle herausführten. Mit viel Mühe und Sorge tarnte er die drei kleineren Höhlenausgänge sorgfältig.

Zum Ende des Jahres zog er sich in seine Felsnische zurück und überwinterte dort erneut.

Der Frühling des darauffolgenden Jahres hielt erst spät in den Südhöhen Einzug. Seit seinem körperlichen Ableben im Beutelhaldenweg waren eineinhalb Jahre vergangen und in Mittelerde schrieb man das zweite Jahr des vierten Zeitalters.

Die Dunkelheit mit der Sauron das Land vor mehr als zwei Jahren überzogen hatte, war verschwunden. Saruman dürstete danach zu erfahren, was in den einzelnen Ländern vor sich ging. Seine schwarze Seele war nicht mehr umtriebig. Er hatte versucht, Kontakt zu ein paar aus Süden vorbeiziehenden Vögeln aufzunehmen. Sie kamen im Sturzflug zu ihm heruntergeflogen, drehten aber einige Fuss über ihm ab und flogen aufgeschreckt fort. Ihm wurde bewusst, dass seine Aura die Tiere von ihm fernhielt. Auch die Bären oder Wölfe, am Bach tief im Innern des Berges, musste er aufgescheucht haben, so dass sie ohne ihre Beute eilends die

Flucht ergriffen hatten. In diesem Zustand war er ohnmächtig. Aus seiner Felsnische kroch er nur noch selten hervor. Böse Gedanken marterten ihn. Als grauer Nebel war er nicht ständig auf der Suche nach Ess- und Trinkbaren, aber andererseits war er handlungsunfähig. Er begann seine Nebelschwaden dafür zu hassen. Immer öfter dachte er darüber nach, wie er zu einem neuen Körper gelangen könnte. Er hatte sich die vielen Jahre mit der Wissenschaft von den Elbenringen beschäftigt. Dies war sein Fach, welches ihm in seiner jetzigen Situation jedoch gar nichts nutzte. Den verschollenen Geheimnissen der Ringschmiedekunst hatte er nachgeforscht. Das Schaffen von Körpern hatte, soweit ihm bekannt war, noch keiner versucht. Seine Hoffnung sank jeden Tag ein Stück mehr, bis er am Ende des Sommers eine interessante Entdeckung machte.

Wie an vielen anderen Tagen schwebte er unstet durch die weiten Höhlengänge tiefer und tiefer durch den Berg. Auf der anderen Seite kroch er aus einem seiner gesicherten Ausgänge und beobachtete die Bergregion, als er einige Meilen hinter einem Bergrücken, kleine Rauchkringel in den Himmel aufsteigen sah. Erst meinte er, einer Sinnestäuschung erlegen zu sein und heftete seinen Blick ununterbrochen auf diese Stelle. Nach einiger Zeit war er sich jedoch sicher, dass dort ein Feuer unterhalten wurde und er nahm sich vor, die Gegend aufzusuchen.

An einem Abend, die ersten Herbsttage waren mild und warm, kroch er tief hinab in die Dunkelheit der Gänge seiner Höhle. Nachdem er den Ausgang erreicht hatte, glitt er in die Richtung, an der er den Rauch des Feuers beobachtet hatte. Einzelne Sterne leuchteten in der Dunkelheit. Die Nacht war klar und windstill. Immer weiter schob er sich dem Bergrücken zu. Seine Erregung steigerte sich fast ins Unermessliche, als er seinen Beobachtungsposten in einem Krummholzgürtel bezog. Er hatte die Gegend schon vor einem Jahr aufgesucht, aber da war ihm nichts aufgefallen, dass auf die Anwesenheit von irgend jemanden hingedeutet hätte. Die Nacht umschloss ihn.

Er konnte unweit eine Höhle entdecken, aus der Rauchfäden in den Abendhimmel stiegen und musste sich zur Ruhe zwingen.

Der Mond tauchte die Gegend in fahles Licht. Von weit her hörte er ein paar Wölfe, die ihn anheulten. Aus der Höhle vernahm er das Bellen eines

Hundes und eine menschliche Stimme, die beruhigend auf das Tier einsprach. Dann wurde alles wieder still. Er frohlockte und liess seine Augen auf dem Höhleneingang ruhen. Die Nacht schlich dahin und in der Morgendämmerung sank er in einen unruhigen, leichten Schlaf. Als die Sonne am Horizont aufging und ihre ersten Strahlen auf die Südhöhen fielen, war er bereits wieder hellwach.

Ein älterer Mann kam aus der Höhle und streckte seine müden Glieder. Er hatte schlohweisses Haar, das ihm bis zu den Schultern in ungeordneten Strähnen herabfiel. Um seine Stirn trug er ein Band aus Schlangenhaut, welches die wilden Haare bändigen sollte. Tiefe Furchen zogen sich durch sein Gesicht. Wache, umsichtige, eisgraue Augen strahlten seinen grossen Hund an, der einem Wolf recht ähnlich sah. Er hatte eine grosse, gerade, schlanke Nase, einen kleinen Mund und schmale Lippen, die von einem grauen Bart eingerahmt wurden. Früher musste er ein sehr schöner Mann gewesen sein, dachte Saruman. Seine ärmliche Kleidung war schlicht und einfach.

Er trug eine lange Hose, ein graues Hemd, das er geöffnet hatte und das lose an ihm flatterte. Die einzige Waffe, die dieser Mann bei sich trug, war ein grosses Messer, welches in einer ledernen Scheide an seinem Hosenbund hing. Jetzt war der Alte in die Jahre gekommen. Er spielte mit seinem Hund und tollte mit diesen in ungestümen Wettkämpfen. Der Hund sprang ihn an und warf ihn um. Sein Lachen schallte bis zu seinem Versteck im Krummholz herüber. Er kugelte sich mit dem Hund auf dem weichen Grasboden und streichelte und liebkoste das Tier. Saruman beobachtete das Treiben der beiden. Als die Sonne hoch stand, schulterte sich der alte Mann einen alten, ledernen Rucksack und griff sich seinen Wanderstab und ging um die Bergflanke herum. Dann verschwand er mit seinem Hund, der ihm auf Schritt und Tritt folgte.
Er lehnte sich zurück. Das ist nun der Eindringling, dachte Saruman, der wie er, die Südhöhen bewohnte.

Er vermutete, dass der Mann erst in den Abendstunden zurückkehren würde. Er war nicht mehr allein. In irgend einer Weise, fühlte er sich mit dem Einsiedler verbunden. Auch wenn der Aufenthalt dieses Menschen

wahrscheinlich freiwilliger Natur war. Er beobachtete den Horizont. Keine Wölkchen waren am dem azurblauen Himmel zu sehen. Es war noch immer windstill und das warme, schöne Wetter würde noch eine Weile anhalten. Die letzten Herbsttage hier in den Südhöhen, präsentierten sich von ihrer besten Seite. Er befürchtete jedoch, dass es die letzten dieser Art in diesem Herbst sein würden. Um ihn herum war alles ruhig und einsam.
Ob er wagen sollte, zur Höhle hinüberzukriechen und sich etwas umzusehen? Dieser Gedanke erregte ihn sehr. Selbst wenn der Alte vorzeitig zurückkehren sollte, hätte dieser gegen ihn keine Chance. Er würde ihn dann töten müssen.

Aber wer würde diesen alten Mann schon vermissen, überlegte er. Langsam kroch er aus dem Sträuchern und schob seine Nebelschwaden in Richtung der Höhle. Vorsichtig vorankriechend näherte er sich ihr. Als er vor der Höhle war, schüttelte ihn ein irrer Rausch. Dann tauchte er in die Höhle ein, die ihn mit Halbdunkel umgab. Vor sich erblickte er die Feuerstelle, die die Rauchschwaden erzeugt hatte, die er am nächtlichen Himmel beobachtet hatte. Zwei kleine Töpfe und eine alte Pfanne, ein Becher, ein Holzteller und ein Löffel lagen säuberlich aufgestapelt daneben. Ein Felsvorsprung diente dem Alten als Schlafstatt. Er hatte ihn mit Moos und Gräsern ausgepolstert. Am Ende der Höhle rann Wasser aus einer Felsritze heraus, das in einem kleinen Höhlenarm verschwand, der lediglich Platz genug für eine ausgewachsene, fette Ratte bot.

Die Höhle war nicht sonderlich gross und überschaubar. Wie in seiner Höhle, gab es mehrere Fuss hoch Nischen in den Höhlenwänden. Unklug hatte der alte Mann seine Höhle gewählt. Hier boten sich für ihn keine Fluchtmöglichkeiten, falls er im Winter von Wölfen oder Bären angegriffen werden würde. Der Höhleneingang war nicht lange zu verteidigen. Der Verdacht beschlich ihn, dass diese Höhle nur ein Sommerlager für den Alten war, wo er mit derartigen Übergriffen nicht rechnen musste, da es ausreichend Nahrung für die wilden Tiere in den Wäldern zu reissen gab.
Er schlich die Höhle in allen Winkeln ab und sah sich noch etwas um, bevor er ihr wieder den Rücken zukehrte und in sein Versteck, den

Krummholzgürtel, zweihundert Schritt von der Höhle entfernt, zurükkkroch.

Er hatte sich nicht geirrt. Bei einbrechender Dunkelheit sah er den alten Mann um die Bergflanke herumbiegen und auf die Höhle zueilen. Auf der Schulter trug er einen toten Hasen, den er weiter unten in den kleinen Wäldern erlegt haben musste. In Vorfreude auf die reichhaltige Mahlzeit von Gedärmen und Knochen sprang der Hund wild um ihn herum.
Vor der Höhle stoppte der Alte jäh und sprang in Deckung. Saruman konnte sehen, wie er sich den Hals hielt, so als wäre darin etwas steckengeblieben. Der Wolfshund schlich winselnd um seinen Herrn. Auch ihn schienen Schmerzen zu plagen.
Es ist mein eisiger Atem, dachte Saruman. Er bemächtigt sich ihrer und wird sie töten, wenn sie hier noch länger bleiben. Die Macht und Gewalt, mit der er über das Leben oder den Tod der Geschöpfe entscheiden konnte, erregte ihn auf das Höchste.

Der alte Mann schien sich von seinem Schrecken erholt zu haben, denn er kroch hinter dem Felsen hervor und näherte sich auf dem Boden langsam vorankriechend seiner Höhle. Er suchte Deckung am Höhleneingang und spähte hinein, dann bewegte er sich vorsichtig vorwärts. Sein Atem ging noch immer schwer und die Kälte zerrte an ihm. Wie ein eisiger Wind hatte sie von ihm Besitz ergriffen. In der Höhle konnte er nichts Aussergewöhnliches feststellen. Alles war unberührt und stand an seinem angestammten Platz. Eine dunkle Vorahnung beschlich ihn. Hier war Böses gewesen, er spürte es überdeutlich. Er rief seinen Hund, der ihm äusserst widerwillig in die Höhle folgte, noch immer winselnd.
"Wir müssen hier weg", sprach sein Herr zu ihm. Mit seinen treuen Augen blickte er zu seinem Herrn auf und legte den Kopf schräg. Plötzlich verdrehte er die Augen und brach zusammen. In tiefer Bestürzung brachte der Alte den Wolfshund nach draussen und bette ihn auf das Gras. Unruhig flackerten seine feuchten Augen. Er küsste und streichelte das Tier und rieb seine kalten Glieder. Die Augen des Hundes waren gebrochen. Er war tot.
Der alte Mann schrie laut auf, und warf sich auf den Boden und wand sich, als hätte er grosse Qualen.

Saruman erfüllte ein tiefe Genugtuung und seine Nebelschwaden waberten wohlig, in einer, sich in ihm ausbreitenden Gewalttätigkeit.
Mordlust überkam ihn. Er beobachtete sein Opfer, das sich auf dem Boden wie ein gequältes Tier wälzte. Der Einsiedler war leicht zu erledigen.
Ich werde ihn von seinem Schmerz erlösen, dachte Saruman grausam und erhob sich aus dem Krummholz.
Langsam, jeden Augenblick geniessend, kroch er ohne Vorsicht auf den Alten zu. Dieser hielt in seinen gramgebeugten Bewegungen inne und sah auf. Ein Nebel kam auf ihn zu und die eisige Kälte überkam ihn erneut. Er zog sich seinen Hund auf seinen Schoss und schmiegte sich an den toten Leib des Tieres. Ruhig und ohne Bewegung sah er dem grauen Nebel zu, wie dieser immer weiter auf ihn zukam.
Komm nur näher, du Ausgeburt der Finsternis, dachte er.
Ich habe keine Angst zu sterben.
Saruman schlängelte sich immer näher an den Alten heran. Er sah in die entschlossenen furchtlosen Augen. Die Standhaftigkeit des Einsiedlers beeindruckte ihn.
Aber es wird dir nichts nutzen, dachte er hämisch.
Der Alte spürte, wie sich die Eisklaue um ihn schloss, sein Atem ging stockend. Zwei Schritt vor ihm, türmte sich der graue Nebel in der Grösse eines ausgewachsenen Mannes vor ihm auf. Seine Sinne schwanden ihm, er schloss die Augen und kippte nach hinten weg.
Höhnisches Gelächter erschallte und die Felsen warfen es als Echo tausendfach zurück. Die Luft war von Grausamkeit erfüllt und den Schwingungen seines dröhnenden Lachens. Er richtete sich auf und spürte die Gier nach der dunklen Macht in sich aufsteigen. Wie besessen wand er sich und kostete seinen Rausch in vollen Zügen aus.
Jetzt würde er nur noch sein Herz zum Stillstand bringen müssen, dachte er. Gemächlich kroch er auf ihn zu.
Plötzlich hielt er inne und stoppte schlagartig. Er sah auf den Alten hinab, der wie schlafend auf dem Boden lag und seinen Hund in denen Armen hielt.
Was wäre, wenn ich ihn gar nicht töten würde? Sein Gehirn arbeitete auf Hochtouren.
Ob es möglich war, sich dieses Körpers zu bemächtigen?

Vorsichtig umschlich er den Alten. Ein menschlicher Körper, nur für mich allein.
Er streichelte die Haut des Alten und blickte ihn liebevoll an. Irre flakkerten seine Gedanken um diese Chance, die sich ihm hier bot. Das Schicksal hatte für ihn einen Körper auserkoren, der hier vor ihm ausgebreitet lag.
Achtsam, so dass er das wertvolle Gut nicht zerstörte oder verletzte, zogen hauchdünne Nebelfäden zum leicht geöffneten Mund des Alten und drangen in ihn ein. Dort teilten sie sich. Die einzelnen Bruchstücke seines Nebels besetzten den Körper. Er schlingerte sich in das Hirn des Alten. Andere Teile seiner Selbst, besetzten die Organe, die Muskeln und das Gewebe, das Blut und das Herz.
“Schlage weiter, schlage weiter”, raunte er dem Herzen zu, das nur noch schwach in der Brust des Einsiedlers schlug.
“Noro dom, para eslativano, imperio sakra, ale urio” , beschwor er in der schwarzen Sprache das Leben in diesem Körper unermüdlich.
Das Herz fing wieder an schneller zu arbeiten und die Organe begannen sich zu regen. Unangenehme Wärme stieg in ihm auf. Die Brust hob und senkte sich.

Ich atme, stellte er erstaunt fest.
Er versuchte, seine Finger zu bewegen. Sie rührten sich etwas. Ein Körperteil nach dem anderen fing er an zu koodinieren und öffnete schliesslich die Augen. Sie brannten und schmerzten, stark geblendet von dem für ihn ungewohnten Licht und er schloss sie rasch wieder.
Er hörte das Blut durch die Venen und Adern rauschen und in einem geisteskranken Anfall lachte Saruman. Er hatte einen neuen Körper. Berauscht verfolgte er das Schlagen seines neuen Herzens und sog die frische Luft tief bis in die untersten Lungenflügel. Er fühlte mit der Zunge und schmeckte Salz. Der Mund war trocken und er verspürte Durst.

Er wuchtete den schweren Wolfshund von seinem Körper und erhob sich. Seine Bewegungen waren noch ungelenk. Vorsichtig setzte er einen Fuss vor den anderen. Die Muskeln des Alten waren kräftig und sehnig. Der Körper war robust und gut beweglich. Für das Alter des Mannes war dies recht erstaunlich. Ihn durchströmte Stärke und zärtlich berührte er mit

den Fingern seine wettergegerbte zerfurchte Haut. Langsamen Schrittes näherte er sich dem Höhleneingang und ging hinein, zum Ende der Höhle zu. Vor dem Wasser, dass hier aus dem Felsspalt floss, fürchtete er sich. Er streckte seine Hand aus und benetzte sie. Er zuckte zurück. Es fühlte sich samtig an und war eiskalt. Seine Finger waren feucht und einzelne Tropfen perlten zu Boden.
Es kann mir nichts mehr anhaben, stellte er mit Befriedigung fest.
Er schöpfte mit seiner Hand das Wasser und trank gierig mit tiefen Zügen. Kühle durchströmte seine Kehle und er fühlte das erfrischende Nass in sich herabfliessen.

Sein Blick ruhte auf dem Hasen. Nun müsste er wieder für Nahrung sorgen. Er riss den Hasen auseinander und biss in das rohe Fleisch. Blut tropfte aus seinen Mundwinkeln in den Bart und er verzog angewidert das Gesicht. Er nahm das Messer aus der Scheide, dass noch immer an seinem Gürtel hing und häutete den Hasen. Er rieb zwei trockene Hölzer aneinander, bis dünne Rauchfäden aufstiegen und machte ein kleines Feuer in der Feuerstelle. Er zerlegte den Hasen, spiesste die zarten Stücke auf und briet sie. Es mundete vorzüglich und er stärkte sich redlich.
Müdigkeit übermannte ihn, er ging hinüber zu dem Felsvorsprung und legte sich auf das Moosbett des Alten. Wenig später schlief er ein.

Krachen und Grollen weckte ihn. Er sprang von seiner Schlafstatt auf und eilte nach draussen. Dunkle, drohende Wolken waren am Himmel aufgezogen. Blitze durchzuckten das weite Land und tauchten es für kurze Augenblicke in hellen Schein. Donnern dröhnte durch die stickige Luft. Dann prasselte Regen hernieder und er breitete seine Arme aus, als wollte er die Welt um ihn herum umarmen. Dicke Tropfen klatschten ihm ins Gesicht und durchnässten seine Kleidung. In den Urgewalten des Gewitters stand er reglos und verfolgte mit seinen Blicken die schwarzen Wolken, die sich aneinanderrieben. Dieses Wetter war nach seinem Geschmack.

Er ging nach Stunden zurück in die Höhle und hing seine Kleider zum Trocknen an den Felsen auf. Auf der Feuerstelle köchelten im Topf die Reste des Hasen, die er zu einer Art Suppe verrührt hatte. Morgen wollte

er zu seiner Höhle zurückkehren, die ihm geeigneter, als Unterschlupf, erschien. Hier würde er auf Dauer die wilden Tiere anlocken, die ihn im Rudel angreifen konnten und denen er schutzlos ausgeliefert war.
Im Morgengrauen brach er auf. Er nahm den Wanderstab des Alten und ging zu seiner Höhle. Der Weg war weit und er kletterte über die Felsen und das Geröll. Gegen Mittag hatte er erst die Hälfte des Weges zurückgelegt und er fühlte sich erschöpft. Er legte sich in den Schatten eines grossen Felsblockes und ruhte sich aus. In den Nachmittagsstunden zog er weiter und kam in der Dämmerung zum Felsvorsprung, der hoch über ihm thronte.
Jetzt erst wurde er sich bewusst, dass er dort nicht heraufklettern konnte und er schalt sich einen Torr. Er hatte einfach nicht daran gedacht, dass er nun einen menschlichen Körper besass, der ohne Seile diese Hürde nicht überwinden konnte.
Er sank zu Boden. Die anderen Höhleneingänge waren weit entfernt. Zudem hatte er Hunger und Durst. Erstmals verfluchte er seinen Körper, der ihn hinderte auf seinen geschützten Fels zu kommen. Er war wütend auf seine eigene Dummheit und kauerte sich in eine Felsnische. Von weit her, konnte er die Wölfe heulen hören. Verärgert dachte er nur daran, dass er diese Nacht unter seiner Höhle zubringen würde.

Am Morgen, als die Dämmerung hereinbrach, wanderte er zum nächstgelegenen Höhleneingang. Er zwängte sich durch die schmale Öffnung und war von finsterer Dunkelheit umgeben. In der Höhle tastete er sich vorsichtig voran. Die Gänge hatte er genauestens erkundet und er fand sich mühelos zurecht, auch wenn er nichts sehen konnte. Er liebte diese Dunkelheit, die ihn umschloss, fühlte sich eins mit ihr. Er kam an den Bergbach, stillte seinen Durst und ruhte dort. Die Luft war erfüllt vom Rauschen und Tosen, so wie sein tiefstes Inneres.

Als er an seinem Felsvorsprung angekommen war, blickte er, wie so viele Tage vorher, in das weite Bergland. Er fühlte er sich gross und mächtig. Die Erde hatte ihn, den grössten Zauberer Mittelerdes, wieder. Er triumphierte. Sein Blick begann sich zu schärfen, sein Gehör wurde fein und seine Muskeln spannten sich. Er breitet seine Arme aus und sprach böse Formeln in den Himmel.

Der Wind wurde stärker. Wolkenbänke türmten sich auf, Blitze zuckten. Der taghelle Himmel verdunkelte sich und ein Orkan brach los. Der Sturm wütete um ihn herum und zerrte an seinen Kleidern. Wie angewurzelt haftete er auf dem Felsgrund. Steine wurden durch die Luft geschleudert, die Tannen bogen sich und die Kiefer über ihm ächzte. Er trotzte dem Wetter und sein tosendes Gelächter hallte ohrenbetäubend in den Felsen der Südhöhen. Er war wieder da und die dunkle Macht hatte nun einen mächtigen Vollstrecker.
Er war zurück, er, Saruman der Grösste und Mächtigste. Seine Zeit war nun gekommen.
Langsam liess er die Hände sinken. Der Sturm ebbte ab, die Dunkelheit löste sich langsam auf und die Strahlen der Sonne brachen sich zaghaft durch das Wolkendickicht. Kurz darauf war alles vorbei. Friedliche Stille kehrte in die Berge der Südhöhen zurück.

FÜNFTES KAPITEL

FEUERMÄHNE

Sie wählten den kürzesten Weg nach Rohan. Meoseld, Tharbath und Arodan ritten auf ihren Pferden im zügigen Tempo entlang des Brandywein. Eile war nun nicht mehr geboten, doch sie wollten ihre Zeit nicht mit Müssiggang vergeuden. Ihre ausdauernden schnellen Pferde trugen sie zügig voran. Zur Nacht suchten sie sich ihre Lagerplätze fern der Strasse. Vorsicht war bei ihnen stets geboten, daran änderten auch die friedlichen Zeiten nichts.

Sie waren bereits einige Tage auf der grossen Strasse entlang des Brandywein unterwegs und sie ritten zu zweit, während jeweils der Dritte die Kundschaft in der näheren Umgebung übernahm. Arodan kam von seinem Kundschaftsritt eilends auf die Zwei zugeritten. Er wirkte sehr aufgeregt und malte Zeichen in die Luft. Er zügelte sein Pferd und gab Tharbath und Meoseld wild gestikulierend zu verstehen, dass er etwas gefunden hatte. Sie trieben ihre Pferde an und galoppierten auf ihn zu. Er wendete sein Pferd und sie folgten ihm. Tharbath und Meoseld preschten hinter Arodan am seichten Ufer des Brandywein entlang.

Dann sahen auch sie den grausigen Fund. Die Hand eines Lebewesens lugte aus dem Schilfrohr hervor. Sie stiegen von ihren Pferden und rannten zum Ufer. Spuren, die auf einen Kampf oder eine Bewegung hingedeutet hätten, gab es nicht. Sie zogen den Körper eines Mannes aus dem Schilf ans trockene Ufer und konnten nur noch den Tod feststellen. Es handelte sich um die, vom Wasser entstellte, Leiche eines Hobbits. Er trug die Kleidung eines Wachmanns. Auch beim näheren Hinsehen konnten sie nicht feststellen, ob eine Kampfhandlung der Grund des Todes, dieses armen Hobbits gewesen sein könnte.
Meoseld hatte nichts Anderes erwartet. Er sah in die, von Schreck und

Todesangst weit aufgerissenen Augen.
Tharbath, Arodan und Meoseld hatten schon viele Tote gesehen. Doch jedes mal, waren sie erneut darüber bestürzt und betrübt, wenn sie ein unschuldiges Opfer zu Grabe tragen mussten.
Sie hoben am Rande des Ufers eine kleine Mulde aus, in der sie den Toten betteten. Seine Uniformjacke legten sie zum Andenken auf die Grabstelle. Sie standen schweigend um die letzte Ruhestätte des kleinen Hobbits. Dann kehrten sie ihr den Rücken und gingen schweigsam und betreten zu ihren Pferden und ritten von dannen.

In dieser Nacht hielt Tharbath Wache. Arodan schlief bereits am Lagerplatz, als er zu Meoseld in den Schein des Feuers trat.
“Du kannst nicht schlafen?”, fragte er.
Meoseld sah ihn schweigend an und nickte stumm.
“Es sind die Augen nicht wahr?”
Er nickte erneut. Tharbath setzte sich zu ihm. “Die Augen waren von Entsetzen gezeichnet, das war kein natürlicher Tod. Meoseld, du weisst mehr als du sagst, ist es nicht so?”
Er blickte vom Feuer auf. Was sollte er Tharbath auf diese Frage antworten.
Eine grausame Kälte zieht durch das Land und tötet kleine Hobbits?
Nein, darauf konnte er nichts antworten, so lang es für ihn keine vernünftige Erklärung gab.
Er sah seinen Freund und Gefährten in das unbewegte Gesicht.
“Tharbath, ich kann dir nicht mehr sagen, ausser das ich spüre, dass etwas Grausames, wahrscheinlich weder Mensch noch Tier, die Brücke des Baranduin überquert hat. Der Hobbit konnte es nicht aufhalten, aber er hat sich sehr gefürchtet. Nun ist er tot, aber keine Waffe hat seinen Körper durchbohrt. Dies kann ich nicht verstehen und das beunruhigt mich am meisten. Ich denke, ich habe dir nichts gesagt, was du nicht bereits selbst erkannt hast.”
Tharbath nickte. Das Gespräch war beendet. Er erhob sich, ging wieder auf Kundschaft und durchkämmte die Gegend. Sein Gefährte und Freund Meoseld wusste also auch nicht mehr und doch, die Art, wie er den toten Hobbit betrachtet hatte, sprach von Wissen. Er hatte nicht, wie er und Arodan, nach den Spuren einer Waffe gesucht, so als wusste er bereits,

dass der Hobbit, auf eine ihm unbekannte Art und Weise, verstorben war. Er wusste aber auch, dass sein Gefährte ihn nicht belügen würde und so wollte er sich seine eigenen Gedanken machen.
Meoseld hatte von etwas Grausamen gesprochen, und er wollte sich vorsehen. Mit ihm würde diese finstere Kreatur nicht so leicht fertig werden. Erst als die Sonne aufging kehrte er in das Lager seiner Gefährten zurück. Diese sattelten gerade die Pferde. Er stieg auf das seine und ritt mit seinen Freunden weiter nach Rohan.

Nach drei Wochen überquerten sie den Isen an der Pforte Rohans. Sie hatten nichts Aussergewöhnliches feststellen können. Die Pferde stoben über das weite Grasland als wollten sie Wettspiele austragen. Der Boden war weich und von flachen Grasmatten bewachsen. Dies war nicht zu Unrecht das Pferdeland.
Als sie Tage später Edoras erblickten, liessen sie ihre Blicke auf der grossen Stadt ruhen, die an und auf einem grossen Erdwall errichtet war. Grosse Mauern umgaben die Stadt. Die Häuser waren mit bunten Wimpeln geschmückt und auf der Terrasse, über der Stadt thronend, stand die goldene Halle des Meduseld. Die Sonne schien und nur kleine Federwölkchen rahmten den Horizont weiss. Es herrschte reges Treiben. Die grünen Fahnen Rohans mit dem Symbol der Pferde wehten im Wind, der hier immer kräftig bliess. Im Schritt ritten sie an den Gräbern vorbei, die sich zur linken und rechten Seite des Weges vor der Stadt entlangzogen. Es waren die Hügelgräber der Könige Rohans. Trotz der herbstlichen Jahreszeit blühte das Immertreu, *symbelmyne,* in der Sprache der Menschen der Riddermark, genannt. Diese Pflanze war den Sternen gleich und ihre Blüten leuchteten zu allen Jahreszeiten, dort wo tote Menschen ruhten. Sie näherten sich dem grossen Eingangstor. Die Türen öffneten sich wie von Geisterhand und sie stiegen ab und führten ihre Pferde in die Stadt. Die Torhüter begrüssten sie freundlich. Sie standen dort, in ihren, im Sonnenschein glänzenden blanken Rüstungen. Ihre Gesichter waren hart und spöde, von den vielen Kämpfen im Krieg gezeichnet.
“Folgt mir!”, wies ein gross gewachsener Hüter die drei Waldläufer an und sie gingen hinter ihm drein.
“König Eomer von Rohan erwartet euch bereits. Er wird froh sein, euch

und sein Pferd wiederzusehen", sagte er zu Meoseld gewandt.
Der Wachmann führte die Waldläufer durch die Stadt, stetig den grossen Erdwall auf den Edoras errichtet wurde, hinauf.

Die Strassen waren sorgfältig gepflastert. Der Frieden war zurückgekehrt und in jedem Winkel der Stadt zu spüren. Die Menschen lachten viel und waren freundlich. Die Rohirrim pflegten Holzhäuser zu bauen, die in der rauhen Witterung stetig nachdunkelten. Sie wirkten trostlos und daher hatten die Menschen lauter bunte Stofffähnchen aufgehängt, die in der Stadt nun einen bunten Eindruck hinterliessen. Neuerdings bauten sie auch Steinhäuser. Dies musste recht mühsam sein, denn die Steine wurden aus dem Gebirge auf die Ebene gekarrt, bevor sie verbaut wurden.
Die Kinder spielten auf den Strassen. Meoseld spürte ein leichtes Ziehen in der Brust und er verdammte das Gefühl. Eine Heimat oder ein zu Hause gab es für ihn nicht.
Sie gingen durch die vielen gewundenen Strassen auf dem direkten Wege zur goldenen Halle. Der Torhüter verabschiedete sich von Ihnen und sie wurden von der Wache der goldenen Halle in Empfang genommen. Ihre Rüstungen unterschieden sich von denen der Torhüter nur wenig. Die Palastwachen hatten zusätzlich noch lange Speere, an denen grüne fransige Fahnen wehten.

Stallburschen eilten herbei und nahmen ihnen die Pferde ab. Sie führten die Rosse in die Stallungen um sie trocken zu reiben und zu versorgen.
Arodan, Meoseld und Tharbath folgten der Wache die lange Steintreppe hinauf und oben erwartete sie bereits König Eomer. Sie verneigten sich vor der imposanten Gestalt. Eomer hatte seine Rüstung abgelegt und trug eine dunkelgrüne Hose und ein passendes Hemd, das silbern und weiss abgesetzt war. Darüber hatte er eine braune, lederne Weste an, mit dem Wappen Rohans, ein steigendes silbernes Pferd.
Die Flügel zur Halle waren weit geöffnet, zwei weitere Wachen standen davor wie Statuen und als Eomer sie hinein geleitete, sprangen ihre Speere auseinander, die sie gekreuzt gehalten hatten.

Sie betraten die grosse Halle. Neben dem Kamin war eine lange Tafel aufgebaut, an der bis zu zwanzig Menschen sitzen konnten. Der König

bat sie Platz zu nehmen.
Auf der Tafel standen zwei silberne Kerzenleuchter, die mit Edelsteinen abgesetzt waren, silberne, am Rand mit Symbolen Rohans gravierte Teller und Becher und filigranes, silbernes Besteck. Es war für die Gäste und den König gedeckt. Allerlei Köstlichkeiten waren angerichtet. Man musste sie schon von weitem gesehen und sie erwartet haben.
Eomer sah den Waldläufern beim Speiscn zu. Er selbst ass nichts. Meoseld, Arodan und Tharbath labten sich an Braten, Gemüse, Obst und köstlichem Wein.
Anschliessend zündeten sie ihre langen Pfeifen an und berichteten Eomer ausführlich von ihren Ermittlungen.
Der König hörte gespannt und aufmerksam zu und unterbrach sie nicht. Als sie ihren Bericht geendet hatten, schwiegen sie.
Eomer wirkte sehr nachdenklich. Er blickte sie an, als würde in ihrem Bericht noch etwas fehlen. Tharbath spürte genau, es war die Frage, die auch er sich stellte. "Wer oder was hatte den Hobbit angegriffen und getötet?"

Eomer wusste, er würde auf diese Frage keine Antwort von den drei Waldläufern erhalten. Wenn sie mehr darüber in Erfahrung gebracht hätten, wäre er, von ihnen auch darüber informiert worden. Ob *ES* eine Bedrohung war?
Seine Kundschafter, die in Rohan und Eriador umherstreiften, hatten ihm nichts Aussergewöhnliches gemeldet. Von einer Bedrohung war nichts zu spüren. Auch Gondor hatte nichts Verdächtiges berichtet und die Besucher von Rhovanion hatten nichts dergleichen erwähnt.
Sicher war dieser Vorgang an der Brandyweinbrücke ganz einfach zu erklären. Vieleicht war der Hobbit des Lebens müde. Wer weiss? Er schob seine Gedanken beiseite, die ihn vor einer Bedrohung warnten. Jedoch nahm er sich vor, die Angelegenheit weiter zu beobachten. Sobald sich in Mittelerde etwas Auffälliges regen würde, wollte er sich der Sache wieder annehmen.
Eomer dankte den Waldläufern und bot ihnen an, in Edoras an seinem Hof zu bleiben. Er ahnte, dass die drei sein Angebot ablehnen würden. Und wie erwartet reagierten die Waldläufer. Sie bedankten sich aber für das freundliche Angebot und mussten dem König versprechen, zumindest

in der nächsten Zeit und während der Wintermonate seine Gäste zu sein. Diese Bitte schlugen sie ihm nicht ab. Es war ein kluge Entscheidung, denn die ersten eisigen Stürme brausten bereits durch das Land und hier waren sie vor Eis und Schnee geschützt.

Trotz allem war es für Meoseld, Arodan und Tharbath recht ungewohnt, als sie die Kammer, die ihnen zugewiesen wurde, bezogen und die weichen Betten betrachteten. Warme Decken lagen ausgebreitet auf ihnen. Es war schon eine Weile her, dass sie für längere Zeit ein Dach über dem Kopf und in Betten geschlafen hatten. Sie schliefen für gewöhnlich auf weichen Moospolstern in den Wäldern und Höhlen. Die Kammer war nicht sonderlich gross und bot lediglich Platz für die drei Schlafstätten und einen Tisch mit Stühlen. Ein grosses Fenster war auf der Westseite eingelassen und sie hatten einen grandiosen Ausblick auf die Stadt und das Gebirge, das sich unweit am Rande des Graslandes schroff und mächtig erhob.
Sie verbrachten die nächsten Tage viel in dem Inneren der Stadt oder durchstreiften das weite Grasland. In den Abendstunden verbrachten sie ihre Zeit mit König Eomer. Sie führten lange, ausgedehnte Gespräche.

Kalt und unwirtlich brach der Winter früh in Rohan an. Die Kälte machte ihnen nichts aus und so verweilten sie viel in der weiten Schneelandschaft und dem angrenzenden Gebirge Ered Nimrais genannt. Sie verfolgten den Lauf der Schneeborn, besuchten Helms Klamm und wandelten in Anglarond den ausgedehnten Höhlengängen. Sie bewunderten die Farbenvielfalt, die die unzähligen Edelsteine erzeugten, die hier in den Sommermonaten abgebaut wurden. Oftmals, wenn es seine Zeit zuliess, begleitete sie König Eomer. Sie durchstreiften die Ost- und die Westfold und studierten die Gegend sorgfältig.

Als die Schneeschmelze einsetzte und die Schneeborn zu einem reissenden Strom wurde, gingen sie zu König Eomer und teilten ihm mit, dass sie Edoras verlassen wollten, um wieder durch die Lande zu ziehen. Dieser war von ihrem Entschluss sichtlich betrübt. Er hatte die Waldläufer gern um sich und teilte ihre Freude am Jagen und die Liebe für sein Land. Er schätzte ihren Wagemut, ihre Klugheit und Umsicht.

Die Tage, als er noch als Dritter Marschall der Mark, die Grenzen seiner Ländereien sicherte, vermisste er sehr. Doch die Staatsgeschäfte verlangten seine Anwesenheit in der Hauptstadt Edoras. Er war nun König und fand nur noch wenig Zeit, die Lande zu durchstreifen.

Am Tag vor ihrer Abreise bat er Meoseld zu sich.
"Mein lieber Freund", hob er an zu sprechen. "Ich möchte euch noch einmal danken, für die umsichtige Ermittlung im Auenland. Auch möchte ich euch sagen, dass ich es sehr bedauere, dass ihr mich nun verlasst. Bereits jetzt vermisse ich euch und eure Gefährten. Solltet ihr wieder einmal in Edoras weilen, werden meine Türen für euch offen stehen. Nun möchte ich euch bitten, mir zu folgen, denn ich möchte euch ein Geschenk machen."
Meoseld blickte Eomer interessiert an und folgte ihm in die Stallungen. Diese waren riesig. An die hundert Pferde standen in den geräumigen, gepflegten Boxen. Helles Licht durchflutete die grosse Halle. Sie gingen den langen Gang an den vielen Pferden vorbei, die ihnen aufmerksam hinterherblickten und blieben vor einer unscheinbaren Box stehen, die Meoseld jedoch nicht unbekannt war.
"Dies" und Eomer zeigte auf ein junges Pferd, "ist Feuermähne, der Sohn von Feuerfuss. Er ist nun knapp vier Jahre alt und ein wildes Tier. Niemand hat es bisher geschafft, dieses wunderschöne, temperamentvolle Pferd einzureiten." Er lachte verschmitzt, als er gedanklich die vergeblichen Bemühungen der Einreiter vor seinen Augen sah, die Feuermähne alle nacheinander abgeworfen hatte. "Mir ist aufgefallen, dass ihr dieses Pferd bewundert. Es soll euch gehören."
Meoseld wusste nicht was er sagen sollte. Er war sprachlos. Dieses Geschenk war ein Traum und entsprach nicht der gewöhnlichen Entlohnung für seine Dienste. Feuermähne hatte helles, braunes Fell und ähnelte einem Falben. Sein Markenzeichen war die dunkle rostrote Mähne, die ihm seinen Namen gab. Es war ein edles Pferd und kostbar, ihm war es schon bei seinem erstem Stallrundgang aufgefallen. Oft hatte er es stundenlang beobachtet und versucht sich ihm zu nähern. Als es Meoseld vertraute, hatte er dieses wunderschöne Tier tagelang gestreichelt und ihm alte schöne Weisen vorgesungen. Er liebte dieses Pferd und fühlte die Zuneigung zu ihm zurückfliessen.

Er blickte den König dankbar an, denn er musste beobachtet haben, dass er in dieses edle Ross vernarrt war. Er brachte keine Worte hervor und der König lächelte ihn freundlich an.

Meoseld tat plötzlich etwas Ungewöhnliches. Er kniete sich vor Eomer und senkte sein Haupt.
"König Eomer, seid euch meiner Treue versichert, so lange ich lebe werde ich Rohan und euch zur Seite stehen, wenn euch eine Bedrohung widerfährt."
Eomer zog ihn aus seinem Kniefall nach oben.
"Meoseld, ihr seid wie ein Bruder für mich", sprach er und sie fielen sich in die Arme.

Am Morgen geleitete Eomer Meoseld, Tharbath und Arodan bis an die Tore Edoras. Er sah ihnen lange hinterher, bevor er zur goldenen Halle zurückkehrte.
Die Waldläufer führten ihre Pferde, da Meoseld das edle Ross nicht reiten konnte und am Halfter hinter sich herführte. Feuermähne stubste ihn zärtlich am Hals und sprang leichtfüssig hinter ihm drein. Sie gingen nördlich in Richtung der südlichsten Ausläufer des Nebelgebirges. Wenn es so etwas wie eine Heimat für die Waldläufer gab, dann war es das Nebelgebirge.
Arodan und Tharbath ritten abwechselnd auf Kundschaft. Meoseld beschäftigte sich nur noch mit Feuermähne. Er beruhigte den Edlen und sang ihm die schönsten Lieder. Er legte sich jede Nacht zu seinem Pferd oder streichelte es ohne Unterlass. Wenn es stand, lehnte er sich an den kräftigen und doch sehr wendigen Körper und klopfte ihm den Hals. Er gewöhnte das Tier vorsichtig an eine Decke, die er ihm über den Rücken legte. Als sich das Pferd dies gefallen liess, da es spürte, dass von ihr keine Gefahr ausging, versuchte er, es an den Sattel zu gewöhnen. Die ersten paar Male bockte es und warf den Sattel im hohen Bogen davon. Doch Meoseld hatte Geduld und versuchte es immer wieder. Nach drei Wochen, liess es sich den Sattel auflegen und nun musste dieser unter dem Bauch des Tieres zugegurtet werden. Er zog langsam die Lederschnüre unter dem Bauch des Pferdes hindurch. Feuermähne wurde unruhig. Nun musste alles schnell gehen, er zog zu und verschloss die

Bänder. Es bäumte sich auf und versuchte den Sattel, der nun fest an seinen Körper gegurtet war, abzuschütteln. Die Augen flackerten misstrauisch und er blickte Meoseld mit Verachtung an. Er spürte sofort ein Stich im Herzen. Doch es nutzte nichts. Das Pferd stieg und schlug aus und schaffte es, sich loszureissen. In wilden Galoppsprüngen verschwand es in der Ferne. Tharbath schwang sich auf sein Pferd und galoppierte hinterher. Doch er hatte keine Chance. Gegen Abend kehrte er und Arodan zurück. Arodan hatte das Pferd viele Meilen südlich von ihnen im rasenden Galopp davonlaufen sehen, doch auch er konnte es nicht einholen.

Meoseld kehrte seinen Blick nach innen und sprach kein Wort mehr. Der Schmerz verzerrte sein Gesicht. Kummer verschloss sein Herz. Er nahm nichts mehr zu sich und sang ununterbrochen das Lieblingslied seines Pferdes. Die Gefährten schauten besorgt zu ihm. Die Haut fiel nach zwei Tagen ein und sie beschworen ihn, zumindest zu trinken. Er würde den nächsten Tag nicht überleben, wenn sich weiter weigerte, Wasser zu sich zu nehmen. Doch Meoseld hörte sie gar nicht an und sang und sang immer wieder das gleiche Lied. Am Abend brach er zusammen und die Gefährten flössten ihm das Wasser ein, bis er wieder zu sich kam. Er war schwach und sein Blick suchte den Horizont ab.

Dann geschah das Wunder : Feuermähne kehrte zu ihm zurück. Zuerst sah er einen kleinen Punkt in weiter Ferne. Er lief auf ihn zu und rief immer und immer wieder den Namen seines Pferdes. Als das Pferd in hörbare Nähe kam, sang er und ging langsam auf das Tier zu, dass ihn liebevoll und misstrauisch zugleich ansah. Der Sattel war noch immer auf dem Rücken des Pferdes. Er hing schief und befand sich nun seitlich am Leib des Tieres. Vorsichtig und mit ruhigen Bewegungen ging er singend auf sein geliebtes Pferd zu. Es blieb ruhig stehen. Als er es erreicht hatte, streichelte er seinen Hals und schob sich langsam dem Pferderücken zu. Er löste den Sattel und Feuerfuss sprang erleichtert einen Satz nach vorn und galoppierte davon. Meoseld rief ihm nach und das Pferd blieb abrupt stehen. Es schaute sich um und seinem Herrn tief in die Augen. Meoseld stand starr und unbeweglich und erwiderte den Blick. Mit einem Mal trabte es zu seinem Herrn zurück. Steigend erhob es sich vor Meoseld, der wie versteinert die Kapriolen seines Pferdes abwartete. Als nächstes schlug Feuermähne die Vorderhufe auf den Sattel, der achtlos auf dem Boden lag und zerstörte die feine Lederarbeit. Ohne Unterlass trat er nach dem Sattel bis dieser völlig unbrauchbar und zertrampelt war. Dann wandte er sich sichtlich befriedigt und als Sieger Meoseld zu und folgte ihm hoch erhobenen Hauptes zurück zum Lager.

Ab diesem Tage brauchte er keinen Führstrick mehr. Feuermähne folgte ihm auf Schritt und Tritt. Ein Pfiff genügte und es eilte zu ihm. Sein Pferd liebte ihn und es war ihm sehr dankbar, dass er es von dem lästigen Sattel befreit hatte, der seinen Rücken aufgescheuert und ihm starke Schmerzen bereitet hatte. Das helle braune Fell war an vielen Stellen abgerissen und die offenen Wunden bluteten und nur allmählich verkrusteten die Verletzungen. Meoseld und Feuermähne verbrachten nun jede Minute gemeinsam und Tag für Tag wurden sie mehr und mehr eins. Die Liebe der beiden war innig und sie vertrauten einander. Aber immer noch bestand das Problem, dass Meoseld einen Freund aber kein Reittier besass und er fand es war an der Zeit, das Pferd einzureiten.

Er hatte keinen Sattel mehr und wollte auch zukünftig auf das zweifelhafte Vergnügen verzichten, ihn an einen Sattel zu gewöhnen. Er würde Feuerfuss auch ohne einen solchen reiten können. Er hatte gelernt, die Pferde sattellos zu reiten, auch wenn er diese Art schon lange nicht mehr praktizierte. Sie hatte den grossen Vorteil, dass man sich nah am Tier befand und schon die kleinsten Hilfen das Pferd lenkten.
Die Beine mussten eng an den Körper geschmiegt werden, damit man sich halten konnte. Nachteilig war, dass sich das Pferd seines Reiters schneller entledigen konnte.

Tharbath und Arodan, seine Gefährten, wollten diesen Augenblick um keinen Preis versäumen und fanden sich ein, um das Schauspiel zu beobachten. Sie standen in sicherer Entfernung und amüsierten sich köstlich. Sie machten ihre Spässe, witzelten und riefen belustigte Bemerkungen zu ihm herrüber. Meoseld wusste, dass er ein wildes Pferd einreiten wollte und das dies keinesfalls ein Spaziergang werden würde. Andere hatten es versucht, und immer hatte Feuermähne den Sieg davongetragen. Unter

den jungen Pferden war er das schnellste, wendigste und geschickteste Pferd. Es war ausdauernd und Meoseld machte sich auf einen langen Kampf gefasst, den er nicht verlieren durfte.
Er befürchtete, wenn er sich auf Feuermähne nicht halten würde und das Tier ihn abwarf und ausbrechen konnte, dass er es dann womöglich nicht wiedersehen würde.
Sein Herz ging schnell und das Blut pulsierte in seinen Adern. Er sprach beruhigende Worte zu seinem Pferd und sang ihm vor. Dann sprang er unvermittelt auf und legte seinen Körper flach an den Hals des Tieres. Feuermähne blieb still stehen und bewegte sich nicht. Es schien leicht verwirrt und Meoseld sprach weiterhin mit beruhigenden Worten auf ihn ein.

Plötzlich ging ein Ruck durch das Pferd und der Kampf begann. Feuermähne preschte nach vorn und jagte los. Als es spürte, dass Meoseld sich nicht abwerfen liess, sprang es mit wilden Galoppsprüngen umher. Es bog sich und wendete unvermittelt die Richtung. Meoseld hatte Mühe auf dem Pferd zu bleiben. Mit seinen Beinen umklammerte er den geschmeidigen Körper und blieb wie angewurzelt sitzen. Er war hochkonzentriert und sprach immerzu beruhigend auf das Pferd ein. Dieses liess schlagartig von den Bocksprüngen ab und galoppierte wie der Wind davon. Die Sonne stand nun hoch und trotz allem ermüdete Feuermähne nicht. Es war ein prächtiges Tier. Erst zum Abend verlangsamte es seinen rasanten Flug über die Ebene. Nur langsam gewöhnte sich Feuermähne an das ungewohnte Gefühl, einen Menschen auf seinem Rücken zu tragen und der wilde Ritt währte noch die gesamte Nacht. Als die Morgendämmerung hereinbrach, hatten sie sich geeinigt. Feuermähne reagierte auf die kleinsten Regungen Meoselds und liess sich in jede Richtung treiben. Auf Schenkeldruck fiel es in Schritt, Trab oder Galopp. Meoseld war erschöpft und glücklich. Jetzt waren er und Feuermähne eine Einheit.
Meoseld ritt zurück zum Lager und seine Gefährten begrüssten ihn anerkennend. Sie hatten die gesamte Nacht nicht geschlafen und sich Sorgen gemacht. Abwechselnd hatten sie ihn gesucht.
Sie freuten sich mit Meoseld über den Erfolg, den er mit Schweiss und viel Mühe erkämpft hatte.

Den Tag über ruhten sie. In der kommenden Nacht wollten sie aufbrechen. Das Nebelgebirge würden sie in wenigen Tagen erreichen und der Gedanke an die Berge beflügelte sie.

SECHSTES KAPITEL

DER WEG FÜHRT NACH OSTEN

Viele Wochen und Monate waren vergangen. Der bald endende Winter hatte die Südhöhen in eine weisse Schneelandschaft verwandelt. Seit Tagen schneite es wieder dicke Flocken aus dem dicht verhangenen Himmelszelt. Saruman fand nur noch schlecht Nahrung. Seine Mahlzeiten bestanden in letzter Zeit aus Fledermäusen, Würmern und Vögeln, die ihm vertraut hatten und zu ihm geflogen kamen. Er tötete sie rasch und verzehrte sie meistens roh. Er hatte kein Holz mehr und die Feuerstelle blieb schon seit Tagen aus. Die eisige Kälte, eine seiner neuen Waffen, die er von der dunklen Macht erhalten hatte, liess ihn unempfindlich gegen Schnee, Eis, Frost und Kälte werden, die der Winter mit sich brachte.
Seine Kleider hingen steif an seinem Körper, wenn er in den klaren Nächten auf dem Felsvorsprung die Sterne beobachtete und deutete. Er verkroch sich meist tief im Inneren seiner Höhle und wartete auf einen Wink des Schicksals.

Saruman hatte viel Zeit damit verbracht, sich mit dem Messer des Alten einen neuen Stab zu fertigen. Er hatte dafür, nach langer Suche, einen gerade gewachsenen Stamm einer Eibe gewählt. Dieses Holz war hart, schwer und fest. Die giftigen Stoffe, die er enthielt, beschwor er mit der schwarzen Sprache, so dass die toxische Wirkung derart verstärkt wurde, das jeder der diesen Stab auch nur berührte, sterben würde, wenn er es so wollte.
Saruman hatte den Stab mit Runen versehen, die vom Töten und der Macht sprachen und seine Initialien und eine Hand in den Stamm geritzt. Das Blut der toten Tiere liess er durch die Runen laufen und färbte die Schnitzereien schwarz. Er weihte ihn und brachte ihm ein grosses Opfer.

Er ritzte sich mit dem Messer die Haut seines Unterarmes auf und zeichnete die Form seinen Stabes nach. Das Blut das aus der grossen Wunde sickerte, dick und zähflüssig, dunkelrot, fast schwarz, liess er auf den Stab tropfen. Ein Teil seiner Macht verband sich mit ihm, seine Stärke und Kraft wurden in diesem Stab gebündelt. Sie wurden eins. Er würde jedoch nicht den gleichen Fehler wie Sauron begehen. Sollte dieser Stab vernichtet werden, würde seine Macht fortbestehen. Er gab ihm den Namen "Tordas - Diener der Macht". Doch noch war sein Werk nicht vollendet. Ein schwarzer, mächtiger Turmalin sollte ihn krönen, als Zeichen der Dunkelheit und der Herrschaft der Finsternis.
Es gab in Mittelerde nur zwei eigrosse Edelsteine dieser Art.
Einen besassen die Elben Bruchtals und der andere war verschwunden. Der Sage nach, hatte Deagrin ihn im Kampf gegen die Zwerge eingesetzt und als er fiel, ist er in den sagenumwobenen Schatz des Drachen Smaug geraten. Nach dessen Tod geriet er in Vergessenheit und keiner konnte mehr sagen, wo er sich befand.
Mit der Schneeschmelze würde er nach Bruchtal ziehen, um sich den dort befindlichen Stein zu holen.

Während der Nacht hatte er die Sterne beobeachtet, der Planet Merkur trat in das Haus der Finsternis. Seine Zeit war gekommen. Am Morgen brach er auf. Er nahm sich seinen Stab, das Messer des Alten und einen Wasserschlauch. Die Töpfe, die Pfanne und das Essgeschirr verstaute er in dem ledernen Rucksack und stellte diesen in einer Felsnische ab.
Der Tag war klar, die Schneedecke war in den tieferen Regionen bereits getaut. Er sah sich noch einmal um. Nun würde er seine Zufluchtstätte verlassen.
"Der Weg führt nach Osten!", sprach er zu sich.
Die Dunkelheit und Finsternis der Höhle würden ihm fehlen. Aber die Zeit der Gedanken war vorbei. Jetzt wollte er sein Werk beginnen.
Er schritt hinab in die Schwärze der Höhlenarme und ging durch die gewundenen Gänge zum grossen Ausgang auf der anderen Seite des Berges. Als er dort das Tageslicht erblickte, liess er seine Augen über die Berge schweifen, die er die nächsten Tage durchwandern musste. Dann führte ihn sein Weg durch die Felsen und Matten. Er stieg von den Berghöhen hinab in die Nähe der Tannwälder. Die Sonne schien vom

glasklaren Himmel und wärmte mit ihren ersten Strahlen die Erde. Noch bestimmten Eis und Schnee das Bild der Südhöhen, doch schon bald würden diese verschwunden sein und die Blumen und Sträucher würden erwachen.
Er stieg immer tiefer hinab und bald wurde der Felsvorsprung zu einem kleinen Punkt in der Ferne. Als die Sonne im Zenit stand, hatte er die Nadelwälder erreicht und dort schlug er östliche Richtung cin.
Er wanderte bis zum Einbruch der Dunkelheit, dann suchte er sich ein geschütztes Fleckchen im Tann und schlief. Seine Aufmerksamkeit waren trotz allem auf die Geräusche des Waldes gerichtet. Hier lauerten Wölfe.

Mehrere Tage ging er durch die Wälder und unwegsames Gelände. Es gab keine Pfade und er musste über umgestürzte Bäume klettern und Wildbäche, die zur Schneeschmelze reissend wurden, überqueren. Es war mühsam und beschwerlich durch das Dickicht zu kriechen und er kam schlecht voran.
Erst nach drei Wochen näherte er sich den Ausläufern der Südhöhen im Osten. Seit Tagen hatte er die Wölfe in seiner Nähe wahrgenommen. Seine Zuflucht wählte er des Nachts nur noch auf Bäumen, die gross genug waren, dass er sich auf deren Ästen ausstrecken konnte. Er schlief nur noch sehr wenig. Als ihn die Dämmerung der beginnenden Nacht am Ende dieses Tages eingeholt hatte, rastete er. Tagsüber hatte er mehrere Bäche überquert und getrunken. Hunger quälte ihn und die Müdigkeit machte ihm zu schaffen. Für die Schönheit der Hügel und Wälder hatte er nichts übrig. Ihn lenkte nur Hass und Zerstörung, die sein Herz und seine Gedanken verfinsterten. Er war durch Sauron den Abscheulichen betört und in die Dunkelheit geführt worden. Der Geist und die dunkle Macht hatten ihn, aufgrund des Gebrauchs des Palantirs, einem sehenden Stein, vollständig verdorben. Doch schon viel eher hatte er sich seiner Bestimmung in Mittelerde abgewandt und sich der dunklen Seite gewidmet. Nun fühlte er täglich neue dunkle Energien in sich erstarken, die in ihm böse Kräfte weckten.
Er wählte seinen Platz für die Nacht unter einer Tanne am Rande eines Moores, das sich vor ihm erstreckte. Ab und zu konnte man kleine Luftbläschen aufsteigen sehen, die an der Oberfläche platzten. Es roch faulig und stickig. Dämpfe stiegen auf und dicke Nebelschwaden hatten

sich über der kleinen Moorlandschaft ausgebreitet. Die Pflanzen waren hier nur spärlich gesät. Es gab nur vereinzelte Wollgräser, Seggen und Zwergsträucher. Über dem Moor hatten sich wasseraufsaugende Polsterdecken gebildet. Sie waren für Wanderer gefährlich zu begehen, da sie absinken konnten und nur wenige Wege durch sie hindurchführten. Hier musste er seinen Weg am Morgen mit Bedacht suchen. In der Nacht war es zu gefährlich, weiter zu gehen. Viele Irrlichter, die über dem Moor tanzten, konnte ihn leicht in die Irre führen. In den Mooren lagen viele Tote, die den Lichtern gefolgt waren. Auch die Elben und Zauberer waren vor ihnen nicht sicher. Die giftigen Dämpfe fürchtete er nicht. Sie wärmten ihn und seine Muskeln räkelten sich wohlig.
Er richtete sein Ohr auf die Erde und konnte das Moor mahlen hören. Gar nicht weit von ihm entfernt, waren auch Wölfe, sie liefen raschen Fusses in seine Richtung. Es waren drei oder vier, die auf Nahrungssuche waren. Sie hatten womöglich seinen Geruch wahrgenommen und folgten seiner Fährte. Er würde nicht am Boden bleiben können. Er besah sich die Tanne und kletterte auf ihr nach oben. Auf einem ausladenden Zweig, mehrere Fuss über dem Boden, kauerte er sich in die Äste und schloss die Augen. Ausser den Geräuschen des Moores vernahm er die Rufe einer Eule und das Wispern der Tannen. Er sank in einen leichten Schlaf. Gegen Mitternacht wachte er auf und konnte die Augenpaare von vier Wölfen zwischen den Bäumen sichten.
“Sie sind da!“, sprach er zu sich.
Er richtete sich auf und sah unverwandt zu den Bäumen hinüber. Die Wölfe zogen ihren Kreis enger um ihn herum. Hier auf dem Baum war er erst einmal sicher, aber die ausgehungerten Kreaturen würden auf ihre erhoffte Beute warten. Er lehnte sich wieder leicht zurück und hörte die leisen Tritte der Wölfe auf ihrem Vormarsch. Er schloss die Augen und dämmerte vor sich hin.

Am Morgen griffen die Wölfe an.
Das Leittier war gross, grau und hatte zottiges Fell. Die Haut spannte sich sehnig um die kahlen Rippenbögen. Wie die anderen war auch er abgemagert.
Sein Blick war bösartig und stechend. Die gelben Augen hatten ernorme Leuchtkraft. Er schlich um den Baum und Saruman musterte dieses aus-

dauernde, kräftige Tier.
In ihm floss auch das Blut der Warge, da er grösser als seine Artgenossen war und sich durch ein besonders aggressives Verhalten auszeichnete.
Ein junger Wolf brach aus der Gruppe hervor und sprang an der Tanne nach oben, um seinen Fuss zu greifen und ihn nach unten zu zerren. Böses Knurren begleitete seinen Angriff. Nach mehrmaligen vergeblichen Versuchen, trollte er sich.
Saruman streckte sich und visierte eine Wölfin mit seinen Blicken an. Diese erwiderte den starren Blick zunächst, dann wand sie sich und jaulte erbärmlich auf. Ihre Augen glitten wie hypnotisiert zu Tordas, dem Stab Sarumans. In Trance folgte sie der Richtung, die Tordas ihr wies und näherte sich dem Moor. Der Leitwolf spürte, dass Ungewöhnliches vor sich ging und sprang zur Wölfin. Er versuchte den Blickkontakt zu unterbrechen und sie vom Moor wegzudrängen. Doch die Macht Sarumans war stärker. Sie ging ins Moor und versank mit entsetzlichen Lauten. Der Wolf knurrte drohend zu Saruman. Doch dieser begegnete ihm mit höhnischen Gelächter. So trieb er es auch mit den beiden anderen Wölfen, die ihr Leben, gleich der Wölfin, im Moor verloren und jämmerlich zugrunde gingen.

Nun war nur noch der Leitwolf übrig. Mit wachen Augen sah der Wolf ihn an, ohne den Blick lange zu halten, er spürte die Gefahr des Stabes und die Macht, die von diesem Menschen ausging. Er schwankte getrieben vom Hunger und der Furcht vor dem mächtigen Gegner. Schneller als an diesem Tag, hatte er noch nie Tiere seines Rudels verloren. In diesem Winter beklagte er den Verlust von mehr als einem Dutzend seiner Tiere. Ein Drittel war verhungert, den Rest hatten die Waldläufer erschossen. Nun war er allein. Seine Instinkte verrieten ihm, dass er diesen Ort so schnell wie möglich verlassen sollte. Er sah dem mächtigen Gegner erneut in die Augen und wusste, dass er der Gefahr nicht gewachsen war. Doch er regte sich nicht. Eine ihm unbekannte Kraft hielt ihn an diesem Ort gefangen und der Verlust seines Rudels setzte ihm schwer zu.

Der Mann auf der Tanne, rührte sich und kletterte vom Baum herunter. Der Wolf beobachtete jede seiner Bewegungen argwöhnisch. Saruman richtete seinen Stab auf den Wolf und hielt ihn so auf sicherer Entfernung.

Er suchte den Kontakt mit den Augen des Tieres. Der Wolf vernahm eine angenehm klingende Stimme in seiner Sprache, aus dem Munde des Fremden. Sie klang abgehackt und akzentuiert, doch es war eindeutig die Sprache der Wölfe und Warge. Ein mächtiger Feind war sein Gegenüber. Er hörte einschmeichelnde Worte und er war einen Augenblick unaufmerksam und Saruman schaffte es, ihn mit seinem Stab zu berühren. Ihn durchzuckte ein unbeschreiblicher Schmerz, dann taumelte er und riss die Augen auf. Seine Lebensgeister begannen ihn zu verlassen. Er kämpfte mit wildem Aufbegehren dagegen an. Der Mann beugte sich über ihn und er knurrte ihn böse unter Aufbietung seiner letzten Kräfte, an. Er erwartete den Todesstoss. Doch entgegen seiner Vermutungen, sprach der Mann beruhigend auf ihn ein. Er versorgte die Wunde, die der Stab hinterlassen hatte und besprach sie mit bösen, drohend klingenden Worten. Die Hand des Mannes berührte ihn und er fühlte sie sanft über seinen ausgemergelten Körper gleiten. Er spürte, dass der merkwürdige Fremde ihn nicht töten wollte.
Dann wurde er bewusstlos und sank hinüber in die Dämmerung.

Als er erwachte, war der Fremde noch immer bei ihm und tropfte Wasser in sein Maul. Er versuchte sich zu erheben und kam auf seine schwachen, wackeligen Beine. Saruman gab ihm noch mehr Wasser, dass er in gierigen Schlucken trank. Neben ihm lag ein toter Hase. Der Fremde nickte ihm zu und er zerriss das Tier und frass es auf. Er blickte ihn fragend an und fasste Vertrauen zu diesem Mann, der unermüdlich in sanften einschmeichelnden Worten zu ihm sprach.
Saruman fühlte sich erhaben, er hatte nun einen neuen Weggefährten, dass stärkste Tier eines Wolfsrudels. Am rechten Hinterlauf, dort wo Tordas in berührt hatte, schimmerte nun eine schwarze Hand, sein neues Wahrzeichen.
Der Wolf hatte sein gesamtes Rudel verloren, es gab keinen Wolf mehr, den er durch den Wald führen konnte: Er würde nun mit diesem mächtigen Zauberer ziehen.
Saruman erhob sich von seinem Platz und ging auf das Moor zu. Der Wolf stand auf und beäugte ihn. Saruman winkte ihn zu sich und forderte ihn mit einer Handbewegung auf, ihm zu folgen. Falls der Wolf sich seinem Befehl widersetzte und die Freiheit vorzog, würde er ihn töten.

Untreue ihm gegenüber, konnte er nicht dulden, er brauchte willige Diener, die seine Befehle nicht in Frage stellten.
Der Wolf war noch einen Augenblick unschlüssig. Er sah zurück in die Wälder, in denen nur noch die Kadaver seiner Gefährten verrotteten. Er richtete seinen Blick wieder auf den mächtigen Fremden.
Dann trabte er los und lief hinter Saruman her. Dieser verzog sein Gesicht zu einer lächelnden Grimasse.
“Mein Freund, ich werde dich >Warga< nennen.”
Der Wolf rieb seinen Kopf am Bein des Herrn und Saruman liess seine Hand über den Rücken des Wolfes gleiten. Dann eilten sie von dannen.
Saruman hatte sich nicht getäuscht, Warga war ein guter Führer. Er leitete ihn sicher durch das Moor. Er lief voraus und zeigte dem Zauberer die sicheren Pfade. Am Abend hatten sie das Moor hinter sich gelassen. Saruman hatte eine fette Wasserratte erblickt und richtete seinen Stab auf sie. Sie zuckte bestialischen Windungen, dann blieb sie tot liegen. Saruman überliess Warga das tote Tier. Er selbst suchte den Himmel ab und erspähte über sich ein paar Vögel. Er richtete Tordas auf einen der Vögel und mit einem mal brachen seine Flügelschläge ab. Der Vogel stürzte vom Himmel und fiel zu Boden. Er blickte Warga an und dieser jagte los und holte das verendete Tier. Er brachte es Saruman, seinem Herrn, und legte es vor ihm ab. Saruman verspeiste den Vogel roh und überliess dem Wolf die Knochen und den Kopf.

Zum Abend legte er sich unter einen Baum und Warga nahm einige Schritt entfernt vom ihm Platz. Noch vertraute er dem Tier nicht vollständig und behielt während der Nacht seinen Stab in der Hand. Er stellte sich schlafend und war doch hellwach. Gegen Mitternacht stand Warga von seinem Schlafplatz auf und lief zu Saruman. Sein Griff um Tordas wurde unmerklich fester. Er spürte, dass der Wolf ihn lange im vermeintlichen Schlaf ansah. Dann drehte er ab und verschwand die restliche Nacht in den Ausläufern des Waldes. Als die Dämmerung hereinbrach, kam er lautlos zum Lagerplatz zurück. Saruman bemerkte, dass er Beute gerissen hatte. Er öffnete seine Augen und erblickte vor sich den Kadaver eines Hasen, völlig unversehrt, ein Lächeln huschte über sein Gesicht und er lobte den Wolf.
Jetzt war er sich sicher, dass der Wolf seine Vorherrschaft respektierte. Er

hatte ihn als seinen neuen Herrn anerkannt, den mächtigsten Istari, der darüber entschied wer am Leben blieb und wer dem Tod geweiht war. Der Wolf akzeptierte ihn bedingungslos als seinen Führer. Saruman riss das Herz aus dem Leib des Hasen und verspeiste es. Den Rest überliess er Warga. Dann legte er sich nieder und schlief ein.
Ein paar Stunden später, als die Sonne schon hoch über den Bäumen stand, erwachte er. Warga kauerte neben ihm und bewachte seinen Schlaf.

Sie liefen bis zum Abend und bewegten sich in dem weiten Grasland Cardolans. Endlos, so weit das Auge reichte, wuchsen Gräser und niedrige Sträucher. Der Wind blies durch die Felder und spielte mit den Halmen und der Frühling liess hier seine ersten Knospen spriessen. Den Schnee hatten sie hinter sich gelassen. Viele Blumen würden bald die weite Steppe in ein blühendes Meer verwandeln.
Nach einigen Tagesmärschen verschwanden die Südhöhen langsam aus ihrem Blickfeld und nur verschwommen sah man sie am Horizont.

Saruman wusste, das bald der Fluss Mitheitel, in der Allgemeinsprache Weissquell genannt, vor ihnen auftauchen musste. Sie konnten bereits einzelne Baumgruppen in dem weiten Land ausmachen und hörten von Ferne, das Tosen des Flusses, der reissend das Wasser des Nebelgebirges mit sich führte. Zu dieser Jahreszeit trat er häufig über die Ufer und überschwemmte das Land.
Er war sehr froh, in die Nähe des Flusses gekommen zu sein, da er seit zwei Tagen ihr Wasser bereits rationierte. Der Durst den beide litten, wurde unerträglich. Mehr als einen Tag ohne Wasser hätten sie die Dürre des Graslandes nicht mehr überlebt. Warga lief voran in Vorfreude seinen Durst stillen zu können. Saruman war sich sicher, dass sein kluger und gerissener Wolf ihn warnen würde, wenn Gefahr an den Ufern lauerte und so liess er ihn in schnellen Schritten auf das Wasser zueilen. Er selbst hoffte, in etwa drei Stunden die Mitheitel erreicht zu haben.
Nun, da er den Fluss in greifbarer Nähe wusste, hatte er es nicht mehr eilig und ging gemächlichen Schrittes. Der Wolf und er hatten sich aneinander gewöhnt und mit Warga hatte er einen treuen Diener. Er versorgte ihn mit dem Wild, das er gejagt hatte. Auch wenn Saruman keinen Hunger leiden musste, da er sich Vögel mit Hilfe seines Stabes vom

Himmel holen konnte, so bewies ihm der Wolf damit seine Treue und er teilte sich die Beute mit Warga. Der Wolf hatte einen ausserordentlichen Spürsinn und ein feines Gehör und er verfügte über einen Vorzug, den er in den Jahren der Einsamkeit zu schätzen gelernt hatte, das Tier war schweigsam und widersprach ihm nicht. Sie verstanden sich ohne viel Worte und ein Blick genügte und Warga wusste, was sein Herr von ihm verlangte. Sie führten keine innige herzliche Beziehung, sondern eine, die geprägt war durch gemeinsames Nehmen und Geben. Die Grausamkeit Sarumans gefiel dem Wolf ausserordentlich. Mitleid und Reue hatte er in seinem Wolfsleben nicht kennengelernt. In der rauhen Wildnis ging es nur um Leben und Tod und den Fortbestand seiner Art. Die Schwachen hatten keine Chance.
Die Stärke seines Herren imponierte Warga und der Stab, den er mit sich führte, war ein Zauberwerk, die stärkste Waffe, die er je gesehen hatte. Doch auch die Angst kettete ihn an seinen Herrn. Die kalten Augen hatten auch mit ihm kein Mitleid und er wusste, er würde sterben, wenn er sich seinem Herrn widersetzte oder ihn verriet. Seine Brüder und Schwestern folgten dem Willen Sarumans ins Moor und starben eines grausamen Todes. So würde er nicht enden. Es hatte auch etwas Gutes. Die Treue wurde von Saruman stets belohnt.

Warga eilte zum Fluss, die Tage durch die Einöde waren lang und Wasser hatten sie in den letzten Tagen nur noch rationiert zu sich genommen. Die Wasservorräte wurden, als sie zur Neige gingen, streng eingeteilt. Warga lief schnell und musterte die Gegend ohne Unterlass, doch er konnte ausser dem Geruch seines Herrn keine Gefahr oder Lebewesen in ihrer Nähe wittern. Als er an dem Flussufer angekommen war, blickte er in die reissenden Fluten, auf denen noch einige Eisschollen trieben. Er watete knöcheltief in den Fluss und trank das klare Wasser.

Sein Herr kam nach geraumer Zeit und tat es ihm gleich. Als er seinen Durst gestillt hatte, entledigte er sich seiner Kleider und ging ohne Zögern in die eiskalten Fluten. Die Hose und das Hemd Sarumans lagen vor Warga ausgebreitet und auch sämtliche Waffen und der merkwürdige Stab. Er blickte zu seinem Herren. Dessen Blick war ihm abgewandt. Der Wolf vermutete, dass sein Herr nun schutzlos war.

Er konnte ihn angreifen und töten. Erneut blickte er auf den Fluss. Seine Herr stand hoch aufgerichtet und seine kalten Augen blickten ihn an. Dieser Blick war mehr, es war eine Drohung. Warga waren schon viele Menschen begegnet. Es gab solche die leicht zu töten waren und solche, bei denen viele Tiere seines Rudels das Leben lassen mussten, bevor sie den Menschen töten konnten. Und es gab solche, die er ziehen lassen musste, da sie sich gegen sein Rudel behauptet hatten. Dieser Mensch, sein Herr, kam ihm plötzlich gewaltig vor und ihm wurde klar, dass er mehr als nur ein Mensch war. Er senkte reuevoll den Blick und trollte sich.

Saruman hatte vom Fluss seinen Wolf aus den Augenwinkeln beobachtet. Die Versuchung den vermeintlich Schutzlosen zu töten, würde für Warga gross sein, das wusste er. Und er konnte an den Bewegungen des Wolfes erkennen, wie dieser mit sich rang. Damit er Warga nicht töten müsste, wollte er ihm eine Lehre erteilen und schritt auf ihn zu. Gross und mächtig wirkte seine Erscheinung. Dunkelheit und Finsternis flammte aus ihm hervor. Saruman hatte seine Wirkung nicht verfehlt, der Wolf hatte sich, nachdem er die Macht zu spüren bekam, unterwürfig gezeigt. Jetzt würde er sicher nicht mehr mit dem Gedanken spielen, seine Kräfte mit ihm zu messen zu wollen oder es gar wagen, ihn anzugreifen. Saruman wollte jedoch wachsam bleiben, auch wenn er dem Wolf im wesentlichen traute.
Aber ein böser Geist, konnte sich auch gegen seinen Herrn verschwören. Sein letzter, treuloser Diener Grima, hatte ihn sogar hinterrücks angefallen und die Kehle aufgeschlitzt. Diese undankbare Schlangenzunge. Nun, der Tod hatte auch ihn ereilt, so dass er sich über eine grausame Rache an dem Verräter keine Gedanken machen musste.
Er kleidete sich an und pfiff nach Warga. Dieser kam aus dem Grasland zu ihm geeilt und sie setzten ihren Weg in nördliche Richtung am Ufer der Weissquell fort.
Nun gab es auf ihrer Wanderung ausreichend Wasser und diesbezüglich brauchte er sich keine Sorgen zu machen. In ein paar Tagen würden sie auf die Oststrasse stossen. Dies bereitete ihm mehr Sorgen. Die Menschen und zwergenähnlichen Völker und er dachte hierbei verächtlich an die Hobbits, würde er leicht täuschen können. Sie würden ihn für

einen heruntergekommenen Einsiedler halten. Die Elben und die Istari Gandalf und Radagast, die in Mittelerde lebten, würden ihn, hinter dieser menschlichen Hülle erkennen. Auch Gwaihir, der Windfürst und die mächtigen Vögel würde er nicht täuschen können. Sie sahen mehr als diese einfältigen, dummen Menschen. Er beschloss daher, verdeckt seinen Weg nach Bruchtal zu nehmen. Die Elben sollten nichts von seiner Anwesenheit erfahren. Er wusste noch nicht, wie er in das Elbenland eindringen konnte, hoffte aber, dass auch hier das Schicksal ihm zu Hilfe kommen würde.

Nach einigen Tagen endloser Wanderung sah er einige Vögel weit entfernt über die Ebene fliegen und er breitete seine Arme aus und rief sie zu sich. Die Vögel änderten ihre Richtung und kamen zu ihm geflogen, setzten zum Sturzflug an und kreisten dann über seinem Haupt. Warga knurrte böse und funkelte sie grimmig an. Dann kam plötzlich ein einzelner Rabe aus der Schar auf ihn zu. Es war sein alter Vertrauter Rohivor. Er schlug mit seinen kräftigen Flügeln und setzte sich auf seine Schulter. Wargas Knurren wurde drohend und Saruman beruhigte den Wolf.

“Rohivor, alter Freund, es freut mich euch zu begegnen.”

“Ebenso, Saruman. Einige Sommer ist es her, seit wir uns das letzte Mal gesehen haben”, flüsterte der Rabe. “Mir scheint, ihr habt euch ein wenig verändert?!”

“Es waren schlechte Zeiten die mir meine alte körperliche Hülle geraubt haben, aber die schicksalhafte dunkle Macht hat mir diese Neue hier beschafft. Sprich alter Freund, was ist in den Zeiten meiner Abwesenheit geschehen?”, fragte Saruman.

“Oh Herr, ich kann euch frohe Kunde überbringen”, sprach Rohivor. “Euer Feind und Rivale Gandalf hat mit den Elben das Land verlassen.” Der Rabe krächzte heisser und es hörte sich wie ein Lachen an.

Kein Muskel bewegte sich im Gesicht Sarumans. Er war überrascht und mehr als erstaunt.

“Seit wann?”, fragte Saruman betont gelassen.

“Im Herbst des letzten Jahres sind die Elben Loriens und Bruchtals aufgebrochen und Gandalf begleitete sie”, sprach Rohivor eifrig.

“Verwandschaft von den Meeren hat uns berichtet, dass weisse Schiffe sie über das weite Meer trugen. Auch ein paar von dem kleinen Volk begleiteten sie”, berichtete der Rabe weiter.

“Nun dies ist wahrlich gute Kunde”, spach Saruman.
Rohivor erhob sich in die Lüfte und der Schwarm der Vögel kreiste noch ein paar Male über ihm, dann flogen sie davon.
Sarumans Gedanken überschlugen sich. Er beendete seine Wanderschaft an diesem Tag vorzeitig und suchte sich in einem kleinen Wäldchen am Rande des Flusses Unterschlupf.
Zunächst musste er die vielen Informationen ordnen. Doch die Botschaft liess ihn frohlocken.
“Sie sind fort, sie sind fort.” Er wiederholte diese Worte ununterbrochen wie eine Zauberformel, so als könnte er es nicht fassen. Diese Wendung fügte sich so wunderbar in seine bösen Pläne ein.
Er hatte praktisch keine Widersacher und er sah sich schon als Herrscher über Mittelerde. Die verschiedenen Menschenvölker konnten ihm nicht gefährlich werden. Mit Ruhm, Ehre und ein paar Schwertern war dem mächtigsten Istari nicht beizukommen.
Er gab sich dem Rausch seiner Sinne hin und fühlte wie neue Energien der dunklen Macht ihm zuflossen, ihn berauschten und er versank in einem geisteskranken Anfall von Wahnsinn, der ihn schüttelte und zugleich angenehm erregte.

Am Morgen des darauffolgenden Tages zogen er und Warga weiter. Sie erreichten die Oststrasse am Abend. Zu dieser Zeit war niemand mehr unterwegs. Er suchte sich ein geschütztes Plätzchen und legte sich zur Ruhe. Warga ging, wie viele Nächte zuvor, seines Weges und kam erst in den frühen Morgenstunden zurück. Die Augen des Wolfes blickten ihn stets treu und unterwürfig, aber ohne Zuneigung, an.
Wer sollte es Warga verdenken, dachte er bei sich. Er hatte die Tiere seines verbliebenen Rudels getötet.
Mit einer Handbewegung wischte er die Erinnerung fort, für Reue oder Mitleid war sein Herz zu klein geworden.
Als der Tag anbrach, ging er wie ein einsamer Wanderer gebeugt auf der Strasse. Vorsicht musste er nicht mehr walten lassen, sämtliche Gegner, die ihm gefährlich werden konnten, hatten Mittelerde verlassen. Die letzten versprengten Reste von Elben erwartete er nicht auf der Oststrasse. Dieses Gesindel verkroch sich in ihren Elbengebieten und die Erste Elbenburg war noch meilenweit entfernt.

Trotz allem werde ich mich nicht allzu lang auf dieser Strasse aufhalten, überlegte er. Nach der dreibogigen Brücke, die im allgemeinen "Letzte Brücke" genannt wurde, würde er in die Trollhöhen eintauchen. Die Brücke erhielt ihren Namen aufgrund des Umstandes, dass sie die östlichste Brücke der Oststrasse war. Im übrigen war es auch die einzige Möglichkeit den Weissquell im Umkreis von zweihundert Meilen zu überqueren. Die Trollhöhen, ein bewaldetes Vorgebirge, breiteten sich nördlich der Oststrasse aus. Es handelte sich hier um ein Waldstück, in denen bis zum Ende des dritten Zeitalters Trolle gelebt hatten. Dieser Wald würde ihn vor neugierigen Blicken verbergen.
Im Körper des alten Einsiedlers wanderte er die Strasse entlang, leicht auf seinen Stab Tordas gestützt. Für Menschen musste er befremdlich aussehen, doch das interessierte ihn wenig. Er kam gut voran und konnte bereits in weiter Entfernung die dreibogige Brücke ausmachen.

Von weitem sah er einen Karren, der sich auf ihn zubewegte und der von einem dicken Pony gezogen wurde. Neben dem Gefährt ritten zwei Reiter auf grossen Pferden. Seine Gedanken überschlugen sich und er dachte einen Moment daran, in den Büschen der Strasse zu verschwinden. Seit mehr als zwei Jahren befand er sich nun auf der Flucht und im Verborgenen und hatte ausser dem Einsiedler keine Menschen getroffen. Er fühlte sich hin und her gerissen, da nun die Begegnung mit Menschen oder dem kleinwüchsigen Volk bevorstand. Er richtete sich auf und nahm seine ihm eigene, stolze, trotzende Haltung an, und schritt forschen Schrittes auf sie zu.

Als die kleine Gruppe ihn erreichte, stoppten sie ihren Wagen und die Reiten stiegen von ihren Pferden. Mit lauten freundlichen Gesten wurde er begrüsst und er nickte ihnen widerwillig zu, ohne eine Miene zu verziehen. Dann passierte Merkwürdiges. Wie um einen alten Bekannten willkommen zu heissen, kamen sie auf ihn zu und herzten ihn. Man schüttelte ihm die Hand, und ein kleines Mädchen fiel ihm sogar um den Hals.
"Na, du alter Herumtreiber", scherzte der Mann auf dem Karren.
Plötzlich wurde ihm bewusst, dass diese Menschen hier, ihn kannten oder

besser gesagt, den Körper kannten, den er sich angeeignet hatte und für sich beanspruchte.
“Wo hast du Rauhbein gelassen?”, fragte ihn der Alte auf dem Gefährt.
Er verfluchte den Tag, als er sich überlegt hatte, auf dieser Strasse unerkannt reisen zu können.
Er räusperte sich und deutete auf seinen Hals, so als hätte er sich erkältet. Dann hustete und prustete er. Verdammt, er wusste nicht einmal, wer dieser alte Mann überhaupt war, in dessen Körper er nun hauste.
Mühsam krächzte er einen Gruss hervor und machte ein tiefbetrübtes Gesicht. Die Menschen, drei Männer und dieses kleine Mädchen verstanden ihn sofort.
“Der arme alte Rauhbein!”, seufzte das Mädchen und eine Träne lief aus ihren Augen.
“Kommt du gerade aus Bree und warum bis du nicht geblieben?”, fragte sie.
Saruman schüttelte den Kopf und hob die Schultern achselzuckend.
“Komm Barlie, fahr´mit uns zurück nach Bree”, drängte ihn der Alte, stieg vom Wagen und legte seinen Arm um Sarumans Schulter. Er schob ihn in Richtung des Karren.
Das hat mir gerade noch gefehlt, dachte sich Saruman und entledigte sich des Armes des Alten mit einer wegwerfenden Handbewegung und wirkte trotzig und überheblich.
Nun sprachen auch die anderen auf ihn ein, sie mussten denken, sein Hirn hatte aufgrund des Verlustes seines Hundes Schaden erlitten und nur dies war der Grund, warum er ihnen nicht folgte.
Von soviel Liebe und Gutmütigkeit wurde ihm geradezu schlecht und schwindelig.
Er schüttelte ohne Unterlass seinen Kopf, als Zeichen, dass er ihnen nicht folgen wollte. Nur mit Not konnte er sich dieser aufdringlichen Menschen entledigen. Tiefbetrübt blickten sie ihm hinterher, als er ihnen wort- und grusslos den Rücken kehrte und in Richtung der Brücke davoneilte.

Der Mann und das Mädchen schauten Barlie noch eine Weile hinterher. Dann kletterten sie auf den Karren und fuhren in Richtung Bree davon. Die beiden Reiter sahen dem Alten länger hinterher.

“Kam dir Barlie nicht auch merkwürdig vor?”, fragte Meoseld.
“Er wird den Verlust seines Hundes noch nicht verwunden haben”, sprach Tharbath.
“Nein, das glaube ich nicht. Seine Augen waren anders und mich fröstelte in seiner Gegenwart”, sagte Meoseld und starrte auf den davoneilenden Alten.
“Er hatte auch einen recht merkwürdigen Wanderstab. Mich dünkt, er war mit Runen, der schwarzen Sprache versehen, Zeichen der bösen Geister der Finsternis und wenn mich nicht alle Sinne getäuscht haben, erkannte ich eine schwarze Hand.” gab er zu bedenken.
“Barlie wäre nicht in der Lage gewesen, solch einen Stab zu fertigen. Er kennt die Bedeutung der schwarzen Schriftzeichen nicht einmal und kann auch keine Runen lesen.”
“Soweit mir bekannt ist, gibt es nur die weisse Hand, Sarumans Wahrzeichen, eine Schwarze habe ich bei noch keinem gesehen”, sprach Tharbath.
Lange blickten sie schweigend und argwöhnisch dem Alten hinterher, dann wendeten sie ihre Pferde und ritten im Galopp auf den Karren zu, der mittlerweile nur noch ein kleiner Punkt am Horizont war.

SIEBTES KAPITEL

DIE TROLLE

Saruman überquerte die letzte Brücke und verliess Cardolan. Er befand sich nun in Rhudaur und bog von der Strasse ab in die Wälder. Noch immer war er wütend, da er die Möglichkeit nicht bedacht hatte, dass diesen Körper jemand kennen konnte. Trotz allem war diese Begegnung für ihn noch gut ausgegangen. Er hatte sie nicht töten müssen.
Warga hatte er nun schon den ganzen Tag nicht gesehen und doch wußte Saruman, dass er sich in der Nähe aufhielt. Die Begegnung auf der Oststrasse hatte er wahrscheinlich beobachtet. Doch er mied die Menschen, die ihm fremd waren. Im Wald würde er wieder auftauchen, da war sich Saruman sicher.

Er wanderte durch die Trollhöhen und die warme Frühlingssonne wärmte seine kalten Glieder. Die Bäume standen mal dicht und dann auch wieder locker und in unregelmässigen Abständen. Es war ein Wald, in dem man sich gut verbergen konnte, wenn man nicht gesehen werden wollte. Er war auch von grossen Lichtungen durchsetzt, in denen die Sonne Waldwiesen schaffte, die seinesgleichen suchten. Die Artenvielfalt der Pflanzen und Bäume war beachtlich. Auch Tiere gab es hier viele. Er beobachtete Hasen und Eichhörnchen, sah Spuren von Füchsen, Rehen und Wölfen. Auch die blasse Spur eines Bären konnte er erkennen. Aber sie war mehrere Tage alt und der Bär hatte sich verzogen.
Warga eilte nach Stunden der Wanderung zu ihm. Er hatte zwei Rebhühner gefangen und hielt sie in der Schnauze.
Gegen Abend machte Saruman ein kleines Feuer. Er streckte sich wohlig an der Feuerstelle aus und rekelte seine Glieder.

Seit langem ass er wieder gebrutzeltes Fleisch und hing seinen Gedanken nach. Wenn der Turmalin, der gesuchte Stein, in Bruchtal war, musste er an den Elben vorbei. Dies würde sicher ein schweres Unterfangen. Er überlegte, ob er sich als Einsiedler unauffällig bewegen und ihren Bauten nähern sollte. Doch die Elben würden ihn sicher erkennen, diese Gefahr schwebte zumindest drohend über ihm. Der Körper und die Seele waren für sie zweierlei und die Schwärze der Seinen würden sie bemerken. Nein, so würde es nicht gehen. Doch er kam zu keinem rechten Schluss. Er würde dort entscheiden müssen, wie er sich verhalten sollte. Das Schicksal hatte ihn bisher immer zuverlässig gelenkt. Die dunkle Macht ebnete ihm den Weg.
Von solchen und ähnlichen Gedanken erfüllt, schlief er ein.

Der Morgen weckte ihn. Warga lag ausgestreckt zu seinen Füssen und beobachtete seine ersten Regungen. Es war noch kühl und die Sonne hatte sich noch nicht ihren Weg durch das Waldesdickicht gebahnt.
Er erhob sich, ergriff Tordas und marschierte los. Am späten Abend erreichte er sein Ziel. Durch die Bäume hindurch konnte er eine Lichtung erblicken und sah dort die versteinerten Trolle.
Sie waren riesig und blickten starr zu Boden.
Nach der Geschichte hatten der Istari Gandalf und Bilbo, der Hobbit, ihnen dieses Schicksal verpasst.

Trolle waren böse Geschöpfe, die von Melkor im ersten Zeitalter gezüchtet wurden. Aufgrund ihrer Geistesschwäche war ihr Wert jedoch nur begrenzt. Gothmog, der Fürst der Balrogs, Feldherr von Angband und mächtigster Diener Melkors, hatte eine Leibwache von Trollen besessen. Sie dienten ihrem dunklen Herrn stets willig und galten als stark und furchtbar hässlich, hatten dicke Haut und schwarzes Blut. Es gab vier Arten von ihnen. Diese hier waren Steintrolle und den Menschen am ähnlichsten. Sie sprachen simples Westron, die Allgemeinsprache Mittelerdes.

Saruman blickte zu ihnen auf. Das Tageslicht war ihnen zum Verhängnis geworden und hatte sie versteinert. Er betrachtete sie eine Weile und sah in ihre grimmigen Gesichter. Sein Gesicht verzog sich zu einer Grimasse.

Dies war nun das erste Ziel seiner Reise. Mächtige Trolle sollten seinem Willen dienen und diese hier, würden sich als Werkzeug für seine Zwecke ausgezeichnet eignen. Steintrolle gab es nur noch wenige. Sie lebten einstmals zu Hauf in den Trollhöhen. Doch sie wurden von den Elben und Menschen immer wieder angegriffen, weil sie ihre Bebauungen überfielen und sie frassen. Dieser Plage wollte man sich entledigen und bekämpfte sie. Damals wurden viele Trolle getötet und der verbliebene Rest zog sich zu den Höhlentrollen in die Berge zurück. Diese drei waren wahrscheinlich die letzten ihrer Art in den Wäldern des Vorgebirges und sie wurden Opfer ihrer Gefrässigkeit und sassen nun hier versteinert.

Nun, dieser Sache wollte Saruman Abhilfe schaffen. Noch vor den ersten Morgenstunden, zum Ende der Nacht, wollte er sie erwecken und ihnen die Sonne zum Freund machen. Denn es gab auch Trolle, wie die Ologhai, die dem Tageslicht trotzen konnten. Diese wurden damals von Sauron gezüchtet und gelenkt. Seine Steintrolle sollten diese Gabe auch erhalten und seinem Willen gehorchen. In der Nacht bereitete er das Ritual vor und schlief nur eine Weile vor Tagesanbruch. Warga beobachtete seine Bemühungen mit Neugierde. Er schien zu ahnen was Saruman vorhatte, den sein Blick glitt stetig zwischen Saruman und den Trollen hin und her.

Am Morgen als die Dämmerung das Land in gespenstisches Licht tauchte, erhob sich Saruman und trat vor die Trolle.
Er öffnete seine Arme und richtete den Stab auf die Versteinerten und seine Stimme hallte laut in den Wäldern als er seine Beschwörungsformeln in die Luft stiess :

"henlá, exélsio pa´ra lamh, novo sís venmá, pa´ra lamh, novo sís ta várdo, actárno!"

Der Wind, der eben noch zart säuselnd durch die Bäume strich, verstärkte sich. Es pfiff und begann zu stürmen. Wie ein Strudel sammelte er sich über den Trollen und fegte um sie herum. Die Bäume ächzten sturmgebeugt. Kein Tierlaut war mehr zu vernehmen. Der dämmrige Himmel verdunkelte sich zunehmend und wildes Grollen dröhnte in ihren Ohren.

Es donnerte und Finsternis hüllte sie ein. Warga war erschreckt und verzog sich hinter die Bäume in eine geschützte Ecke. Sein Blick war angriffslustig und verstört.
Saruman murmelte unablässig seine bösen Worte in der schwarzen Sprache weiter.

Dann war es plötzlich windstill und eine unwirkliche Ruhe lag über dem Wald. Man hörte keinen Vogel singen und auch das Rauschen der Tannen und Laubbäume war verklungen. Kein Lüftchen regte sich, aber eine grosse Spannung lag in der Luft. Man hatte den Eindruck, dass es die Luft jeden Moment zerreissen würde.
Die Trolle sassen noch immer versteinert da. Plötzlich zuckten drei Blitze durch die Luft und trafen sie. Ein lautes Zischen war zu hören und stickiger Rauch wurde zu dichtem Nebel. Dann war alles vorbei. Saruman liess erschöpft seinen Stab Tordas sinken. Ruhe kehrte auf die Lichtung zurück und der Qualm verzog sich.

Warga kroch aus seinem Versteck zu Saruman, der die Trolle unablässig ansah. Und auf einmal löste sich vom Fuss des Vordersten ein Stück Stein und mit einem lauten Aufschlag fiel es scheppernd zu Boden. Es war ein Topf, der sich auf dem Fuss des Trolles befand und nun gelöst hatte. Sarumans Miene hellte sich auf.
Eigenartiges begann sich zu vollziehen. Die Steinhülle verfärbte sich merklich und wurde bunt. Die Farbe der Kleidung fing an, wiederzukehren.
Ein Grunzen entfuhr den Mäulern der Trolle und langssam bewegten sich ihre Körperteile. Als sie ihre Augen öffneten, waren sie vom Mondlicht geblendet und hoben ihre Hände schützend. Ein Jammern und Jaulen entfuhr ihren wutverzerrten Gesichtern. Ihre tapsigen Bewegungen kehrten zu ihnen zurück und sie erhoben sich und starrten an sich herunter. Ihre blöden Augen funkelten angriffslustig und wütend knurrten sie einander an.
Saruman stand vor ihnen und betrachtete stolz sein Werk. Er hatte seine erste Streitmacht erhalten, die es mit einer Hundertschaft aufnehmen konnte.

Die Trolle fingen an sich zu streiten. Der eine schrie :
"Ich finde, es ist egal, wie wir sie fressen, gekocht, gebraten oder gehackt. Wir fressen sie jetzt und dann sollten wir in unsere Höhle zurück, bevor die Sonne aufgeht." Sie suchten den Waldboden ab und heulten auf, als sie ihre Beute nicht finden konnten.
"Wo sind diese stinkigen Zwerge hin", schrien sie sich an.
Dabei erblickten sie Saruman und starrten ihn dümmlich an. Sein mächtiger Stab Tordas war auf sie gerichtet. Einer der Trolle wollte sich auf den Istari stürzen, doch eine magische, undurchsichtige Wand liess ihn zurückprallen.
Saruman richtete seinen Blick auf ihn. Wie vom Blitz getroffen, zuckte er und wand sich, dann brach er zusammen und sank auf den Erdboden.
Verständnislos starrten die beiden anderen den Zauberer an und warfen sich demütig vor seine Füsse. Der dritte Troll erholte sich und kuschte nun ergeben neben den beiden, die bereits am Boden knieten und ihrem neuen Herrn huldigten.
"Ihr werdet mir, Saruman dem Schwarzen, jetzt dienen, dem mächtigsten Zauberer Mittelerdes", rief er ihnen zu. "Ihr ward versteinert, ihr dummen Kreaturen. Eure Beute ist euch vor mehr als achtzig Jahren davongelaufen." Saruman lachte dreckig.

Die Trolle blickten dumm umher. Die Wiese war wirklich nicht mehr zertrampelt und ihre Feuerstelle war überhaupt nicht mehr zu sehen. Ihr Blick glitt zurück zu Saruman.
"Schwarzer Zauberer, wir werden deinen Befehlen folgen", sprach einer von den drei Trollen, "denn wir sind stets treue Diener der Finsternis und dunklen Herrschers gewesen. Ich bin Bert", sprach der Grösste beflissen. "Und das sind Bill und Tom." Dabei zeigte er auf die zwei anderen Steintrolle.

Saruman nickte ihnen zu. Bert war mit Abstand der grösste Troll und schien der Anführer von den Dreien zu sein. Tom hatte das grimmigste Gesicht und Bill war der Fetteste von ihnen. Sie hatten überall Brandblasen und fürchterliche Beulen, die sie im Kampf mit den Zwergen davongetragen hatten. Aber sonst wiesen sie keine grösseren Verletzungen auf. Ihre Kleidung bestand aus Lappen, die sie sich um die

Hüften geschlungen hatten. Es mussten früher einmal die Kleider ihrer Opfer gewesen sein, denn sie waren aus vielen verschiedenen Kleidungsstücken zusammengeflickt.
Dann brach die Sonne hinter dem Horizont hervor. Die Trolle warfen sich auf die Erde und schrien entsetzt auf. Saruman lachte sie hähmisch aus und die Bäume warfen sein Lachen dröhnend zurück.
Nichts geschah. Sie betrachteten ihre Hände und Füsse, doch sie waren nicht versteinert. Ihr Blick richtete sich fragend an die Sonne, die sie böse anfunkelten und ihr wild drohend die Hände entgegen schwangen. Widerlich und angeekelt verzogen sie ihr Gesicht. Noch immer nicht verstehend, fühlten sie ihre dicke ledrige Haut ab und schauten sich verwundert an.
"Die Sonne kann euch nichts mehr anhaben", rief ihnen Saruman zu. "Sie ist jetzt euer Freund".
Bert blickte auf den Istari.
"Sie wird niemals unser Freund sein, auch wenn sie uns nicht mehr töten kann". Sie nickten Saruman dankend zu und erhoben sich.
Die Trolle bedeuteten dem Zauberer, ihnen zu folgen und so stiegen sie den Wald bergan. Nach einiger Zeit fanden die Trolle ihre riesigen Schuhe und schleppten sie mit sich. Weiter oben, hinter Gebüsch verborgen, war das Felstor, das zu ihrer Höhle führte. Es stand offen und Bill und Bert beschimpften Tom, das er den Schlüssel verloren hatte. Dann sahen sie sich in ihrer Höhle um und grollten fürchterlich. Sie waren ausgeraubt worden.
Nach kurzer Zeit verstärkten sich ihre bösen Beschimpfungen und dann droschen sie aufeinander ein und kugelten sich in der Höhle. Saruman funkelte sie an.
"Es ist nicht die Zeit, sich wegen solcher Lapalien zu streiten. Gold und andere Reichtümer sollen bald wieder zu Hauf in eurer Höhle liegen", schrie er sie an.
Die Trolle liessen voneinander ab und glotzten ihn dumm an.
"Die Städte sind voll von Schätzen. Die Menschen haben sie gehortet. Ihr müsst es euch nur holen", sprach er verschwörerisch.
"Das Gold und die Edelsteine interessieren mich nicht. Ich will nur die Macht über Mittelerde erlangen." Während er diese Worte aussprach, hallte seine Stimme von den Wänden zurück und die Trolle wichen

erschreckt zurück.
Dann lachten sie hämisch und Saruman stimmte in ihr dummes Gelächter ein.
Warga blickte argwöhnisch hinter Saruman hervor und fletschte die Zähne. Diese Trolle konnten ihn platttreten und ihn zu Brei matschen. Doch wenn er sich hinter dem Rücken Sarumans aufhielt, hatte er nichts zu befürchten.
Saruman ging hinüber zu den verstreut liegenden Kleidungsstücken. Er wählte ein schlichtes schwarzes Gewand und entledigte sich seiner verdreckten Kleidung.

In glänzenden, strahlendem Licht stand er vor ihnen. Das Dunkel seiner Kleidung funkelte, als ob tausend Sterne auf ihr leuchteten. Zusätzlich wählte er einen Elbenmantel. Doch als er ihn um seine Schultern legte, stach er ihn wie hunderte, kleine spitze Nadeln. Die Reinheit schmerzte ihn furchtbar und schnell entledigte er sich des Mantels.
Dann eben nicht, dachte er und schleuderte ihn von sich. Er wählte ein schönes, mit Saphiren besetztes Schwert, welches in einem silbernen Schwertschaft steckte. Zuletzt durchstöberte er den verbliebenen Schatz und das viele Zeug das hier herumlag, nach nützlichen Dingen.

Das Messer des Alten hatte ihm bisher gute Dienste geleistet. Er wollte es behalten, ergänzte es jedoch durch einen schlichten geschwungenen Dolch. Er war mit einfachen Runen versehen, die Ehre und Ruhm verkündeten.
Die Trolle, Warga und er verbrachten einige Tage in der Höhle. In dieser Zeit fertigte er für sie, aus dem Metall das hier herumlag, einen neuen Schlüssel. Die Lebensmittel waren allesamt nicht mehr zu gebrauchen und die Trolle warfen sie achtlos vor die Höhle. Der Gestank, der in Trollhöhen vorhielt, war erbärmlich. Die Knochen, die hier herumlagen, waren zerfallen und verwest. Es stank furchtbar.
Saruman und Warga nahmen es gelassen.

Nahrung fanden sie reichlich in den Wäldern. Die Trolle und Warga jagten das wehrlose Wild. Des Nachts sassen sie in der Höhle um das Lagerfeuer und Saruman hörte sich die Geschichten der Trolle an. Ihr dummes Geschwätz langweilte ihn, doch sie waren die einzigen Gesprächspartner, die er hatte.

Nach etlichen Tagen hatte er sie satt.
“Morgen früh werden ich und Warga nach Bruchtal aufbrechen,” sprach er zu ihnen eines Abends.
“Ich habe dort etwas zu erledigen.” Er erhob sich von der Feuerstelle.
“Ihr wartet hier, bis ich euch rufen lasse. Einen schwarzen Raben sende ich euch, dem ihr folgen werdet.”
Die Trolle nickten dumm und ehrfürchtig.
“Ja, tun, was du befiehlst”, sprach Bill und seine gierigen Augen sahen schon die reiche Beute, die Saruman ihnen versprochen hatte.

ACHTES KAPITEL

DER TURMALIN

Am nächsten Morgen standen Warga und Saruman aufbruchbereit vor der Höhle und sie verliessen die Trolle ohne Gruss. Sie gingen in Richtung Bruchtal davon und verschwanden im Dickicht des Waldes. Sie gelangten auf einen ausgetretenen Pfad, den die Tiere des Waldes geschaffen hatten, auf ihrem Weg zur Tränke.
Sie folgtem ihm und Saruman füllte seinen Wassersack an der Quelle.
Tagelang wanderten sie durch die Trollhöhen bis sie deren Ende erreicht hatten. Sie standen nun an der Furt der Bruinen, die die Menschen Lautwasser nannten. Hier hatten die schwarzen Reiter, die Frodo folgten, als er Ringträger war, ihre Pferde verloren. Wenn er sie überquert hatte, würde er sich im Elbenland befinden. Meister Elrond hatte die Gabe, Feinde mit einer grossen Flutwelle vom Land fernzuhalten. Er war nun nicht mehr da und vorsichtig setzte er seinen Fuss in die Furt. Er lauschte, kein tosendes Rauschen, nur das Singen der Bruinen vernahm sein Ohr. Zügig eilte er hindurch und Warga folgte ihm.

Nun ging Saruman nur noch des Nachts. Nirgends spürte er die Anwesenheit von Elben. Er konnte sich nicht vorstellen, dass sie alle das Land verlassen haben sollten.
Hatte er womöglich seinen ausserordentlichen Instinkt verloren?" Nein, das schien ihm unmöglich. Die Elben hatten vielleicht eine andere Art der Tarnung gefunden. Ausserdem war diese Gegend verflucht und mit elbischer Zauberkraft umgeben. So musste es sein. Er würde auf der Hut bleiben. Er beobachtete Warga. Doch auch sein Wolf spürte keine Bedrohung seitens der Elben. Als er ihn betrachtete, kam ihm die Idee, ihn voraus-

zuschicken. Sollte Warga sich Bruchtal nähern und die Elbenstadt auskundschaften.
Er rief den Wolf zu sich und teilte ihm seinen Entschluss mit.

Warga verschwand des Nachts in den elbischen Wäldern. Er bewegte sich lautlos und war immer sprungbereit. Am Morgen hatte er Bruchtal erreicht. In den Felsen tarnte er sich und beobachtete die Stadt. Er konnte zuerst keine Elben sehen, die hier noch leben sollten. Den ganzen Tag und die Nacht verbrachte er auf seinem Beobachtungsposten, der ihm eine gute Sicht ermöglichte. Warga eilte am darauffolgenden Abend zurück und trollte sich zu seinem Herrn.
Als er ihn erreichte, spürte er, dass er bereits ungeduldig erwartet wurde.
“Und?”, fragte Saruman.
“Die Stadt ist so gut wie verlassen, Herr”, antwortete der Wolf in der Sprach der Warge.
“Verlassen? Die Elben sind fort?”, Saruman frohlockte. Er hatte leichtes Spiel.
“Es sind nur noch wenige Elben in der Stadt”, liess Warga verlauten.
“Wie viele sind es?”
“Nicht mehr als zehn, ich habe ihrer aber nur sieben zählen können”, antwortete Warga.
“Du hast gute Dienste geleistet, geh!“
Warga trollte sich. Seit Tagen hatte er kaum geschlafen und legte sich zur Ruhe, in einer Mulde, in der er vor Wind und Regen geschützt blieb.
Saruman dachte nach. Eine Handvoll Elben waren nur noch übrig, von dem einst grossen Elbenvolk Bruchtals. Mit denen würde er schon fertig werden.
Sobald Warga sich ausgeruht hatte, würden sie aufbrechen. Er schloss die Augen und entspannte ein wenig. Dann regte sich Hunger in ihm. Warga hatte für ihn nicht jagen können und er wagte nicht, Tordas vorzeitig im Elbenland einzusetzen, um sich Nahrung zu beschaffen. Nachdem er sich ein paar Regenwürmer, Käfer und Maden vom einem alten Baumstamm einverleibt hatte, verzog er angeekelt sein Gesicht, doch die Mahlzeit war reichhaltig und sättigte ihn etwas.

Bei Einbruch der Dunkelheit war es soweit. Sie brachen auf. Der Himmel

war wolkenverhangen und es nieselte in dünnen Bindfäden. Die Sicht war schlecht, doch wenn er wenig sah, würden auch die Elben ihn nicht sehen. Ausserdem verhinderte das dünne Säuseln des Regens, dass die Elben ihn wahrnehmen oder seine Tritte hören konnten.
Am Abend des folgenden Tages kam er an dem Beobachtungsposten Wargas an. Er spähte über die Felsen hinunter nach Bruchtal, das verborgen in einem steilwandigen Tal lag.

Von den Elben Imladris genannt, wurde der Ort am Oberlauf der Bruinen von Elrond gegründet, als dieser mit den restlichen Gwaith-i-Mirdain, dem Volk der Juwelenschmiede, vor den Verwüstungen von Eregion flohen. Die meisten Elben Bruchtals waren Eldar, die von den Fürsten Gildor und Glorfindel geführt wurden. In Bruchtal wurden alle Stammesfürsten der Dunedain aufgezogen. Bruchtal hatte alle Kriege aufgrund der grossen Elbenmacht schadlos überstanden und war Zentrum der Gelehrsamkeit und des Rates.

Warga hatte Recht. Dieser Ort war nun leergefegt. Am Eingang der Elbenzuflucht führte ein schmaler Pfad hinauf zur Elbenstadt. Dort standen zwei Elben in Kampfausrüstung. Sie hatten weisse Hosen und Hemden an, die von den glänzenden, elbischen Rüstungen fast gänzlich verdeckt wurden. Er sah, dass sie mit guten Elbenbögen und hervorragenden Schwertern ausgestattet waren. Sie bewachten den Weg und den Oberlauf der Bruinen, der an dieser Stelle zehn Schritt breit war und etwas unterhalb flach neben ihnen über Felsgestein floss. Er war glasklar und wand sich aus der Stadt, die an seinem Ufer errichtet war. Die Häuser waren ebenerdig oder in den Fels gehauen. Die vielen Brücken, Säulen, Statuen aus Bronze, Stein und anderen Materialen und die bizarren Formen der Häuser, verliehen Bruchtal seine Schönheit.
In der Stadt hatte Saruman noch zwei weitere Elben bemerkt, die ähnlich gekleidet, vor Elronds Haus Wache hielten. Es war eines der grössten und schönsten der Stadt. Saruman wusste, das in der Unterkellerung dieses Gebäudes die wertvollen Schriften gelagert waren und auch die Elbenreichtümer. Vorsichtig zog er sich von seinem Beobachtungsposten zurück.

Sein Weg führte oberhalb des Tales am Felsgestein entlang zum Eingang ins Elbental. Den gewundenen Pfad, der einzige Zugang zur Stadt, konnte er viele Fuss weiter unten sehen. Es gab für ihn keinen anderen begehbaren Weg. Er hatte nicht die Ausrüstung, um sich an den blanken Felsen abzuseilen und musste auch befürchten, dass die Elben ihn sehen und mit ihren Pfeilen erschiessen würden.

Er wartete in einem geschützten Versteck mit Warga, bis die Nacht hereingebrochen war. Dann tauchten sie in die Bruinen ein, die neben dem Pfad dahinrauschte.
Das Wasser war noch sehr kalt und zerrte an seinem Gewand. Der Himmel war noch immer wolkenverhangen, die Nacht schwarz und saugte sie auf. Nur aus Bruchtal konnte man bis hierher einige Lichter sehen. Er lauschte, die Elben standen weiter oben und hielten Wache. Kein Laut hörte er von ihnen. Langsam schob er seinen Körper flussaufwärts. Der Dauerregen hatte aufgehört und schemenhaft sah er ihre Gestalten vor sich auftauchen. Seine scharfen Augen konnten ihre Positionen erkennen. Warga schlich lautlos neben ihm. Sie wechselten einen kurzen Blick und senkten dann ihre Lider, damit ihr Augenlicht sie nicht verriet. Sie kamen immer näher. Die Elben hatten sie noch nicht bemerkt.

Dann griffen sie schnell und überraschend für die Elben an. Saruman schoss aus dem Wasser heraus und warf seinen Dolch. Warga sprang zeitgleich die Anhöhe nach oben und biss dem anderen Elben in die Kehle. Kein Laut kam aus ihren Mündern, als sie lautlos zusammenbrachen. Er zog seinen blutverschmierten Dolch aus dem Herz des Elben, dieser röchelte, er stach noch einmal zu und der Dolch versank in der Halsschlagader. Saruman eilte zu Warga. Der Biss des Wolfes hatte seinen Gegner sofort tödlich getroffen. Die Leichen der Elben lagen vor ihnen und Saruman warf sie achtlos in den Fluss, der die toten Körper mit sich riss. Sie schwammen kurz auf der Oberfläche des Wassers, als wollte sie der Fluss zu Grabe tragen. Dann tauchten sie gurgelnd in die Fluten ab. Saruman folgte den Toten mit scharfen Augen, bis die Dunkelheit sie umschloss und sie aus seinem Blickfeld verschwanden.

Saruman legte sich auf den Boden und lauschte nach verdächtigen

Geräuschen. Alles war ruhig. Die Elben in der Stadt hatten von diesem Angriff nichts bemerkt.
Kriechend bewegten sie sich langsam auf die Stadt zu und tarnten sich in der Dunkelheit. Sie erreichten ein paar grosse Bäume, die hoch über der Stadt aufragten. Saruman kletterte in die Krone eines riesigen Silberahorns und versuchte, in die Stadt zu spähen, die nur spärlich erleuchtet war. Vor Elronds Haus konnte er die Schatten zweier Elben entdecken, die auch des Nachts Wache hielten. Er konnte weiter entfernt den Gesang von Elben wahrnehmen. Sie sangen wohlklingende Lieder und ihre Stimmen hallten klar und rein zu ihm herüber. An dieser Musik hatte er keine Freude mehr. Früher einmal hatte auch er die Elbengesänge gemocht, aber er konnte sich daran kaum noch erinnern.
"Was ich nur so schön an den Liedern gefunden habe?", fragte er sich im Stillen.
Ihn erregte mehr das Heulen der Wölfe, auch das Grollen von drohendem Unheil und vor allem die Schreie der Gequälten und Sterbenden. Wohlige Schauer rannen ihm über den Rücken. Dies war nun Musik in seinen Ohren.

Er kletterte den Baum wieder hinab, ohne ein Geräusch zu verursachen. In der Dunkelheit schlichen sie am Rande des Weges weiter in das Herz Bruchtals. Sie mieden den Schein der Lampen und umgingen die Häuser. Schon bald erreichten sie unbemerkt Elronds Haus.
Sie schlichen sich an die Wachen heran und auf sein Zeichen fielen sie die beiden aus dem Hinterhalt an. Saruman sprang dem einen Elben an die Kehle und schnitt sie durch. Der Elb sackte leblos zu Boden. Warga hatte diesmal nicht so gut getroffen. Der Elb wurde nur schwer verletzt, als Warga versucht hatte, seinen Hals zu durchbeissen. Unter starken Schmerzen kugelte er sich zur Seite und griff nach seinem Schwert. Damit hielt er Warga eine Schwertlänge von sich entfernt. Mit der anderen Hand griff er nach seinem Horn und blies hinein. Ein ersterbender Laut zerriss die Luft, bevor ihn der Dolch Sarumans niederstreckte, der durch die Luft wirbelte und sich in der Stirn des Elben vergrub. Saruman sah wütend auf Warga, der allein durch den Blick einen quälenden Schmerz verspürte und kurz aufheulte.
Das Surren von Pfeilen machte sie auf die Nähe der heraneilenden Elben

und der Gefahr bewusst, in der sie sich befanden. Saruman konnte dem tödlichen Pfeil, der nach ihm gesandt wurde, nur knapp ausweichen. Er sprang in den Schatten. Warga sprang hinter ihm drein. Sein Hinterlauf blutete, einer der Pfeile hatte ihn getroffen.
Saruman blickte ihn wutentbrannt an, das Blut, das aus der Wunde heraussickerte, würde sie verraten.
Ich werde ihn für diese Dummheit töten müssen, dachte er und zog sein Messer. Warga sah die Klinge mit angsterfüllten, weit aufgerissenen Augen, die drohend über ihm schwang und sprang erschreckt zurück.
Saruman zwang ihn mit seinen Blicken zurückzukehren. Er liess das Messer aber sinken und schnitt sich ein Stück Stoff von seinem Umhang. Er riss den Pfeil heraus und schlang den Stoff um das verletzte Bein.
Dich brauche ich noch, dachte er wütend.
"Erledige so viele du kannst", sprach er böse zu Warga, der ihn noch immer angsterfüllt anblickte.
Warga, der dem Tode noch einmal entronnen war, kroch durch die Schatten fort.
Saruman trat auch den Rückzug an und versteckte sich hinter einem stark verwinkelten Haus. Vor ihm lag ein grösserer Platz, der im matten Schein der Lampen recht übersichtlich war. Sein Ohr hielt er an den Boden, drei oder vier Elben näherten sich ihm. Sie suchten ihn. Saruman hörte plötzlich den Schrei eines sterbenden Elben.
Gut Warga, gut, dachte er zufrieden.
Dann sah er den Schatten eines Elben hinter einem Baum. Er schlich sich hinter dem Haus entlang in Richtung dieses Baumes. Der Elb spähte zum Platz hinüber. Saruman zog vorsichtig sein Schwert. Das leise metallische Geräusch liess den Elben herumfahren. Saruman stürzte sich auf ihn. Der Elb verschoss einen Pfeil, dem er geschickt ausweichen konnte und dann zog auch der Elb seine Elbenklinge. Sie blitzte in der dunklen Nacht. Ihre Schwerter kreutzten sich und mit einer Halbdrehung verschaffte Saruman sich einen Vorteil. Das Schwert des Elben stach ins Leere und mit Schwung schwebte sein Schwert auf den Elben zu und enthauptete ihn. Der Kopf flog durch die Luft und fiel unweit des Körpers zu Boden.
"Verrecke, du elender Wurm!", murmelte Saruman und weidete sich an den letzten Zuckungen des Körpers des Elben.
Er sah sich um und sah zwei Elben, die sich ihm mit gezückten Schwerten

und grimmigen Gesichtern näherten. Er erkannte einen der beiden : Elladan, ein Halbelb und Sohn Elronds. Sie rannten auf Saruman zu und versuchten, ihn mit ihren Schwertern zu erschlagen. Saruman sprang zur Seite und rammte sein Schwert in den Körper des einen Elben, der mit schmerzverzerrtem Gesicht lautlos zu Boden glitt. Elladan nutzte die Gelegenheit und versuchte Saruman in der Brustgegend zu treffen, verletzte ihn jedoch nur an der Schulter. Ein scharfer, stechender Schmerz durchzuckte ihn und sein linker Arm hing schlaff an ihm herab. Seine Schwerthand kämpfte weiter. Dieser Elb war schnell und geschickt und führte das Schwert meisterhaft.

Saruman war verletzt. Sie kreuzten die Klingen und standen sich todesmutig gegenüber. Immer wieder nutzte Elladan die Schwäche Sarumans und attackierte ihn mit schnellen kräftigen Bewegungen, denen Saruman immer schlechter ausweichen konnte. Der Elb hielt sich den Feind auf Abstand. Seine Angriffe erfolgten schnell und blitzartig. Jeder Schwerthieb würde tödlich sein, wenn er sein Ziel erreichte. Saruman parierte die Angriffe mit seinem Schwert und wehrte die Klinge ab. Sein Schwert kam nicht mehr in die Nähe des Körpers des Elben.
Er verfluchte den Umstand, dass er seinen Stab am Flussufer zurücklassen musste. Doch dieser wäre ihm beim Anschleichen hinderlich gewesen. Er zog blitzartig seinen Dolch und zielte auf Elladan. Die Klinge raste auf den Kopf des Elben zu. Dieser duckte sich und der Dolch flog an seinen Haaren knapp vorbei. Saruman verzog wütend sein Gesicht. Er stürzte sich mit letzter Kraft auf den Elben. Dieser parierte den Schlag, der auf sein Herz zielte und schlug Saruman das Schwert aus der Hand. Es war vorbei.

Der Istari funkelte den Elben grimmig an. Er hatte keine Waffe mehr und der Elb näherte sich ihm. Saruman blickte um sich, konnte jedoch nichts finden, womit er sich verteidigen oder angreifen konnte. Sein Schwert lag mehrere Schritt entfernt, zu weit, um zu ihm zu gelangen. Er starrte auf das Schwert des Elben, dass sich drohend über ihm erhob. Der Elb holte aus und setzte zum letzten tödlichen Schlag an. Saruman blickte auf die Klinge, die sich ihm in rasender Geschwindigkeit näherte.
Doch jäh stoppte die Bewegung und das Schwert erzitterte und fiel aus

der Hand Elladans.

Warga hatte den Elben von hinten angefallen und sich in ihm verbissen. Der Elb versuchte den Wolf abzuschütteln. Er war schwer verletzt. Saruman stürzte sich auf das Schwert des Elben. In seinen Händen stach es, doch es war ihm gleich. Hasserfüllt stiess er es in die Brust Elladans. Der Elb wand sich in Todeszuckungen und Saruman zog es heraus. Er stiess noch einmal zu und versenkte es in der Brust des Elben. Elladans Glieder erschlafften und reglos lag er im Schein der Lampen auf dem Platz im Herzen Bruchtals.
Saruman streckte sich. Sein Blick glitt zu Warga, der ihm das Leben gerettet hatte.
Er winkte ihn zu sich. Warga kam und blickte ihn mit aufmerksamen Augen an. Saruman sah ihm starr in die Augen, dann klopfte er ihm die zitternden Flanken und streichelte seinen struppigen Kopf.
Warga leckte ihm die Hand seines verletzten Armes. Saruman erhob sich und schleppte sich in Elronds Haus. Es war kein Elb mehr zu sehen. Sie hatten sich ihrer entledigt.

Er besah sich seine Wunde. Sie war tief, doch die Knochen waren nicht verletzt. Er stoppte die Blutung und wickelte sich ein weisses Tuch um die Wunde. Er konnte seinen Arm noch bewegen. Die Muskeln waren nicht vollends durchtrennt und die Sehnen und Bänder funktionierten noch. Jede Bewegung des Armes schmerzte und er stellte ihn ruhig. Er fertigte sich eine Schlinge, in die er den Arm bettete und legte sich nieder. Der Kampf hatte ihn angestrengt und ihn überkam Müdigkeit.
Warga legte sich zu seinen Füssen und wachte an seinem Bettlager. Ein Blick Sarumans gab ihm zu verstehen, dass er nun für die Sicherheit seines Herrn verantwortlich war.
Saruman schloss die Augen und schlief erschöpft ein.

Als er erwachte, lag Warga noch immer an seinen Füssen. Der Gesundheitszustand des Wolfes hatte sich verschlechtert. Die Augen glänzten fiebrig, doch er erfüllte seine Pflicht und wachte bei seinen Herrn. Saruman erhob sich von der Schlafstatt. Das Blut in seinen Adern pulsierte heftig und sein Arm fühlte sich schwer an. Doch er kümmerte

sich zunächst um Warga. Er löste den blutverschmierten Verband an seinem Hinterlauf. Die Wunde hatte sich entzündet und Warga litt grosse Schmerzen. Saruman zog sein Messer und Warga zitterte heftig.
“Ruhig”, sprach er mit sanfte Stimme. Er schlitzte vorsichtig die Wunde auf und entfernte die Reste des Elbenpfeiles, dann reinigte er sie sorgfältig und legte einen neuen Verband an. Warga atmete wieder ruhiger. Saruman strich mit der Hand über den Körper des Wolfes, der sein Leben für ihn geopfert hätte. Es war gut, dass er ihn nicht getötet hatte.

Dass ich dir noch einmal den Fortbestand dieser kümmerlichen, menschlichen Hülle zu verdanken habe, dachte er und die letzten verbliebenen Reste von Mitgefühl regten sich in ihm. Warga legte sich in eine Ecke, um zu schlafen und Saruman ging aus dem geschändeten Haus Elronds. Er wollte sich so schnell wie möglich, seinen Stab holen und ein paar Kräuter sammeln. Er trat aus der Eingangspforte, stieg die steile Steintreppe herab und ging rasch über den Platz.
Doch jäh hielt er an und spähte. Hier war merkwürdiges geschehen.
Er sah sich um. Die getöteten Elben waren verschwunden. Er eilte zurück und besah sich die Kampfstelle vor Elronds Haus. Dort konnte er die Elben nicht mehr finden, lediglich etwas Blut und grünliche Flecken auf den Steinen war das einzige, das auf einen Kampf in der letzten Nacht hindeutete. Er drehte sich im Kreis und beäugte misstrauisch seine Umgebung. Totenstille herrschte in Bruchtal.
Nichts!
Panik überkam ihn und er eilte schnell zum Pfad hinunter zum felsigen Eingang Bruchtals. Nur mit Tordas fühlte er sich an diesem Ort sicher.
“War er womöglich nicht die einzige schwarze Seele, die sich hier aufhielt?”, fragte er sich.
Saruman fing an, noch schneller zu laufen und stolperte den Weg entlang. Getrieben von böser Ahnung, rannte er das letzte Stück. Die Bruinen rauschte laut in seinen Ohren und er spürte eine Ohnmacht nahen. Seine Beine wankten. Er zitterte und fühlte sich schwach. Die Sonne schien silbrig durch die auf aufsteigenden Nebelfelder. Als er zum Eingang gelangte, untersuchte er den steinigen Boden und die Erde sorgfältig. Hätte er nicht selbst die Elben getötet, er wäre nie auf die Idee gekommen, dass hier eine Kampfhandlung stattgefunden hatte.

Wer um alles in der Welt hatte die toten Elben aufs sorgfältigste beseitigt? Saruman konnte sich das alles nicht erklären. Auch hier fand er grünliche Spritzer, die am Felsen genagt und sich tief eingebrannt hatten.
Gehetzt und sichtlich angespannt, schlich er sich zum Versteck, in dem er seinen Stab verborgen hatte. Er riss die Büsche vor den Toren Imladris auseinander und sank zu Boden. Sein Herzschlag setzte kurz aus.
Er blickte auf die Stelle, an der sein Stab gelegen hatte. Bruchstückhaft konnte er ihn erkennen. Tordas war noch da. Er ergriff ihn und hielt ihn schützend vor die Brust. Sein schneller Atem ging wieder ruhiger. Niemand hatte sein Versteck gefunden und ausgeraubt. Er umklammerte Tordas und fühlte die eisige Kälte in ihm aufsteigen.
Er grübelte und fragte sich ohne Unterlass, ob doch noch weitere Elben auf ihn warten würden, wenn er in die Stadt zurückkehrte?
Doch wenn dem so war, warum hatten sie ihn in Elronds Haus nicht niedergestreckt?
Fragen über Fragen, die nach einer Antwort drängten und die er zu lösen willens war.

Mit neuer Stärke, da Tordas nun wieder in seinen Händen ruhte, ging er wieder zur Stadt hinauf. So gut es möglich war, verbarg er sich zwischen den Felsvorsprüngen, die seinen Weg säumten, aber nur wenig Deckung vor Feinden boten. Seine Augen leuchteten auf, als er am Wegrand das Wolfskraut entdeckte. Die orangefarbenen Blüten dufteten stark süsslich. Es war eine besondere Giftpflanze, die hier zahlreich wuchs. In geringen Mengen stärkte sie das Herz und wirkte Wunder bei der Heilung von verletztem Gewebe und auch bei der Genesung von Brüchen erwies sie sich als hilfreich. Mit seinem Dolch schnitt er einige junge Pflanzen ab und verbarg sie unter seinem schwarzen Mantel.

Er näherte sich den ersten Häusern und als er sich im Innern der Stadt befand, ging er unter Aufbietung der nötigen Vorsicht zu den Orten, an denen er und Warga die Elben getötet hatten. Er erwartete nicht, dass er die Toten finden würde, aber mit einem Mal fühlte er sich beobachtet. Er hatte den Eindruck, dass er von allen Seiten angestarrt würde. Er liess rasch seinen Blick umherschweifen. Doch wohin er auch sah, er konnte niemanden sehen, nicht einmal den Hauch eines Schattens. Er kniete zu

Boden und legte sein Ohr an die Erde. Kein Laut drang zu ihm. Seine Blicke hasteten umher. Hier war scheinbar niemand, aber das Gefühl beobachtet zu werden, konnte er nicht abschütteln.
Die Sorge einer drohenden Gefahr beschlich ihn und verstärkte sich unablässig.
Vorsichtig lief er zurück zu Elronds Haus. Er sah sich immerfort um und erkundete mit seinen scharfen durchdringenden Augen die Strasse und die Häuser der näheren Umgebung. Niemand war zu sehen und keiner folgte ihm, es war geradezu unheimlich.

Warga schlief in einer Ecke des Hauses. Als er das Zimmer betrat, sah er auf. Saruman ging zu ihm und streichelte sein struppiges Fell.
“Hier stimmt etwas nicht”, murmelte er und blickte unruhig um sich.
“Wir sind in dieser Stadt nicht die einzigen. Hier lauern noch andere Geschöpfe.”
Warga wollte sich erheben. Doch Saruman drückte ihn sanft zu Boden.
“Nein, bleib hier liegen, in diesem Haus sind wir sicher vor Übergriffen. Wenn diese Geschöpfe uns töten wollten, hätten sie es längst getan. Die elbischen Häuser halten sie scheinbar fern.”
Saruman erhob sich und ging davon. Er schritt durch die vielen Räume und betrat eine Art Küche. In das felsige Gestein war eine Feuerstelle eingelassen. Darüber hingen verschiedene Gefässe aller Art und auf den zahlreichen Regalen standen Behälter in unterschiedlichen Formen. Er hob die verstaubten Deckel an. Kräuter und Gewürze waren in ihnen aufbewahrt.
Auf einem Tisch an der hinteren Wand standen Töpfe und Pfannen in allen Grössen.
Sein Blick streifte suchend im Raum umher. Dann endlich fand Saruman, was er suchte. In einem Regal standen einige Mörser, grosse und kleine, aus den verschiedensten Materialien. Saruman griff sich einen steinernen Mörser, der fein geschliffen war. Der Stein glänzte und war mit gelben und braunen Linien durchsetzt. Er holte das Wolfskraut aus seinem Mantel heraus und zerrieb es fein zu einer grünlichen Masse. Dann füllte er den Sud in einen silbernen Becher und eilte zurück zu Warga.

Saruman wechselte den Verband und bedeckte die Wunde mit der

breiigen Masse des Wolfskrauts. Warga entspannte sich sichtlich und streckte seinen Hinterlauf. Dann riss Saruman sich seinen Verband von der linken Schulter. Er tröpfelte den Sud auch auf seine Wunde. Sie war aufgebrochen und sein schwarzes Blut sickerte in dünnen Strömen an seinem Arm herab. Sein Fleisch zuckte vor Schmerzen. Mühsam wickelte er sich ein sauberes Tuch um die Schulter. Er raunte unablässig beschwörerische Worte und die Schmerzen in seinem Arm wurden erträglich. Notdürftig verknotete er das Tuch. Der Heilungsprozess musste schnell erfolgen, er wollte sein Ziel nicht durch diese kleinen Verletzungen, die ihnen zugefügt wurden, aus dem Auge verlieren.
Zumindest sind acht dieser dreckigen Elben über die Klinge gesprungen, dachte er, auch wenn sie nun spurlos verschwunden waren.

Hier, im Vorraum zu den vielen Zimmern in Elronds Haus fühlte er sich nicht mehr beobachtet, doch die Frage nach dem Verbleib der Elben beschäftigte ihn noch immer. Dieser ungewöhnlichen Sache würde er sich später widmen. Er liess den Blick im Zimmer noch einmal umhergleiten und winkte Warga zu sich. Gemeinsam schritten sie nun durch die vielen Gänge auf der Suche nach dem Eingang zu den Kellergewölben.

Während sie suchend durch das Haus streiften, dachte Saruman daran, dass er vor mehr als zweihundert Jahren zuletzt in Bruchtal geweilt hatte. Damals führten er und die Elben lange Gespräche, doch sie liessen sich keine weiteren Geheimnisse entlocken. Seine Überredungskünste hatten nur beschränkte Wirkung auf die Elben und nicht in dem Masse, wie er es sich erhofft hatte. Ihn schauderte, er ging im Streit. Glorfindel war nicht bereit, mehr über die elbische Ringschmiedekunst zu verraten und war verärgert über die vielen Fragen, die Saruman ihm stellte, gleichzeitig aber auch sehr erstaunt über das grandiose Wissen, dass er sich im Laufe der Jahre angeeignet hatte. Schon vor langer Zeit hatte sich Saruman einen Ring geschmiedet, den er den Namen Enya gab. Die Elben ahnten nichts von seiner Existenz.

Dieser Ring war breit und aus feinstem Adamant gefertigt. Feine erhabene Linien und Blätter schwangen um die zwei blutroten Steine, den Rotaten. Es wurden nur wenige ihrer Art gefunden, und ihre Wirkung war umstritten. Die Elben selbst verarbeiteten diese Steine nie, da sie die Eigenart hatten, die Eigenschaften ihres Trägers auf unnatürliche Art zu verstärken, die guten wie auch die schlechten. Saruman hatte noch etwas bemerkt, als er den Ring trug. Der kleinere, kreisrunde der Rotaten leuchtete in hellem und der grössere, tränenförmige in dunklem Rot, wenn ihm Besucher feindlich oder freundlich gesinnt waren. Das war äusserst hilfreich, denn die Treue seiner Diener und Werkzeuge konnte er dadurch leichter erkennen. Zwar konnte er Gedanken lesen, doch es war möglich, dass auch ein Istari sich einmal irrte, wenn sein Gegenüber seine Gedanken geschickt verbergen konnte.

Die Rotaten dagegen waren immer zuverlässig. Sie durchleuchteten alles und jeden und täuschten sich nie. Die Steine zeigten selbst im Umkreis von mehreren Meilen, in welcher Gesinnung Ankömmlinge und Besucher zu ihm kamen. Ärgerlicherweise war dieser Ring nun bei seiner sterblichen Hülle im Auenland verblieben. Die Hobbits, da war er sich sicher, ahnten nichts von dem Wert dieses Ringes. Wahrscheinlich hatten sie ihn samt seiner sterblichen Hülle verscharrt. Ähnlich war es sicher auch seinem alten Stab ergangen, den er nun nicht mehr benötigte. Seine Hände schlossen sich enger um Tordas. Er hatte nun einen weit mächtigeren Stab gefertigt. Den Ring aber wollte er wiedererlangen. Er wusste nur noch nicht wie. Doch dies hatte Zeit.

Warga und er kamen durch die vielen grossen und kleinen Zimmer des Hauses. Dann entdeckte in einem kleinen Raum, der nur schlicht eingerichtet war, eine grosse Treppe, die nach unten führte. Hier war also der Zugang zu den Kellergewölben. Eine breite, geschwungene Steintreppe wendelte abwärts. Sie war mit Mosaiken versehen, die in leuchtenden Farben erstrahlten. Das Geländer war aus Stein gehauen. Gewundene, schmale Säulen reihten sich aneinander und reichten bis unter die Zimmerdecke. Sie waren mit Tierköpfen verziert. Drachen, Hirsche mit Geweihen, Wölfe, Adler mit ausladenden Schwingen und andere mystische Wesen sahen auf ihn herab.

Sie alle fixierten ihn mit ihren Blicken und beobachteten jeden Schritt und jede ihrer Bewegungen, als würde Leben in ihren starren Augen innewohnen.

Langsam ging er die Stufen hinunter und Warga humpelte hinter ihm her. Die grosse ausladende Treppe verbreiterte sich nach unten und er hatte den Eindruck, mehrere Stock tief unter die Erde zu gelangen. Am Ende der steinernen Stufen verschloss ihm eine grosse, hölzerne, rundbogige Tür den Weg. Aussen waren viele elbische Buchstaben ineinander verschlungen, die matt leuchteten. In der Mitte der Tür war ein Baum in das Holz geritzt. Er hatte eine cremig helle Farbe und die Blätter strahlten in mattem Silber. Er wanderte mit seinen Augen an der Tür entlang, doch ein Schloss oder dergleichen konnte er nicht entdecken. Er las die elbischen Worte laut und deutlich. Es war ein Rätsel, so viel konnte er zumindest erkennen.

Tiro i dalaf. I naur ´wanatha. Dravo na galadh, sadron !

Es bedeutete soviel wie : Beobachte den Boden. Das Feuer wird vergehen. Schlage auf den Baum, Vertrauter.
Er schlug mit seinem Stab Tordas gegen die Tür und klopfte damit auf den Baum. Sofort erhob sich um sie herum ein Feuerkreis aus hellen bläulichen Flammen, die an seinem schwarzen Mantel züngelten. Ihm wurde heiss und er wurde unruhig, doch es war auch zu lesen gewesen, dass das Feuer vergehen wird. Saruman zwang sich zur Ruhe. Er sollte den Boden beobachten.
Seine Augen glitten hinab und im Schein des Feuers konnte er erneut elbische Buchstaben erkennen, die er vor wenigen Augenblicken auf dem Felsgestein noch nicht gesehen hatte.

Naur, nen, cae, gwilith ! Le tiriel !

Saruman breitete seine Arme aus und rief die elbischen Worte, die er auf dem Boden gelesen hatte.

Feuer, Wasser, Erde, Luft !

So schnell wie das Feuer kam, war es auch wieder erloschen. Jetzt stand die hölzerne Tür in Flammen. Warga verkroch sich hinter seinem Herrn. Reines, klares Wasser rann an den Aussenkanten in Strömen hinab. Von der Erde quollen stickige Dämpfe auf und hüllten alles um sie in dichte Nebelschwaden. Saruman keuchte, die Luft schien vergiftet. Seid wachsam! hatte er noch gelesen. Er war nicht der Vertraute, der Einlass begehrte und dem dieser gewährt werden würde. Ihm war, als ob der Nebel ihn zu durchdringen versuchte und ergründen wollte. Er wich langsam von der Tür zurück. Das Feuer wurde schwächer und die Dämpfe verschwanden. Ein kühler Luftzug wehte und umstrich ihn und Warga. Seine Augen richteten sich auf die hölzerne Tür, doch sie bewegte sich nicht. Saruman erfasste masslose Wut.

Vertrauter hin oder her, dachte er verächtlich. Diese Tür konnte dem mächtigsten Zauberer nicht standhalten und die dunkle Macht war bei ihm. Er erhob Tordas und richtete ihn auf den Baum und laut hallte die schwarze Sprache, die er gegen die Türe schrie. Sie schwang sich zu einer tosenden Woge auf und drang nach oben und erschallte bald im ganzen Haus Elronds. Wie ein Echo prallte sie von den Wänden und verstärkte sich. Zitternd erbebte der Boden.

Ghash ! annono, ghash !

Eine schwarze, finstere Feuerbrunst erhob sich vom Boden und züngelte an dem Holz der Tür, es knackte und knisterte. Saruman murmelte die bösen Worte unablässig und hielt seinen Stab Tordas auf das Tor gerichtet.
Krachend splitterte das Holz. Der weisse Baum verfärbte sich rot und violett. Es schien, als würde er welken. Die silbrigen Blätter glitten zu Boden und schillerten dort ein letztes Mal auf, bevor ihr Licht sich brach und erstarb.
Das schwarze Feuer wütete an der Tür und sie verbrannte unter Qualen. Ein gähnendes schwarzes Loch blieb übrig, durch das Saruman erhobenen Hauptes mit Warga schritt. In dem dunklen Gang entfachte er mit Hilfe Tordas die Fackeln an den Wänden. Auf dem Felsgestein im Gang waren hunderte von Elben abgebildet, die ihn mit bösen und grimmigen Gesichtern ansahen. Saruman blieb mit einem Mal wie angewurzelt stehen. Elladan, der Elb, den er letzte Nacht getötet hatte, hielt drohend sein Schwert auf ihn gerichtet. Jung und von elbischer Schönheit, in einer

glänzenden Rüstung, war er auf der Wand abgebildet. Saruman betrachtete ihn lang. Es war der Zauber Bruchtals. Sein Leben war nun in diesem alten Kellergewölbe für immer als Bild eingefangen.

Er schritt weiter und sah noch viele andere Elben, die ihn mit ihren Blicken verfolgten. Ihm war, als ob er auch die anderen Elben, die er gemeinsam mit Warga getötet hatte, gesehen hatte. Nur noch ihr Abbild zeugte von ihrem irdischen Dasein.
Das war nun das ewige Leben, er lachte hämisch.
Am Ende des Ganges kam er zu einem steinernen Rundbogen und trat hindurch. Er befand sich in einem hohen, riesigen, kreisrunden Raum, von dem noch zwei weitere Gänge abzweigten. An den Wänden standen hölzerne Regale, die bis unter das Deckengewölbe reichten, dessen Ende er nur schwach erkennen konnte. Unzählige Bücher füllten sie. Es war die grösste Sammlung von Schriften, die er je gesehen hatte. In Regalen lagen Papyrusrollen und die verschiedensten Karten. Es war gewaltig. Er ging im Rund die Regale entlang und kletterte auf den Leitern, die an ihnen lehnten, nach oben.
Er griff sich wahllos verschiedene Bücher heraus und blätterte in ihnen. Versunken studierte er einige Schriften und verlor jegliches Zeitgefühl. Warga lag auf dem Boden und beobachtete seinen Herrn.

Nach vielen Stunden liess er ein Knurren vernehmen und Saruman schreckte von den Büchern auf. Er stellte sie zurück und kletterte die Leiter nach unten. Warga erhob sich und gesellte sich zu Saruman. Sie gingen auf den ersten Gang zu, der sich zu ihrer linken Seite befand. Gähnende Schwärze umhüllte sie, bevor er die Fackeln entzündete.

Der Gang schlängelte sich tief unter Bruchtal entlang und Saruman hatte den Eindruck, als würde er nie enden. Auch hier starrten ihn verärgerte und bedrohlich wirkende Elben von den Wänden an. Saruman betrachtete sie im Vorbeigehen. Er höhnte und verspotte ihre Ohnmacht, dass sie ihn als Eindringling in den geheimen Gemächern nicht aufzuhalten vermochten. Nach einer endlosen Weile kam er zu einem weiteren Torbogen, hinter dem sich ein grösserer Raum erstreckte. Dieser war nicht so hoch, sondern wie eine Halle langgestreckt.

Viele vergoldete und reich verzierte Säulen stützten die schwere, steinerne Decke. Silbriger Efeu rankte an ihnen nach oben. In jeder der vier Ecken stand eine Statue von einem berühmten Elben.
Luthien, Tochter von Thingol und Idril, Mutter Earendils erkannte er als die weiblichen Elben. Glorfindel und Gil-Galad als die männlichen. Ihre Gesichtszüge waren fein gearbeitet.
Ebenmässig strahlten sie voller Güte. Ihre Augen waren klar und blickte tief in sein Herz. Von ihren Schultern fiel ein langer Mantel von elbischer Machart bis auf den Boden. Wellenförmig schmiegte er sich um ihre wohlgeformten Leiber. Die Statuen wirkten fast lebendig, so lebensecht waren sie nachgeahmt worden. Ihre Hände waren vor der Brust gefaltet. Mit ihren feingliedrigen Fingern umschloss jede von ihnen einen kostbaren Edelstein. Saruman schritt der Reihe nach an ihnen vorbei und betrachtete eingehend die Edelsteine.
Bei keinem der Elben befand sich der gesuchte Turmalin. Er sah sich um. Seitlich an den Wänden standen verschiedene Kisten, Truhen und Kästchen. Grosse und kleine, schlichte und edle, fein geschnitzte und verzierte, ebene und erhabene, runde und eckige. Er öffnete einige der Kisten und durchsuchte sie. Die Inhalte kippte er achtlos auf den Boden. Er durchwühlte auch die grossen Truhen. Hier waren Reichtümer angehäuft, ein grosser Schatz von unermesslichem Wert. Unzählige Edelsteine glänzten in den Kisten. Goldene und silberne Rüstungen; Schilde und Schwerter, verzierte Dolche und Messer, mit Diamanten besetzte Haarreifen und Kronen, Ringe mit Saphiren, Smaragten, Topasen und vielen anderen Steinen, fein geschwungene Ketten in verschiedenen Längen, Ohr- und Fussringe. Doch er schenkte ihnen nur wenig Beachtung. Er stöberte eine Ewigkeit und wurde ungeduldig, bis er in einer unscheinbaren Ecke in einer Felsnische auf eine kleine, hässliche schwarze Kiste stiess. Er öffnete sie. Das Kästchen war mit rotem Tuch ausgelegt und in der Mitte lag er : ein grosser, schwarzer, eiförmig geschliffener Stein. Der grösste schwarze Turmalin, der je gefunden wurde.

Er riss ihn heraus und schmiegte ihn an sein Herz. Der Stein war schwer und leuchtete kurz auf, als er ihn berührte. Endlich hatte er ihn gefunden. Der Stein schimmerte im blassem schwarzen Licht und funkelte matt von innen heraus, als würde der Schein eines Sterns in ihm gefangen sein. Er blickte in die tiefen Abgründe des Turmalins, schwache Menschen würden zweifelsohne ihren Verstand verlieren, wenn sie ihn nur ansahen. Saruman stierte gierig mit seinen glänzenden, kalten Augen auf den Edelstein und führte ihn langsam an Tordas heran. Der Stein wurde von eisiger Glut entfacht, als er den Stab berührte. Es war, als würde ihn neues Leben erfüllen und die Runen Tordas leuchteten auf. Beide ergänzten sich, so als hätten sie schon immer zusammengehört und wären nach einer Ewigkeit der Trennung nun wiedervereint. Die schwarze Seele, die in ihnen hauste, machte sie zu einem sich vollständig ergänzenden Paar.

Saruman setzte sich auf den Boden und ergriff ein herumliegendes elbisches Messer. In seinen Händen stachen wieder viele kleine Nadeln. Die Reinheit der elbischen Werkzeuge brannte auf seinen geschickten Fingern. Er warf die Klinge beiseite und zog sein eigenes Messer, denn nun wollte er sein Werk vollenden. Er schnitzte sorgsam die Spitze seines Stabes zurecht und höhlte sie aus, so dass nur vier Ecken stehen blieben, die spitzkantig nach oben ragten. In der Mitte liess er Platz für den Stein. Er besah sich kritisch sein Werk. Er war zufrieden. Dann ergriff er den Turmalin und setzte ihn vorsichtig ein. Der Stein wurde von neuem Feuer entfacht, der eine unbarmherzige Kälte ausstrahlte. Sein Stab Tordas und der Turmalin schmiegten sich aneinander und vereinigten sich. Die Runen brachen sich in kaltem Glanz :

Es war vollendet.

Der Stab entfachte einen Sturm, der den Raum erfüllte und die auf dem Boden herumliegenden Dinge aufwirbelte. Er drehte sie und liess sie mit lautem Scheppern und Krachen zurück auf die Erde fallen, um sie mit neuer Kraft wieder im Kreis nach oben zu schleudern.

Saruman steckte sein Messer in die Scheide und seine Augen leuchteten animalisch im wahnsinnigen fiebrigen Glanz, als er sein tödliches Werkzeug betrachtete. In der schwarzen Sprache, die ihm leicht über die Lippen ging, entfachte er das Feuer in dem Stab und rekelte sich wohlig in der eisigen Kälte.

Sein Kopf schwang hin und her und er verdrehte seinen Körper in unnatürlichen Bewegungen, während er die finsteren, giftigen Worte hervorstiess. Der Sturm tobte und brauste ihm durch die langen Haare und den Bart. Warga sträubte sich das Fell.
Ein lautes Knacken riss ihn aus seinen Beschwörungen heraus. Die Säulen, die die Decke stützten, ächzten und das Krachen schwoll zu einem lautem Dröhnen an. Die Erde erzitterte und die Säulen und Wände fingen an zu reissen.
Das Gewölbe stürzt ein, dachte Saruman entsetzt. Die schwarzen Worte hatten böse Schwingungen erzeugt, die hier nun wüteten. Von den Wänden hallten sie noch immer lose hin und her und warfen das Echo unablässig von einer Wand zur anderen. Der Sturm tat sein übriges.
Saruman und Warga stürzten zum Ausgang der Halle, von deren Decke nun schon einige Felsbrocken mit lautem Donnern zu Boden fielen. Die elbischen Figuren schwankten, bis sie schließlich umstürzten. Sie zerfielen in tausend Einzelteile und blieben als loser Steinhaufen auf dem Boden liegen. Einige Säulen bogen sich, bevor sie einstürzten. Sie rannten durch den steinernen Torbogen und eilten den Gang entlang. Geschickt sprangen sie um die von der Decke herabgefallenen Felsbrocken. Die Elben lachten nun ihrerseits hämisch von den Wänden zu ihm herab und er verfluchte sie. Immer mehr Steine stürzten zu Boden und versperrten ihnen den Weg. Mühsam kämpften sie sich zum Ende des langen Ganges und erreichten den kreisrunden Raum.

Dort waren die Regale bereits umgestürzt. Sie kletterten auf dem gesplitterten Holz der zerbrochenen Regale und den herumliegenden Bergen von Büchern, dem Ausgang entgegen. Noch immer bebte die Erde unter ihnen und die Wände zitterten. Grosse und kleine Felsbrocken stürzten auf sie herab. Der Sturm der noch immer tobte, ergriff einige der Bücher und liess sie über ihren Köpfen tanzen. Tosender Lärm erfüllte die Luft und rauschte in ihren Ohren. Doch der entfachte Wind war ihr Freund. Auf seinen Schwingen half er ihnen sicher über das riesige Trümmerfeld. Seine Kraft richtete sich auf die Zerstörung der elbischen Stätte und achtete darauf, dass Saruman und Warga sicher ziehen konnten. Als sie den Gang nach draussen erreicht hatten, sprangem sie hastig hinein: Jeden Moment konnte das Kellergewölbe einstürzen und in sich zusammenbrechen. Sie durften keinen Augenblick verlieren. Warga lief voran. Schnell und behende bewegte er sich zwischen den herabgefallenen Gesteinsbrocken und wies ihm den Weg. Die Fackeln brannten nun lichterloh. Die tobenden Flammen liessen die Elben im flackernden Licht drohend und mächtig erscheinen. Sie schwangen ihre Schwerter und zielten mit ihren Bögen auf ihn. Doch sie konnten ihn nicht aufhalten. Sie waren auf die Wände gebannt. Saruman und Warga erreichten den Ausgang.

Sie sprangen über die verkohlte, klebrige Masse, dem kläglichen Überrest der Eingangstür. Auch hier eröffnete sich ihnen ein Feld der Zerstörung. Die geschwungene Treppe war übersät mit herabgefallenen Steinen, Schutt und Asche, und den, von den Säulen abgebrochenen Tierköpfen, die in viele kleine Teile gespalten waren. Ein grauenvolles Bild der Verwüstung. Saruman betrachtete die steinernen Augen der Tiere. Sie waren alle unversehrt geblieben und starrten ihn noch immer durchdringend an. Er eilte mit Warga die Stufen nach oben und durch die vielen Räume des Hauses. Als sie den weit geöffneten Türbogen, den Eingang zu Elronds Haus passierten und die steile Treppe nach unten eilen wollten, blieben Saruman und Warga abrupt stehen.

Rote Augen funkelten sie bedrohlich an.
Auf dem unteren Treppenabsatz standen riesige, abscheulich aussehende Wölfe, die die Grösse von ausgewachsenen Ponys hatten. Es waren die Grössten, die er je gesehen hatte. Ihr Fell war zerzaust und von schwarzer und bräunlicher Farbe. Sie hatten grosse, finstere Augen, aus deren Pupillen der glühende rote Lichtstrahl fiel, der sie magisch fixierte. Sie hatten die Lefzen angezogen, so dass man die gelbbraunen Reisszähne sehen konnte, die spitz und steil aus ihren Mäulern ragten. Von den Spitzen troff grünlicher schleimiger Speichel, der sich wie Säure in den Boden brannte. Jetzt wusste Saruman, wer die toten Elben beseitigt hatte. Diese Wölfe hatten sie gefressen, so dass nichts von ihnen übrig geblieben war. Er betrachtete sie eingehend ohne Furcht. Es waren herrliche Tiere, die grollend auf ihn warteten.

Warga blickte sie mit erhobenen Haupt an und zeigte ihnen ebenfalls die

Zähne. Doch der Blick der Wölfe war auf den Menschen gerichtet. Saruman erhob Tordas und richtete ihn auf die riesenhaften Gestalten.

Amro, ´wargothas amro, aslech´th whára, ghash, ´se Saruman !

Mit einem Mal knickten den Wölfen die kräftigen Beine ein und sie fielen auf die Knie. Sie schreckten zusammen und ihre Augen quollen aus den tiefen Höhlen. Sie wälzten sich in unseglichen Schmerzen und änderten ihre aggressive Haltung. Sie heulten auf und winselten demütig. Warga war beeindruckt, dass sich sein Herr scheinbar jede Kreatur willens machte; auch diese furchteinflösenden, riesigen Wölfe, die elend am Boden krauchten. Saruman liess Tordas sinken und sprach zu den Wölfen in der Sprache der Warge, die sie verstanden. Er befahl ihnen, ihm zu folgen. Dann schritt er zwischen ihnen hindurch. Die Wölfe liessen ihn ergeben vorüberziehen.

Saruman entfernte sich von Elronds Haus, dessen Wände noch immer bebten. Doch nun folgten dreizehn Wölfe. Der grösste von ihnen, der Leitwolf, führte sie an. Sie folgten Saruman in gebotenem Abstand und als er stehen blieb, liessen sie sich auf dem Boden vor Saruman nieder und warteten in demütiger Haltung. Der Leitwolf starrte unablässig auf den Turmalin. Saruman ging auf sie zu und schritt der Reihe nach an ihnen vorbei, sah sie durchdringend an und brannte dann jedem einzelnen mit seinem Stab Tordas die schwarze Hand auf den rechten Hinterlauf. Ausser dem Zucken des verbrannten Fleisches rührten sich die Wölfe nicht, wie versteinert liessen sie sich die Prozedur gefallen. Saruman war zutiefst befriedigt. Nun hatte er einen starken Trupp kräftiger, grausamer Wölfe, die bereitwillig seinen Befehlen folgen würden.

Es war weit nach Mitternacht und aus dem dichten Wolkenband, fiel warmer Regen auf die Erde und ergoss sich über Bruchtal, das unendlich trostlos wirkte und seinen Glanz verloren hatte. Noch immer war fernes Rumoren und Getöse aus den Kellergewölben zu hören und leise schwang die schwarze Sprache in der Luft. Saruman blickte in die Augen der Wölfe und führte eine stumme Zwiesprache mit ihnen. Sie erhoben sich und verschwanden in alle Himmelsrichtungen. Warga blieb bei sei-

nem Herrn. Saruman erhob Tordas und richtete ihn in die Höhe. Mit lauten Worten schrie er in die verregnete Nacht und krachendes Gepolter antwortete ihm. Ein Hagel von grellen, mächtigen Blitzen brach sich einen Weg aus den Wolken und schoss auf Bruchtal herab. Ein Haus nach dem anderen wurde getroffen und brach in sich zusammen. Die Bruinen rauschte ohrenbetäubend. Durch die Ruinen huschten die Wölfe und zerstörten, was die Blitze nicht zerspengt hatten. Sie rissen die Statuen um und zerfetzten die Einrichtungen der Häuser. Der Fluss schwoll an und begann die Ruinen zu überspülen. Saruman sah mit unbeweglicher Miene dem Szenario zu, dann schritt er dem Ausgang des Tales entgegen. Jeden Baum den er passierte, vergiftete er mit Hilfe seines Stabes und sein verrücktes, heiseres Lachen erschallte in Bruchtal. Saruman hatte einen Ort der Verwüstung hinterlassen. Er blickte über das Trümmerfeld und wohlige Schauer rannen ihm über den Rücken. In der Sprache der Warge rief er den Führer der Riesenwölfe zu sich.
“Schwarzwolf”, sprach er finster. “Ich habe eine Aufgabe für dich und dein Rudel.”
Der Wolf blickte ihn aufmerksam an.
“Etwas von hohem Wert habe ich im Auenland zurückgelassen. Bringt es mir zurück!”
Dann konnte Warga nicht mehr verstehen, was Saruman dem Wolf zuflüsterte. Nachdem er jedoch geendet hatte, heulten die Bestien laut in der Nacht. Ihre Augen glühten unheilvoll und sie entblössten ihre scharfen Reisszähne. Die Meute setzte sich in Bewegung und trottete zum Ausgang des Tales, dann bogen sie ab in westliche Richtung und verschwanden.
Saruman kehrte Bruchtal den Rücken und schritt gemächlich der grossen Oststrasse entgegen. Warga folgte ihm.
Und dies ist erst der Anfang, dachte Saruman befriedigt.

NEUNTES KAPITEL

DIE WÖLFE

Im Gasthaus "Zum tänzelnden Pony" herrschte reges Treiben. Eine grosse Schar Zwerge war angekommen und ihre lauten Stimmen schwangen ungeordnet im Raum. Sie liefen wild hin und her und besetzten mehrere Tische in der Nähe der Eingangstür. Ihre langen Bärte und ihre untersetzten, massigen Gestalten wirbelten durch den Raum. Meoseld, Tharbath und Arodan sahen dem Treiben belustigt zu. Einer der Zwerge kam zu den Waldläufern an den Kamin herüber und stellte sich als Balani der II. vor. Er stand zögerlich vor den dreien und sie boten ihm schliesslich einen Platz an.

"Meine Freunde und ich", sagte er und zeigte stolz auf die vielen Zwerge, "sind auf dem Weg zu den Grotten von Aglarond. Gimli aus Durins Sippe und Gloins Sohn ist nun Herr der glitzernden Grotten. Viele von uns sind seinem Ruf bereits gefolgt und aus Erebor nach Rohan aufgebrochen. Die Rohirrim haben uns Zwergen das Schürfen nach den wertvollen Erzen und Steinen überlassen." Balani schüttelte sich belustigt und Goldrausch glitzerte in seinen Augen. Verschwörerisch flüsterte er :

"Wir Zwerge verstehen uns auf dieses kunstvolle Handwerk besser als die Menschen! Gimli, Gloins´Sohn zahlt dem König von Rohan die Hälfte der Edelsteine und des geschürften Goldes als Tribut. Wenn ihr mich fragt, viel zu viel, zumal er ausserdem zum Dank beim Ausbau der Hornburg behilflich ist." Balani wirke zornig, doch dann huschte ein Lächeln durch sein Gesicht. "Wir folgen nun auch Gimlis Ruf. Meine Sippschaft ist nicht gross, doch wir waren schon immer im Dienste der Gloins. Unser alter Stammesfürst bleibt mit den meisten Zwergen von Durins Volk in Erebor, den Hallen aus Stein. Doch wir dienen nun seinem Sohn in Aglarond." Zur Unterstreichung seiner Rede schlug er mit dem Kopf seiner Axt auf den Boden.

“Wie kommt es, dass ihr den weiten Weg in westliche Richtung über Bree eingeschlagen habt?”, fragte Tharbath.
“Wir haben Verwandtschaft in den Bergen von Gundabad besucht, denke wir werden sie so schnell nicht wiedersehen”. Balani lächelte.
“Und morgen ziehen wir auf dem Grünweg nach Rohan.”
Die Waldläufer nickten ihm zu. “Ihr habt noch einen weiten Weg”, sagte Tharbath. “Dreissig Tagesmärsche sind es bis zur Isenfurt am Ende des Nebelgebirges.”
Dann schwiegen sie. Balani sah sie fragend an : “Ist der Weg denn auch sicher?”
Meoseld dachte einen Moment an das eisige Grauen, welches sich seiner auf dem Grünweg vor fast zwei Jahren bemächtigt hatte, dann antwortete er : “Uns sind keine Gefahren bekannt, die Wölfe ziehen um diese Jahreszeit in den Südhöhen umher. Ich denke ihr werdet sicher nach Rohan gelangen.” Balani bedankte sich für die Auskunft und ging zu seinen Gefährten hinüber, mit denen er sich über die wirklich wichtigen Dinge unterhalten konnte, dem Bergbau und den Schätzen, die sie zu schürfen hofften.
Meoseld blickte ihm nachdenklich hinterher. Er war dem Grünweg seit dem Vorfall nicht mehr gefolgt, obwohl seine Gedanken oft in dem kleinen Waldstück weilten.
Er sah in die verschlossenen Gesichter seiner Gefährten und sie blickten ihn erwartungsvoll an.
In innerer Übereinstimmung sprach Tharbath : “Wir werden sie ein Stück des Weges begleiten!”
Es war beschlossen und sie erhoben sich, um noch ein wenig zu ruhen, bevor sie morgen mit den Zwergen aufbrechen würden.

Als die Sonne am nächsten Tag im Osten ihre warmen Strahlen auf die Erde schickte, quoll der lärmende Haufen der Zwerge aus dem Gasthaus. Der Gerstenmann Butterblüm geleitete sie nach draussen und wünschte ihnen für ihre Reise alles Gute. Jeder der Zwerge schüttelte ihm die Hand und bedankte sich für die Gastfreundschaft. Dann zog die lärmende Horde davon. Arodan stand im Stall und schüttelte den Kopf. Er streichelte seiner Schimmelstute den Hals und sattelte sie. Feuermähne und der falbe Hengst von Tharbath warteten bereits auf ihre Herren.

Feuermähne schnaubte leise und Arodan wusste, dass Meoseld und Tharbath gleich wie ein unmerklicher Schatten aus dem Nichts auftauchen würden.
Er schwang sich auf sein Pferd und ritt aus den Stallungen. Er liess erst das Gasthaus und dann Bree hinter sich, tauchte in die spärliche Waldgegend des Breelandes ein. Heute morgen würde er als erstes auf Kundschaft reiten.
Meoseld und Tharbath betraten die Gaststube und setzen sich an den Kamin. Der Wirt Butterblüm reichte ihnen einen kleinen Sack mit Verpflegung. Er stellte zwei grosse Krüge vom köstlichen Gerstenbräu auf den Tisch, doch die beiden lehnten dankend ab. Sie stopften sich ihre langstieligen Pfeifen und bliesen kleine Rauchkringel in die Schankstube, in der sich ausser ihnen nur noch zwei weitere Gäste aufhielten.
Es waren breeländische Menschen, die sich leise unterhielten und dabei ihre Augen unruhig im Raum umherschweifen liessen.
“Hast du es auch schon gehört? Grosse Wölfe sollen hier in der Gegend umherstreifen. Riesige Tiere in der Grösse von Ponys”, sprach der eine. Der andere nickte wissend.
“Man sagt, sie töten alle, die ihnen in die Quere kommen”, fügte er hinzu. Meoseld blickte unmerklich auf und lauschte aufmerksam dem Gespräch. Erst vor einem Tag kamen sie vom Norden nach Bree und hatten davon noch nichts gehört, geschweige bemerkt. Auch Tharbath belauschte die Unterhaltung der beiden interessiert.
Die schmierigen zwei Gestalten blickten verächtlich zu ihnen herüber.
“Diese Waldläufer haben auch schon besser die Wälder und Höhen von derartigem Unrat sauber gehalten”, sprach der eine und setzte ein grimmiges Gesicht auf, als er zu den beiden Waldläufern hinüber sah.
“Man munkelt, dass der alte Einsiedler ihnen als erstes zum Opfer gefallen sein soll. Die Gegend ist nicht mehr so sicher, wie früher.”
Sie hoben ihre Krüge und schütteten sich das Gesöff die Kehle hinunter. Es schien, als wollten sie sich betrinken.
Meoseld blickte fragend zu Tharbath, der die Schultern unwissend hob. Schnell standen sie auf und verliessen die Gaststube ohne Gruss, liefen in die Stallungen und schwangen sich auf ihre Pferde. Innerhalb weniger Minuten ritten sie aus dem Tor hinaus und folgten den Zwergen auf dem Grünweg.

Sie hörten sie schon von weitem, wie sie lachend und singend nach Süden zogen. Als sie die Zwerge erreichten, jubelte ihnen Balani der II. zu : "HoHo, meine Herren Waldläufer, wie schön, dass ihr uns ein wenig begleitet." Meoseld und Tharbath ritten auf ihn zu und sie wechselten mit ihm ein paar Worte.
"Wir werden die nähere Umgebung erkunden und beobachten", sprach Tharbath zu Balani.
Dann ritt er links und Meoseld rechts in das kleine Wäldchen am Rande des Grünweges des ansonsten spärlich bewachsenen Landes.
Balani rief ihnen hinterher, sie mögen doch bleiben und mit ihnen trinken und singen, doch die beiden waren bereits fort, bevor er den Satz zu Ende gesprochen hatte.

"Merkwürdige Menschen, diese Waldläufer", sprach er und schüttelte den Kopf. Dann wand er sich wieder seinen Gefährten zu und sie gingen singend und wild durcheinander redend weiter.
Trotz ihres kleinen Wuchses, sie wurden meist nur viereinhalb bis fünf Fuss gross, waren die Zwerge doch sehr robust und ausdauernd und konnten weite Strecken raschen Schrittes zurücklegen. Gegen Abend waren sie viele Meilen gewandert und rasteten in einer kleinen, von Bäumen umrandeten Senke. Sie machten ein kleines Feuer und dann sassen zweiunddreissig Zwerge schwatzend und kauend um das Feuer und erzählten sich Geschichten von den Heldentaten ihrer Vorfahren. Der Schein der Flammen tanzte auf ihren runden Gesichtern und sie strichen über ihre langen Bärte. Jeder hielt seine Axt in den Händen, eine Waffe, mit der sie ausgesprochen gut zu kämpfen vermochten.

Als der Mond über den Wipfeln der Bäume zu ihnen herunter schien, hörten sie von fern ein mehrstimmiges Knurren und Heulen.

"Wölfe", raunte einer der Zwerge.
"Wir werden Wachen aufstellen!", rief Balani in die Menge und wies vier Zwerge an, sich in angemessener Entfernung um die Lagernden zu postieren.
Die vier erhoben sich maulend und gingen in die verschiedenen Himmelsrichtungen davon. Die Nacht war klar und nur langsam kehrte

Ruhe in das Lager ein. Balani blieb am Feuer sitzen und lauschte den Klängen der Nacht und den fernen, drohenden, grausamen Geräuschen, die allmählich lauter wurden.
Um Mitternacht preschten die Waldläufer im wilden Galopp auf das Lager zu, so dass alle Zwerge aus dem Schlaf fuhren und sich wütend erhoben. Meoseld rannte auf Balani zu und rief :
"Riesige Wölfe sind auf dem Vormarsch, sie werden das Lager in Kürze erreichen und bestimmt angreifen! Sie sind nur noch eine Meile von hier entfernt!" Die Zwerge schüttelten ungläubig ihre Köpfe.
"So grosse Wölfe habe ich noch nie gesehen", sprach Meoseld zu Balani.
"Rüstet euch und bereitet die anderen auf einen Kampf vor", fuhr er aufgeregt fort.
Tharbath und Arodan stellten sich zum Schutz der Halbwüchsigen am Rand der Lichtung auf. Unter den Zwergen brach ein Tumult aus. Sie liefen aufgeregt umher und Balani hatte Mühe, sie zur Ruhe zu zwingen.
Das Feuer wurde vergrössert und jeder der Zwerge hatte seine Axt und einen grossen Stock in der Hand, den er anzünden konnte, um damit die Wölfe auf sicherer Entfernung zu halten. So warteten sie. Arodan erklomm den grössten Baum im Rund und blickte in die Richtung, aus der die Wölfe bald auftauchen mussten. Das Grollen der Meute verstärkte sich und das Knurren wurde immer lauter. Zwischen den Bäumen konnte man in weiter Entfernung bereits die roten Augen der Wölfe erkennen.
Dann hallte ein markerschütternder Schrei durch den Wald.
"Das war Darium!", rief einer der Zwerge und rannte in die Richtung, aus der der Schrei zu vernehmen war. Balani schrie ihm nach : "Bleib hier!", doch er rannte weiter. Einige Zwerge die ihm folgen wollten, blieben aber stehen und kehrten ans Feuer zurück. Sie blickten ihm hinterher.
Hinter dem Baum schoss blitzschnell ein riesiger Schatten hervor, hieb seine scharfen Zähne in den schmächtigen Körper und zerfleischte den Zwerg, der nicht einmal mehr schreien konnte.
Zwei rote Augen blickten auf das Lager. Die anderen Zwerge sahen, wie die Bestie den Zwerg mit sich zerrte. Pfeile jagten durch die Luft, doch sie erreichten den Wolf nicht. Er wich den Pfeilen, die es bis in seine Nähe schafften, geschickt aus und war in der Dunkelheit verschwunden.

Die grollende Meute zog nun einen Kreis um die Zwerge und schloss sie ein. Arodan kletterte vom Baum herab und die Waldläufer legten neue Pfeile in ihre Bogen ein. Unheimliche Stille brach über sie herein, die nur ab und zu durch das Knurren der Wölfe zerrissen wurde.
Balani sorgte sich um die Zwerge, die noch draussen in dem Wäldchen waren, als ein jäher Todeslaut ihn aus seinen Gedanken riss. Kein Zwerg wagte sich auch nur einen Schritt vom Feuer weg. Unruhe und Angst breitete sich im Lager aus. Balani hoffte, dass sich die anderen zwei zum Lager durchschlagen konnten. Doch seine Hoffnung erstarb, als er zwei weitere Schreie hörte, die von wildem Entsetzen gepackt waren.

Die Wölfe zogen ihren Kreis enger um die Lichtung und im Unterholz war das Knacken ihrer Bewegungen zu hören.
Plötzlich taumelte ein Zwerg, der Wache gehalten hatte, mit zusammengebissenen Zähnen in den Schein des Feuers. Er zog ein blutverschmiertes Bein mit grünlichem Schleim hinter sich her. Seine Augen waren aufgerissen und die Angst spiegelte sich in seinem Gesicht wider. An seiner Axt troff schwarzes Blut herunter. Er presste mühsam ein paar unverständliche Worte hervor und brach zusammen. Balani eilte zu ihm und wollte ihm auf die Füsse helfen, doch seine Arme und sein Kopf hingen schlaff herunter. Er war tot.
Die Zwerge standen wie angewurzelt und starrten auf den toten Leib ihres Gefährten. Ihre Gesichter waren grimmig verzogen und sie schwangen wutentbrannt ihre Äxte in die Richtung der roten Augen. Meoseld untersuchte den Schleim und dieser brannte sich in die Haut seines Zeigefingers. “Säure!”, schrie er den anderen zu. “Haltet euch von dem Schleim fern, er frisst sich durch die Haut!” und das Fleisch, dachte er angewidert, als er sah, das die grünliche Masse das Bein des toten Zwerges zersetzte.

Ein lautes Heulen erschallte zwischen den Bäumen und die Erde begann zu zittern. Die Wölfe griffen an.

Die Zwerge entfachten das Feuer an ihren Stöcken. Zwischen dem Unterholz brachen die Wölfe in das Lager ein. Sie waren wesentlich grösser als die Zwerge und reichten Meoseld bis an die Brust. Die Waldläufer spannten ihre Bogen und ihre Pfeile surrten auf die Körper der Tiere zu. Die Pferde hatten sie im Ödland zurückgelassen. Feuermähne war ein kluges Tier, das den Wölfen ausweichen würde und die Pferde sicher aus der Gefahr lenken konnte.

Der erste Pfeil erreichte sein Ziel und traf den Wolf oberhalb des Herzens. Er zerrte an dem Pfeil, um ihn herauszureissen. In dieser unachtsamen Sekunde senkte sich eine Axt auf seinen Schädel herab, der ihn ein Stück spaltete. Die anderen Wölfe waren erfolgreicher. Sie wichen den Schlägen der Äxte aus und rissen einen Zwerg nach dem Nächsten. Die Wölfe waren in einer Übermacht, denen die Zwerge und die Waldläufer nicht Herr werden konnten. Meoseld verschoss alle seine Pfeile, so wie Tharbath und Arodan. Doch sie konnten nur zwei Tiere verletzen, die am Boden liegen blieben. Die Wölfe schienen unverwundbar. An dem dichten Fell prallten die Pfeile ab und die Wut der Bestien wurde nur noch mehr angestachelt.
Meoseld zog sein Schwert und hieb auf die Wölfe ein. Der Waldboden war mittlerweile übersät mit den Leichen der Zwerge. Doch sein Schwert drang nicht tief genug in die Körper der Wölfe, um sie tödlich zu verletzen. Es war ein aussichtsloser Kampf. Meoseld schrie den noch lebenden Zwergen zu, sich auf die Bäume zu retten.
Die Zwerge gingen schrittweise rückwärts auf die Bäume zu, die brennenden Stöcke vor sich haltend. Ein Zwerg stolperte und glitt aus. Ein Wolf stürzte sich auf ihn und riss ihm die Schulter heraus. Die Zwerge schrien wie wild und rannten nun auf die Bäume zu. Die Wölfe verstellten ihnen die Wege und töten die restlichen Zwerge. Einer von ihnen kletterte schon auf den rettenden, starken Ast eines Baumes hinauf, als einer der Wölfe nach oben sprang und seine Klauen in das Bein des Zwerges hieb. Er biss ihm das Bein ab und der Zwerg stürzte vom Baum, der Wolf zerfleischte ihn augenblicklich.
Meoseld schaffte es, auf den grössten Baum der Lichtung zu klettern. Arodan folgte ihm schnell und sprang hinter ihm nach oben.
“Wo ist Tharbath?”, fragte Meoseld. Arodan zuckte die Schultern und sah nach unten und auf die umstehenden Bäume.
“Hoffentlich hat er es geschafft”, sprach Arodan besorgt und mit zweifelnder Stimme.

Es war ein grauenhaftes Bild, dass sich ihnen bot, als sie nach unten sahen. Tote Zwerge lagen zu Hauf auf dem Waldboden verstreut, verstümmelt und entstellt. Die riesenhaften Kreaturen huschten über sie hinweg und schleiften die meisten der Zwerge mit sich fort. Unter dem Baum, auf den sie flüchten konnten, starrten drei rote Augenpaare zu ihnen herauf.
“Die Wölfe werden uns aushungern”, sprach Meoseld zu Arodan.
“Sie müssen schon warten, bis ich tot von hier oben herunterfalle”, sprach Arodan verächtlich. “Lieber sterbe ich auf diesem Baum, bevor ich als Futter für diese Bestien herhalte.”

Als die Dämmerung hereinbrach und die Nacht dem Grauen wich, stiegen dicke Nebel aus den Niederungen auf.
“Meoseld!”, rief Arodan. “Sie verschwinden !”
Meoseld blickte nach unten. In den grauen Dunstschwaden konnte er die riesenhaften Gestalten nicht mehr sehen, auch die roten Augen, die sie vom Fusse des Baumes anfunkelten, waren verschwunden. Das böse Knurren und Grollen entfernte sich und ebbte ab.
“Es ist sicher nur ein Trick”, sprach Meoseld zu Arodan.
“Wir bleiben hier oben und warten.”
Arodan nickte stumm.

Als die Sonne an diesem Tag blutrot am Horizont aufstieg, blickten sie ihr niedergeschlagen entgegen. Eine lange und furchtbare Nacht hatten sie überlebt. Trostlosigkeit bemächtigte sich ihrer, als sie auf das Lager sahen. Äxte lagen verstreut auf dem Schlachtfeld, zwei tote Wölfe konnten sie sehen und einige wenige tote Zwerge, die die Wölfe nicht mit sich gezerrt hatten. Meoseld rief nach Tharbath und möglichen Überlebenden der Zwerge.
Einige Bäume weiter antwortete ihm zwei Zwerge mit angsterfüllten Stimmen.
“Es ist Balani und der kleine Zwerg mit den roten Haaren”, flüsterte Arodan. Aber von Tharbath hörten sie nichts.
Meoseld rief zu den beiden herüber, dass sie auf den Bäumen bleiben sollten, bis er ihnen ein Zeichen gab.
Der verängstigte, kleine Zwerg schrie zurück : “Ich komme hier nie mehr

runter." Dann hörten sie ihn weinen und die beruhigend auf ihn einsprechende Stimme Balanis.

Langsam kroch Meoseld an den Ästen herunter. Arodan spannte seinen Bogen und klemmte notdürftig einen geraden Ast hinein, den er mit dem Messer eine Spitze verpasst hatte. Er hatte alle seine Pfeile verschossen und nun lagen sie auf dem Waldboden verstreut. Das Ästchen das er nun in seinem Bogen eingelegt hatte, würde einen dieser Wölfe nicht aufhalten, doch zumindest konnte er diesen Bestien etwas entgegen halten.

Meoseld liess sich auf den Waldboden gleiten und blickte um sich. Die Wölfe waren nicht mehr zu sehen. Er lief zu den zwei toten Bestien und versicherte sich, das sie sich nicht mehr regten und ihr Leben ausgehaucht hatten.
Entlang der Stelle, an der das dritte verletzte Tier gelegen hatte, führte eine schwarze Blutspur in den Wald hinein. Er winkte nach Arodan, der vom Baum heruntersprang und ihm folgte.

Wenige Schritt entfernt konnte er zwischen den Bäumen die riesige Gestalt des Wolfes erkennen. Sie schlichen sich vorsichtig heran.
Jäh fuhr der Kopf des Wolfes herum und fixierte Arodan. Mit letzter Kraft kam er auf seine Pfoten und sprang auf ihn zu. Arodan verschoss seinen notdüftigen Pfeil, der an dem Körper des Wolfes abprallte. In Todesangst spannte er kurzerhand sein Schwert in den Bogen und schoss.
Er traf das gewaltige Tier zwischen den Augen. Im selben Moment, in der das Schwert den Schädel durchbohrte, war Meoseld zur Stellte und versenkte sein Schwert in der Halsschlagader des Wolfes. Zweimal tödlich getroffen sank der Wolf vor Arodan zu Boden, sein Körper wand sich in wilden Zuckungen, dann erschlafften die Glieder. Nur die rotglühenden Augen erloschen seltsam langsam und ein winziger Rest des funkelnden Lichts blieb erhalten.

Nachdem Meoseld den Tod des Wolfes festgestellt hatte, zerrte er den benommenen Arodan mit sich zurück auf die Lichtung. Sie riefen den Zwergen zu, das sie von ihrem Baum herunterkommen sollten.
Balani kam kurz darauf hastig auf die beiden zugeeilt.

“Barto bleibt noch auf dem Baum, er ist vollkommen verstört”, sprach er zu ihnen.
Dann fiel er auf die Knie und schrie klagend zum Himmel.

Meoseld suchte in der Zeit zwischen den verbliebenen Toten und herumliegenden Körperteilen nach Tharbath. Ein Stück tiefer im Wald fand er ihn. Er lag leblos auf dem Geäst eines kräftigen Baumes und schwarzes Blut klebte an seinem Mantel. Seine Hand war von grünem Schleim überzogen.
Meoseld rief nach Arodan und die beiden holten den schlaffen Körper vom Baum.
Mit schmerzverzerrten Zügen öffnete Tharbath seine Augen und blickte die beiden an. Sie trugen ihn zur Feuerstelle. Es stand sehr schlimm um ihn, die Hand war zerstört und auch sein Oberschenkel war schwer verletzt. Tharbath blutete stark aus den vielen Wunden, die ihm die Wölfe zugefügt hatten. Er atmete in schweren Zügen und sank in einen todesähnlichen Dämmerzustand. Arodan war tief bestürzt. Er stand auf und eilte fort, um Kräuter zu sammeln. Als er zurückkam, schlug Tharbath die Augen auf und sah ihn an.
“Mein Sohn”, keuchte er mühsam hervor. “Ich werde nun gehen.” Arodan schüttelte den Kopf und sank an seine Schulter. Verzweifelt hielt er ihm die unverletzte Hand.
Tharbath sah Meoseld eindringlich in die Augen. “Beschütze ihn!”, sprach er mit gebrochener Stimme.
“Bitte!”, flüsterte er noch einmal.
Meoseld erwiderte fest seinen Blick und nickte. Danach fuhr durch Tharbath ein Ruck und aus seinen Mundwinkeln flossen dünne Blutfäden das Kinn hinunter. Dann schloss er die Augen für immer und starb in den Armen seines Sohnes.
Arodan schrie gen Himmel und rüttelte verzweifelt an dem leblosen Körper des Toten, dann sank er tonlos in sich zusammen und krümmte sich vor Qualen.
Keine Träne rann aus seinen Augen. Sein Blick wurde hart und stechend. Die weichen Züge verschwanden zusehends aus seinem Gesicht und wie bei Tharbath formten sich seine Muskeln zu einer unbeweglichen Starre. So sass er stundenlang und hielt die Hand des Toten.

Meoseld bedeutete Arodan, dass es an der Zeit war, die Toten zu Grabe zu tragen. Arodan erhob sich nur widerwillig und liess die schlaffe Hand Tharbath´s sinken.
Mühsam versuchten sie mit ihren Schwerten zwei Gruben auszuheben. Es war sehr anstrengend, doch der Waldboden war weich und so schafften sie es. Nach geraumer Zeit hatten sie zwei Gruben ausgehoben, die gross genug waren, die Getöteten darin zu beerdigen. In die grössere der beiden Gruben schleppten sie die toten Zwerge und die übrig gebliebenene Körperteile, die verstreut auf dem Waldboden lagen. Nur drei der Zwerge waren noch fast vollständig erhalten Balani wusste zu jedem seiner Sippe eine Geschichte zu erzählen und seine Augen füllten sich ununterbrochen mit Tränen.

Arodan blieb am Grab Tharbaths sitzen und stimmte ein trauriges Lied an, in dem er von der Kühnheit und dem Mut seines Vaters sang, seiner Liebe zu ihm und der Trauer, die ihn erfüllte. Die Nacht war hereingebrochen und Meoseld verschwand in die Wälder. Wenn die Wölfe einen erneuten Angriff planten, so musste er die anderen rechtzeitig warnen. Doch die Trauer beschlich auch sein Herz und nur mühsam erfüllte er seine Pflicht.

Die Wölfe aber blieben verschwunden und kehrten nicht mehr zurück. Sie liefen geradewegs in westliche Richtung. Ihre Spuren waren eindeutig und führten zu den Hügelgräberhöhen. Tief und massig hatten sich ihre Pfoten und Krallen in den Boden gesenkt. Sie liefen schnell und ausdauernd und gefährdeten nun die Sicherheit von Eriador.

Am Morgen kam Meoseld erschöpft zum Lager zurück. Barto und Balani lagen am Boden an der Feuerstelle und schliefen tief und fest. Arodan musste auch ein wenig geschlafen haben. Er sass nun aber schon wieder aufrecht am Grab Tharbaths und stierte zu Boden.
Als sein Gefährte, Meoseld, die Lichtung betrat, richtete Arodan seinen schmerzerfüllten Blick auf ihn. Ohne ein Wort erhob er sich von seinem Platz und ging auf Kundschaft. Meoseld sah ihm nach, bis er hinter den Bäumen im Dickicht des Waldes verschwand. Dann hüllte er sich in sei-

nen Elbenmantel und schlief am Feuer ein. Er blieb trotz allem mit einem Ohr wachsam und zur Mittagszeit erhob er sich bereits wieder und stärkte sich an den Vorräten, die ihnen der Wirt Butterblüm eingepackt hatte. Er fühlte sich zerschlagen und matt. Gram erfüllte ihn und die Trauer lähmte seine Gedanken. Noch immer konnte er nicht begreifen, dass die Wölfe in einer einzigen Nacht die gesamte Sippschaft Balanis ausgerottet hatten. Er machte sich schwere Vorwürfe, doch sie hatten keine Zeit gehabt, sich auf diesen Kampf vorzubereiten. Die Wölfe griffen schnell an und waren erbarmungslos auf´s Töten aus. Meoseld hielt in seinem Gedankengang inne, sie war en auf´s Töten aus, nicht nur auf Nahrungssuche, wie er anfänglich dachte. Sie hatten die Zwerge wahllos abgeschlachtet und zerfetzt. Selbst tiefer im Wald hatte er Leichenteile von ihnen gesehen. Und nun zog diese finstere Brut durch die Lande. Die Bewohner hatten keine Ahnung von der Gefahr, die sich auf sie zubewegte. Er musste sie schnellstens warnen. Viel zu lang waren sie hier geblieben.

Meoseld stiess den Ruf einer Eule aus und wenig später erschien Arodan am Rande der Lichtung. Er war gerannt und sein Atem ging schnell, er hatte sein Schwert gezogen und eilte zu Meoseld. Da keine Gefahr zu erkennen war, liess er sein Schwert zurück in die Scheide sinken und die beiden gingen still an den äusseren Ring der Lichtung.

Arodan sah Meoseld fragend an.

“Ich werde dieser finsteren Brut folgen”, sprach Meoseld.

“Und ich begleite dich”, sprach Arodan von Hass erfüllt.

“Nein, du musst so schnell als möglich an den Hof König Eomers reiten und erfahrene Rohirrim zur Hilfe holen. Auch König Elessar muss von den Wölfen erfahren, die mordend in Eriador ihr Unwesen treiben.”

Arodan schwieg. Meoseld hatte Recht. Nur eine erfahrene Kriegerschar konnte es mit den Bestien aufnehmen und Tharbath und die Zwerge rächen. Es hatte keinen Sinn, weitere Pfeile vergebens in die scheinbar undurchdringlichen Panzer der Wölfe zu jagen.

Arodan hatte seinen Köcher bereits mit den Pfeilen gefüllt, die überall auf dem Waldboden verstreut lagen. Er hatte die gewählt, die noch nicht zerbrochen waren. An vielen Spitzen klebte schwarzes Blut, doch getötet hatten die Pfeile die Wölfe nicht.

Meoseld und er setzten sich ans Feuer. Auch Balani und Barto sassen dort und kauten auf dem Kanten eines Brotes.
“Arodan wird nach Rohan reiten und Hilfe holen”, sprach Meoseld zu ihnen. Barto wurde ganz aufgeregt. “Ihr bleibt doch aber in unserer Nähe”, flehte er Meoseld mit zittriger Stimme an. Doch der Waldläufer schüttelte den Kopf. Balani schimpfte Barto, der wie ein Häuflein Elend die beiden fassungslos anstarrte.
“Ich werde den Wölfen folgen und versuchen, die Bewohner zu warnen, deren Behausungen sich die Bestien nähern”, sagte Meoseld mit ruhiger Stimme. Barto stand das Entsetzen und die Angst in den Augen und Arodan sagte :
“Herr Zwerg, die Wölfe kehren nicht zurück, sie sind schnellen Schrittes in westliche Richtung davongelaufen, seid unbesorgt.” Aber Barto schien keinesfalls beruhigt.
Doch Arodan und Meoseld konnten nicht länger bei den Zwergen bleiben und so erhoben sie sich von der Feuerstelle und verabschiedeten sich mit den besten Wünschen von den beiden. Dann brachen sie alle auf. Die Zwerge gingen zum Grünweg und folgten ihm in südlicher Richtung.

Die Waldläufer rannten geradewegs ins Ödland Cardolans und Meoseld pfiff nach Feuermähne. Nach kurzer Zeit kam der Schöne zu ihm galoppiert, die Schimmelstute und der falbe Hengst folgten ihm. Sie begrüßten freudig ihre Pferde.
Arodan schwang sich auf das Seine und sah in die Augen des Hengstes der neben seiner Stute stand. Er schien Tharbath zu suchen. Arodan fuhr ihm durch die Mähne und sah ihm in die Augen. Der Hengst schnaubte und liess den Kopf sinken; er hatte verstanden. Er liess sich von Arodan an einen Führstrick nehmen und trabte hinter ihm her. Sie fühlten beide den gleichen Schmerz, den Verlust eines geliebten Menschen.
Meoseld sah Arodan und den Pferden hinterher, dann wendete er Feuermähne stehenden Fusses und jagte auf den Spuren der Wölfe davon.

Die Bestien hatten einen grossen Vorsprung und er trieb sein Pferd zur Eile. Die Spuren waren auch in der Nacht deutlich zu erkennen. Die Wölfe bemühten sich nicht im geringsten im Verborgenen zu bleiben und

er hoffte, dass seine Verfolgungsjagd erst einmal unbemerkt bleiben würde. Die Tiere blieben im Rudel und liefen an den Ausläufern der Hügelgräberhöhen entlang. Sie näherten sich dem alten Wald. Die Wölfe waren unermüdlich und rasteten nicht. Meoseld kam ihnen nur langsam näher, sie waren sehr schnell und hielten das hohe Tempo schon seit vielen Stunden. Er würde mit Feuermähne spätestens in den frühen Morgenstunden rasten müssen, sonst riskierte er, sein Pferd zu Tode zu hetzen.
Ein lahmendes oder gar totes Pferd nutzte ihm gar nichts; und er hatte nicht vor, sein geliebtes Tier zu opfern. Die Verluste die sie bisher erlitten hatten, waren schlimm genug.

Als er in den späten Morgenstunden nach einer längeren Pause den Spuren wieder folgte, stellte er fest, dass sich der Vorsprung deutlich vergrössert hatte. Sie waren in den alten Wald eingedrungen und dort verloren sich die Spuren mit einem mal. Die Bäume, die hier wuchsen, beobachteten ihn feindselig. Er wusste, das es sehr gefährlich war, sich in den alten Wald zu wagen. Kein Mensch hatte ihn bisher lebend verlassen. Gerüchte rankten um die Nadel- und Laubbäume, die ein Eigenleben führten und unter der Herrschaft des alten Weidenmannes standen, der grausam und unnachgiebig gegen Eindringlinge war. Er untersuchte die Spuren der Wölfe noch einmal genau. Sie führten noch gedrängt in den Wald hinein. Aber dort, wo das Unterholz dicht wurde, verloren sich die Fussspuren gänzlich. Nur ein paar wenige abgeknickte Zweige zeugten davon, dass hier erst kürzlich etwas vorbeigeeilt kam. Dass es eine Horde blutrünstiger, riesiger Wölfe war, konnte man nicht mehr erkennen. Die Zweige der Bäume fuhren ihm durch die Haare und versuchten, seine Arme zu greifen. Feuermähne wurde unruhig und er verliess den Wald und kehrte ihm den Rücken.
Ich muss ihn nun umreiten und sehen, wo diese Bestien hervorbrechen, dachte er wütend. Er wollte keine Zeit verlieren und galoppierte auf die Oststrasse zu, der schnellsten und sichersten Verbindung nördlich am Rande des alten Waldes entlang.

Arodan ritt bis in die frühen Morgenstunden und ruhte nur am Morgen ein wenig. Er hatte viele Meilen in der Nacht zurückgelegt. Er befand sich nun im weiten Ödland Cardolans. Die Gegend war gut einzusehen. Niemand war ihm bisher auf seinem Weg nach Rohan begegnet. Die Zwerge hatte er schnell, seit ihrem Aufbruch aus dem Lager, zurückgelassen. Ihre Reitkünste waren unbestritten schlecht und sie bewegten sich lieber auf ihren Füssen fort. Er konnte auch nicht riskieren, so viel Zeit zu verlieren, wenn er sie nach Aglarond begleitet hätte.

Als die Sonne bereits hoch am Himmel stand, ritt er weiter.
Ein paar Tage später näherte er sich der Pforte Rohans. Bald hatte er sein Ziel erreicht. Er fühlte sich noch immer zerschlagen und gequält. Oftmals war er unvorsichtig und liess es an der nötigen Weitsicht mangeln. Er tadelte sich für seine Unachtsamkeit und war froh, dass hier im Land alles friedlich war. Der Frühling hatte die Landschaft in ein blühendes Meer verwandelt. Doch seine Augen blickten leer. Es wehten warme Winde und die Sonne schien unermüdlich vom azurblauen Himmel. Von Norden zogen dicke Wolkenbänke heran und die Luft schmeckte nach nahendem Regen.

Schon bald sah Arodan Edoras vor sich auftauchen und er verlangsamte das hohe Tempo. Er näherte sich der Stadt, deren Tore weit geöffnet waren. Als er sie erreicht hatte, stieg er vom Pferd.
Der Torhüter erkannte in sofort, obwohl nun mehr als ein Jahr seit seinem Aufenthalt in Edoras vergangen war. Er geleitete Arodan zur goldenen Halle und übergab die Pferde den Stalljungen.
Die Palastwache geleitete ihn die Steinstufen empor und bat ihn zu warten. Arodan blickte über die weite Ebene und seine schwarzen Haare wehten im Wind. Die Trauer verfinsterte sein Gesicht und seine Gedanken schweiften zurück, zu den glücklichen Tagen, als er noch mit Tharbath die Gegend durchstreifte.
Nach einer Weile kehrte die Wache zu ihm zurück und riss ihn aus seinen Erinnerungen. Sie begleiteten ihn in die goldene Halle. Hier sah noch alles aus wie vor gut einem Jahr, als sie Edoras den Rücken kehrten.

König Eomer kam von seinem Thron zu ihm herunter und begrüsste ihn freudig. Doch die Freude wurde nicht erwidert.
“Was ist mit euch, edler Arodan?”, fragte der König und blickte in das

vollständig veränderte Gesicht des Waldläufers.
Er schaute ihn unverwandt fragend an. Die Züge des jungen Waldläufers waren von Gram gezeichnet und hart geworden.
“Wir haben eine Gruppe Zwerge von Bree aus begleitet”, hob Arodan langsam an zu sprechen.
“Oh ja”, erwiderte Eomer. “Gimli erwartet sie bereits, Balani den II. und seine Sippschaft”.
“Nun sie werden nicht kommen”, sprach Arodan gequält.
“Was ist passiert?”, fragte Eomer überrascht.
“Wir wurden von einer Horde riesiger Wölfe angegriffen, die in der Nacht unser Lager überfielen und alle töteten. Nur zwei Zwerge, Meoseld und ich haben den Kampf überlebt.”
König Eomer war sprachlos und blickte unverwandt in das schöne Gesicht des Waldläufers.
“Wir konnten sie nicht töten”, sagte Arodan zu Tode betrübt.
“Sie haben eine undurchdringliche Haut. Unsere Pfeile prallten von ihnen ab und unsere Schwerter konnten nicht tief genug in sie eindringen. Diese Bestien haben alle getötet, die sich nicht rechtzeitig auf die Bäume retten konnten”. Arodan sprach nur noch stockend und der Hass glühte in seinen Augen.
“Aus ihren Mäulern troff grünlicher Schleim, der unsere Haut und das Fleisch verbrannte, das mit ihm in Berührung kam.
Diese Kreaturen sind erbarmungslos und nun durchstreifen sie Eriador. Meoseld folgt ihnen”.
“Mit wie vielen Wölfen habt ihr gekämpft?”
“Das ist schwer zu sagen, aber es waren nicht weniger als zehn”.
Eomer winkte nach Hambar, dem Hauptmann der Palastwache.
“Stellt eine Reiterschar von fünfzig Rohirrim auf” befahl er. “Wir werden Wölfe jagen, die in Eriador eingefallen sind. Nur leichtes Gepäck, Speere und Schwerter”.
“Bogen auch?”, fragte Hambar.
“Nein keine Bogen. Die Pfeile können die Haut der Tiere nicht durchdringen.”
Hambar machte ein zweifelndes Gesicht, doch dann schickte er sich an zu gehen.
“Hambar!”

Der Hauptmann blieb stehen und drehte sich zu seinem König um.
“Die drei schnellsten Kuriere sollen zu mir kommen.“ Hambar verneigte sich und eilte davon.
König Eomer widmete sich wieder Arodan.
“Ihr seid sicher müde und hungrig.” Er winkte einem Diener. Dieser führte Arodan in das kleine Zimmer, dass er damals mit Meoseld und Tharbath bewohnt hatte. Flink richtete er die Schlafstatt und liess aus der Küche Köstlichkeiten auftischen. Arodan ass ein paar Bissen zur Stärkung. Später hätte er nicht einmal mehr sagen können, was er da überhaupt gegessen hatte. Dann legte er sich nieder und schlief tief und fest den gesamten Abend und die Nacht hindurch.
Als er am Morgen erwachte, herrschte reges Treiben. In den Gängen eilten Männer in Rüstungen, mit Schwertern, Schilden und Helmen an ihm vorbei.
Er ging in die grosse Halle des Meduseld und sah dort den König, wie er sich mit den Wachleuten besprach und Anweisungen erteilte. Es herrschte reges Kommen und Gehen.
Als Eomer ihn sah, winkte er ihn zu sich.
“Arodan, lasst euch schnell von der Küche bewirten”, sprach er.
“Wenn die grosse Glocke läutet, kommen alle ausgewählten Gefolgsleute zu mir. Ihr werdet Ihnen von den Wölfen erzählen müssen. Soweit ich mitbekommen habe, kursieren bereits die wildesten Spekulationen über sie”, sprach Eomer und zwinkerte Arodan zu.
Arodan nickte und verschwand in Richtung der Küche. Ihm war diese Hektik nicht geheuer. Als er die Glocke hörte, ging er zur großen Halle zurück.
Dort standen fünfzig grimmig anzusehende Rohirrim. Ihre Gesichter waren unbeweglich, ihre Haltung aufrecht und starr. Vor der Brust hielten sie ihre Sonnenschilde und den Speer. Sie trugen Schwerter und spitze Helme, die das Gesicht schützten. Sie sahen aus, wie in Silber gekleidete Statuen.
König Eomer trat vor seine Krieger. Auch er hatte eine silberne Rüstung an, die golden abgesetzt war. Er hatte einen Helm wie die anderen, nur das aus dem seinen, grüne geflochtene Bänder aus der Spitze ragten.
“Männer - Kampfgefährten!”, rief er laut in die Menge. “Gar nicht so lange ist es her, dass wir in einen Kampf gezogen sind. Und nun ist es

wieder soweit. Doch ziehen wir nun in einen Krieg gegen riesige Ungeheuer, die in Eriador eingefallen sind und dort Unheil stiften. Eine Schar Zwerge wurde von ihnen brutal gemeuchelt. Arodan, Waldläufer des Nordens, treuer Vasall des vereinigten Königreiches hat seinen Gefährten und Vater im Kampf verloren. An Kampferfahrung, Geschicklichkeit, Mut und Tapferkeit fehlt es keinem Waldläufer, doch diese Bestien sind gerissen und schwer zu töten. Arodan wird uns zu den Wölfen führen und wichtige Hinweise für die Taktik im Kampfe erläutern."

Arodan schritt vor die Männer und sprach :
"Wir haben vor einigen Tagen mit Wölfen kämpfen müssen. Sie haben die Grösse von ausgewachsenen Ponys." Ein leichtes Raunen ging durch die Reihen. "Ihre Augen leuchten rot und grausam zerreissen sie ihre Opfer. Unsere Pfeile vermochten nicht, ihr dichtes Fell zu durchdringen. Wir konnten nur mit Mühe drei Tiere töten. Eines wurde in der Bauchgegend im Sprung getroffen, dort wo das Fell nicht so dicht und die Haut dünner ist. Einem anderen Wolf konnte der Schädel mit einer Axt gespalten werden, als er einen kurzen Augenblick unachtsam war. Das dritte Tier war lediglich durch viele Schwertstiche verwundet, die es jedoch nicht getötet hatten.
Meoseld konnte ihm zuletzt sein Schwert ins Herz rammen und ich habe mein Schwert als Pfeil nutzen müssen, als der Wolf mich anfallen wollte. Aus kurzer Distanz konnte ich es dieser Bestie mit meinem Bogen zwischen die Augen jagen und in den riesigen Schädel versenken. Die Wölfe sind listig und weichen trotz ihrer Grösse geschickt den Schwerthieben aus. Sie griffen meist zu zweit oder zu dritt an. Aus ihren Mäulern troff grünlicher Schleim. Ihr müsst auf der Hut sein, dass ihr mit diesem nicht in Berührung kommt. Er zersetzt alles : Haut, Fleisch, Metalle." Arodan endete seinen Bericht und trat einen Schritt zurück.
"Männer!", rief nun wieder der König. "Ihr seht, wir haben keinen leichten Gegner. Von diesen Bestien sollen noch ungefähr zehn am Leben sein. Fünf bewaffnete Rohirrim werden je einen Wolf töten. Lasst uns den Tod der Zwerge und des mutigen Waldläufers Tharbath rächen!" Die Rohirrim schrien laut und stiessen siegessichere Kampfesrufe aus, schwangen ihre Speere und kloften mit diesen auf den Boden, so dass ein

rhytmisches Geräusch entstand. Jeder von ihnen schien begierig in den Kampf ziehen zu wollen. Selbst der König strahlte seine Männer an.
Frieden bekommt den Kriegern nicht, dachte Arodan verächtlich. Sie werden noch ihren Kampf auf Leben und Tod bekommen. Arodans Gedanken waren bei Tharbath und er fühlte einen Stich im Herzen.
Bewegung war in die Truppe gekommen. Die Krieger gingen durch die Halle nach draussen und liefen zu ihren Pferden. Einer nach dem anderen bestieg sein Ross und ritt aus der Stadt. Die Menschen von Rohan hatten sich am breiten Weg zum Tor eingefunden und winkten den Männern in ihren Rüstungen zu. Kleine Jungs schwangen ihre Holzschwerter und liefen den Berittenen ein Stück hinterher. In Edoras herrschte Feststimmung.
Es ist eben ein kriegerischen Volk, dachte Arodan traurig.

Für den Ritt wählte er seine Schimmelstute und liess den falben Hengst in Edoras. Hier konnte er auf den saftigen Weiden grasen, mit den vielen Pferden tollen und den Verlust seines Herrn verschmerzen.
Arodan ritt als einer der letzten aus der Stadt. Die Reiter vor ihm, erwiesen an den Hügelgräbern ihren gefallenen Königen die Ehre, in dem sie sich nach rechts und links verneigten und dann ihre Schwerter in die Luft reckten. Unterhalb der Gräber sammelten sie sich. Sie ritten gewohnheitsmässig in Zweierreihe, voran der König und ein Wappenträger.

König Eomer schickte nach Arodan und bat ihn in vorderster Front mitzureiten und ihnen später den Weg zu weisen. Arodan ritt an den anderen vorbei neben den König.

Eomer neigte sich zu Arodan : "Gestern sind zwei meiner schnellsten Reiter aufgebrochen, um König Elessar zu informieren.
Ein dritter Kurier reitet nach Aglarond, um Gimli, Gloins´Sohn, die furchbare Nachricht zu übermitteln."
Arodan nickte. König Eomer drehte sich zu seinen Kriegern um und reckte sein Schwert in die Höhe.
"Lasst uns die Mörderbestien jagen!", schrie er ihnen entgegen. Tosendes Kampfgebrüll der Rohirrim erfüllte die Luft, während sie ihre Speere in die Luft stiessen.

Dann schlugen sie ein schnelles Tempo an und ritten mit der Sonne. Sie galoppierten geradewegs zur Pforte Rohans.

ZEHNTES KAPITEL

LIANE

Saruman blickte sich noch einmal um.

Bruchtal war vollständig verwüstet. Die Bruinen sang traurig ihr Klagelied und trieb die Erinnerung an die schrecklichen Geschehnisse in ihren Fluten mit sich fort. Die verlassenen Ruinen boten ein hilfloses Bild. Die Häuser der ehemals wunderschönen Stadt waren alle zerstört und die Brücken eingestürzt, die Straßen fortgespült und die zentralen Plätze glichen Trümmerfeldern. Nichts von der Schönheit und dem Glanz dieses Ortes war geblieben.
Die vergifteten Bäume schwankten voller Gram und kämpften gegen das Gift, das in ihnen wütete. Doch ihre Mühe war vergeblich. In ihren erhabenen Kronen welkten bereits die ersten Blätter. Nur der Wind streichelte sanft das Tal und voller Schmerz säuselte er Trost. Noch immer erscholl die schwarze Stimme an diesem geschändeten Ort. Die Berge nahmen sie in sich auf und warfen sie als Echo angewidert um sich. Saruman war zufrieden.

Er streckte seine Arme in die Luft und murmelte ächzende Laute. Den Stab schwang er zur Unterstützung seiner Worte und kleine Blitze zuckten aus ihm hervor. Seine linke Schulter schmerzte noch immer, doch das Wolfskraut zeigte schon die gewünschte Wirkung und trieb den Heilungsprozess zügig voran. Auch Warga, sein treuer Wolf hatte keine Mühe mehr, Saruman zu folgen. Er hinkte zwar noch immer, doch er belastete sein Bein stetig mehr.

Saruman blickte in die Lüfte und sah sich um. Er hasste es, wenn sein Späher Rohivor sich verspätete. Doch schon nach kurzer Zeit tauchte der

schwarze Rabe über den Felsen auf, die sich links und rechts vor ihm auftürmten. Eine grosse Schar, ebenfalls schwarz gefiederter Vögel, begleitete ihn. Sie kamen rasch näher. Die Vögel liessen sich auf den umliegenden Bäumen nieder und krächzten laut. Rohivor flog auf ihn zu und landete flügelschlagend auf der Schulter Sarumans. Er neigte sich an das Ohr Sarumans.
“Was gebietet ihr mein Herr?”, wisperte er verschwörerisch.
“Rohivor, du Herr der Raben und Diener meiner Macht. Du warst mir stets treu gewesen“, hob Saruman an zu sprechen und richtete seine Augen auf die des Vogels. Seidig schimmerten die schwarzen Federn. Er war um einiges grösser als seine Artgenossen und die stechenden grünen Augen versprühten silbrigen Glanz. Rohivor war sehr klug und stand in seinen jungen Jahren im geistigem Austausch mit dem Zauberer Radagast, dem Herrn aller Vögel. Saruman lernte er vor vielen Jahrhunderten bei einem seiner Streifzüge durch Isengard kennen. Sie führten damals lange Gespräche und wurden Freunde. Rohivor kehrte nicht mehr zu Radagast zurück und blieb bei ihm. Er fühlte sich von Saruman angezogen und veränderte sich zunehmend. Seine vormals reinen Gedanken färbten sich gleichermassen wie die seines Herrn schwarz und schwärzer. Es kam der Tag, da war seine Seele so finster und machtgierig, dass er sich seine Artgenossen, die anderen Raben gefügig machte. Es dauerte nicht lang, dann wurden sie mit List und Tücke ihm untertan und er bezeichnete sich selbst als ihr Fürst. Seit diesem Tag folgten ihm treu hunderte der schwarz gefiederten Raben und führten eifrig seine Befehle aus. Sie wurden die Späher Sarumans und leisteten ihm unersätzliche Dienste.
Saruman strich über das Gefieder Rohivors.
“Einige Meilen von hier entfernt, befinden sich, wie du weisst, die Trollhöhen. Tief in ihren Wäldern oberhalb des kleinen Baches, unter grossem Felsgestein, von Büschen und Bäumen verborgen, befindet sich eine Höhle. Drei Trolle hausen dort und warten nur darauf, dass ich sie rufe.”
“Die Steintrolle?”
“Ja, so ist es. Lang genug waren sie versteinert und untätig, oder meint ihr nicht, mein Freund?”
Rohivor liess ein anerkennendes Pfeifen vernehmen.

“Und nun sollen euch diese Kreaturen begleiten?”
“Sie sind zwar stinkig, dreckig und ausserordentlich dumm. Und doch, sie werden mir noch unschätzbare Dienste leisten. Du wirst sehen!”
“Dann soll es geschehen, mein Gebieter. Ich werde sie zu euch bringen.”
Rohivor krächzte laut und erhob sich in die Lüfte, kreiste noch einmal um Saruman und flog mit der schwarzen Schar davon.

Saruman sah ihnen hinterher, bis der letzte schwarze Punkt aus seinem Blickfeld verschwand. Dann richtete er sein Augenmerk auf das Nebelgebirge.
Die gewaltige Bergkette erstreckte sich entlang des Horizonts so weit man sehen konnte. Wie ein langes, zackiges Band zog es sich von der nördlichen Öde bis tief in den Süden, zur Pforte Rohans. Von Melkor, dem dunklen Herrscher, erschaffen, waren sie eine Brutstätte von Orks. Hoch in den Tälern des Nordens hausten nach seinem Kenntnisstand noch immer einige Bergtrolle. Im Zentrum des riesigen Gebirges hatten die grossen Adler ihre Horste.

Die höchsten Gipfel lagen meist in einem dichten Geflecht von Wolken und waren auch jetzt im Frühling noch immer schneebedeckt. Nicht einmal im Sommer schmolzen sie vollständig ab und dadurch schimmerten ihre Kronen in stetigem, weissen Glanz. Sie wirkten majestätisch und ragten erhaben in die Höhe, trotzten dem Wind und höhnten jedes Wetter. Jetzt, wo er sie mit seinen Blicken mass und die mächtige Erscheinung ihm zu Bewusstsein gelangte, waren sie von dichten Nebelfeldern umrankt und wirkten kalt und abweisend. Nur wenige Pässe führten über ihn hinweg und nur einige Höhlen durch ihn hindurch.

Khazad-dúm, die Zwergen-Halle Durins, war die Grösste.
Die vielen Gänge und Stollen breiteten sich unterhalb der Gipfel des Barazinbar, Bunduschatúr und des Zirak-zigil aus. Zum Ende des Dritten Zeitalters und nach dem Ringkrieg lebten nur noch ein paar versprengte Orks und einige Trolle in Khazad-dúm und den benachbarten Höhlen. Nun führte auch sein Weg zum Nebelgebirge. Der Pfad, dem er nun folgte, schlängelte sich inmitten dichter Nadelwälder zu den Ausläufern der Berge hin. Folgte man ihm weiter, so führte er über den hohen Pass zur

alten Waldstrasse im Düsterwald.

Saruman ging nun schon einige Tage auf diesem Weg, gefolgt von Warga. Stetig führte der Pfad bergan dem Nebelgebirge entgegen. Der Frühling hatte die Landschaft in sattes Grün getaucht. Die Gräser und Blumen blühten und die Vögel sangen ihre Lieder. Bisher war ihm hier noch niemand begegnet. Er schätzte die Ruhe und genoss die Stille, die nur von dem leisen Rauschen der Tannen begleitet wurde. Das Wetter war seit seinem Aufbruch aus Bruchtal unbeständig. Der Regen, der sie seit Tagen begleitete, rann in warmen Strömen vom Himmel und tränkte die Gegend mit belebendem Wasser. Die warme, feuchte Luft roch nach einer frischen Brise und dem nahenden Sommer. Das Gras duftete und die Blumen versprühten die verschiedensten, süsslichen Gerüche. Nur vom Gebirge zogen kältere Luftströme ins Tal.
Rohivor kam zu ihm geflogen. Saruman folgte dessen Flug mit seinen stechenden Augen und zielsicher landete Rohivor auf seinem Arm, den er ihm entgegenstreckte.
“Endlich, endlich kehrt ihr zurück. Und?”
“Die Trolle, mein Gebieter, werden bald zu euch stossen”, krächzte Rohivor.
“Ausgezeichnet, mein Getreuer”, sprach Saruman und nahm die Meldung des Raben wohlwollend zur Kenntnis.

Rohivor blieb nun ständig in seiner Nähe und erkundete die Umgebung. Jede noch so kleine Bewegung nahm er wahr und erspähte bei seinen Erkundungsflügen vieles. Fortwährend informierte er Saruman genauestens über alles, was er hörte und sah. Bald erreichten sie die felsige Öde am Fusse des Nebelgebirges. Sie verliessen den Pfad und gingen nun in südliche Richtung.
Der Weg wurde beschwerlich. Sie mussten viele zerklüftete Felsen überwinden und befanden sich in ständigem auf und ab, sie kletterten und gingen nicht mehr geradlinig am Fusse der Berge entlang. Saruman war gezwungen, die unüberwindlichen Felsvorsprünge zu umgehen und Umwege in Kauf zu nehmen. Seine Schulter war nun fast verheilt, so dass er sich wieder frei bewegen konnte und sie ihm nicht mehr hinderlich war. Auch Warga ging seit vielen Nächten wieder wie gewohnt auf Jagd

und riss kleine Tiere, die sie des abends am Feuer rösteten. Zur Nacht suchten sie sich meist eine kleinere Höhle als Unterschlupf. Wasser gab es genug in den Bergen.

Eines Abends erblickte Saruman einen kleinen See und errichtete an dessen Ufer sein Lager für die Nacht. Ein Bad war ihm jetzt sehr willkommen. Er entkleidete sich und wollte gerade seinen Fuss in die dunklen Fluten tauchen, als er sein Spiegelbild erblickte und stockte.
Sein Äusseres hatte sich merklich verändert. Er fuhr sich mit den Händen durch das zerfurchte Gesicht.
Ich werde meiner früheren Gestalt immer ähnlicher, dachte er versonnen. Seine Finger glitten über seine scharfkantigen Züge, die ihm sein markantes Aussehen verliehen hatten.
Sein Gesicht war wieder hohlwangig und seine kalten, eisgrauen Augen lagen in tiefen dunklen Höhlen. Die Augenbrauen umrahmten sie dicht und buschig und seine Lippen hatten sich zu feinen harten Linien verschmälert. Sein Bart reichte ihm bis auf die Brust und seine langen weisse Haare fielen ihm strähnig um die Schultern. Nur wenig war von dem Alten übrig geblieben. Lediglich die niedrige Stirn und die gerade Nase waren die kläglichen Überreste des Einsiedlers.
"Eigenartig", murmelte Saruman. Dann stieg er in das Wasser, das seinen Körper mit angenehmer Kühle umhüllte. Er schloss die Augen und sog die eisige Kälte in sich auf.

Am darauffolgenden Tag kam Rohivor eilig zu ihm geflogen.
"Sie sind bald da, mein Gebieter", berichtete er und wie von ihm angekündigt, erreichten ihn die Trolle um die Mittagszeit. Bereits von weitem hörte er ihr Kommen. Sie stritten sich und grölten laut. Sie hassten es, am Tage zu gehen und waren froh, dass ihnen zumindest der Anblick der grässlichen Sonne erspart blieb, die es nicht schaffte, durch das Dickicht der dichten Wolkenbänke hervorzubrechen.
Saruman stand still und beobachtete ihr Nahen. Als sie ihn dann erblickten, schwiegen sie, sein missbilligender Blick brannte unter ihrer Haut.
"Es wird Zeit, dass ihr endlich kommt!", sprach er vorwurfsvoll. Seine bösen, harten Worte trafen sie wie Faustschläge in ihren scheusslichen, hässlichen Gesichtern. Die Trolle zogen eine beleidigte Miene.

“Schneller ging´s nicht”, schnaufte Tom, der sein stinkendes, klobiges Maul jedoch gleich wieder schloss, als Saruman ihn böse anfunkelte.
“Folgt mir!”, herrschte Saruman sie an.
Die Trolle trotteten los.
Sie gingen nun gemeinsam mit ihm weiter, begleitet von den schwarzen Raben und Warga. Als sie bis Mitternacht gewandert waren, erblickten sie eine Höhle, die gross genug war, sie alle aufzunehmen. Die Trolle liessen sich auf den Boden plumpsen und grunzten. Ihnen taten die Füsse weh und sie jammerten unablässig. Bert schalt die beiden, doch er gab ihrem Drängen letztlich nach und bat Saruman, dass sie hier zwei oder drei Tage rasten mögen.
Saruman hatte keine andere Wahl. Lieber wollte er hier einige Zeit verweilen, als sich das ständige Genörgel der Trolle anzuhören. Er brauchte sie noch für seine Pläne und so gab er nach und willigte ein. Sie waren zufrieden. Bert, der sich von den anderen dadurch unterschied, das er nicht gar so dumm und wesentlich ausdauernder war, als die beiden anderen, zog in das Tal hinab und verschwand in den Wäldern. Nach Stunden kehrte er zurück und hatte zwei Wildschweine geschultert. Bill und Tom jauchzten auf. Sie zogen den Schweinen die Haut ab, spiessten sie auf einen langen Ast und grillten das köstliche Fleisch über dem Feuer. Saruman schaute ihnen bei ihrem Gelage zu.
Wenn sie fressen, halten sie zumindest das Maul, dachte er und verzog verächtlich sein Gesicht.

Er hatte nun vor, tief in das Innere des Nebelgebirges einzudringen. Sein Entschluss stand fest, er würde durch den Berg hindurch ziehen. Er fürchtete sich nicht vor Moria. Der Balrog, den die Zwerge freigesetzt hatten, als sie immer tiefer schürften, getrieben von der Gier nach den Schätzen in den Tiefen des Berges, war getötet. Gandalf, der Graue, hatte ihn letztlich doch noch besiegt. Gedankenverloren glitten seine Erinnerungen zu den restlichen Zauberern Mittelerdes. Es gab fünf ihrer Art. Saruman konnte sie nicht verstehen. Sie hatten nicht erkannt, dass nur die dunkle Macht wirklich tiefe Befriedigung brachte. Es schüttelte ihn in wohligen Schauern.
Bedauerlich, doch ich werde sie töten müssen, wenn sie sich mir in den Weg stellen, dachte er und lachte heiser. Eine Welle der Erregung

schwappte durch seinen Körper.

Der Zauberer Gandalf hatte es geschafft, den Balrog, einen mächtigen Feuergeist, zu beseitigen. Nun lebte keiner mehr in Moria. Die Zwerge hatten nach dem Tod Balins die Hallen nicht mehr besiedelt und der Weg war nun frei.
Insgeheim hoffte er jedoch, in Moria noch einige Orks anzutreffen. Er brauchte eine neue mächtige Streitmacht, die er dort für sich gewinnen wollte.

Nach einigen Tagen hatten sich die Trolle erholt und sie brachen auf. Fast zehn Tage wanderten sie entlang des Nebelgebirges und drangen in das Reich der Noldor ein. Diese waren eine der drei grossen Elbengeschlechter, die den dunklen Herrscher verfolgten und zurück nach Mittelerde kamen.
Vor den Augen Sarumans und seiner Gefolgschaft breitete sich ein weitläufiges Gebiet aus, eingerahmt von den grossen Flüssen Glanduin und der Bruinen. Die Elben gaben ihrem Land den Namen Eregion. In der Allgemeinsprache Westron wurde es Hulsten genannt. Diesen eigentümlichen Begriff erhielt es von den Hulstbäumen, die hier zahlreich wuchsen. Nun war es seit Ewigkeiten unbewohnt, denn Sauron hatte es vor langer Zeit im Krieg mit den Elben zerstört.

Zum Ende des Dritten Zeitalters war Galadriel die einzig Verbliebene der Noldorfürsten. Dieses Elbengeschlecht war künstlerisch ausserordentlich begabt und sie waren vortreffliche Handwerker, vor allem in der Metallbearbeitung. Früher standen sie in enger Verbindung mit den Zwergen von Moria. Um den regen Handel zu erleichtern, wurde zu diesem Zweck der magische Zugang nach Moria geschaffen. Die Elben erbauten das Westtor. Nur durch den Einfall des Mondlichtes und einem Zauber konnte es geöffnet werden. Als Sauron Eregion überfiel, wurde es geschlossen. Nach dem Krieg blockierte ein Wächter im Wasser die neuerliche Öffnung des Tores und versperrte Balins Zwergenkolonie die Flucht bei ihrem Kampf gegen den Balrog und die Orks. Jetzt schritt Saruman nach langer Zeit wieder durch das Land. Isengard war nicht fern und in früheren Zeiten führte sein Weg oft in die einsamen Wäldern

Eregions. Nun zog seine Gefolgschaft und er am Fusse des Nebelgebirges zum Westtor. Doch ihre Reise blieb nicht unbemerkt.

Seit geraumer Zeit spürte sie das Nahen einer dunklen Bedrohung. In ihren Träumen erschien ihr eine herannahende Gruppe. Verschwommen und nur schemenhaft konnte sie ein paar seltsame Gestalten erkennen. Sie lebte in einer kleinen Hütte im Wald, nahe dem Nebelgebirge, schon einige tausend Jahre einsam und allein. Nur der Wind war ihr Freund. Sie liebte ihn und er liebte sie. Seine Sprache wurde die ihre und sie verbrachte ihre Zeit mit ihm.
Ihre Mutter war eine Noldor, welche ihr Herz an einen Dunedain von Rhudaur verlor. Sie verliess Eregion und folgte ihm. Ihr Vater war von grossem Wuchs, edel und weise. Er hatte dunkle Haare wie die meisten der Noldor und sie erhielt von ihm ihre braunen Augen und seine ernsten Gesichtszüge. Doch die Schönheit ihrer Mutter lebte in ihr fort. Ihr Gesicht war von dunklen Haaren eingerahmt, hatte geschwungene weiche Lippen und edle, elbische Züge. Sie liebte ihren Vater sehr. Auch wenn seine Lebensspanne wesentlich länger war, als die der gewöhnlichen Menschen, starb er im Alter von 221 Jahren. Ihre Mutter hatte seinen Tod niemals verkraftet und trauerte den Rest ihres Lebens um ihn. Es zerriss ihr das Herz, ihre Mutter so leiden zu sehen. Sie war so traurig und der Gram veränderte sie vollkommen.

Nach dem Tod ihres Mannes kehrte sie nicht zu den Noldor zurück und lebte mit ihrer Tochter einsam in den Wäldern. Ihre Mutter lehrte sie die Vielfalt der Kräuterkunde und weihte sie in verschiedene elbische Geheimnisse ein, brachte ihr die Sprache der Tiere bei und die der Bäume. Sie liebte und verehrte ihre Mutter sehr, denn sie war immer gütig und gerecht und lebte im Einklang mit der Natur. Niemals kam auch nur ein böses Wort über ihre Lippen. Sie konnte ihren Vater verstehen, dass er sein Herz an diese schöne Elbin verlor hatte. Sie hatte ihm jedoch nur ein Kind geboren, eine Tochter, halb Elb, halb Dunedain. Doch sein Glück war unbeschreiblich.
Er gab ihr den Namen Liane, nach einer wild wachsenden Schlingpflanze, die besonders durch die Pracht ihrer Blumen gefiel. Der Name war dieser Pflanze nachempfunden. Ein, in sich verschlungenes

und unzerreissbares Band ihrer Liebe, schön, undurchdringlich und vielfältig in sich verflochten.

Nach dem Tod ihres Vaters zog ihre Mutter wieder nach Eregion, doch sie mied die Wohnstätten der Noldor. Einsam und abgeschieden lebten sie in einer Waldhütte. Viele hundert Jahre später, in einer stürmischen Nacht überfielen sie eine Horde Orks. Ihre Mutter kämpfte verbissen gegen die Übermacht.
"Flieh!", schrie sie ihrer Tochter zu, die wie gelähmt, dem furchtbaren Kampf zusah. Ihre Augen waren aufgerissen und ihr Herz klopfte wild. Noch immer unschlüssig, was zu tun sei, rief ihr die Mutter abermals zu : "Fliehe, Kind, so fliehe doch endlich!"
Sie gab sich einen Ruck und rannte aus der Hütte. Einige Orks verfolgten sie. Liane blickte sich nicht um und rannte um ihr Leben. Nach geraumer Zeit wurden die Stimmen leiser, bis sie gar nicht mehr zu hören waren. Sie kletterte auf einen Baum und wartete unbeweglich auf den Tag. Ihre Gedanken überschlugen sich aus Sorge um ihre geliebte Mutter. Gegen Morgen kroch sie vorsichtig zurück. Als sie ihre Hütte erreichte, blieb sie wie versteinert stehen, als sie sah, das die Eingangstür weit offen stand. Sie näherte sich voll schrecklicher Ahnung ihrer Wohnstätte und blickte ins Innere. Etliche Orks lagen tot am Boden und dann sah sie sie. So als ob sie schliefe, doch ihr Hemd war blutdurchtränkt. Die schmutzige Eisenklinge steckte noch immer in ihrem edlen Körper. Sie starb durch das kalte Schwert einer grausamen Bestie. Liane fiel auf die Knie und trauerte. Sie weinte und fühlte eine unendliche, tiefe Leere. Stunde um Stunde streichelte sie das Antlitz ihrer Mutter und vergass die Welt um sich. Sie brach zusammen und fiel in einem traumartigen Zustand.
Das Ebenbild ihrer Mutter tauchte vor ihren Augen auf. Sie lächelte sie an.
"Mach dir keine Sorgen um mich, mein Kind", erschallte es aus weiter Ferne.
"Die Valar waren gnädig und erlaubten mir nach Valinor zurückzukehren. Ich werde dich nun verlassen. Weine nicht um mich, denn wir werden uns wiedersehen. Deine Zeit ist noch nicht gekommen, um mir zu folgen. Doch immer wenn du mich brauchst, werde ich dir im Traum erscheinen." Das weisse Licht, in das ihre Mutter gehüllt war, wurde blasser und

sie entfernte sich allmählich. Ihre Gestalt wurde immer durchscheinender. Liane rief verzweifelt ihren Namen, doch sie kehrte nicht zurück. Sie erwachte. An dem grässlichen Bild im Haus hatte sich nichts geändert. Stoisch zerrte sie die Kadaver der Orks nach draussen und verbrannte sie ohne Mitleid. Ihre Mutter aber bahrte sie auf und balsamierte sie ein. Sie wickelte sie in seidene Tücher und schuf ihr ein steinernes Grab. Unermüdlich arbeitete sie daran und als es nach vielen Monaten fertiggestellt wurde, bettete sie, unter Tränen, ihre geliebte Mutter hinein. Dann verschloss sie den Sarg und stellte ihn in einer Lichtung des Waldes auf. Die Jahre vergingen und langsam wurde er ein Teil der Natur, in der sie gemeinsam gelebt hatten. Kletternde Pflanzen überwucherten das Grab und das Moos bedeckte ihn mit grünen Flaum.

Die Orks hatten während ihrer Abwesenheit das Heim geplündert und ausgeraubt. Ihr Hass auf diese Kreaturen wuchs. Sie studierte unermüdlich den Umgang mit dem Schwert und brachte sich das Kämpfen bei, lernte wie kein anderer mit Pfeil und Bogen umzugehen. Ein Messer konnte sie viele Fuss weit sicher werfen und tödlich in jedem Ziel versenken. Sie lernte sich der Umgebung anzupassen, ohne gesehen zu werden. Meisterhaft kämpfte sie unablässig gegen die Mörder ihrer Mutter und erledigte ihrer viele. Sie blieb einsam und zog das Leben in Abgeschiedenheit vor. Sie begegnete den Elben und Menschen zurückhaltend und mied sie zuletzt gänzlich. Vor zwei Jahren war eine Gruppe von Menschen in ihr Reich eingedrungen. Sie hatte den Weg der Ringgefährten heimlich verfolgt, bis sie das Westtor öffneten und in den Tiefen Morias verschwanden. Der Wächter wurde von ihnen schwer verletzt und zog sich in seinen See zurück. Seither konnte sie ihn nicht mehr beobachten. Nun war es wieder soweit, dass eine Gruppe die Stille ihrer Heimat störte.

Sie schürte kein Feuer mehr, um keine Aufmerksamkeit zu erregen. Des Tages zogen grosse Schwärme schwarzer Raben über sie hinweg. “Es sind Späher”, dachte sie besorgt. Ein mächtiger Trupp näherte sich ihrer Behausung. In ihren Träumen wurden die Bilder klarer. Sie konnte drei riesenhafte Trolle erkennen. Schemenhaft huschte ein Wolf durch die Bilder und störte den Blick auf den Menschen, der die Gruppe scheinbar leitete. Das Tier spürte ihre Anwesenheit und schützte seinen mächtigen Herrn. Sie waren noch zwei Tagesmärsche von ihr entfernt, als sie endlich in ihrem Traum den Führer deutlich vor sich sah : Ein älterer Mann mit zerfurchtem Gesicht, langen strähnigen Haaren und einen tiefschwarzen Umhang. Er sah weise und gebildet aus. Er schien unnachgiebig, hart und grausam zu sein. In seinen Händen hielt er einen magischen Stab, der gefährliche Kälte abstrahlte. Runen in der schwarzen Sprache und eine schwarze Hand konnte sie deutlich erkennen. Liane schauderte, dieser Gruppe durfte sie nicht zu nahe kommen. Sie musste vorsichtig sein.

Saruman ahnte nichts von der Nähe eines Menschen oder Elben. Ihm war es gleich. Sollte es jemand tatsächlich wagen, seinen Weg zu kreuzen, würde er ihn ohnehin töten, ganz gleich aus welchem Grund. Doch seine Späher hatten nichts Ungewöhnliches bemerkt.
Und so kamen sie unbehelligt zu dem See, in dem der Wächter hauste, und rasteten. Saruman blickte auf die Stelle, an der sich ursprünglich das Westtor befand. Jetzt hatten riesige Gesteinsfelsen den Eingang verschüttete. Er fluchte unablässig. Ein solches Hindernis hatte er nicht erwartet. Wütend besah er sich die undurchdringlich, aufgehäuften Steinhaufen. Sein Blick fiel auf die Trolle Bert, Bill und Tom.
“Geht!”, schrie er den Trollen wütend zu. “Schafft mir die Steine aus dem Weg.”
Die Trolle grummelten dumm vor sich hin und maulten. Dann jedoch erhoben sie sich und fingen an, die einzelnen Gesteinsbrocken vom Eingang wegzuwuchten.
Saruman setzte sich an das Ufer des Sees. Er fragte sich, ob der Wächter hier noch immer seinen Dienst erfüllte? Er blickte auf das ruhige, stille Wasser, dass auch am Tage tiefschwarz und unergründlich war. Einige verfaulte Äste ragten aus dem See und liessen ihn bizarr und gespenstig aussehen.

Die Trolle kamen gut voran. Die Gesteinsbrocken warfen sie unachtsam an die Seite und schon bald konnte man die Reste des verschütteten Eingangstores erkennen.
Bert trieb die beiden anderen Trolle Bill und Tom unablässig an und blickte sich oft beifallheischend zu Saruman um. Dieser rief ihm wohl-

wollende Worte zu und Bert steigerte das Tempo. Nach drei Tagen hatten sie den Zugang notdürftig freigelegt.
Der See blieb die gesamte Zeit ruhig, vom Wächter keine Spur. Des Nachts wachte einer der Trolle oder Warga. Saruman war zufrieden.
Am Morgen, die Sonnenstrahlen brachen sich gerade einen Weg durch die hohen Gipfel des Nebelgebirges, war es endlich soweit, sie betraten den Eingang. Es wurde schnell dunkel um sie herum und Saruman brachte den Turmalin zum Leuchten. Dann schritten sie in die Tiefen Morias und er ging allen voran.

Liane verliess ihren Aussichtspunkt, von dem aus sie die Gruppe beobachtet hatte. Am schwierigsten war es, sich ungesehen vor dem Raben zu verbergen. Der mächtige Herr am Ufer des Sees hielt häufig Zwiesprache mit ihm. Doch sie war unbemerkt geblieben. Nun, nachdem sie das Tor geöffnet hatten und darin verschwunden waren, drehten die Raben ab und flogen in verschiedene Richtungen davon. Ruhe kehrte in die Berge ein. Sie erhob sich und ging langsam zu ihrer Hütte zurück. Viele Fragen drängten sich ihr auf. Doch sie konnte keine Antworten finden. Die Dunkelheit, die sich ihres Herzens bemächtigte, für kurze Zeit während der entfernten Anwesenheit des Menschen, konnte sie sich nicht erklären. Unmerklich spürte sie eine drohende Macht und eine nicht näher definierbare Angst in sich aufsteigen, die eine gähnende Leere hinterliess und zum ersten Mal wurde sie sich ihrer Einsamkeit bewusst. Sie versuchte diese Gedanken abzuschütteln und nur beschwerlich gelang es ihr endlich. Noch immer aufgewühlt und verstört, wandte sie sich ab und lauschte dem Wind, der traurige Weisen sang. Sie erreichte ihr Heim, legte sich nieder und fiel in einen tiefen Schlaf. Die Traumbilder, die sie nun verfolgten, waren grausam und furchtbar. Ihre Mutter sah sie nach so langer Zeit wieder, doch was sie ihr sagte, beunruhigte sie zutiefst. Sie fürchtete sich, genau so wie an dem dunklen Tag als die Orks ihr Heim überfielen. Schweissdurchnässt erwachte sie und schrak auf. Ihr Herz raste und völlig erschöft sank sie auf das Kissen zurück.

ELFTES KAPITEL

DIE BELAGERUNG

Meoseld ritt bis zur Brandyweinbrücke und kam am frühen Morgen dort an. Er traf einen alten Bekannten : Brolano Guttleib. Dieser erkannte den Waldläufer sofort und kam ihm freudig entgegen. Meoseld stieg von Feuermähne und begrüsste ihn. Dann berichtete er von dem, was geschehen war, als sie ihn nach dem mysteriösen Vorfall verlassen hatten. Brolano wusste bereits, dass sie seinen Bruder weiter südlich am braunen Fluss gefunden und eine würdige Grabstätte errichtet hatten. Mit Hilfe einiger Hobbits hatte er ihn umgebettet, so dass er nun friedlich in der Nähe der Brandyweinbrücke seine letzte Grabstatt gefunden hatte. Brolano war der Ansicht, dass dies wohl am ehesten den Wünschen seines Bruders Gorlandos entsprach. Er war jedoch sehr erfreut, dass ihm der Waldläufer trostspendende Worte zukommen liess und bedankte sich vielmals. Die Trauer, hervorgerufen durch die Erinnerung, tauchte sein Gesicht für kurze Zeit in Schmerz und tiefe Stirnfalten waren zu sehen. Doch schnell legte sich der getrübte Ausdruck und wurde durch ein freundliches Lächeln ersetzt.

Brolano schwatzte ohne Unterlass über viele Geschehnisse der vergangenen Zeit, doch Schreckensnachrichten waren dies nicht. Meoseld war aber an Auskünften anderer Art interessiert und so fragte er gerade heraus :

“Sagt mal, mein lieber Hüter, sind euch erst kürzlich Wölfe begegnet oder ist euch Kunde zu Ohren gekommen, dass welche gesichtet wurden?” Brolano lachte. “Wölfe? Im Auenland? Nein, Herr Waldläufer, hier gab und gibt es keine!” Meoseld wiegte bedächtig seinen Kopf. Wenn die Wölfe hätten ins Auenland einbrechen wollen, so müssten sie über diese Brücke kommen oder durch den Brandywein schwimmen. Doch er

erwartete weniger, dass sich die Wölfe in die reissenden Fluten wagen würden. Doch ausgeschlossen war es nicht. Er sah über die Brücke in die gurgelnden braunen Fluten, die ein breites Flussbett geschaffen hatten und deren Wasser trüb und zähfliessend nach Süden strömte.
“Brolano”, sprach er und blickte dabei den Hüter tief in die Augen. “Ich verfolge grosse Wölfe! Nehmt euch vor ihnen in Acht. Sie sind äusserst aggressiv und bösartig, geht kein Risiko ein und flüchtet in euer Wachäuschen, wenn ihr sie kommen seht! Wär´ doch schade um so einen netten Wachmann wie euch, oder?!”
Brolano sah Meoseld ungläubig an, doch er versprach, vorsichtig zu sein und auf sich aufzupassen.

Dann sprachen sie noch ein wenig über das Auenland, das Wetter und von mehr oder weniger bedeutenden Hobbits, bevor sich Meoseld verabschiedete und seinen Weg nach Brandybock einschlug. Er galoppierte rasch und die wilde Haarpracht von Feuermähne wehte im Wind, der kräftig aus Süden blies und eine warme Brise mit sich brachte. Der Himmel war wolkenverhangen und die Sonne schien nur an wenigen Stellen durch die blauen Lücken am nur langsam aufklarenden Firmament. Meoseld wurde zunehmend unruhiger. Er hoffte, dass die Wölfe den hohen Hag noch nicht durchbrochen hatten.

Als er zur Mittagszeit den Weg zum Brandyschloss hinaufritt, herrschte reges Treiben. Viele Hobbits standen an der Bockenburger Fähre, um sich auf das andere Ufer übersetzen zu lassen. Sie hatte Eggen, Sensen und andere Ackergeräte bei sich. Auf der anderen Seite waren grosse Gemüse- und Getreidefelder, die von den Hobbits bestellt wurden. Ein bunter Haufen drolliger Geschöpfe, deren Gezeter und Lachen bis zu seinen feinen Ohren drang.
Ohne unnötig Zeit zu verlieren, ritt er auf dem direkten Weg zum Thain vom Auenland. Als er dessen Hobbithöhle erreicht hatte, klopfte er kräftig an die runde Eingangspforte. Von drinnen hörte er ein schmatzendes “Komme gleich!” und Meoseld trat einen Schritt zurück.
Er war seit eineinhalb Jahren nicht mehr in Bockland gewesen.
Doch hatte sich nichts geändert. Im kleinen Vorgärtchen vor Merrys Wohnstatt standen ein paar prächtige Blumenkübel, in denen zarte

Pflanzen gediehen. Ein kleines Kräuterbeet war zu seiner Linken angelegt und am Rand wuchsen kleine Sträucher, die in verschiedenen Farben blühten. Um das Gärtchen war ein kleiner Holzzaun gezogen, der kunstvoll mit Schnitzereien verziert war. Alles wirkte ruhig und idyllisch. Hier waren die Wölfe auf keinen Fall gewesen. Das Lachen von Kindern drang aus dem Dorf zu ihm herüber und das geschwätzige Geplapper der Hobbits.
Die Tür öffnete sich und ein kauender Merry stand mit zerzausten Haaren vor ihm. Als er den Waldläufer erkannte, erhellte sich sein Gesicht.
“Kommt rein!”, sprach er und winkte Meoseld zu sich in den Hobbitbau.
Meoseld trat ein. Eine chaotische Unordnung herrschte im Raum. Merry schob den Waldläufer zu einem Stuhl und bat ihn, Platz zu nehmen.
“Hunger?”, fragte er.
Meoseld winkte grinsend ab. Doch Merry stellte einen Krug Bier für sich und den Waldläufer auf den Tisch und stellte Brot und Honig, Obst und Gebäck dazu.
“Wenn ihr mich in meinem bescheidenen Heim besucht, liegen keine guten Nachrichten in der Luft, stimmts?”, fragte Merry und trank von dem süffigen Gebräu. Er wischte sich mit dem Ärmel den Mund ab und sah Meoseld erwartungsvoll an.
“Ich jage Wölfe”, sprach Meoseld langsam.
“Wölfe, aha”, sagte Merry etwas enttäuscht. “Ich dachte es wäre etwas mehr los”.
“Oh, die Wölfe sind nicht zu verachten”, sprach Meoseld. “Sie sind grösser als eure Ponys und treten in einem Rudel von mindestens zehn Tieren auf.”
Merry pfiff durch die Zähne. Dann schüttelte er den Kopf.
“Also hier im Bockland sind sie nicht, im Tukland und dem Rest des Auenlandes auch nicht. Sie kommen gar nicht durch den hohen Hag”, sprach Merry.
Meoseld schüttelte bedächtig seinen Kopf. “Da wäre ich mir nicht so sicher. Vor einigen Tagen haben wir gegen sie gekämpft und konnten nur mit Müh´und Not drei Tiere töten. Unsere Verluste waren hoch”, sprach Meoseld betrübt und Trauer huschte durch sein Gesicht.
“Der Kampf kostete dreissig Zwergen und Tharbath das Leben.” Er senkte seinen Blick. “Wir konnten nichts gegen sie tun und mussten zusehen,

wie sie unsere Gefährten zerfleischten."
Merry kippte das Kinn nach unten und starrte Meoseld mit offenem Mund fassungslos an.
"Und diese Bestien treiben sich hier in der Gegend herum?", fragte er verunsichert und zappelte unruhig auf seinem Stuhl umher.
"Arodan holt bereits Verstärkung aus Rohan", sprach Meoseld beruhigend auf Merry ein.
"Ja, bis die da sind, haben die Biester hier doch alle gemeuchelt!", rief Merry. "Ich werde Pippin informieren müssen und Samweis Gamdschie den Bürgermeister von Hobbingen und Wasserau und wen sonst auch immer." Merry war ziemlich aufgeregt und sprang in seinem Mantel.
"Kommt!", rief er zu Meoseld.
Der Waldläufer trank sein Gerstenbräu aus und erhob sich. Der Besuch war reichlich kurz. Sie schritten aus der Höhle und die Sonne schien über dem Auenland. Von einer drohenden Gefahr war weit und breit nichts zu spüren.

Meoseld blickte Merry an. "Ich kann euch nicht begleiten", sprach er langsam. "Ich will in der Nähe des alten Waldes nach Spuren suchen. Doch denke ich, dass ihr die Landbüttel, die Ordnungshüter des Auenlandes und die Bürger aller umliegenden Orte umfangreich informieren solltet und ihnen vorschlagt, sich zu bewaffnen. Eine Bürgerwehr, die sich mit Waffen verteidigen kann, solltet ihr umgehend aufbauen. Ich denke, ein Speer dürfte die effektivste Verteidigung gegen die Wölfe sein." Damit endete sein guter Rat. Er sah Merry mitleidvoll in die nervösen, unruhig flackernden Augen.
"Im Falle eines Angriffes haben sie keine Chance", dachte er betrübt. Sie waren den Ungeheuern nicht gewachsen und er sah noch einmal den Schrecken und das Gemetzel gedanklich an seinem inneren Auge vorbeiziehen. Er verscheuchte seine furchtbaren Gedanken und blickte den Hobbit zuversichtlich an, dann verabschiedete er sich herzlich von Merry und liess auch viele Grüsse an Pippin ausrichten. Er schmunzelte, als er an die verrückte Idee des Hobbits dachte, eine Taube als Kurier abzurichten.

Merry hatte es nun eilig, holte sich sein Pony und rannte mit diesem zur

Bockenburger Fähre.
Die Hobbits machten ihrem Bürgermeister sofort Platz und er setzte hinüber ans andere Ufer.

Meoseld drehte den kleinen eisernen Schlüssel in der Hand, den ihm Merry übergeben hatte. “Verliert ihn bloss nicht und lasst um Himmels willen die Türe nicht offen!”, mit diesen und ähnlichen Worten hatte er ihm den Schlüssel anvertraut, der das vergitterte Tor unter dem hohen Hag öffnete.

Meoseld ritt den Berg hinauf zu der grossen Hecke, die sich wie ein Schutzwall entlang des Bocklandes erstreckte. Von hier oben hatte man eine hervorragende Aussicht auf das Auenland und den Brandywein, der sich wie ein gewundenes, braunes Band durch das fruchtbare Land schlängelte. Er ritt am hohen Hag entlang, bis er zu einer mannshohen, breiten Vertiefung kam, die unter der Hecke hindurchführte.

Meoseld stieg von seinem Pferd und betrat den dunklen Gang. Am anderen Ende war ein schweres Eisengitter, das mit einem derben Schloss verriegelt war. Er fingerte den Schlüssel in das vorgesehene Loch. Es knakkte und knarrte. Seit Ewigkeiten war das Tor nicht mehr in Benutzung gewesen. Quietschend öffnete es sich. Meoseld schritt mit Feuermähne hindurch und verriegelte es sorgfältig auf der anderen Seite. Dann stieg auf sein Pferd und ritt an der Hecke südwärts. Zwischen dem hohen Hag und den Bäumen war ein breites Band von Sträuchern und abgestorbenen Baumstümpfen. Das Gras war sehr hoch gewachsen. Seit Jahren weilte hier keine Seele mehr. Er beobachtete den Wald. Die Bäume schwangen ihre ausladenden Äste und drohend peitschen sie ihre Zweige in seine Richtung. Er war hier nicht willkommen und seine Anwesenheit unerwünscht. Er fragte sich, ob sich die Bäume auch so feindselig gegenüber den Wölfen verhielten.

Er lauschte, aber ausser dem Rauschen ihrer Wipfel und feinem Vogelgezwitscher konnte er keine verdächtigen Laute vernehmen. Meoseld liess sein Pferd im Schritt gehen und grasen. Er hatte es nicht eilig und blickte suchend in den alten Wald. Langsam kamen sie voran.

Feuermähne ertastete sich vorsichtig einen Weg durch das unwegsame Gestrüpp. Dornensträucher zerrten an seinem Mantel. Er befühlte mit seiner Hand den Griff seines Schwertes. Selbst am hellichten Tag war es hier unheimlich.

Viele Tage brauchte er, um die kurze Strecke von fünfzehn Meilen zurückzulegen. Sein Nachtlager schlug er immer in der Nähe der Hecke auf und blieb wachsam. Als er das Ende des alten Waldes erreichte, endete auch der hohe Hag. Feuermähne und er stillten ihren Durst an der Weidenwinde.
Am anderen Ufer konnte er ein kleines Hobbitdorf erkennen. Die Bruinen trennte ihn von den Behausungen auf der anderen Seite. Er schlug sein Lager an dem Flüsschen auf und badete sich in den kalten Fluten. Seine Kleider schwang er in dem Nass hin und her und reinigte sie. Schmutz klebte an ihnen und das Blut der Wölfe. Dann legte er sich in die Sonne und lauschte dem Rauschen des Flussen und den Klängen der Waldes. Ihm fielen die schweren Augenlider zu und er begann zu träumen. Langsam dämmerte er dahin und schlief letztendlich ein. Als er erwachte, war er zutiefst erschrocken. Mehrere Stunden hatte er geschlafen, doch um ihn herum war alles friedlich und er beruhigte sich. Einige Wolken zogen noch immer friedlich an ihm vorbei, fröhliche Laute drangen fein mit dem schwachen Wind zu ihm herrüber.

Seine Kleider waren fast trocken und er zog sich rasch an. Nun würde er an der südlichen Grenze des alten Waldes entlangziehen und bis zum Grünweg reiten. Dort würde er auf die Reiter aus Rohan warten. Er ass ein paar Waldbeeren, die hier unzählig wuchsen. Dann schwang er sich auf den Rücken seines Pferdes und durchschritt vorsichtig die Weidenwinde. Der Bach war hier recht breit und doch versank Feuermähne bis zum Bauch in den Fluten. Sein vortrefflicher Hengst geleitete ihn jedoch sicher ans andere Ufer. Das Wasser war hier glücklicherweise nicht mehr reissend, sondern zog gemächlich dem Brandywein entgegen. Er war jetzt mehr als zwei Wochen unterwegs. Arodan hatte Rohan sicher schon erreicht und kam ihm, mit mutigen Kämpfern zu Hilfe geeilt. Unablässig beobachtete er den Wald, doch die Wölfe blieben wie vom Erdboden verschluckt und liessen sich nicht mehr sehen.

König Eomer ritt mit dem Bannerträger und Arodan in vorderster Front. Als sie bei Aglarond ankamen, standen dort dreissig bis an die Zähne bewaffnete Zwerge. Gimli baute sich vor ihnen an der Spitze auf und winkte dem herannahenden Trupp. Zwischen den Kleinwüchsigen ragte eine hohe Gestalt hervor, die mit wehendem blonden Haar und unbeweglichem Blick den Ritt der Rohirrim verfolgte.
“Halt!”, schrie Eomer seinem Gefolge zu und sie rissen ihre Pferde zurück, die sich steigend aufbäumten. Langsam kamen sie auf die Zwerge zu und als sie sich der Gruppe näherten, erkannte Eomer die grosse Gestalt. Es war der Waldelb Legolas, Sohn des Elbenfürsten vom Düsterwald, den innige Freundschaft mit dem Herrn der Zwerge verband. Er war gross, sehnig und von elbischer Schönheit. Seine Gesicht war ebenmässig geschnitten und er hatte wache, graue Augen, die weiter blickten, als die eines Menschen. Güte und die Würde seiner adligen Abstammung strahlte von ihm ab. Er galt als ein Meisterschütze im Bogenschiessen. Legolas trug die typische Kleidung der Waldelben. Die grüne Hose und die luftigen Hemden, einen dunkelgrünen Umhang, einen Bogen, Schwert und Messer. Als die Rohirrim die Zwerge erreichten, rief ihr König :
“Seid gegrüsst, Herr der glitzernden Grotten, ehrenwerte Zwerge und auch ihr, Legolas!”
“Auch ich grüsse den König von Rohan”, grummelte Gimli und sein wutverzerrtes Gesicht blickte grimmig auf die Ankömmlinge.
“Meine Kuriere haben euch bereits unterrichtet, wie ich sehe”, sprach Eomer.
“Ein verdammte Sauerei ist das!”, schrie Gimli. “Meine Brüder und Anverwandten sind tot, von diesen Bestien gemeuchelt. Wir werden sie jagen bis jedes einzelne Tier durch unsere Äxte getötet wurde !”, sprach er zornig und hob drohend seine Axt in die Luft.
“Nur zu gut kann ich eure Rachegefühle nachempfinden Gimli, Gloins´Sohn. Wir werden euch zur Seite stehen im Kampf gegen die Wölfe. Doch die Zeit drängt, ihr werdet reiten müssen”, sagte Eomer schmunzelnd zu den Zwergen. Auf deren Gesichtern spiegelte sich blankes Entsetzen wieder und Legolas konnte sich ein Lachen nicht verkneifen. Ihre furchtbaren Reitkünste waren weithin bekannt. Lange blieb kei-

ner von ihnen auf dem Rücken der Pferde. Die Zwerge mochten die Tiere nicht und umgekehrt war es nicht viel besser. Sobald ein Pferd die Chance sah, sich seines Zwergenreiters zu entledigen, tat es das auch umgehend und dies erstickte geradezu jedes aufkeimende, liebevolle Gefühl der Zwerge zu den edlen Rossen.
"Nein, nein, wir laufen das kleine Stück", sprach der Zwerg Darius und alle anderen nickten zustimmend.
"Nun, dann sehen wir uns erst in einem Monat wieder", sprach Eomer. "Nur bis dahin dürfte viel Unheil geschehen sein."
Legolas trat an Gimli heran und sprach :
"Gimli, Eomer hat Recht, wir verlieren viel zu viel Zeit, selbst wenn wir Tag und Nacht laufen, kommen wir womöglich viel zu spät. Seid einsichtig, nur zu Pferde kommen wir schnell voran."
"Ach, hm, haa, grchch", schrie Gimli vor Wut, dann blickte er auf seine Truppe und rief :
"Brüder, es hat keinen Sinn zu zetern, wir werden mit König Eomer reiten!"
"Hambar, dreissig Pferde, schnell, bevor sie es sich anders überlegen", sprach Eomer und grinste belustigt Gimli, die Zwerge und Legolas an. Sein Lachen wurde von den Elben erwidert, aber Gimli sah aus, als wollte er Eomer einen Kopf kürzer machen, während die Zwerge starr vor Schreck, keinen Laut mehr von sich gaben und völlig erstarrt zusahen, wie Hambar und andere Rohirrim die mitgeführte Pferde aus den letzten Reihen holten und zu den Zwergen führten.

König Eomer und die Rohirrim sprangen aus ihren Sätteln und gingen zu den Zwergen.
"Zwei Zwerge pro Pferd", rief Eomer ihnen zu. Sie stellten sich kleinlaut und ihrem Schicksal ergeben auf und warteten auf neue Anweisungen der Pferdemenschen. Ihr grimmiger Gesichtsausdruck, der Zorn und ihre Wut, ihre Drohgebärden und das wilde Geschrei, mit dem sie die Reiterschar Rohans empfangen hatten, waren verschwunden. Die Angst vor den Pferden hatte sie völlig besänftigt, sie waren kleinlaut und blickten verängstigt auf die Vierbeiner.
Die Rohirrim nahmen die Zwerge und sie wurden mit Schwung auf die Rücken der Pferde geworfen und jeweils zwei von ihnen klammerten sich

aneinander. Einige Reiter nahmen ein Pferd mit Zwergen an den Führstrick. Gimli war besonders mutig, er beanspruchte ein Pferd für sich allein und hoffte, dass er nur dieses eine mal nicht so schnell nach unten fallen müsste. Legolas ritt neben ihm und gab ihm ein paar hilfreiche Anweisungen für den Umgang mit Pferden. Gimli würde eine Woche Zeit haben, endlich das Reiten zu lernen. Er biss sich auf die Lippen und versuchte vergeblich mit seinen kurzen Beinen das Pferd zu steuern, krampfhaft hielt er sich an der Mähne fest und war nach einigen Stunden völlig erschöpft. Den anderen Zwergen ging es nicht viel besser. Sie hatten teilweise die Augen geschlossen, um nicht nach unten sehen zu müssen. Einige Zwerge fielen schon nach wenigen Schritten von ihren hohen Pferden und wurden nacheinander von den Rohirrim wieder aufgelesen. Sie stöhnten und jammerten, hatten blaue Flecke und litten Schmerzen, doch mit der Zeit verstummten sie und lernten, sich auf den Pferderücken zu halten.

Nach einem Tag ritt jeder Zwerg ein Pferd allein und galoppierte hinter den erfahrenen Reitern hinterher. Auf den Führstrick wollte keiner verzichten, doch täglich wurden sie sicherer auf ihren Rossen und sie hatten kaum noch Mühe, auf dem Rücken der Tiere zu bleiben.

Am dritten Tag sahen sie auf der Nord-Süd-Strasse zwei kleine Punkte die langsam grösser wurden. Arodan galoppierte voran und erkante sie sofort. Es waren Balani der II. und Barto. Freudeschreiend liefen sie ihnen entgegen. Gimli versuchte verzweifelt, mit seinem Pferd in die Richtung der zwei Zwerge zu galoppieren, doch seine Bemühungen scheiterten allesamt. Er gab frustriert auf, sprang aus dem Sattel und rannte ihnen entgegen. Freudestrahlend schloss er seinen Vetter in seine Arme und sie vergossen einige Tränen des Glücks. Als alle Reiter angekommen waren, hüpften die anderen Zwerge umständlich von den Pferden und feierten das Wiedersehen. Barto machte keinen Hehl daraus, dass er auf gar keinen Fall mehr mit den Biestern in Berührung kommen wollte. Seine Erzählungen liessen selbst die Rohirrim erschauern und fragend blickten sie Arodan an. Doch dieser konnte den Ausführungen, die der Zwerg in den schillernsten Farben malte, leider nur zustimmen.
Bald wurde auch den Mutigsten unter ihnen klar, dass dies ein Kampf auf

Leben und Tod werden würde und die übermässige Kampfeslust ebbte allmählich ab.
Sie verliessen die zwei Zwerge nach einer längeren Rast. Balani der II. wollte sogleich mit den anderen mitkommen und der Wolfsjagd beiwohnen, doch Barto wurde fast ohnmächtig angesichts der Gefahr, allein weiter marschieren zu müssen und so bettelte er Balani, bis dieser einwilligte und ihn weiter nach Aglarond begleitete. Segensreiche Wünsche und Glück für den Kampf wurden ausgetauscht und dann war der Abschied gekommen.
Schnell entfernten sich die Reiter aus dem Blickfeld der Zwerge und wurden zu einer Staubwolke, die in nördliche Richtung verschwand.

Nach knapp einer Woche erreichte die berittene Schar die Ausläufer der Hügelgräberhöhlen. Ein wunderschönes Pferd galoppierte führerlos in sicherer Entfernung neben ihnen. König Eomer erkannte es sofort ; das helle Fell und der feuerrote Schweif. Feuermähne geleitete sie zu seinem Herrn. Als sie am Abend eine kleine Lichtung erreichten, konnten sie Rauchfäden in den dämmrigen Himmel aufsteigen sehen und den Schein des Feuers erkennen. Sie stiegen ab und stellten Wachen bei den Pferden auf. Feuermähne gesellte sich zu seinen Artgenossen und wurde wie ein alter Bekannter in den Reihen begrüsst. Besonders Feuerfuss, sein edler Vater und Leithengst der Herde, kam in seine Nähe und sie standen gemeinsam zwischen den Pferden.

König Eomer und Meoseld gingen aufeinander zu und fielen sich in die Arme. Lange hielten sie sich fest und tauschten ihre freundschaftlichen Gefühle aus. Dann nahmen sie am Feuer Platz. Arodan, Gimli, Legolas, Hambar, Èothil und Elmfold und noch zwei weitere Feldhauptmänner der Éored (Pferdetruppe) Rohans setzten sich dazu. Die Rohirrim errichteten eine kleine Zeltstadt. Die Zwerge schürten weitere Feuer und bald versammelte sich das kleine gemischte Heer an den wärmenden Flammen der einzelnen Feuerstellen. Die Zwerge und die Reiter der Riddermark blieben jedoch grösstenteils unter sich.

Am Tag darauf ritten die Zwerge von den Rohirrim, Arodan und Meoseld begleitet, zur Lichtung an der die Wölfe hinterrücks ihre Verwandschaft gemeuchelt hatte. Die Trauer war gross und das Herz wurde ihnen allen schwer, als sie an den Gräbern der Toten gedachten. Nach einiger Zeit kehrten sie zum Lager zurück.

Am Abend wurde im Schein des Feuers, an dem der König und die befehlshabenden Männer sassen, heiss diskutiert. Gimli war kaum zu besänftigen und wäre am liebsten in den alten Wald marschiert, der für sie zu einem unüberwindlichen Problem werden würde. Sie konnten nicht hinein, da die Bäume dies nicht zuliessen und ihnen den Zutritt verweigern würden. Wenn sie nicht wollten, dass sie alle ihr Leben bereits vor dem Kampf verloren, mussten sie auf das Erscheinen der Wölfe warten. Doch wo würden sie ihre ersten Angriffe starten? Und warum verbargen sie sich jetzt im alten Wald? Meoseld stellte sich diese Fragen fortwährend und er hatte das seltsame Gefühl, als würde dies zu einem Gefüge eines weit grösseren und gefährlicheren Planes gehören.

Nachdem sie bis weit nach Mitternacht die verschiedenen Möglichkeiten der Kriegsführung eingehend erörtert hatten, fassten sie einen Beschluss, der von allen mehr oder weniger akzeptiert wurde :
Alle Personen eingeschlossen, die sich hier am Grünweg eingefunden hatten, waren sie vierundachtzig Krieger unterschiedlicher Herkunft und die meisten von ihnen sollten an den Grenzen des alten Waldes postiert werden. Nur an der Südspitze, an der sie sich gerade befanden und an der ihr Zeltlager errichtet war, sollten Gimli Gloin und König Eomer mit wenigen Kriegern zurückbleiben.
Die Krieger von Rohan wurden an den westlichen Ausläufern des alten Waldes entlang des hohen Hag bis zur Brandyweinbrücke eingeteilt und zusätzlich am nördliche Sektor entlang der grossen Oststrasse. Die Zwerge sollten den südlichen Rand sichern. Die Hügelgräberhöhlen im Osten war die gefährlichste Gegend. Die Grabwichte trieben dort ihr Unheil und die Gefahr, von ihnen angelockt und in ihre Grabkammern verschleppt zu werden, war nicht zu unterschätzen. Aus alten Erzählungen wussten die Menschen von der Gefahr der Irrlichter und den Geheimnissen dieser mysteriösen Gegend. Es hiess, dass nur der Herr des alten Waldes sie bezähmen konnte. Doch diese Sagengestalt, die den Namen Tom Bombadil trug, hatte noch keiner von ihnen je zu Gesicht

bekommen und nur die Istari Mittelerdes hielten die Geschichten von ihm am Leben.

Man kam überein, das man um die Hügelgräberhöhlen einen weiten Bogen schlug und statt dessen den Grünweg, der die östliche Grenze nach den Hügelgräberhöhen bildete, bewachen lies. Zwerge und Rohirrim wurden hier gleichermassen eingesetzt. Arodan, Meoseld und Legolas kam die Aufgabe zu, als Kundschafter die Gegend auszuspähen und den Kontakt zu den einzelnen Wachposten aufrecht zu halten. Sie sollten wichtige Nachrichten zwischen den einzelnen Gruppen übermitteln. Zusätzlich war jede kleine Einheit mit einem Horn ausgestattet, das bei Gefahr geblasen werden sollte, damit die anderen gewarnt waren und zu Hilfe kommen konnten. Jeder Streckenposten bestand aus drei Zwergen oder Kriegern der Riddermark.

In den frühen Morgenstunden brachen zuerst die Rohirrim auf und ritten mit ihren Pferden zu den einzelnen Posten auf ihre vorbestimmten Positionen. Die Zwerge verzichteten dankend auf die Pferde und gingen zu Fuss entlang der Hügelgräberhöhlen an die südlichen Ausläufer des alten Waldes und den Grünweg hinauf zur grossen Oststrasse. Arodan, Meoseld, Legolas, Gimli Gloin, Balius der Zwerg, drei Reiter der Riddermark und König Eomer blickten ihnen hinterher. Nun war es soweit : Der Kampf gegen die Wölfe konnte beginnen.
Trotz allem waren sie mit der Lösung nicht völlig zufrieden, denn sollte ein Posten angegriffen werden, so hatten sie kaum eine Chance allein gegen die Bestien siegreich zu sein. Es war vereinbart, dass die Truppen dann schnell zusammengezogen werden sollten, um sich den wilden Kreaturen zu stellen. Der Wald war sehr gross und der Vorteil lag klar auf Seiten der Wölfe. Doch sie blieben zuversichtlich.

Die Zurückgebliebenen sassen still um das Feuer, das sie auf kleiner Flamme schürten und starrten in den tanzenden Schein und auf die rotglühenden Äste. Jeder hing seinen eigenen Gedanken nach und ihr Blick ging ins Leere. Legolas, Arodan und Meoseld legten sich zur Ruhe und schliefen ein wenig. Sie wollten ausgeruht sein, denn bereits am Abend wollten sie aufbrechen. Die Sonne stand schon niedrig, als sie ihre Pferde

sattelten. Arodan und Meoseld schwangen sich auf ihre Pferde und ritten den Grünweg entlang in nördliche Richtung, während Legolas sein Pferd nach Westen trieb. Die Wälder leuchteten in frischem Grün und die Wald- und Wiesenblumen tauchten die Landschaft in eine bunte Farbenvielfalt. Es war ein schönes Land, jetzt, zu Beginn des Sommers. Die Luft war angereichert vom süssen Duft der Wiesen und auch in der Nacht war es angenehm warm.
Es gingen mehrere Wochen ins Land und nichts geschah. Der Unmut der einzelnen Posten wurde laut und man rätselte, ob die Wölfe im Wald bereits ihr jähes Ende gefunden hatten. König Eomer und Gimli wurden ungeduldig und sie beratschlagten, die Gegend zu verlassen. Das Nichtstun wurde ihnen lästig und das Warten zermürbte sie allmählich. Die Landbüttel der Hobbits, die sich zur Unterstützung der Wachposten am hohen Hag eingefunden hatten, gingen bereits seit einiger Zeit ihrer Arbeit im Auenland wieder nach. Und so fanden sich am Abend eines schönen Sommertages die Späher am Lager an der Südspitze ein. Sie diskutierten laut und heftig, doch es blieb dabei. Die Zelte sollten abgebrochen und die Posten abgezogen werden. Legolas fand diese Entscheidung übereilt und auch Meoseld und Arodan zweifelten an der Richtigkeit. Doch es war entschieden, am Morgen sollten sie die einzelnen Wachposten entlang des alten Waldes informieren und auffordern, zum Lager zurückzukehren.

In den frühen Morgenstunden brachen sie auf. Die ersten Posten, die sie erreichten, waren glücklich als sie die Entscheidung ihres Königs und des Herrn von Aglarond vernahmen. Sie sehnten sich zurück in ihre Heimat zu ihren Familien und die Zwerge waren froh, in ihre geliebten Berge zurückkehren zu dürfen. Legolas hatte bereits alle Posten des Südens informiert, als er zu den Ufern der Weidenwinde gelangte. Er liess sein Pferd allein zurück und legte den Weg entlang des hohen Hags zu Fuss zurück. Sein Pferd wäre ihm nur hinderlich gewesen. Er schnellte über die Wiesen, Baumstümpfe und die dichten Sträucher bis er die ersten Wachposten der Rohirrim erreichte, die gelangweilt am Boden sassen und schwatzten.
Auch sie waren erleichtert, über den Entschluss und brachen sofort auf. Legolas eilte weiter. Es mussten noch einige Wachposten verständigt

werden, als ein markerschütternder Schrei die Luft zerriss. Eine knappe halbe Meile von ihm entfernt, so schätzte er, war der furchtbare Laut aus der Kehle eines Menschen entfahren und er hastete zu der Geräusch-quelle. Sein feines Gehör nahm befremdliche Laute wahr und das Klingen von Schwertern. Legolas spannte seinen Bogen und legte einen Pfeil ein. Als er zu der Stelle kam, an der die Krieger gekämpft hatten, stockte ihm das Herz. Ein riesiger Wolf blickte drohend in seine Richtung. Aus seinem Maul troff grüner Speichel auf die Leiche zu seinen Füssen. Zwei andere Wölfe verschwanden gerade im Wald und zerrten die Rohirrim mit sich, die ihnen zum Opfer gefallen waren. Der Wolf bleckte die Zähne und sah ihm tief in die Augen. Böses Knurren entfuhr seiner Kehle und er liess von dem Toten ab. Langsam bewegte er sich auf Legolas zu, der den ersten Pfeil auf den Wolf zielte. Er wich diesem geschickt aus und kam weiter auf ihn zu.

Einen Pfeil nach dem anderen verschoss Legolas und denen der Wolf nicht ausweichen konnte, die spickten in seinem Fell. Doch verwundet schien das Tier nicht zu sein, nur seine Wut stieg ins Unermessliche. Plötzlich sprang der Wolf in einem riesigen Satz auf ihn los und jagte auf den Elben zu. Dieser versenkte noch einen Pfeil aus nächster Nähe in den Leib des Tieres. Ein Zucken verriet ihm, dass dieser Pfeil gut getroffen hatte, doch die Bestie setzte zum Sprung an. Legolas zog sein Schwert und hieb es in den Körper des Tieres.

Der Wolf sprang zur Seite und wendete, um einen neuen Angriff zu starten. Er schien unverwundbar zu sein. Legolas gab das vereinbarte Zeichen. Er blies in sein Horn, das weit durch die Lüfte schallte und der Ton wurde von den Winden davongetragen. Der Wolf funkelte ihn grimmig an und schnellte erneut auf ihn zu. Legolas hielt sein Schwert vor sich und blockte den Angriff des Wolfes ab. Er umschlich nun Legolas und suchte eine neue Möglichkeit, ihn anzufallen.

Der Elb bliess das Horn erneut und es erschallte tief und kräftig. Die Bestie fauchte und dann stürzte sie auf ihn zu. Legolas schaffte es, sein Schwert in den Leib der Kreatur zu versenken, doch auch der Wolf war erfolgreich, er hieb seine Reisszähne in die Schulter des Elben und biss zu. An seinem linken Arm klaffte eine grosse, offene Wunde und brannte wic tausend Feuer. Er verlor viel Blut und die Schmerzen raubten ihm den Verstand. Einen neuer Angriff des Wolfes folgte sofort, der spürte, dass die Kraft den Elben verliess und der Widerstand gebrochen war. Legolas flimmerte es vor den Augen und er begann viele Sterne zu sehen. Allein hatte er keine Chance. Er blickte sich um. Die Bäume wirkten drohend. Doch er hatte keine andere Wahl. Er bewegte sich langsam auf sie zu und schwang sein Schwert drohend gegen den Wolf. Dieser durchschaute die Absicht des Elben und sprang zwischen ihn und die rettenden Bäume. Ein kluges Tier, dachte Legolas, dann wurde es schwarz um ihn herum und er brach zusammen.

"Das Horn, das Horn!", schrien die Posten der Rohirrim am hohen Hag und die Zwerge, die es vernommen hatten. Sie zogen alle ihre Hörner und bliesen das Zeichen. Bald erschallten von nah und fern die Blasinstrumente. Es war geschehen. Der erste Angriff der Wölfe war erfolgt.
"Schnell!", rief Theomer seinen Gefährten zu. Der Hilferuf des Hornes war in seiner unmittelbaren Nähe erschallt. Der nächste Wachposten südlich von ihnen war angegriffen worden. Auch die Rohirrim, die eben noch mit Legolas gesprochen hatten, hielten inne. "Die Wölfe greifen an!"
"Schnell, zurück!", rief einer von ihnen und sie rannten in die Richtung, aus der sie das Horn vernommen hatten.

Kurz darauf hörten sie es ganz nah und verzweifelt.
"Beeilung!", schrien sie und liefen so schnell sie konnten. Fast gleichzeitig tauchten sie mit dem anderen Trupp an der Stelle auf, an der der Posten angegriffen wurde. Erschreckt stockten sie, das war doch nicht möglich. Legolas stand allein und kämpfte mit dem grössten Wolf, den sie je gesehen hatten. Doch dann war Eile geboten. Legolas schwankte und konnte sich nicht mehr gegen die Bestie behaupten, die ihm den Weg zu den Bäumen abgeschnitten hatten. Er taumelte und fiel zu Boden. Rothan warf seinen Speer und verfehlte den Wolf nur knapp. Doch dieser liess augenblicklich von dem Elben ab und mass seine sechs Gegner, die sich schwer bewaffnet von zwei Seiten näherten. Die Speerspitzen hielten sie auf ihn gerichtet.

Der Wolf schien kurz zu überlegen. Dann schnellte er plötzlich herum und flüchtete in den Wald. Die Rohirrim sahen, dass er verwundet war und viele Pfeile aus seinem Körper ragten. Sie konnten ihm in dem geschwächten Zustand gefährlich werden. Die Krieger waren etwas überrascht über den Wandel des Geschehens und warfen mit aller Kraft ihre Speere hinter dem Ungeheuer her. Doch sie trafen ihn nicht. Er verschwand in den Tiefen des Waldes und es wurde ruhig. Nur noch das Rauschen der Bäume war zu hören und die schmerzerfüllten Laute des Elben.
Sie eilten zu ihm und dem Rohirrim, der tot am Boden lag. Legolas war in schlechter Verfassung. Die Wunde an seinem Arm war tief und der grüne Schleim zerfrass das Fleisch. Es roch verbrannt und er blutete stark. Wenn sie den Elben retten wollten, mussten sie sofort etwas unternehmen. Rothan stellte sich als Wache auf. Vier Krieger hielten Legolas fest auf den Boden gedrückt, einer von ihnen band den Arm des Elben mit einem Strick ab und stoppte die Blutung. Theomer zog sein scharfes Messer. Er schnitt das verbrannte Fleisch von den Knochen und schabte den grünen Schleim ab. Danach reinigte er die Wunde. Mit letzter Kraft bäumte sich Legolas auf. Die Schmerzen mussten furchtbar sein, der Schweiss rann ihm in Strömen von der Stirn und seine Augen glänzten fiebrig. Dann wurde er schlaff und fiel in eine neuerliche Ohnmacht. Die Krieger verbanden ihm fest die grosse Wunde mit einem starken Stoff und nun konnten sie nur noch für ihn hoffen. Aus den herumliegenden Ästen bauten sie eine Trage und eilten mit ihm in südlicher Richtung zum Feldlager davon.

ZWÖLFTES KAPITEL

IM GEBIRGE

Warga hatte sehr gute Augen und konnte auch im spärlichen Licht im Dunkel der Höhlen Morias noch ausreichend sehen. Den Trollen ging es da viel schlechter, denn sie stolperten die Treppen nach oben. Ständig stiessen sie sich ihre Köpfe an den Wänden und überhängenden Felsen und mussten sich vorsehen. Die Stufen waren nicht für ihre klobigen Füsse gefertigt und fluchend trotteten sie hinter Saruman hinterher. Sie wurden ihm zunehmend lästiger. Ihr anhaltendes dummes Geschwätz nervte ihn unsäglich und ihr Trampeln hallte in seinen empfindlichen Ohren.

Sie kamen an vielen verlassenen Stollen vorbei und unablässig führte sie der Weg durch die nicht endende Tiefe des Gebirges. Hier und da verzweigten sich die Gänge, doch Saruman kannte sich hier aus. Sie rasteten oft erst nach vielen Stunden des Marsches durch die steinernen Gewölbe in geräumigen Felsnischen oder Kammern der Zwerge. Wasser gab es ausreichend in den vielen unterirdischen Quellen oder durch Hand geschaffene Brunnen. Ein Problem wurde jedoch drängender :

Die Nahrungsbeschaffung wurde immer schwieriger. Saruman schoss, wann immer es ihm möglich war, einige Fledermäuse mit seinem Stab von den überhängenden Felsvorsprüngen. Die Trolle nörgelten furchtbar. Sie litten Hunger und ihre gierigen, verfressenen Blicke beäugten immer häufiger Warga hinterhältig.

Des Nachts schliefen sie auf dem harten Boden und tagsüber quälten sie sich durch die natürlich entstandenen oder künstlich gefertigten Verbindungen zwischen den Stollen : Ein gigantisches Netz von verschiedenen Sohlen und Gängen. Sie hatten fast jegliches Zeitgefühl verloren, denn hier unten herrschte ewige Nacht. Nur Saruman schien dies alles nicht zu berühren. Schweigend schritt er mit finsterer unbeweglicher

Miene voran.
Die Luft war stickig und nur selten wehte ein frischer Luftzug aus einem der vielen Höhlengänge. Die Trolle, Warga und Saruman gingen nun schon fast vier Tage durch die endlose Öde des Berges, bis sie an der grossen Halle der Zwerge ankamen. Sie traten ein und blickten staunend im Rund, sie drehten sich um ihre Achse und der Mund blieb ihnen offen stehen.
Es war ein berauschender Anblick. Die steinerne Halle war riesig und ragte hunderte Fuss hoch über ihnen auf. Mächtige Säulen reihten sich aneinander und bildeten ganze Strassenzüge.
Es gab sie in runder Form, geschwungen oder gerade aus dem Fels gehauen. Viele Verzierungen und Muster konnte man an ihnen erkennen. Aus Gold gefertigte Bordüren, filigrane silberne Figuren, abgesetzt mit wunderschönen Edelsteinen, die selbst im matten Licht funkelten wie tausend Sterne. In den Stein hatten die Zwerge rankenden Efeu gemeiselt oder andere Säulen wie einen Baum erscheinen lassen, deren Blätter sich wie ein Dach über ihren Köpfen ausbreitete. Schattenhafte Figuren aus Stein blickten auf sie herab : Sagengestalten wie die Drachen, oder Waldtiere, kleine Eichhörnchen, ja auch Bären oder die Herren der Lüftel. Riesige Adler und andere Raubvögel breiteten ihre überragenden Schwingen über ihnen aus. Es war eine aufwendige Meisterarbeit der Zwerge.

Hier war alles so weitläufig und von grossen Ausmassen, dass man sich verlaufen konnte. An den Wänden seitlich der Halle waren filigrane Worte in Khuzdul, der Zwergensprache, in den Fels geschrieben worden. Die Sprache war roh, unfreundlich und einfacher Natur. Sie erzählte von Durins Sippschaft und den nachfolgenden Königen. Eifrig wurden von den verschiedensten Rohstoffen in dieser Höhle berichtet. Saruman lass, dass das wertvolle Mithril erst in der fünften Sohle gefunden wurde, aber Gold und Silber fast in jeder Sohle gebrochen wurde. Die feinsten Edelsteine bauten die Zwerge in der zweiten und vierten ab. Saruman hatte die Sprache im zweiten Zeitalter erlernt. Doch er gebrauchte sie fast nie, er hatte nur selten Kontakt zu den Zwergen, da er sie hasste. Er hatte nie verstanden, worin der Zweck bestand, in einer finsteren Grube nach Edelsteinen und wertvollen Metallen zu schürfen. Sie schritten durch die gewaltige Halle. Selbst die Trolle wirkten wie Zwerge im Vergleich zu den gigantischen Ausmassen. Am Ende der monumentalen Halle kamen sie durch einen hohen in den Fels getriebenen Torbogen, durch den selbst ein grösseres Segelschiff hätte hindurchfahren können. Eine weitere lange Halle schloss sich an. Von ihr zweigten viele unterschiedliche Gänge ab, die sie aufmerksam erkundeten. Saruman fand die weithin berühmte Mazarbulkammer. Einstmals stand hier der Thron der Könige. Nachdem Balin getötet wurde, errichteten die Zwerge hier sein Grab, die Runen auf dem steinernen Sarg wiesen darauf hin. Ein dünner Lichtstrahl brach sich durch einen kleinen Felsspalt und tauchte ihn in gespenstiges, fahles Licht.

Saruman betrachtete die letzte Ruhestätte Balins und hatte nur ein hämisches Grinsen für ihn übrig. Er ging weiter und fand in einem anderen Raum eine grosse, lange Tafel mit steinernen Stühlen. Hier hatten wahrscheinlich die hohen Könige mit ihrem Hofstaat ihre Mahlzeiten zu sich genommen. Verstaubte Becher standen auf dem Tisch und Teller aus edlen Metallen. Unzählige Spinnen verwoben hier ihre grossen dichten Netze und waren nun die edlen Gäste, die hier ihre Fäden sponnen. Saruman liess sich auf einen Stuhl fallen und sah sich im Raum um. An der Felswand, am äusseren Rand, befand sich ein Brunnen, daneben war ein Kamin in den Fels gehauen, in dem zu früheren Zeiten sicher ein munteres Feuer prasselte. Die Trolle blickten in die gähnende Tiefe des Brunnens. Tom liess scheppernd den Holztrog nach unten gleiten und schöpfte Wasser. Er verteilte das kühle Nass und sie nahmen grosse Schlucke, die sie durch ihre ausgedörrten Kehlen fliessen liesen. Saruman hörte ein leises Grollen.
“Still!”, rief er den anderen zu.
Sie schwiegen. Die Geräusche waren plötzlich wieder verschwunden. Saruman winkte Bert zu sich.
“Hier leben sicher noch einige Orks und vielleicht auch einige eurer Sippschaft?” Bert entblösste in einem hässlichen Grinsen seine gelben Zähne und seine Augen fingen an zu leuchten.
“Findet sie!”, fuhr er die Trolle an.
Bert winkte Tom und Bill zu sich und mit behäbigen Bewegungen gingen sie in den angrenzenden Höhlengängen davon. Jeder von ihnen hatte eine grosse Fackel in den Händen, die Saruman von den Felswänden genom-

men hatte. Sie wirkten in ihren riesigen Händen wie kleine Hölzer. Tom jaulte auf, er hatte sich die Hand am flackernden Feuer verbrannt.
“Sei still, Idiot!”, raunzte ihn Bill an.
Doch ihr Poltern blieb nicht unbemerkt und unbeobachtet. Leise folgten ihnen ein paar Orks. Die Trolle schlichen durch die vielen Gänge und kehrten nach einiger Zeit unverrichteter Dinge zurück.
“Wir haben keine Orks gesehen”, sprach Bert und senkte sein Haupt. Dem Herrn würde dies gar nicht gefallen, das wusste er genau.
Saruman lachte schallend und Bert verstand überhaupt nichts mehr.
“Und wer ist euch dann bis hierher gefolgt?”, fragte er die Trolle, die keine Ahnung hatten, was Saruman meinte. Sie zuckten mit ihren riesigen Schultern und blickten sich fragend an.

Bert drehte sich als erster um. Hinter ihnen standen einige, bis an die Zähne bewaffnete Orks, die ihre Schwerter drohend in ihre Richtung schwangen. Saruman fixierte sie mit den Augen.
Ein besonders brutal aussehender, fetter Ork schien ihr Anführer zu sein. Saruman erhob sich von seinem steinernen Stuhl und breitete die Arme aus.

“Asro ashútach ´thamávie, ghash”,

raunte er in den Raum. Sein Stab loderte in eisigen blauen Flammen auf und Saruman war in eine Feuersbrunst, die lichterloh brannte, gehüllt. Die Orks warfen sich zu Boden und krochen auf den Knien.
“Verschone uns, Flamme von Udún!”, jammerten sie. Saruman lächelte, die erhoffte Wirkung war nicht ausgeblieben. Doch er wollte die Orks nicht verschrecken oder gar zur Flucht bewegen.

“Asro ghash fúristath, efurio si ´thenda”,

rief er daher schnell und die Flammen erloschen allmählich.
Die Orks blieben am Boden und blickten ehrfürchtig zu ihm auf. Seit langem hatten sie die schwarze Sprache in dieser Klarheit nicht mehr vernommen. Nur ein mächtiger, schwarzer Magier war fähig, sie so perfekt zu beherrschen.

Den Ork, den Saruman für ihren Hauptmann hielt, winkte er zu sich.
“Ich bin Saruman!”, donnerte er. “Folgt mir als treue Diener in jedweden Krieg oder sterbt! Die Wahl liegt ganz bei euch.” Seine Stimme dröhnte und das Echo hallte von den Wänden.
Der fette Ork blickte ihn aufmerksam musternd an, dann senkte er ergeben sein Haupt.

“Herr der Finsternis, welch´ Freude, dass ihr zu uns zurückgekehrt seid”, säuselte er und sah ihn schräg von unten an.
Saruman besah sich den Ork näher.
“Gorlog?”, fragte er überrascht.
“Ja Herr, ich bins. Ihr habt euch ein wenig verändert, wie mir scheint. Doch meinen wahren Herrn habe ich in euch erkannt !”
“Seit vielen Stunden folgen wir euch bereits, Herr.” Gorlog kniete vor ihm. Seine schiefen Zähne ragten aus seinem abscheulichen, grässlichen Gesicht.

“Die da”, sagte Gorlog und deutete auf die Trolle, “trampelten derart laut, das selbst ein taubes Ohr es vernommen hätte und auf eure Reise aufmerksam geworden wäre.”
Saruman sah verächtlich auf die schuldbewusst drein blickenden Trolle
Doch trotz allem war Saruman hoch erfreut. Er hatte nicht erwartet, hier in Moria die versprengten Reste seines früheren Heeres zu finden und fragte sich, wie sie es geschafft hatten, bis hierher zu flüchten. Doch er schob diese Gedanken beiseite. Zu einem späteren Zeitpunkt konnte er diese Frage noch immer klären.
“Wie viele seid ihr ?”, fragte er Gorlog.
“Nicht mehr viele”, sprach der massige Ork.
“Von eurem grossen Heer an die zweihundert, sie lagern ein paar Höhlen weiter. Hier in Moria trafen wir weitere hundert von den Stämmen aus Minas Morgul, Barad-dúr und dem Düsterwald.
Viele Sohlen tiefer leben noch einige hundert der Moria-Orks, die sich aber nicht mehr nach draussen oder in die Nähe unserer Stollen trauen.” Gorlog lachte dreckig. “Sie verbergen sich tief unten in den alten Stollen der Zwerge. Es musste einmal tausende von ihnen gegeben haben, doch die meisten wurden am Kheled-záram von den Elben vernichtet. Sie sind

missgebildet und haben riesige Augen, die matten Glanz ausstrahlen. Zwischenzeitlich haben sie angefangen sich selbst aufzufressen, wenn wir ihnen nicht zuvorkamen." Gorlog bleckte seine Zähne.
Saruman war von diesem Bericht äusserst angetan.
"Wir werden aus ihnen eine Streitmacht machen", sprach er zu Gorlog. Doch der schüttelte angewidert den Kopf.
"Dies ist nicht nötig, mein Gebieter", sprach er. "Ein grösseres und mächtigeres Heer, als die dumme Moria-Brut wartet auf euch." Saruman blickte ihn erstaunt an.
"Ihr werdet noch mehr erfreut sein, wenn ich euch sage, dass Bordok und Olkan, eure treuen Hauptmänner, auch noch am Leben sind.
"Folgt mir, Herr!", rief er aus. Saruman eilte mit weit ausholenden Schritten dem krummbeinigen fetten Gorlog hinterher. Die Trolle und Warga liefen schnellen Fusses hinterdrein und die restlichen Orks bildeten die Nachhut.
Sie gingen durch viele Gänge, treppauf und treppab, als sie an einer grossen mit Fackeln beleuchteten Höhle anhielten. Viele Orks liefen geschäftig zwischen grossen, schleimigen Hügeln hindurch.
Sarumans Augen leuchteten auf.

Eine gewaltige Brutstätte von Orks breitete sich vor ihm aus. Hier wurden mehrere Hundertschaften herangezogen. Bordok, ein finster dreinblickender Geselle, vertrat ihnen den Weg. Etliche Orks sprangen zu den Trollen und hielten sie zurück, damit sie nicht in die Brutstätte einfielen oder sie zertrampelten. Doch Tom hatte bereits mit seinen riesigen Fingern in einen Schleimhaufen zu ihren Füssen gegriffen und fischte eine labbrige Masse heraus. Er riss sein Maul auf und schob sich einen schwabbelnden halbfertigen Ork hinein und frass ihn genüsslich auf. Bill riss sich in seiner Gier noch eine Art Bein von dem schleimigen Wesen ab und kaute darauf herum. Die Orks schrien wütend auf.
"Diese dämlichen Trolle machen einem nur Ärger", murmelte Saruman und verzog säuerlich sein Gesicht.
Hasserfüllt fuhr er zu ihnen herum. Er hielt Tordas auf die Trolle. Blitze zuckten aus dem Stab und traf die beiden Übeltäter an ihren blutverschmierten Händen. Die Trolle jaulten auf. Riesige Blasen quollen aus ihren Handflächen und Fingern hervor und sie heulten vor Schmerzen,

die diese Brandwunden verursachten.
Gorlog führte Bordok vor Saruman. Dieser blickte ihn feindlich an und geringschätzig mass er sich mit ihm. Saruman kniff die Augen zu einem schmalen Spalt zusammen.
“Wirst du mir wieder dienen, du elende Kreatur?”, fragte er Bordok misstrauisch.
Die massige Gestalt des schwarzen Orks, funkelte ihn aus seinen Schlitzaugen an und schwankte auf den krummen Beinen.
Bordok blickte hinterhältig in die Augen Sarumans. Er sah überhaupt nicht danach aus, als wollte er sich Saruman unterwerfen. In der grossen Halle wurde es still. Nur die glucksenden Geräusche der Brut waren noch zu vernehmen. Die noch nicht ausgebrüteten Orks bewegten sich schwankend unter der riesigen schleimigen Hülle.
Hunderte Augenpaare waren auf den Zauberer und Bordok gerichtet. Saruman erkannte sofort, wer diese Orks bisher angeführt hatte. Bordok war ein Uruk-hai, wie seine Hauptmänner Gorlog und Olkan, doch er war gerissener und kräftiger als die beiden anderen und hatte in den vergangen Jahren die Gunst der Stunde für sich genutzt und die Macht in Moria ergriffen.
Scheinbar hatte er sich sämtliche Orks gefügig gemacht und befehligte seine Artgenossen und die vielen Unterrassen, die sich hier in Moria niedergelassen hatten. Er erspähte auch ein paar kleinere, untersetzte unter ihnen, die Moria-Orks mit grossen Augen. Sie waren so klug gewesen und hatten sich den grösseren und stärkeren Orks angeschlossen.

Saruman konnte es nicht glauben, Bordok hatte tatsächlich die Unverfrorenheit, sich mit ihm messen zu wollen. Die Wut packte ihn.
“Kleine dreckige, stinkende Ratte knie nieder vor deinem Herrn!”, fauchte Saruman ihn an und versprühte einen finsteren Funkenhagel. Bordok tat nicht dergleichen, sondern zeigte ihm die Zähne, grunzte ihn an und rührte sich nicht.
“Du elende Missgeburt willst dich mir, dem mächtigsten Zauberer, widersetzen?” Sarumans Stimme schallte laut in der Halle.
Er umschloss seinen Stab Tordas fester und richtete ihn auf Bordok. Dieser wusste nicht wie ihm geschah, er fing an, sich zu winden und entsetzliche, furchtbar gequälte Laute drangen aus seinem Maul. Er fasste

sich an die Kehle und röchelte. Seine Augen blickten hilfesuchend zu den anderen Orks. Doch diese rührten sich nicht. Saruman zog seinen Dolch aus dem Umhang und schritt langsam auf Bordok zu. Entsetzt verdrehte dieser seine Augen. Nun erkannte er die Gefahr, in die er sich begeben hatte. Doch seine Reue kam zu spät. Saruman holte aus und liess das Messer mit aller Wucht in den Schädel des Orks gleiten. Ein knirschendes, knackendes Geräusch erklang. Bordok verzog sein Gesicht zu einer grässlichen Grimasse und taumelte. Saruman zog sein blutiges Messer aus dem Kopf des Orks. Dieser blickte ihm noch immer in die kalten, hasserfüllten Augen. Saruman grinste breit und voller Genugtuung. Dann umschloss er mit seiner Hand die Kehle Bordoks und drückte zu. Der Ork gab noch ein leises Ächzen von sich, riss seine hervorgequollenen Augen weit auf und allmählich wurde sein Körper schlaff. Saruman öffnete die Finger und Bordoks massige Gestalt sank zu Boden. Er war tot.

Einen Augenblick herrschte Totenstille. Dann schrie Gorlog freudig auf und die anderen Orks fielen in das Geschrei ein und johlten laut. Der mächtigste Ork unter ihnen war besiegt.

Gorlog winkte Olkan zu sich, der vor Saruman auf die Füsse fiel. Saruman erhob Tordas und die Orks duckten sich ehrfurchstvoll. Langsam senkte er den Stab und stiess das Ende auf die Stirn Olkans. Ein zischendes Geräusch hallte im Raum und der Geruch von verbranntem Fleisch stieg auf. Dort, wo sich früher einmal die weisse Hand befand, prankte nun die Schwarze. Das Fleisch zuckte, doch Olkan gab keinen Laut von sich. Der Reihe nach winkte nun Gorlog die vielen Orks zu sich, die diese Prozedur ertragen mussten und sich die schwarze Hand in die Stirn einbrennen liessen. Stumm litten sie Qualen, doch sie begehrten nicht auf. Sie fürchteten sich vor dem mächtigen schwarzen Herrn.

Nach geraumer Zeit hatte jeder der Orks das Zeichen Sarumans erhalten. Als letzter liess auch Gorlog sich die schwarze Hand einbrennen. Er hatte seinen Herrn nie vergessen, auch als alle glaubten, er wäre tot, war er ihm stets treu ergeben.

Die Rückkehr seines Meisters erfreute ihn sehr. Er war überzeugt, dass nur Saruman in der Lage war, die Orks zu führen und die Herrschaft über Mittelerde zu erlangen. Er berührte Tordas und seine Hände fingen an, furchtbar zu brennen. Doch er liess ihn nicht los, sondern drückte ihn

besonders tief in seine Stirn.
Er zuckte wohlig vor Schmerzen und brüllte laut einen Kampfesschrei, in den alle einfielen und ein ohrenbetäubendes Tosen brandete durch die Halle. Nachdem das schwarze Mal auch ihn krönte, besah sich Gorlog seine Hand, die Tordas berührt hatte. Sie brannte wie Feuer und die Haut war vollständig verkohlt. Das pure Fleisch zuckte aufgrund der erlittenen Verbrennungen. Doch Gorlog empfand dies als Zeichen besonderer Ergebenheit und war stolz, das er diese Qualen ertragen durfte.

Die Orks standen unschlüssig im Raum und erwarteten nun die Befehle Sarumans. Dieser rief seine Hauptmänner Olkan und Gorlog zu sich und wies sie an, die Orks in Gruppen einzuteilen. Die eine Hälfte der Orks sollte sich weiter um die heranwachsende Brut kümmern und Olkan wurde Verantwortlicher für die Geburtsstätte. Er trieb die ihm zugewiesenen Orks an die Arbeit.
Gorlog avancierte zur rechten Hand Sarumans. Mit der anderen Hälfte der Orks liefen sie in die angrenzenden Stollen. Die alten Schmelzöfen der Zwerge setzten sie wieder in Brand und begannen, die Eisenvorräte der Mine zu schmelzen. In wenigen Tagen schafften sie es, die riesige Schmiede erneut in Gang zu setzen. Die Waffenkammern der Zwerge wurden geöffnet. Sie entrissen den Skeletten der Zwerge die Äxte und suchten in den Hallen und Stollen nach liegengebliebenen Waffen.

Saruman liess die vielen Bögen, Speere, Äxte und Schwerter verteilen. Die Öfen brannten fortan Tag und Nacht. Die Halborks schmiedeten ihre Krummschwerter, unzählige Helme und Rüstungen mit dem Zeichen der schwarzen Hand. Andere gruben in den Schächten nach Metallen, die sie sofort verarbeiteten. Die Orks erweiterten die Gänge und gruben tiefer und tiefer nach den wertvollen Erzen, um eine neue Streitmacht zu rüsten.

Die einzige Sorge bereitete Saruman, das er die Orks nicht ausreichend mit Fleisch versorgen konnte. Die Nahrung wurde täglich knapper. Er rief Gorlok zu sich, um das Problem zu beraten.
“Herr”, raunte ihm dieser zu. “In den unteren Sohlen versteckt sich die Moria-Brut. Wir sollten sie jagen und fressen, so wie wir es bis vor kurzem noch gehalten haben. Sie sind schwach und wertlos.” Saruman nick-

te bedächtig mit dem Kopf. Welch Verschwendung, dachte er sich, doch er hatte keine andere Wahl und so zogen täglich Scharen unter Führung von Gorlog, mit den Trollen als Verstärkung in die tiefer gelegenen Sohlen. Sie jagten dort die kleineren Moria-Orks und brachten ihre erlegten Kadaver nach oben. Auf grossen Feuern rösteten sie sie und verteilten die Leckerbissen an die Hungrigen.

Saruman nahm sich die Zeit und erforschte die Minen von Moria. Warga begleitete ihn auf seinen Erkundungsgängen. Sie gingen durch die vielen Stollen und Hallen. Saruman hatte bei einem ihrer ersten Rundgänge erschreckt festgestellt, dass die Brücke, ein fünfzig Fuss langer Steinbogen, der die riesige Kluft am östlichen Ende der zweiten Halle überspannte und die zum Osttor hinausführte, zerstört war. Auch die lange Treppe, die von der ersten bis zur letzten Sohle wendelte und Durins Turm waren eingestürzt. Saruman suchte seitdem fieberhaft nach anderen Ausgängen. Er fand noch zwei weitere, einen nördlich, der hoch aus dem Berg und einen weiteren kleinen, der fast zwei Tagesmärsche entfernt, weiter unten aus einem niedrigen Stollen hinausführte. Draussen hatte der Sommer Einzug im Nebelgebirge gehalten. Die Luft war warm und viele Insekten schwirrten umher. Die Sonne schien kräftig vom Himmel und verbrannte allmählich die spärlichen Grashalme. Ein Meer von robusten Gebirgsblumen tauchte die felsige Landschaft in bunte Farben.
Saruman stellte einen Trupp zusammen, der in den kühleren Nächten den nördlichen Ausgang aufsuchte. Sie schritten in die umliegenden Täler und holzten die dort vorhandenen Baumbestände ab, um sie in die Hallen von Khazad-dum zu schleppen. Die Trolle waren bei den Transportarbeiten behilflich. Sie fertigten geschickt eine riesige, hölzerne Schwebebrücke, die dort, wo sich einmal der Übergang über die tiefe Kluft befunden hatte, befestigt werden sollte. Nachdem sie fertiggestellt war, schossen sie starke Seile und Taue mit Pfeilen und Speeren auf die anderen Seite und verankerten die mächtige Holzbrücke. Nach einigen Wochen waren diese Arbeiten abgeschlossen.
Saruman hatte nun mehr als einen Monat in den Hallen von Khazad-dúm verbracht und die Zeit war gekommen, dass die gefährliche Brut bald schlüpfen würde. Er sah nun jeden Tag nach den Heranwachsenden.

Olkan und die ihm zugeteilten Orks arbeiteten hart und unermüdlich in der Aufzuchtsstätte. Sie schliefen kaum, doch dies schien ihnen nur wenig auszumachen, sie waren ausserordentlich zäh und sehr widerstandsfähig. Er beriet sich täglich mit Olkan und erfuhr, dass in wenigen Tagen die Geburt eingeleitet werden konnte.

In der Brutstätte wurde der Schleim an einigen Stellen merklich dünner. Saruman richtete sich seine Schlafstatt in einer Nische der grossen Halle ein. Er wollte dabei sein, wenn seine Armee geboren wurde. Nach einigen Tagen riss die Schleimhaut an vielen Stellen. Grosse Orks mit dunkler Haut, Schlitzaugen und grossen Reisszähnen krochen hervor und brüllten. Es waren starke, kräftige Orks, sie hatten lange Arme und krumme Beine. Saruman ging um sie herum. Er strahlte eine eisige Kälte und eine grosse Macht aus, der sich die neu ausgebrüteten Orks sofort unterwarfen. Gorlog und Olkan begleiteten ihn und er brannte jedem Einzelnen die schwarze Hand auf die Stirn. Viele Tage dauerte es, bis seine neue Armee kampffähig vor ihm stand. Hunderte von Orks waren geschlüpft und Saruman, Gorlog und Olkan hatten Mühe, die Orks davon abzuhalten, sich nicht gegenseitig aufzufressen. Sie statteten sie mit eisernen Rüstungen aus, die mit dem Zeichen der schwarzen Hand und der S-Rune versehen waren, mit Krummschwertern, Bögen, Dolchen und Speeren.

Saruman hatte seit mehreren Tagen nicht mehr richtig geschlafen. Nun konnte er sich etwas Ruhe gönnen und wieder seinem gewohnten Rhytmus nachgehen. Gorlog und Olkan hatten zwischenzeitlich die Orks in Gruppen unterteilt und jeweils einen der kräftigsten unter ihnen als Hauptmann eingesetzt, der nun für seine Gruppe verantwortlich war. So hatten sie nicht mehr die Mühe hunderte zur Ordnung zu rufen, sondern griffen sich nur die Gruppenhauptmänner und erteilten diesen Tagesbefehle.
Saruman vertraute Gorlog und Olkan und er ging mit diesen in einer wolkenlosen Nacht nach draussen. Die Sterne leuchteten vom klaren Himmel und er musterte sie eingehend. Ja, die Zeit war gekommen, dass er mit seiner neuen Streitmacht aufbrechen konnte. Tief befriedigt verriet er den beiden seine weiteren Pläne. Aufmerksam lauschten sie seinen eindring-

lichen Worten und Befehlen. Nachdem er geendet hatte, breitete er seine Hände aus und rief nach Rohivor. Nach einer längeren Zeit näherten sich viele kleine schwarze Punkte und flogen rauschend auf sie zu. Im Sturzflug schossen sie auf Saruman, Gorlog und Olkan hinab. Die beiden Orks duckten sich vor den vielen schwarzen Raben, die auf sie zujagten, doch Saruman blieb unbeweglich stehen. Rohivor nahm auf seiner Schulter Platz und Saruman flüsterte ihm einige Worte leise zu. Gorlog und Olkan konnten nichts verstehen, zumal sie die Sprache der Vögel nicht verstanden. Rohivor krächzte laut, bevor er sich geschwind in die Lüfte erhob und mit seiner Schar über das Nebelgebirge in westliche Richtung davonflog. Saruman sah ihnen lange hinterher, dann bedeutete er Gorlog und Olkan, ihm zu folgen und sie verschwanden in den Hallen von Khazad-dúm.

In der darauffolgenden Nacht läutete Saruman den Aufbruch ein. Gorlog bliess in ein beinernes Horn. Tiefes Röhren erscholl in den Minen. Aus allen Löchern, Hallen, Stollen und Räumen quollen die vielen Orks hervor. Olkan und Gorlog formatierten sie und in Hundertschaften schritten sie über die grosse Holzbrücke ins Freie. Ein riesiger Schwarm schwarzer Ausgeburten drängte aus der Höhle und aus dem Berg kroch ununterbrochen ein nicht enden wollender Strom von Orks hervor. Sie brüllten in die klare Nachtluft. Verschreckt flogen einige Vogelschwärme auf und die Tiere der Berge und des Waldes verkrochen sich in ihren Bauten. Mehr und mehr sammelten sich am klaren See von Azanulbizar. Die Menschen nannten ihn Spiegelsee und die Zwerge Kheled-zaram. Die Sterne konnte man des Tages und in der Nacht in ihm sehen. Doch die Gesichter, derer, die in ihn hineinblickten, sah man nicht. Saruman ging mit Warga an der Spitze. Die Trolle hatten sich riesige Helme und eiserne Rüstungen schmieden lassen. In den Händen hielten sie lange Ketten mit Kugeln an den Enden. Sie trugen nun auch riesige Schwerter und trotteten zwischen den Orks.

Als sich alle Stämme der Orks um den Kheled-zaram, versammelt hatten, erklomm Saruman einen Felsvorsprung und blickte auf seine zahlreiche Streitmacht herab.
Er hielt Tordas in die Höhe und der Lärm erstarb. Seine Gefolgschaft

blickte zu ihm auf.
“Krieger!”, rief er zu ihnen herunter.
“Nirgends seid ihr geduldet. Ihr wurdet verstossen, verfolgt und getötet. Niemand lässt euch einen Ort zum Leben, das Menschen- und Elbengesindel hasst euch.” Böses Knurren und Fauchen erklang aus den Kehlen.
“Erschafft eine mächtige Welt der Dunkelheit!”
“Ganz Mittelerde werden wir unterwerfen und die Menschen und Elben töten, die sich uns in den Weg stellen. Als Sklaven der Finsternis sollen sie enden!”
Die Orks schrien ohrenbetäubend.
“Ihr seid die stärksten, kräftigsten und mächtigsten Kreaturen, die je gezüchtet wurden.
Unsere Feinde sollen in den Kerkern und Verliessen schmachten und Qualen leiden. Keine Gnade soll dem elenden Gesindel zuteil werden.”
Ein tosendes Branden erhob sich.
“Eine neue Ordnung wird sich über das Land ausbreiten und die dunkle Macht wird uns den Weg ebnen.
Krieger, auf euch wartet der siegreiche Kampf um die Vorherrschaft in Mittelerde!”
Die angestachelten, grölenden Orks tobten und ein orkanartiger Lärm erfüllte die zum Zerreissen angespannte Luft.
Sie hieben ihre Speere auf den Boden, der unter den hämmernden Schlägen zu zittern begann. Ihre Rüstungen rasselten, schepperten und dröhnten in der klaren Nacht.
“Folgt mir!”, schrie Saruman und der gewaltige Trupp setzte sich in Bewegung.

DREIZEHNTES KAPITEL

DIE ENTSCHEIDUNG DES KÖNIGS

König Elessar schritt durch die hohen Hallen der Zitadelle von Minas Tirith. Die Boten, die in letzter Zeit aus Rohan kamen, brachten schlechte Nachrichten. König Eomer war nach Eriador in den Kampf gegen die Wölfe gezogen, die dort ihr Unwesen trieben. Die Tiere schienen den Wargen zu ähneln, gegen die er schon gekämpft hatte. Doch das sie unverwundbar schienen, so wie ihm berichtet wurde, beunruhigte ihn sehr. Dies waren nicht die Kreaturen, die er kannte und von denen er viele erlegt hatte. Dreissig Zwerge und sein treuer Gefährte Tharbath wurden von ihnen getötet, wie war das nur möglich? Er rief Belegond den Hauptmann der Turmwache zu sich. Ein Mann mittleren Alters, mit wachen Augen und blonden Haaren erschien in edler Rüstung, die das Zeichen des weissen Baumes trug. Als er vor den König trat, kniete er nieder. Dann erhob er sich und sie gingen beide auf die Brüstung der Zitadelle und blickten in nordwestliche Richtung nach Rohan.

“Was meint ihr?”, fragte Aragorn den Hauptmann nach einiger Zeit. “Sollten wir König Eomer im Kampf beistehen?”

Belegond dachte über eine Antwort nach.

“Herr”, antwortete er, “wir wurden nicht gebeten, uns an dem Kampf zu beteiligen und ich denke, dass sie allein mit dem Problem fertig werden wollen, auch ohne unsere Hilfe”.

“Sicher habt ihr recht”, sprach Aragorn und schwieg.

Belegond blickte auf seinen Herrn. Er war von herber Schönheit, das mattschwarze Haar fiel ihm wellig auf die Schultern. Seinen klaren Augen entging nichts, doch sein Blick war oft entrückt. Der König des wiedervereinigten Königreiches, nun Elessar Elbenstein genannt, war gross gewachsen und von erhabener Statur, doch seine königliche Ausstrahlung liess ihn weit grösser erscheinen. Edel, weise und doch im besten Mannesalter. Er regierte das Volk gerecht, aber mit harter Hand. Das Land war seit dem Antritt seiner Herrschaft aufgeblüht und die Zuversicht in eine friedvolle Zukunft wuchs. Die Felder wurden bestellt und das Korn gedieh. Der weisse Baum im Hof der Zitadelle blühte und wuchs zu einem mächtigen Symbol der freien Völker. In Minas Tirith, der Hauptstadt Gondors, lebte er im Königspalast, der Zitadelle auf den höchsten Felsen im Innern des siebten Ringes, mit seiner Gemahlin Arwen, einer Halbelbin, und regierte sein Volk. Die Menschen liebten ihren König und er liebte sie. Aragorn trug die Krone von Earnurs, dem letzten König von Gondor. Sie wurde ihm von dem Bevollmächtigten des letzten regierenden Statthalters überreicht und nun krönte sie sein edles Antlitz. Strahlend leuchteten die sieben Edelsteine von Adamant und der Diamant auf dem Scheitel glich einer Flamme. Doch am schönsten war der herrliche grüne Elbenstein, von dem er seinen Namen Elessar erhalten hatte. Er hatte ihn stets bei sich und trug ihn, sichtbar für alle, vor der Brust. Die beiden schienen eins zu sein und je nach Verfassung seines Herrn leuchtete der Stein matt, wie die Sorgen oder hell, wie der junge Tag.

Aragorn riss Belegond aus seinen Gedanken.
"Lasst die Fahnen auf Halbmast setzen und morgen gedenken wir den toten Zwergen und meinem Weggefährten Tharbath. Bereitet alles vor."
Belegond verneigte sich und ging.
Aragorn wollte jetzt allein sein und die vielen Gedanken, die nach einer Lösung verlangten, ordnen. Seit mehr als zwei Jahren herrschte nun Friede in Gordor, doch er spürte tief in seinem Innern Unruhe keimen. Sie wurde stärker und stärker und marterte seinen Geist. Und doch waren keine Anzeichen der Verletzung des Friedens zu vernehmen, aber er spürte das Erstarken des Bösen. Reisende und Händler, die an seinem Hofe weilten und die er nach Neuigkeiten befragte, berichteten nur Gutes aus den verschiedenen Ländern Mittelerdes.

Seine Boten und Kundschafter brachten ebenfalls nur gute Nachrichten. Lediglich die Kuriere aus Rohan überbrachten die einzig schlechte

Nachricht seit langer Zeit. Doch die Wölfe, da war er sich sicher, waren nicht die dunkle Bedrohung, die er fühlte. Es war etwas Anderes, doch was ? Das einzige, das er wahrnehmen konnte, war ein Hauch eisiger Kälte. Doch was bedeutete dies ? Um Antworten zu finden, blickte er ab und zu in den sehenden Stein, doch dieser liess sich keine Geheimnisse entlocken. Wenn er seinen Blick auf ihn senkte, dann füllte er sich mit Wolken voller Nebel und Rauch, doch er klarte nicht auf. Dies fand er äusserst ungewöhnlich und besorgniserregend.

Arwen kam zu ihm auf den Balkon und legte ihre Arme um seine Brust. Seit Wochen spürte auch sie die Unruhe, die sich seiner bemächtigt hatte. “Liebster”, hauchte sie mit wohlklingender Stimme, “was quält dich?”
Er blickte ihr gedankenverloren in die Augen und strich eine Strähne ihrer langen, schwarz glänzenden Haare aus der Stirn.
Sie war so schön, wie ihr Name : Abendstern. Und für ihn war sie die Schönste aller Elben. Feine geschwungene, zarte Linien rahmten ihr Gesicht. Ihre Augen leuchteten wie die Sterne und ihr Lächeln erwärmte sein Herz. Ihr Mund war zart geschwungen und ihre Haut hell und samtig weich. “Nichts”, sprach er und küsste sie innig auf den Mund. Er schmiegte sich an ihren zarten Körper und hielt sie fest in seinen starken Armen. “Nichts, du schönste aller Königinnen.” Doch er wusste, dass Arwen ihm nicht glauben würde. Ihr konnte er nichts vormachen.

Sie blickten beide in die untergehende Sonne und hielten sich umarmt. Der warme Südwind, fuhr durch ihre Gesichter und streichelte sie sanft. Ihre Haare wehten in der angenehmen Brise. Der Feuerball färbte sich rot und tauchte das Schattengebirge, das die Grenze nach Mordor bildete, in orangerotes Licht. Die Tage der Dunkelheit dort waren vergangen und sie hatten daher oft die Gelegenheit, diesem Schauspiel zuzusehen. Jeder Sonnenuntergang war ein Ereignis für sich und hielt sie gefangen.
“Machen dir die Wölfe Sorgen?”, fragte Arwen.
Aragorn schüttelte den Kopf. “Nein meine Liebste, das tun sie nicht. Eomer, für den ich wie für einen Bruder empfinde, hat sich ihrer angenommen. Ich bezweifle nicht, dass er sie erledigen wird.”
Arwen nickte zustimmend. Doch ihr Herz blieb betrübt, da Aragorn sich ihr nicht offenbarte.

Sie ging in ihre Gemächer zurück. Als vor wenigen Wochen der zunehmende Mond aufgegangen war, erhielt sie eine Schreckensvisionen aus Bruchtal. Elrohir, ihr Bruder, rief sie um Hilfe. Tiefbestürzt sah sie ihren anderen Bruder Elladan leblos am Boden liegen. Bruchtal war gänzlich zerstört. Es war unfassbar und sie weigerte sich, dies zu glauben.
Seit Tagen begleitete sie nun Unwohlsein und sie hoffte, dass sie das langersehnte Kind in sich tragen würde, das sie sich so sehr wünschte. Die Zeichen für eine Schwangerschaft standen gut. Sie redete sich ein, dass diese Vision nur auf ihren veränderten Zustand zurückzuführen sei. Ihr Herz verkrampfte sich, denn sie wusste, dass sie sich ihrem Mann hätte anvertrauen müssen. Doch der Umstand, dass Aragorn sie und den königlichen Hof aufgrund der zweifelhaften Erscheinung verlassen könnte, veranlasste sie, nicht mit ihm darüber zu sprechen. Aragorn erfuhr daher nichts von der Gefahr, die er längst spürte. Es war falsch zu schweigen, doch Arwen kam nicht dagegen an.

Einige Wochen später kamen Reiter mit hoher Geschwindigkeit aus Rohan galoppiert. Etwas war geschehen, dass spürte Aragorn sofort. Er verfolgte ihren Ritt durch das grosse Tor im Osten. Eilig preschten sie durch die Strasse der Lampenmacher >Rath Celerdain<, begleitet von seinen Torwachen. Herolde riefen aus, Platz für die Gesandten König Eomers zu schaffen. Neugierige eilten aus ihren Häusern und blickten verwundert den Reitern hinterher. Aragorn verliess die Brüstung, von der er weit in seine Stadt sehen konnte und eilte in die prunkvollen Hallen. Er wartete ungeduldig, dass die Boten zu ihm vorgelassen wurden. Lärm ertönte auf den Fluren und kurz darauf erschien Belegond. Mit ihm kamen viele Wachen und postierten sich an den Seiten der Halle. Belegond meldete die Ankunft von Hauptmann Harold und weiteren Reitern der Riddermark.
Die schweren, eisenbeschlagenen Flügel zur Halle wurden von der Palastwache geöffnet und die Krieger Rohans traten forschen Schrittes ein. Sie fielen in der Mitte der Halle auf die Knie und senkten ihre Köpfe zum Zeichen der Ergebenheit und des Grusses.
"Tretet näher, Reiter der Mark, Söhne Rohans", rief Aragorn.
Die Männer erhoben sich und eilten in die Nähe seines Thrones.

“Elessar, König von Gondor und des wiedervereinigten Königreiches, uns schickt euer treuer Verbündeter, König Eomer. Lathspell - schlechte Nachricht müssen wir leider überbringen”, sprach der Hauptmann.
“Die Wölfe?”, riet Aragorn.
“Ja Herr, die Wölfe. Zum Ende des Frühlings ritten fünfzig Krieger, dreissig Zwerge, ein Elb und zwei Waldläufer aus, um die Bestien zu erlegen”, sprach Harold. “Wir postierten uns entlang des alten Waldes. Wochenlang geschah nichts und wir wurden des Wartens müde. Gerade als unser König beschlossen hatte, die Truppen abzuziehen und nach Rohan zurückzukehren, griffen sie im Westen an. Die postierten Rohirrim starben bei diesem Überfall, der Elb Legolas wurde schwer verwundet und liegt seither im Krankenzelt. Sein Schicksal weilt nicht mehr in den Händen unserer Heiler. Die Wunde an seinem Arm will und will sich nicht schliessen. Doch er hatte noch Glück, denn er überlebte bisher als einziger einen Übergriff von diesen Mörderbestien. Die Wölfe haben in der darauffolgenden Zeit regelmässig an den verschiedensten Stellen die Wachposten angegriffen und sie überfallen. Einen Krieger nach dem anderen und viele Zwerge töteten sie seither. Sobald man den Angegriffenen zu Hilfe geeilt war, kam man bereits zu spät und die Wölfe waren wie vom Erdboden verschluckt. Wir konnten nicht einmal die Toten beerdigen, da diese Kreaturen sie mit in die Wälder schleiften und sie womöglich frassen. Die Hälfte unserer Männer wurden bereits getötet. Der Wald ist viel zu gross und wir können die Übergriffe der Wölfe nicht mehr kontrollieren. König Eomer und Gimli Gloin haben ihre Truppen abgezogen und lagern an den südlichen Ausläufern in der Nähe des Grünweges. Verstärkung aus Rohan ist bereits unterwegs. Heerscharen ziehen aus und eilen den Verbliebenen zu Hilfe.”

König Elessar sprang von seinem Thron auf und schritt in der Halle auf und ab. Dies waren wirklich schlechte Nachrichten. Er winkte Belegond zu sich.
“Stellt ein Heer zusammen, wir ziehen in die Schlacht”. Belegond nickt zustimmend und eilte davon. Die Miene der Reiter hellte sich auf.
“Danke Herr!”, riefen sie freudig.
“Ihr schuldet mir keinen Dank” sprach Aragorn ernst. “Es ist eine Pflicht in der Not zu helfen und mir eine besondere Ehre, König Eomer im

Kampf beizustehen."
"Diener!", rief er laut und aus dem Seitengang kam eifrig ein junger Bursche geeilt.
"Ihr wünscht, mein König?"
"Geleitet die Herren in die schönsten Gemächer und bewirtet sie", befahl Aragorn dem Bediensteten und zu den Kriegern Rohans gewandt sprach er : "Ruht euch ein wenig aus. Zum Abend werden wir uns hier versammeln und alles weitere besprechen."
Harold und seine Gefährten verneigten sich und wurden aus der Halle geleitet.
Aragorn nahm wieder auf seinem Thron Platz. Er blickte in die unbewegten Augen seiner Palastwache. Sie mussten nun, während seiner Abwesenheit, die Stadt schützen. Doch sie waren alle sehr gut ausgebildet und verstanden sich auf´s Kämpfen, wie kaum ein anderes Volk. Minas Tirith sollte jedoch nicht ohne Führung bleiben und so sandte er Boten in die Hügel des Emyn Arnen und liess den Fürsten von Ithilien, Faramir, rufen.

Am Abend versammelten sich alle an einer grossen Tafel. Auf den zwei hohen, kunstvoll gefertigten Stühlen an der Stirnseite nahmen König Elessar und die Königin Gondors, seine Frau Arwen Undomiel, Platz. Zur Rechten des Königs sass Faramir, Fürst von Ihilien und zur Linken seiner Frau, der Kurier Harold und seine Begleiter aus dem Königreich Rohan. Neben Faramir war der Rat Gondors plaziert, Gelehrte und Würdenträger mit beratenden Funktionen. Belegond, der höchste Hauptmann von Gondor bildete mit seinen Hauptmännern der Turmwache das Ende der Tafel.
Sie nahmen schweigend ihr reichhaltiges Abendmahl ein und Musikanten spielten auf Geigen und Harfen traurige Weisen. Die Bediensteten eilten um die Tafel und schenkten den Gästen den süssen Wein aus und nachdem alle gegessen hatten, trugen sie in Windeseile das Geschirr und die übrig gebliebenen Speisen in die Palastküche.
Aragorn erhob sich und eröffnete die Ratsversammlung.
"Wir haben uns hier eingefunden, um über die furchtbaren Überfälle der Wölfe in Eriador zu beraten."
Alle am Tisch hatten bereits davon erfahren und so bat der König den

Hauptmann der Rohirrim, Harold, noch einmal die überbrachte Nachricht zu wiederholen.
Arwen blickte auf den Krieger, während dieser facettenreich das Geschehene noch einmal berichtete. Nun war es doch soweit. Aragorn würde nicht tatenlos zusehen, dass wilde Tiere meuchelnd durch Mittelerde zogen. Sie würde ihn nicht halten können und wie versteinert ertrug sie ihr Leid. Schon morgen, so hatte er ihr mitgeteilt, würde sich das halbe Heer Gondors mit ihm auf den Weg machen. Die Träne, die ihre Wange benetzte, küsste er zart von ihrer Haut.
"Mach dir keine Sorgen", sprach er besänftigend auf sie ein und sie wusste, das keine Worte und ihre Liebe nichts an seinem Entschluss ändern würden. "Faramir wird dir während meiner Abwesenheit zur Seite stehen, Liebste", sprach Aragorn und Arwen blickte ihm traurig in die Augen. Faramir war nicht Aragorn und von niemand anderen würde sie sich trösten lassen.

Die Stimmen an der Tafel wurden laut und die Gemüter erhitzten sich. Nur mit Mühe verschaffte sich der König das Wort und beruhigte die erzürnten Menschen. Nachdem die Ruhe am Tisch zurückgekehrt war, übernahm Aragorn die Wortführung und die Gespräche wurden in angemessener Weise fortgeführt. Nach vielen Stunden verkündete der König das Ergebnis der Beratung und den daraus folgenden Beschluss. Die Herolde wurden gerufen. Dann gingen sie und verkündeten lautstark von den Türmen der Stadt und in den Strassen die Beschlüsse des Rates. Sie berichteten von den neuesten Vorgängen in Mittelerde, von den Entscheidungen, die ihr König und der Rat von Gondor getroffen hatten. Dabei erwähnten sie die hohe und wichtige Stellung von Gondor, insbesondere die von Minas Tirith, in dem bevorstehenden Kampf und ihrer Verpflichtung, den freien Völkern beizustehen. In den Strassen sammelte sich die Bevölkerung und es wurde laut diskutiert. Die Gasthäuser erhielten in dieser Nacht einen grossen Ansturm und schenkten bis zum frühen Morgen Bier und Weine aus.

Als die Sonne sich rot glühend im Osten zeigte und ihre ersten Strahlen die Stadt in goldenes Licht tauchte, war es soweit, das halbe Heer Gondors stand vor den Toren Minas Tiriths marschbereit. Eine riesige

Schar von Menschen, aus Ithilien, Lebennin, Osgiliath und die Dunedain von Gondor, in schwarzen und silbernen Rüstungen, hohen Helmen, runden Schilden, mit Schwertern und Speeren bewaffnet. Der blühende, weisse Baum unter den sieben Sternen, das Wappen Gondors, schimmerte silbrig im Licht der aufgehenden Sonne und an ihrer Spitze stand ihr grosser König. Er reckte sein Schwert Anduril in die Luft, und das Licht blendete die Augen, so hell schien es. Von den dunklen Kreaturen gehasst, zog es nun mit seinem Herrn gegen sie ins Feld. Elessar hielt eine Ansprache an seine versammelten Krieger. Dann riss er sein Pferd nach oben und es bäumte sich auf. Laut rief er :
"Vorwärts!", und das grosse Heer setzte sich in Bewegung.
Arwen stand auf dem Balkon und hielt ihre Hände schützend vor den Bauch. Nur als Aragorn aus der Ferne zu ihr sah und sie liebevoll anlächelte, hob sie ihre Hand und winkte zum Abschied. Lange verfolgte sie das davonziehende Heer und war voller Trauer und Sehnsucht.

VIERZEHNTES KAPITEL

DER KAMPF BEGINNT

Saruman zog mit seiner riesigen Streitmacht in südliche Richtung. Olkan blieb zurück und sah ihnen mit einem Haufen von hundert Moria-Orks hinterher. Erst nachdem das grosse Heer am Horizont verschwunden war, gingen sie zurück in die Hallen von Khazad-dúm. In den Minen von Moria war nun Olkan der Herrscher und er hatte ein wichtige Aufgabe von Saruman erhalten. Unablässig feuerten sie die Öfen der Schmiede an und fertigten weitere Waffen für das mächtige Heer, das in einer neu angelegten Brutstätte heranzogen wurde. Saruman wollte tausende von kampffähigen Uruk-hai gezüchtet wissen. Mit einem Eisenbolzen brannte Olkan ihnen nun selbst die schwarze Hand auf die Stirn. Die Moria-Orks aus den unteren Höhlen hatten sich bereits vor längerer Zeit, nachdem sich ihre Zahl rapide ver-ringert hatte, ergeben und arbeiteten nun bei den Uruk-hai in der Brutstätte oder in der Waffenschmiede. Dies verlängerte ihr Leben merklich.
Olkan ging in den Nächten mit einigen seiner gezüchteten Spiessgesellen, die sich vortrefflich aufs Jagen verstanden, nach draussen und sie sorgten für die Verpflegung. Monat für Monat vermehrte sich nun unablässig die Zahl der kräftigen Orks und in Hundertschaften folgten sie Saruman.

Dieser zog zwischenzeitlich mit seinem gewaltigen Trupp durch die Wälder entlang des Celebrant. Nachdem sie einen Tag und eine Nacht marschiert waren, rastete seine Streitmacht in den frühen Morgenstunden. Rohivor kam auf ihn zugeflogen. Saruman hielt mit ihm Zwiesprache und an seinem Gesichtsausdruck war abzulesen, dass ihn die Nachrichten sichtlich erfreuten, die der schwarze Rabe ihm überbrachte. Saruman rief Gorlog zu sich und wies ihn an, fünfzig der besten Orks auszuwählen und die Trolle zu ihm zu führen. Gorlog verschwand und kam kurze Zeit spä-

ter mit den schnellsten und zähesten Orks, die er finden konnte und den Trollen zurück.
Sie sprachen eine lange Zeit, dann huschten sie unter Führung Gorlogs im verborgenen des Waldes davon.

In den Mittagsstunden zog Saruman mit seinen Hundertschaften weiter. Rohivor begleitete sie noch ein Stück, bevor er laut krächzend abdrehte. Ein Teil seiner Vögel verfolgte die kleine Gruppe, die Gorlog führte, südlich und der andere grössere Teil flog mit ihm in Richtung Westen davon. Sarumans Orktruppen liefen in schnellem Tempo. Bald würden sie Lorien erreichen, das sich westlich des Anduin erstreckte.
Es war das Elbenreich der Galadhrim, wie die Waldelben hier genannt wurden. Es hiess, dass nur sie die wahre Schönheit von Lorien von Eldamar bewahrt hatten. Viele der Elben waren zum Ende des Dritten Zeitalters nach Süden geflohen, als der Balrog in Khazad-dúm erwachte und die Gegend vermehrt von Orks durchstreift wurde. Im Ringkrieg kämpften die Elben erfolgreich gegen die Angriffe von Dol Guldur. Doch die meisten Elben verspürten grosse Sehnsucht in den Westen zurückzukehren und nach dem Ringkrieg brachen sie zu den Ewigen Gestaden auf. Auch die hohe Frau Galadriel, aus dem Hause Finarfins, verliess Lorien und nur wenige der Noldor blieben zurück.

Bald lagerte Saruman mit seinem grossen Heer am Rande des verborgenen Reiches. Seine Späher leisteten ununterbrochen Bericht. Sie hatten keine Elben zwischen den Bäumen ausmachen können. Doch er wusste es besser. Meisterhaft verstanden sie sich zu tarnen. Seine Truppen würden nicht so einfach und unbehelligt durch dieses Land ziehen können. Er blickte zu dem hohen Mellyrnwald, der sich endlos vor ihm erstreckte. Das Unterholz war dicht und bot genügend Schutz für die Elben, um ungesehen zu bleiben. Er winkte Lómbagh zu sich.
“In der Nacht greifen wir an”, sprach er zu ihm. “Wir werden nur wenig Widerstand zu erwarten haben.” Lómbagh wollte sich erheben, doch Saruman hielt ihn zurück.
“Sie sind ausgezeichnete Bogenschützen. Die Männer sollen ihre Schilde einsetzen.” Lómbagh ging zu den eingesetzten Obersten und unterrichtete sie genauestens. Sie besprachen die Kampftechniken der Elben und

bereiteten sich auf ihren Kampf vor. Saruman beobachtete den Wald argwöhnisch. Auch wenn er mit keiner grossen Streitmacht rechnete, die sich ihm in den Weg stellen würde, so wusste er doch, das die Vorteile hier bei den Elben lagen. Sie waren die Kämpfe im Wald gewohnt und bisher immer siegreich gewesen. Von der Aussenwelt waren sie zumeist verschont geblieben. Galadriel regierte sie mit strenger Hand und nur selten wurden Reisende geduldet. Mit den Zwergen standen sie seit langer Zeit im Streit. Ihnen war der Zugang nach Lothlorien versperrt. Erst mit Gimli Gloin wurde dieses Verbot erstmals aufgehoben.

Die Sonne ging rot glühend unter und tauchte das weite Land in orangefarbenes goldenes Licht. Bald würde ein gewaltiger Sturm in Lorien einbrechen und es vernichten. Saruman schloss seine Augen. Bisher lief alles in seinem Sinne. Die Ergreifung der Macht in Mittelerde war nur noch eine Frage der Zeit. Er war der unumstrittene Herr von Moria, hatte Bruchtal zerstört und nun würde Lorien folgen. Niemand hatte das Dunkel kommen sehen und so stellte sich ihm keiner in den Weg. Es war so einfach. Die Menschen waren fern, doch bald würden auch sie seine Macht zu spüren bekommen.
Lómbagh kam zu ihm und riss ihn aus seinen Gedanken.
"Gebieter, die Orks sind kampfbereit und warten auf euer Zeichen."
"Noch nicht Lómbagh, noch nicht", sagte Saruman.
"Sie werden ihren Kampf bekommen. Sobald dieser Stab", und er zeigte auf Tordas, "Funken versprüht, schlagen wir los." Lómbagh entfernte sich und überbrachte diesen Marschbefehl an die Hauptmänner und die Obersten der einzelnen Abteilungen.

Die Nacht brach dunkel herein und die Sichel des Mondes tauchte die Landschaft in fahles Licht. Die Blätter der Mellyrnbäume schimmerten silbrig. Saruman bemerkte die ungewöhnliche Stille; kein Laut drang aus dem Wald. Für sein Gefühl war es viel zu ruhig. Er legte sein Ohr an den Boden und lauschte. Nichts! Er konnte kein verdächtiges Geräusch vernehmen. Dann wurde er des Wartens müde und gegen Mitternacht gab er das vereinbarte Zeichen.
Er richtete Tordas in die Luft und schrie dunkle, schwarze Worte in die Nacht. Funken kalten eisigen Lichts sprühten aus dem Stab und tauchten

die Orks in fleckiges Licht.
Lómbagh schrie unverständliche Worte in die brandende Masse, die sich mit tosendem Kampfgeschrei langsam auf Lothlorien zu bewegte. Es war soweit, der Krieg würde nun über Lorien hereinbrechen.
Saruman blieb auf einem Felsen vor dem Wald stehen, zu seinen Füssen lag Warga und er verfolgte mit seinen scharfen Augen die Hundertschaften.
Und plötzlich schoss ein Hagel von Pfeilen aus dem Wald gegen die vielen Orks, die sich ihm näherten.
Also doch, dachte Saruman und beobachtete seine Streitmacht. Sie hatten, wie befohlen die Schilde zum Schutz vor den Körper gehoben. Trotz allem fielen in den ersten Reihen einige seiner garstigen Kämpfer zu Boden.
Doch ihr Lauf war nicht mehr aufzuhalten. Sie stürmten auf Lorien zu, fielen in das Dickicht des Unterholzes und verschwanden allmählich hinter den Bäumen und Sträuchern. Saruman lauschte. An seine hellhörigen Ohren drangen viele, grauenhafte Laute seiner verletzten oder sterbenden Orks, aber auch elbisches Klagen und ihre Todesschreie konnte er vernehmen. Sie hatten keine wirkliche Chance, auch wenn dies ihr Territorium war und sie im Schutz des Waldes hervorragend kämpften. Dies war ihr letztes Aufbegehren gegen die Zerstörung und Besetzung ihres Landes.

“Komm!”, sprach Saruman zu Warga und nun gingen auch sie auf den Wald zu. Mit der linken Hand umschloss er Tordas und in der rechten hielt er sein Schwert. Langsam näherten sie sich dem Wald. Der Kampf tobte im Inneren unerbittlich, die Jubelschreie seiner Orks wurden lauter, als sie endlich ihre Füsse in das dichte Unterholz setzten. Sie blieben äusserst aufmerksam und belauschten den Wald. Es war gut möglich, dass sie aus Verstecken in den Bäumen, von verborgenen Elben angegriffen wurden. Saruman beobachtete seine Umgebung genau, doch kein Angriff erfolgte auf seine Person oder Warga. Sein Weg führte ihn nach Caras Galadhon, der Hauptstadt der Elben. Leise vernahm er das Rufen eines Kautzes und er war sich sicher, dass dieses Geräusch viel zu gut nachgeahmt wurde.
Ein Blick auf Warga genügte und dieser verschwand lautlos in den

Büschen. Saruman blieb stehen und betrachtete seine nähere Umgebung. Die wunderschönen silbrigen und goldenen Blumen waren achtlos zertreten, die Schönheit Lothloriens war zerstört, die silbrig, glatte Borke der Mellyrnbäume war von den Schwerthieben der Orks verletzt und dickes goldenes Blut floss aus den tiefen Wunden. Am Boden lag ein Teppich silberner Blätter und goldener Blüten. Einige tote Orks und nur wenige tote Elben lagen auf dem Waldboden. Er konnte an den Spuren erkennen, dass hier bereits Nahkämpfe stattgefunden hatten. Die leichteren Fussabdrücke der Elben waren deutlich zwischen den eisenbeschlagenen Stiefeln der Orks zu erkennen.
Die Elben flüchteten bereits, sie waren dieser Übermacht nicht gewachsen. Ein surrendes Geräusch war zu vernehmen und Saruman duckte sich ab. An seinem Kopf pfiff ein Pfeil vorbei.

Er schickte einen Hagel von Blitzen in die Richtung, aus der der Angriff erfolgt war und der Schrei des sterbenden Elben hallte durch die Nacht. Er hatte sein Ziel nicht verfehlt. Langsam schritt er weiter, denn nach Caras Galadhon war es noch weit. Von Fern hörte er seine Getreuen brüllen, die auch den letzten Galadhrim den Garaus machten, sie vertrieben oder töteten. Er spürte, dass das Ende der Elben nahe war.
Sein Weg wurde kaum noch behindert, den wenigen Angriffen, die auf ihn zielten, bereitete er ein schnelles Ende und liess niemanden am Leben.

Als die ersten Nebelfelder, ein Zeichen des nahenden Morgens, aufgezogen waren, wurde das Lärmen deutlich lauter. Er näherte sich der Hauptstadt, die von seinen Orks bereits eingenommen wurde. Saruman durchschritt den Schutzgraben und die grüne, dichte Mauer, die an vielen Stellen niedergebrannt war. Seine Orks plünderten und zerstörten das wunderschöne Land und die grossen Telains, die Baumhäuser, weit oben in den Kronen der mächtigen Mellyrnbäume, die Wohnstätten der Waldelben. Die Sonne brach sich einen Weg durch die Bäume und tauchte Lorien in einen milden Schein. Doch das Grauen hatte Einzug gehalten. Viele Tote gab es zu beklagen, Elben und Orks liessen gleicher- massen ihr Leben. Ihre Leichen lagen unter den Bäumen auf dem Waldboden verstreut, die Schönen und die Grauenhaften. Doch die Verluste waren für

Saruman zu verschmerzen. Er hatte etliche Tote eingeplant und seine Streitmacht war kaum geschwächt. Ein Zehntel seiner Mannen hatte er verloren, dies blieb unter seinen Erwartungen. Er war sehr zufrieden. Sie bereiteten dem neuen Herrn von Lothlorien einen glorreichen Empfang und geleiteten ihn mit Siegesrufen die Stufen hinauf. Die Orks hatten gute Arbeit geleistet. Zerstörung und Grauen standen auf der Tagesordung. Die Bäume würden bald kränkeln unter dem Leid, das ihnen zugefügt wurde.
Er stieg den grössten und schönsten Baum nach oben, bis weit in die Krone und befand sich auf einer silbrigen Plattform. Dort stand Galadriels Thron unberührt und er nahm Platz. In seinem Gesicht breitete sich Genugtuung aus. Er hatte dieser Hexe das Land geraubt und es in Besitz genommen. Die Orks wüteten noch immer und hackten ihre Krummschwerter in die Bäume, die unter den Hieben furchtbar stöhnten. Sie zertrampelten die goldenen Blumen und rissen die Bauten der Elben ein.

Nur den Spiegel Galadriels berührten sie nicht. Um ihn lag ein dichter Nebel, so dass er nicht zu erkennen war. Die Orks, die sich ihm näherten, spürten Unwohlsein und je mehr sie ihm nahe kamen, um so qualvoller wurden die Schmerzen, wie tausend, spitze Nadeln, die den Körper marterten. Der Spiegel wollte keinesfalls gefunden und geschändet werden und die Orks mieden fortan den Ort, an dem er sich befand. Saruman sagten sie nichts davon. Sie fürchteten seine masslose Wut und so kam es, dass der Spiegel der sinnlosen Vernichtung entging. Lómbagh, der erste Hauptmann und Oberbefehlshaber der Streitmacht, kam zu seinem mächtigen Herrn Saruman, der gebieterisch auf dem Thron sass und berichtete ihm ausführlich von der Schlacht. Als er seinen Bericht beendet hatte, bemerkte er noch, dass einige Elben gefangen genommen wurden. Saruman zog missbilligend seine Augenbrauen zusammen.
“Führt sie zu mir!”
Lómbagh verschwand und kam mit acht Gefangenen, die ihm nur widerwillig folgten, zurück. Die Orks beschimpften sie und traten nach ihnen. Saruman blickte sie aufmerksam an.
“So sieht also ein besiegtes Volk aus!”, rief er ihnen hämisch entgegen. Die Orks grölten. Doch der Stolz der edlen Elben war nicht gebrochen.

Hoch erhobenen Hauptes begegneten sie seinem stechenden Blick.
“Nun, was soll ich nur mit euch tun?”, sprach Saruman und sah die Gefangenen fragend an. Die Elben antworteten ihm darauf nicht, begegneten aber standhaft seinem stechenden Blick und spuckten verächtlich vor ihm aus.
“Tötet sie!”, fuhr er Lómbagh wutentbrannt an. Dieser winkte ein paar von den Orks zu sich, die ihnen kurzerhand dic Köpfe abschlugen. Kein Laut drang aus den Mündern der mutigen Elben. Sie starben mit heldenhafter Würde.

Saruman blieb ein paar Tage in Caras Galadhon und besprach sich mit Lómbagh. Lorien sollte besetzt bleiben. Er überlegte, ob er Lómbagh mit einigen hundert Orks zurücklassen oder einen zuverlässigen Oberst einsetzen sollte. Der Uruk-hai nahm ihm die Entscheidung ab. Er stellte ihm einen finsteren Gesellen vor, der den Namen Burukhan trug und wies ihn als einen treuen Oberst, der im Sinne Sarumans handeln würde, aus. Es war beschlossen. Burukhan wurde auf seine Aufgabe vorbereitet. Er erwies sich als geeignet und bezog mit seiner Gruppe und einigen anderen die Wälder Loriens.

Saruman schritt durch sein erobertes Land. Einige der Elben konnten noch flüchten und waren entkommen, er sah es an den Fussspuren die sich auf dem Waldboden abzeichneten. Dann machte er eine interessante Entdeckung : Ein verletzter Elb kam hier erst vor kurzem vorbei, er verlor Blut. Saruman verfolgte die deutliche Spur und fand eine filigrane, silberne Brosche. Sie war sehr ungewöhnlich, geradezu königlich. Kleine Diamanten zeichneten die Rune Calma in der Sprache der Tengwar. Saruman drehte und wendete sie. Er war sich ziemlich sicher. Es war der Buchstabe >C< und dies musste bedeuteten, dass der Elbenfürst Loriens, Celeborn, an diesem Kampf teilgenommen hatte. Der grosse Celeborn, auch der Weisse genannt, war also noch in Mittelerde. Er liebte Galadriel und nahm sie zur Frau und als Doriath fiel, kamen sie hierher. Saruman fuhr auf. Celeborn durfte ihm nicht entkommen.
“Warga, komm zu mir!”, rief er seinem Wolf zu. Er lies ihn die Fährte aufnehmen. Dann hetzte Warga hinter der Spur her. Sie war gut einen Tag alt. Celeborn konnte es mit seiner Verletzung nicht mit der Schnelligkeit

Wargas aufnehmen. Der Wolf verschwand im dichten Unterholz. Saruman kehrte zurück. Seine Streitmacht hatte sich bereits erholt und unter der Führung Lómbaghs formatierte sich die Heerschar. Hier gab es nichts mehr für ihn zu tun. Lorien war in fester Hand seiner Orks und Burukhan sollte nun die weiteren Geschicke in seinem Sinne leiten. Er gab Marschbefehl und sein riesiges Heer setzte sich am darauffolgenden Tag in Bewegung.

FÜNFZEHNTES KAPITEL

DAS GEHEIMNIS DER WÖLFE

König Elessar ritt an der Spitze seiner grossen Heerschar auf der Nord-Süd-Strasse nach Westen durch Rohan. Sie passierten Edoras, die Furten des Isen und seine Krieger marschierten durch die vielen Länder Eriadors. Erst nach sechs Wochen passierten die Hundertschaften den Grünweg und zu Beginn des Herbstes erreichten sie endlich das grosse Lager König Eomers. Seit Tagen war das Wetter unbeständig und kühlere Winde bliesen von Norden durchs Land. König Eomer ritt Aragorn entgegen. Sie sprangen gleichzeitig von ihren Pferden und fielen sich in die Arme. Beide fühlten sich wie Brüder miteinander verbunden und ihre Freundschaft war ein festes, unlösliches Band geworden. Eomer berichtete von den neuesten Ereignissen. Seine Pferdetruppe, Eored in der Sprache der Rohirrim genannt, war bereits seit längerer Zeit aus Rohan eingetroffen, eine grosse Heereseinheit kampferfahrener, mutiger Krieger. Eomer ritt mit Aragorn zum Lager und König Elessar sah Zwerge und Menschen gleichermassen durcheinanderlaufen und miteinander agieren. Eomer führte ihn nun zum Krankenlager und sie betraten das grosse Zelt. Viele Feldbetten waren aufgestellt, in denen Verwundete Pflege erhielten. Sie hatten Verbrennungen und tiefe Bisswunden erlitten. Aragorn blickte auf ihre geschundenen Körper und ihren leeren Blick.

“Einige von ihnen sind wahnsinnig geworden”, berichtete ihm Eomer. “Sie haben zu lange den glühenden, roten Blicken der Wölfe standgehalten und sind ihnen verfallen. Jetzt kommen sie nicht mehr von ihnen los. Man darf den Wölfen auf gar keinen Fall zu lange in die Augen sehen; viele von meinen Kriegern werden selbst in ihren Träumen vom roten Leuchten verfolgt.”

Sie kamen an ein Bett und Aragorns Miene erhellte sich, als er Legolas in guter Verfassung vorfand. Schnell ging er auf ihn zu und nahm an seinem Krankenbett Platz.
“Na endlich”, sprach Legolas, “dass du immer so lange auf dich warten lässt. Du bist sicher schon eingerostet und faulenzt den ganzen Tag, während wir hier Mannestaten vollbringen.”
Aragorn knuffte Legolas lachend und umarmte ihn. Lange hielten sie einander fest, denn seit über einem Jahr hatten sie sich nicht mehr gesehen. Es schien ein Wink des Schicksals zu sein, der sie an den Schauplätzen der Gefahren immer wieder zusammenführte. Sie blickten sich lange schweigend in die Augen und dann besah sich Aragorn die Wunde von Legolas. Dieser beschwerte sich unablässig über die Unnachgiebigkeit des Feldmediziners, der sich weigerte, Legolas zu entlassen.
“Dabei bin ich schon wieder hergerichtet”, sprach Legolas entrüstet. Aragorn lachte, doch als er die tiefe Wunde erblickte, die den Arm des Freundes aufgerissen hatte, verstummte er. Doch es schien, dass sie endlich heilte. Legolas hatte wirklich grosses Glück gehabt, trotzdem konnte von Wiederherstellung und Genesung noch nicht die Rede sein.

Er winkte den Heilkundigen zu sich und gab ihn ein paar Anweisungen, die er ausführen sollte, damit die Heilung schneller voranging.
“Und lassen sie mir den widerspenstigen Patienten nicht entkommen”, sprach Aragorn und Legolas hieb ihm seine Rechte in die Seite, sodass Aragorn sich mit gespielten, quälenden Schmerzen krümmte.
“Hinterhältige Schlange”, raunte Legolas ihm zu. “Du kennst diesen Schlächter nicht, lieber im Feld sterben, als durch diesen Giftmischer!” Er lachte den Feldmediziner an, der ein beleidigtes Gesicht zog. Doch im Grunde wusste Legolas, dass er und Theomer, der Rohirrim, ihm das Leben gerettet hatten und war ihnen unendlich dankbar. Dann berichtete er Aragorn ausführlich von seinem Kampf gegen den Wolf und dieser zog seine Stirn nachdenklich in Falten, während er aufmerksam zuhörte. Zu seinem tiefen Bedauern musste er erfahren, das bereits viele Zwerge und Rohirrim ihr Leben lassen mussten und nur wenige, schwer verletzt, gerettet wurden. Aragorn blickte sich im Krankenlager um und sah in die von Schmerz gezeichneten Gesichter. Für ihn stand fest, dass diese Bestien ausgerottet werden mussten.

Als er das Zelt verliess, erwarteten ihn bereits Meoseld und Arodan. Sie knieten vor ihrem König nieder und fielen sich dann in die Arme.
“Meine Getreuen”, flüsterte Aragorn. “Ich habe euch so viel zu verdanken, meine Freunde.”
Sie setzten sich an ein Feuer und vertieften sich in ein langes Gespräch, das den ganzen Tag währte. Nach der langen Zeit der Trennung, gab es so viel zu berichten.

Nach dem neuesten Lagebericht waren um den alten Wald vierhundert der Rohirrim verteilt und mehr als hundert Zwerge. Nun wurden die Lücken von den Dunedain aus Gondor geschlossen und die Wachposten verstärkt. Sie erhielten eine Einweisung für den bevorstehenden Kampf mit den Bestien. Bisher konnte lediglich ein Wolf getötet werden. Er war auf einer Anhöhe aus Felsgestein aufgebahrt. Die Scharen der Neuankömmlinge zogen an dem Tier vorbei und bestaunten das riesige Tier. Später brachen die Krieger auf und verteilten sich auf den ihnen zugewiesenen Posten. Die Grenzen des alten Waldes waren nun gesichert. König Elessar wollte ebenfalls mit seinen Kriegern ausreiten. Meoseld, Arodan, Belegond und einige seiner Wachleute sollten ihn begleiten. Als sie zu ihren Pferden kamen und Aragorn das Pferd von Meoseld sah, wurde er stumm und blickte es unverwandt an. Sein Blick glitt zu dem Pferd und dann zu Meoseld.
“Ein Mearas”, murmelte er erstaunt.
“Wisst ihr eigentlich, mein Freund, was für ein Pferd ihr da reitet?”, fragte Aragorn.
Meoseld hatte von den sagenhaften Mearas gehört, doch er wäre nie auf die Idee gekommen, dass sein geliebtes Pferd Feuermähne eines von ihnen sein könnte.
“Es ist ein besonderes Ross”, sprach Aragorn. “Nicht viele dieser Art kenne ich und meines Wissens dulden sie nur Fürsten oder Könige auf ihren Rücken, kein einfacher Mensch vermag ein solches Pferd zu reiten. Mein Freund und Getreuer, ihr gebt mir wahrlich Rätsel auf.”
Meoseld wusste nicht, was er darauf antworten sollte.
“Wer hat euch dieses Pferd gegeben?”, fragte Aragorn.
“König Eomer von Rohan”, antwortete Meoseld wahrheitsgetreu.
“Es ist ein wertvolles Geschenk. Ihr müsst ihm sehr am Herzen liegen”,

sagte Aragorn.
Dann trieben sie ihre edlen Rosse in einen schnellen Galopp. Aragorn wollte den alten Wald umrunden und sich ein Bild von der Lage machen. Die Sonne ging bereits unter, als er mit seinen Gefährten auf dem Grünweg Richtung Norden verschwand.

Aragorn prüfte den Abstand und die Stärke der einzelnen Wachposten am Rande des alten Waldes. Er mischte seine Krieger aus Gondor mit den Kriegern von Rohan und den grimmig dreinblickenden Zwergen. Nun bildeten sich in kleinen Abständen grosse Gruppen, die sich den Angriffen der Wölfe stellen konnten. Sie wurden erfolgreicher und hielten den Überfällen der Wölfe stand. Die neu aufgestellten und besser bewaffneten Truppen erlegten in den folgenden Nächten zwei der Bestien. Man spürte, wie ihr Mut zurückkehrte, denn sie führten ihre Schwerter, Speere und Bögen nun geschickter gegen den Feind.
Der Herbst hatte in Eriador Einzug gehalten und den alten Wald golden gefärbt : die Blätter schimmerten rostrot und sonnengelb von den Laubbäumen, das Gras welkte und die Blumen verblühten. Es war noch immer mild und die Herbststürme liessen auf sich warten. Die Sonne zeigte sich oft und Aragorn sah es als gutes Zeichen. Die beiden Könige besprachen die Taktik und befehligten gemeinsam das riesige Aufgebot an Kriegern.
Die Männer wurden noch zuversichtlicher, denn nur noch wenige fielen bei den Attacken der Wölfe und im Krankenzelt gesundeten die Verletzten, durch die besonderen Heilkünste Aragorns.
Legolas konnte nun schon wieder durch das Lager gehen und übte seine Fertigkeiten im Umgang mit dem Bogen. Seine Wunde war gut verheilt, doch noch immer liess ihn der Heilkundige nicht in den Kampf ziehen. Er beschwerte sich bei Aragorn, doch sie blieben beide unerbittlich. Schließlich konnten sie ihn in seiner Wut und dem Drang, endlich wieder in den Krieg zu ziehen, besänftigen.
Neue Kunde vermeldeten die Kuriere. In der Nähe der Oststrasse konnte wiederum ein Wolf getötet werden. Das grosse Heer, da waren sich die beiden Könige einig, war für die Anzahl der Tiere unverhältnismässig, doch nur so konnten sie den grossen Wald erfolgreich umstellen und die Bestien bekämpfen. Zu Beginn des Monats Oktober kamen die ersten

Herbststürme. Bäume bogen sich unter der Kraft des Windes und rauschten unheilvoll. Legolas war voll dunkler Ahnung. Er eilte in das Zelt der Könige.
“Ich spüre das Erstarken einer finsteren Macht!”, rief er in den Raum. “Die Wölfe regen sich, sie werden bald angreifen, Unheil naht!” Ein Raunen ging durch die Reihen. Grell blitzte es in den dunklen Augen der Krieger. Als erstes erhob sich Meoseld und liess sein Schwert kampfbereit im Schein des Feuers funkeln.
Daraufhin sprangen sie alle auf und liefen aus dem Zelt des Königs zu ihren Pferden. Über ihren Köpfen kreisten Schare schwarzer Raben, die suchend über über die Wipfel der Bäume des alten Waldes flogen. Einige liessen sich auf hohen Bäumen nieder. Aragorn und Legolas beobachteten misstrauisch die Vögel. Meoseld griff sich an seine Kehle, Kälte stieg in ihm auf. Er spürte die dunkle Bedrohung, die Macht, die von dem eisigen Atem ausging und den Schatten, den die Vögel zu ihm brachten. Die Raben erhoben sich nach einiger Zeit und flogen laut krächzend davon.
“Was spürst du?”, fragte Aragorn Legolas.
Dieser sah in den Wald und lauschte in die Tiefen der Finsternis.“ Die Wölfe haben ein Zeichen von den Vögeln erhalten und ziehen in westliche Richtung”, erwiderte er. Meoseld, Aragorn und Belegond bliesen in ihre Hörner und gaben somit das Zeichen, für einen bevorstehenden, gewaltiger Kampf.
Der Klang der Hörner schallte weit ins Land und wurde von anderen Kriegern aus der Ferne aufgenommen und weitergegeben. Bald ertönten von Nah und Fern die Kriegshörner aus Rohan und Gondor.
Die berittene Eored, die Pferdtruppe Rohans, galoppierte unter Führung von Aragorn mit hohem Tempo an den Hügelgräberhöhen vorbei und näherte sich den südlichen Ausläufern des alten Waldes. Die einzelnen berittenen Streckenposten schlossen sich ihnen an und sie jagten den Ufern des Brandywein entgegen. Als sie dort in den frühen Morgenstunden eintrafen, bot sich ihnen ein Bild des Schreckens. Ein grosses Rudel hatte den südwestlichsten Posten angegriffen und vernichtet. Doch entgegen der sonstigen Gewohnheit der Wölfe, hatten sie die Toten nicht mit sich geschliffen und sie in die Tiefen des alten Waldes gezerrt. Aragorn sprang vom Pferd und untersuchte die deutlichen Spuren. Er folgte ihnen. Sie führten zum Brandywein, der sich breit und

schwer gurgelnd vor ihm erstreckte.
“Sie müssen in den Fluss gegangen sein!”, schrie er seinen Männer zu.
“In den Fluss?”, riefen sie ungläubig.
“Ja in den Fluss. Wir müssen sie weiter verfolgen!”, Aragorn eilte zu seinem Pferd, sprang auf und trieb es ins Wasser.

Alle Krieger, die Pferde hatten, taten es ihm gleich und wagten sich in die Fluten. Die anderen blieben am Ufer stehen und verfolgten mit ihren Blicken die Bemühungen der Männer, den Fluss zu überqueren. Die Pferde wurden von Strudeln ergriffen und die Krieger liessen sich aus ihren Sätteln in die reissenden Fluten gleiten. Andere versuchten an ihre Rosse geklammert, ans gegenüberliegende Ufer zu schwimmen. Viele von ihnen wurden mitgerissen und schaurig klangen ihre Schreie, die aus den aufsteigenden Nebeln zu hören waren. Auch den Mutigsten unter ihnen, die sich noch in den Tiefen des eisig kalten Wassers halten konnten, stockte der Atem. Das Rauschen des Flusses dröhnte in ihren Ohren. Nur mit Müh und Not erreichten sie das sichere Ufer. Die Hobbits auf der anderen Seite kamen zusammengelaufen und bedrohten die Ankömmlinge mit Sensen, Hacken, kleinen Schwertern und gespannten Bogen. Doch als sie die triefend nassen Gestalten als Menschen erkannten, legte sich ihre Feindseligkeit. Den Pferden gegenüber blieben sie jedoch misstrauisch. Die Nebelschwaden verzogen sich allmählich aus den Niederungen und nur vom her Fluss stiegen noch dichte Dämpfe auf. Es begann endlich zu tagen.

Eothil, Hauptmann aus Rohan, blies in sein Horn. Nach und nach kamen auch die letzten der Reiter an, völlig durchnässt und halb erfroren. Sie mussten ihre Pferde führen, denen noch immer die Furcht in den Augen stand. Doch sie hatten es geschafft! Da sahen sie zwei Pferde in die Täler des Auenbronn davonstoben, die ohne ihre Reiter am Ufer angekommen waren. Drei der Rohirrim hatten ihre Tiere in den Fluten aufgeben müssen und waren allein an das sichere Ufer gelangt. Sie waren niedergeschlagen und trauerten um den Verlust ihrer Pferde. Die Hobbits von Tiefenhain führten die Krieger, wild auf sie einredend, zu ihrem Dorf.

Dort war bereits grosse Aufregung ausgebrochen und der Dorfälteste

begrüsste sie freudig und verneigte sich vor dem grossen König, dem sie unbekannterweise die Treue geschworen hatten und nun endlich vorgestellt wurden. Die Landbüttel und die Kinder waren am eifrigsten um die fünfzig Reiter bemüht. Ein solches Aufgebot grosser Menschen hatten die Hobbits noch nie auf einen Haufen gesehen. Zu Beginn der Wolfsjagd hatten die Hobbits zwar noch oft am anderen Ufer geweilt, doch mehr als zehn der Krieger bekamen sie nie zu Gesicht und als bei einem Angriff der Wölfe drei Hobbits aus ihren Reihen getötet wurden, überliessen sie die Kämpfe den erfahrenen Rohirrim.
Entsetzen spiegelte sich auf ihren Gesichtern, als sie erfuhren, dass die Wölfe nun ins Auenland eingedrungen waren. Die Frauen schrien auf und zerrten ihre Kinder in ihre Höhlen und Gehöfte, die sie sofort verriegelten. Die männlichen Hobbits fürchteten sich ebenso, doch sie wollten vor der Reiterschar nicht als Feiglinge gelten und blieben standhaft bei den Reitern stehen. Erleichterung war ihnen ins Gesicht geschrieben, als sie hörten, dass von ihnen nicht erwartet wurde, dass sie an den Kämpfen teilnehmen sollten. Mit höchster Bereitschaft aber, holten sie ihre Boote aus den Verstecken, als sie von den Reitern berichtet bekamen, dass noch mehr Menschen auf der anderen Seite untätig warteten. Dort liefen immer mehr Krieger des Heeres zusammen. Die anderen Hobbits bewirteten ihre Gäste zwischenzeitlich königlich, bevor diese ihren Ritt fortsetzten. Aragorn fand die Spur der Wölfe weit südlich im Uferdickicht eines ansteigenden Buchenwäldchens. Auch sie waren vom Fluss weit abgetrieben worden. Er zählte, anhand der Abdrücke im Boden, die Anzahl der Tiere.
“Sechs Wölfe sind von hier in westliche Richtung gezogen!”, rief er den anderen zu.

Sie verfolgten die Spur der Bestien im schnellen Ritt. Meoseld konnte anhand der Fährte sehen, dass sie sich ihnen nicht näherten, sondern nur mit dem hohen Tempo der Wölfe Schritt halten konnten. Es war genau so wie damals, als er den Spuren nacheilte. Sie waren sehr schnell und ausdauernd und er befürchtete, dass sie sie nicht einholen würden. Die Wölfe waren ihnen fast einen halben Tag voraus, so schätzte er. Ihn wunderte lediglich, dass sie das Dorf nicht angegriffen hatten. Wahrscheinlich hatten sie ein anderes, bestimmtes Ziel vor Augen. Er ahnte dies seit länge-

rer Zeit, doch er konnte es sich nicht erklären.
Warum setzten sie sich erst jetzt in Bewegung, wo doch so viele Krieger sich ihnen entgegenstellten? Was wollten sie im Auenland? Es war merkwürdig und der Sinn war für ihn nicht zu erkennen. Doch er war sich sicher, dass sie nur ein kleine Rolle in einem ausgeklügelten Zeitplan spielten.

Aragorn jagte mit seinen Getreuen in westliche Richtung den Wölfen hinterher. Die Spuren blieben weiter deutlich. Legolas und Meoseld ritten gleich hinter ihm. Doch so schnell sie auch ihre Pferde antrieben, sie kamen den Wölfen nicht näher. Unermüdlich und schnell liefen die Wölfe zum grossen Wald des Auenlandes, Waldende genannt. Sie überquerten den Distelbach und einige Meilen später die Auenbronn. Als sie das Grünbergland erreichten, stellten sie fest, dass die Wölfe ihre Richtung änderten. Sie zogen nun nordwärts und näherten sich der Ortschaft Hobbingen. Die Pferde der Reiter waren erschöpft und deshalb hielten sie auf der Höhe an. Von hier aus konnten sie weit ins Land sehen.
“Kann dein scharfes Auge etwas erkennen, Legolas?”, fragte Aragorn.
“Ja”, rief er aus. “Weit am Horizont sehe ich sechs kleine Punkte auf den Dreiviertelstein zueilen”, beschrieb Legolas.
“Wir müssen die Pferde kurz ruhen lassen, sie sind völlig erschöpft”, sprach Meoseld. Alle wussten, dass er Recht hatte und sie mussten nun zusehen, wie sich die Wölfe unaufhaltsam Wasserau und Hobbingen näherten. Aragorn, Legolas und Arodan konnten dem drohenden Unheil nicht zusehen und stürmten zu Fuss den Wölfen hinterher. Sie rannten schnell, doch sie konnten es nicht mit der Schnelligkeit der Bestien aufnehmen. Nach einiger Zeit wurden sie von ihrer eigenen Reiterschar eingeholt. Sie sprangen auf ihre mitgeführten Pferde und erreichten den Dreiviertelstein als die Sonne schon tiefer am Horizont stand.

Sie galoppierten durch Wasserau und gespenstige Ruhe umfing sie. Einige Hobbits lagen tot am Boden und die anderen hatten sich in ihre Stollen verkrochen. Aufgeschreckt durch die Reiterschar kamen einige, wenige Mutige, nach draussen. Von Angst und Grauen waren sie erfüllt.
“Was ist hier geschehen?”, rief Meoseld ihnen zu.
Den Hobbits schlotterten die Knie und sie stammelten irres Zeug, doch

die Worte : Wölfe, Bestien, Überfall hörten sie deutlich heraus. Entsetzen ging um. Doch sie hatten dafür keine Zeit und trieben ihre Pferde zu neuer Eile nach Hobbingen. Dort bot sich ihnen ein ähnlicher Anblick. Die Stille schien trügerisch und so ritten sie langsam durch das verlassen wirkende Dorf. Auch hier hatte es Tote gegeben. Die Wölfe machten nicht halt vor Frauen, Kindern oder Männern. Die Halbwüchsigen waren für sie leichte Beute. Als sie zum Dorfplatz kamen, stellten sie fest, dass hier ein Kampf stattgefunden hatte. Ein Wolf lag neben einigen gemeuchelten Hobbits tot am Boden.
“Es steckt doch mehr in ihnen, als man denken könnte”, sagte Meoseld zu Arodan.
Er stieg vom Pferd und untersuchte den Wolf. Die Hobbits hatten ihm mit einem Speer die Kehle durchbohrt. Die Blicke gingen suchend im Rund, die Fensterläden an den wenigen Häusern am Platz schlugen leise an die Hauswände. Dies war das einzige Geräusch, das die unheimliche Stille durchbrach.
“Vorsicht!”, schrien Legolas und Aragorn gleichzeitig. Leises Rascheln war zu vernehmen. Hinter den Häusern tauchten auf einmal viele Köpfe auf und die Bewohner von Hobbingen kamen drohend auf die Menschen zu. Die Hobbits waren bewaffnet mit Sensen, Eggen, Speeren und Schwertern. Langsam zogen sie den Kreis enger.
“Was wollt ihr hier?”, schrie ein halbwüchsiger Blondschopf.
Aragorn und Legolas lächelten. Wenn das nicht ihr alter Weggefährte war.
“Samweis Gamdschie!”, rief Aragorn. Sam sah sich den Menschen genauer an und rief auf einmal freudig, als er ihn erkannte: “Aragorn, äh König, meine ich.” Aragorn sprang vom Pferd und sie eilten aufeinander zu.
“Ihr seht wirklich sehr schlecht aus!”, sprach Sam, bevor sie sich wie alte Freunde begrüssten. Die Hobbits senkten ihre Waffen und fingen an, freundlicher auf die vom grossen Volk zu schauen. Auch die Rohirrim liessen ihre Schwerter in die Schäfte gleiten und sprangen von ihren Pferden. Sie waren völlig erschöpft. Der Wirt eilte in seine Gaststube und schenkte sofort das Gerstenbräu aus, “zur Stärkung”, wie er murmelte. Aragorn, Legolas und die Waldläufer blieben bei Samweis stehen.
“Sam, was ist hier geschehen?”, fragte Aragorn.

“Ihr glaubt es nicht”, sprach er. “Ein Rudel Wölfe fiel in unser Dorf ein. Wir hatten nur wenig Zeit, uns auf den Kampf vorzubereiten. Die Schreie aus Wasserau drangen bis nach Hobbingen und ein furchtbares Grollen näherte sich schnell unseren Häusern und Smials.” So nannten die Hobbits ihre Höhlen.

“So etwas furchtbares wie diese Bestien haben wir noch nie in unseren Landen gesehen”, sprach er aufgeregt weiter. Aragorn legte den Arm um ihn und spendete Trost.

“Ich weiss nicht genau”, sagte Sam plötzlich, “doch ich hatte den Eindruck, sie suchten etwas Bestimmtes!” Meoseld horchte auf.

“Wie kommt ihr darauf?”, mischte er sich unvermittelt in das Gespräch ein.

“Ich weiss nicht, doch sie liefen einige Zeit zwischen den Häusern umher und fielen dann in das eine ein, in dem kein Hobbit lebt. Ist doch merkwürdig oder? Kein anderes Haus, ausser dieses interessierte sie!”

“Was ist das für ein Haus?”, fragte Meoseld.

“Ach, kein besonderes. Wir nennen es >Mathom-Haus<. Sämtliche Dinge, die uns zu schade zum Wegwerfen sind, bewahren wir dort auf. Auch die Schriften unseres Volkes, kleine und grosse Sammlungen und Erinnerungsstücke aus vergangenen Zeiten.”

“Was könnten sie dort gesucht haben?” fragte Aragorn. Doch Sam zuckte die Schultern.

“Keine Ahnung, wir Hobbits besitzen nichts von grossen Wert!”.

“Dürfen wir einen Blick in dieses Haus werfen?”, fragten Meoseld und Aragorn fast gleichzeitig.

“Ja, selbstverständlich!” sagte Sam.

“Folgt mir!”

Der Hobbit ging schnellen Fusses zum Mathom Haus und Legolas, Meoseld, Arodan und Aragorn folgten ihm. Das Haus sah schrecklich verwüstet aus. Nach den Spuren zu urteilen, war einer der Wölfe vor dem Haus geblieben und nur zwei waren in das Gebäude eingedrungen. Die Spuren der beiden anderen Wölfe führten vom Haus fort und verschwanden in Richtung des Beutelhaldenweges. Die Männer gingen durch die niedrige Türöffnung über die Schwelle des Hobbithauses. Ein grosser Raum breitete sich vor ihnen aus, der nur von wenigen Fenstern erhellt wurde. Sie sahen sich um. An den Wänden standen Regale aus Holz in

verschiedensten Formen und Farben. Bücher waren darin untergebracht, Pfeifen aller Art, Dosen, Kästen, alte Beutel und Säcke, leer oder gefüllt. In einer der Ecken standen alte Wanderstäbe mit reichen Verzierungen und in einer anderen waren alte Mäntel aufgehängt. Soweit Legolas erkennen konnte, war auch ein elbischer Mantel darunter. Im Raum selbst standen etliche verschiedene Tische, runde und eckige, hohe und niedrige, schmale und breite. Um sie herum standen viele Stühle, doch keiner glich dem anderen im entferntesten. Nun lagen die meisten zerschlagen und umgekippt am Boden. Der Staub der auf allen Dingen ruhte, war aufgewirbelt und flimmerte durch den Raum. Nur langsam setzte er sich wieder und rieselte zu Boden. An der hinteren Wand war ein alter Kamin eingelassen, der wahrscheinlich schon seit Ewigkeiten nicht mehr in Benutzung war. Über ihm hingen verschiedene Ackergeräte, auch scharfe Sensen, Schwerter, kleine Speere und Bögen.
"Die hätten wir im Kampf gut gebrauchen können", murmelte Sam. Auf dem breiten Kaminsims waren die wohl wahrscheinlich wertvollsten Dinge abgelegt.
Dort lag ein grosser Ring mit einem riesigen Diamant, zum Tragen viel zu unhandlich, deshalb war er sicher auch hier gelandet, alte Pfeifen, verschiedene goldene und silberne Gefässe, in denen scheinbar wichtige und unwichtige Papiere untergebracht waren oder Schmuckstücke aufbewahrt wurden, von denen sich die Hobbits nicht trennen mochten oder die für sie noch von irgend einer, nicht nachvollziehbaren, Bedeutung waren.
Nun war der grosse Raum verwüstet. Das Überbleibsel der Wölfe, der grüne Speichel, frass sich durch das Holz der Stühle und Tische und durch die Bohlen des Fussbodens. Doch auch hier hatten sie den Eindruck, dass die Wölfe auf der Suche nach etwas Bestimmtes waren. Viele Dinge lagen zerbrochen, heruntergestossen oder durchwühlt am Boden, doch es sah nicht danach aus, als wäre etwas gestohlen. Viel Schmuck lag grob verstreut auf den Holzbohlen vor dem Kamin : lange goldene Ketten, Ringe, Broschen, Armreifen und ein paar wenige Edelsteine.
"Sam, fällt dir etwas auf?", fragte Aragorn. "Fehlt etwas?
Schnell sprich!".
"Hm, was soll ich da sagen. Hier sieht es aus, als wäre ein Orkan durchgefegt und ehrlicherweise muss ich gestehen, dass ich keine Ahnung

habe, was hier fehlen könnte. Mir scheint, als wäre alles noch da. Nur kann ich das natürlich nicht mit Sicherheit sagen. Ich war nicht so oft hier und es gibt auch kein Verzeichnis über die Dinge, die irgendwann einmal hierher gebracht wurden. Es tut mir wirklich leid, aber ich kann euch da nicht helfen. Ich könnte ja vielleicht mal den alten Kattun oder den Wächter Lotlom befragen, die kennen sich hier ganz gut aus."
Alle streiften durch den Raum und sahen sich um. Jeder hoffte, etwas Ungewöhnliches zu bemerken. Doch es schien aussichtslos. Legolas besah sich die alten Wanderstäbe.
"Aragorn, komm doch mal her!", rief er.
Aragorn eilte zu ihm. Legolas hielt einen alten Stab in der Hand. Eine edle Fertigung, das Holz kunstvoll gearbeitet. Das Ende bildete eine zackige Krone, in die ein weiss schimmernder Bergkristall eingelassen war.
"Das ist Scharkers alter Stock!", rief Sam.
Die beiden blickten ihn daraufhin verständnislos an.
"Euch ist er besser unter dem Namen Saruman bekannt", fügte Sam deshalb noch hinzu.
Meoseld ging zu den beiden und besah sich den Stab des Zauberers, der mit Sauron paktiert und sich der dunklen Seite zugewandt hatte. Er nahm Legolas den Stab aus der Hand und befühlte ihn, er drehte und wendete den alten Stock und fuhr sanft mit seiner Hand über ihn hinweg. Es war eigenartig : eine unangenehme Kälte schien von dem Stab auszugehen und ihm fiel sofort seine Begegnung mit der eisigen Kälte am Grünweg ein, als sich ihre Wege zum ersten Mal gekreuzt hatten. Dann stellte er den Stab wieder zu den anderen und verliess den Raum. Er hatte genug gesehen. Die anderen folgten ihm und nach und nach versammelten sie sich vor dem Mathom-Haus.
"Legolas !", rief Aragorn. "Lass uns die Spur der zwei Wölfe verfolgen, die vor dem Haus in nördliche Richtung abgebogen sind." Dann blickte er auf die zwei Waldläufer. "Meoseld, du und Arodan, ihr spürt der Fährte nach, die die Wölfe hinterlassen haben, als sie von hier aus in südlicher Richtung davonliefen."
Dann sah er auf den Hobbit. "Mein lieber Sam", sprach er. "Lauf zu den Rohirrim und meinen Kriegern aus Gondor und sagt Belegond, dem Hauptmann meiner Turmwache und Eothil, dem Hauptmann von König

Eomers Reitern, dass sie sich bereit halten sollen. Wir brechen bald auf."
Sam nickte eifrig und eilte in Richtung Dorfplatz und Wirtshaus davon.
Aragorn und Legolas folgten dem Weg und konnten nicht umhin die vielen untypischen Pflanzen zu bewundern, die trotz der fortgeschrittenen Jahreszeit wunderschön blühten.

Sie kamen an das Ende der Ortschaft und verliessen Hobbingen. Auf der rechten Seite unter alten Bäumen standen zwei von Efeu überwucherte Gräber. Die Wölfe hatten die Grabstätten fast vier Fuss tief untergraben und aufgewühlt.
"Sie haben wirklich etwas gesucht", sprach Aragorn, als er die zerfetzten und verwest herumliegenden Gebeine von zwei Toten betrachtete. "Und sie haben es gefunden!", rief plötzlich Legolas aufgeregt. "Sieh nur, da laufen sie!" Er zeigte von ihrem erhöhten Punkt aus über die Felder in südliche Richtung. Aragorn kniff die Augen zusammen und dann konnte auch er sie sehen. In hohem Tempo jagten sechs winzige Punkte auf die Nord-Süd-Strasse zu.
"Sie sind zu weit von unseren Heerscharen entfernt", sprach Aragorn. "Unsere Krieger werden sie nicht einmal zu Gesicht bekommen. Verdammt!"

Sie rannten die kleine Erhebung herunter zum Wirtshaus. Als sie es erreicht hatten, riefen sie ihren Kriegern zu, daß sie nun die flüchtenden Wölfe verfolgen müßten. Dann sprangen sie auf ihre Pferde. Sie preschten von dannen, begleitet vom Reitervolk und von den besten Wünschen der freundlichen Hobbits. Und als die Fremden endlich verschwunden waren, da waren die Hobbits doch sehr froh. Sie misstrauten ihnen eher, als sie als Retter oder Schutzmannschaft für ihr Land zu ehren. Alles Auswärtige wurde bei ihnen eher missbilligend aufgenommen. Dieser Tag aber ging in die Geschichte des Auenlandes ein. Er wurde später die >Wolfshatz< genannt und bot genügend Gesprächsstoff und Raum für viele schaurige, wahre und unwahre Geschichten von den riesigen Wölfen, die an düsteren Abenden an den Feuern erzählt wurden. Eine eher geringe Rolle spielten die edlen Menschen, doch um ihre fast zehn Fuss hohen Rosse rankten sich die wildesten Erzählungen. Die Hobbits neigten hier zu masslosen Übertreibungen, vor allem, wenn es um die

Vertreibung der Wölfe ging.
Aragorn jagte mit Legolas und seinen Kriegern in südliche Richtung, den flüchtenden Bestien hinterher. Die Wölfe meuchelten jeden, der sich ihnen in den Weg stellte oder gar versuchte, sie aufzuhalten. Kurz nachdem sie den Ort verlassen hatten, holten sie Arodan und Meoseld ein.
Arodan schwang sich auf sein Pferd, welches Elmfold mitgeführt hatte. Er streichelte den Hals seiner Schimmelstute und galoppierte den anderen hinterher.
Aragorn preschte auf Meoseld zu und liess sein Pferd vor ihm steigen. Er blickte ihm tief in die Augen. Dann sagte er zu ihm.
"Dein Pferd, Feuermähne, liess sich von niemanden berühren. Wir mussten es zurücklassen. Folgt uns, sobald ihr es geholt habt!" Dann gab er seinem Pferd die Sporen und galoppierte den anderen hinterher und Meoseld lief eilends zurück zum Dorf.
Er erreichte den Dorfplatz und rannte an den erstaunten Hobbits vorbei zu den Smials in dem kleinen Hügel. Dort wuchs das Gras noch dichter und saftiger und war nicht so verdorrt, wie an anderen Stellen. Feuermähne wieherte, als es Meoseld erblickte. Es rieb seinen Kopf am Hals des Waldläufers, der seinem Pferd sanfte Worte zuflüsterte und es liebkoste. Doch dann sprang er auf und jagte mit ihm zum Dorfplatz zurück. Er zügelte sein Pferd, damit er die halbwüchsigen Hobbits nicht niederritt und überquerte den Platz bis zur Dorfschenke. Sam kam ihm entgegengerannt.
"Herr", rief er zu Meoseld. Dieser hielt an und blickte Sam in die Augen.
"Ja?"
"Ich glaube, ich weiss jetzt, was die Wölfe gesucht haben!"
"Ach so, und was?"
"Nun ja, als wir den Scharker, der eigentlich der Zauberer namens Saruman aus Isengard gewesen war und der von dort vertrieben, dann das Auenland unterjocht hatte. Als dieser von uns Hobbits besiegte wurde und durch die Hand eines Verräters aus seinen eigenen Reihen starb, da beerdigten wir seine sterbliche Hülle. Der Mathom-Wächter meinte, dass zwei Dinge von ihm aufbewahrt wurden : sein Stab und ein Ring mit roten Edelsteinen. Dieser Ring ist nun nicht mehr da. Der alte Lotlom Straffgürtel ist sich da ziemlich sicher. Er sagt, er hätte ihn überall im Mathom Haus gesucht und ihn nicht gefunden, doch sonst fehlte nichts,

edler Herr."
"Danke Sam", sprach Meoseld. "Danke".
Dann gab er seinem Pferd die Sporen und ritt den anderen hinterher.

SECHZEHNTES KAPITEL

DIE FESTUNG

Saruman marschierte mit seinen Gefolgsleuten in östliche Richtung. Die Herbststürme fegten durch das Land. Das Laub hatte sich verfärbt und fiel von den Bäumen, das Gras war verdorrt und die Blumen verwelkt. Die Elben waren nun erfolgreich aus Lothlorien vertrieben, seine Kundschafter hatten ihre Spur verloren und sie blieben verschwunden. Saruman überraschte dies sehr. Er hatte nicht erwartet, dass sie ihr Land so schnell aufgeben würden, doch er hatte sich in ihnen wohl getäuscht. Die Elben waren feige und schwach. Er hätte sie gern alle vernichtet, doch dieses Vergnügen war ihm leider nicht vergönnt gewesen. Seine Späher kamen zu ihm und erstatteten ihm fortwährend Bericht. Sie hatten keine Feindberührung mehr. Sie näherten sich dem Anduin, dem grössten Strom Mittelerdes. Weit über tausend Meilen zog er sich von seinen Quellen im hohen Norden bis weit in den Süden, in ein riesiges Delta in der Bucht von Belfalas. Der Fluss schuf grosse Täler entlang seiner Ufer, in denen früher einmal die Hobbits und viele andere Völker gelebt hatten. Es waren fruchtbare Täler, doch die Orks des Nebelgebirges vertrieben dessen Bewohner regelmässig und so zogen sie nach und nach fort. Nun lebten nur noch die Beorninger hier, doch auch ihre Zahl war in den Jahren weniger geworden.

Am Abend erreichten sie den grossen Strom, der sich behäbig oder aber reissend an Stromschnellen, in der Nähe des grossen Wasserfalles, seinen Weg in den Süden bahnte. Viele tückische Strudel tanzten im Wasser. An einer Stelle war er nur eine viertel Meile breit und hier befahl Saruman die Lagerstätte für die Nacht am Ufer einzurichten. Er rief seine Uruk-hai Lómbagh und Garbag und einen Ork von Minas Morgul, mit dem Namen

Recthor, zu sich. Sie waren alle zuverlässige Hauptmänner von Gorlog und er vertraute ihnen, so dass sie während seiner Abwesenheit seine Arbeit erledigen durften. Sie waren scheusslich anzusehen, hatten grimmige, bösartige Gesichter. Ihre Augen blickten falsch und hinterhältig, sie waren unnachgiebig und grausam. Dem dunklen Herrn begegneten sie mit Ehrfurcht und unterwürfig, doch die Orks führten sie mit harter Hand und gnadenloser Strenge.

Lómbagh war der höchste Hauptmann nach Gorlog, der rechten Hand Sarumans und Olkan, der in Moria die Geschicke lenkte. Garbag, der Uruk-hai, befehligte seine eigene Rasse, die Isengard- und Moria Orks, die sich ihnen bei ihrem Aufbruch aus Khazad-dúm angeschlossen hatten. Recthor aus Minas Morgul führte seine Mannen und hatte fähige Orks als Oberste aus Barad-dur, Cirith-Ungol und dem nördlichen Nebelgebirge, die ihren eigenen Stamm anführten. Bei den Orks einer Rasse gab es geordnete Strukturen. Aber wie sie alles Schöne hassten und es zerstörten, so hassten sie auch die verschiedenen Artgenossen der einzelnen Stämme. Daher gab es zwischen den unterschiedlichen Rassen von Orks immer wieder Streit und kleinere, aber brutale Kämpfe um Leben und Tod. Doch Saruman hatte sie zu seinem Zweck geeint, dunkler Herrscher von Mittelerde zu werden. Unter Kontrolle der eingesetzten Hauptmänner und Oberste kämpften sie zielgerichtet für ihren neuen dunklen Herrn um die freien Völker auszurotten oder zu vertreiben.
Lómbagh und die zwei anderen Hauptmänner Garbag und Recthor kamen an die Feuerstelle und setzten sich zu Saruman.
“Holz muss geschlagen werden und grosse Flösse sind zu bauen”, sprach der Zauberer mit tiefer Stimme.
“So soll es geschehen, Herr und Gebieter”, antworteten sie zustimmend.
“Im Morgengrauen ziehen wir über den Fluss!”
Garbag und Recthor erhoben sich und sie liefen zu den Orks, die sie befehligten. Sie teilten sie in grössere und kleinere Gruppen, mit unterschiedlichen Aufgaben ein. Mit den Äxten der Zwerge aus Balins Kolonie schlugen sie die Bäume an Rande der Ufer. Es waren gross gewachsene, herrliche Kastanien, Buchen, alte Linden und zarte Birken. Einige wenige Mellornbäume ragten noch am Zufluss des Celebrant zum Anduin in die Höhe. Die silbrigen Kronen schwankten im Wind und die

goldenen Blüten erfüllten die Luft mit zartem Duft und dem leisen Klingen von fernem Glockengesang. Den Wald, in vollendeter Schönheit, hackten die hässlichen Orks nieder. Sie fällten die Bäume, zertrampelten die unzähligen Blumen, die Waldreben, das zarte Moos und beschmutzten das Land mit ihrem Dreck. Lautes Grölen und wilde Schreie erfüllten die Luft und ertränkten die feinen Laute des Zaubers dieser wunderschönen Täler.

Am Morgen war das Ufer kahl gehauen und die ersten Flösse lagen am Ufer bereit. Sie waren aus den mächtigen Stämmen der Bäume gefertigt, mit Schlingpflanzen und starken Tauen verschnürt. Bis zu fünfzig Orks konnten auf einem der Flösse Platz finden. Als die Sonne am Horizont ihre wärmenden Strahlen auf die Erde warf, gingen ein paar ausgewählte kräftige Orks in die eisigen Fluten. Sie versuchten, mit Hilfe übrig gebliebener Baumstämme, auf die andere Seite zu schwimmen. Um ihre Leiber waren starke Seile geschnürt, die auf das gegenüberliegende Ufer des Anduin befördert werden sollten. Die Köpfe einiger Orks verschwanden, wenn sie in die gefährlichen Strudel gerieten. Selbst die Baumstämme waren dann kein sicherer Schutz. Die Orks am Ufer zerrten dann an den Seilen und zogen die Ertrinkenden zurück ans Land. Die Überlebenden wurden verspottet und die Toten zurück in den Anduin geworfen, der sie mit sich in die Tiefe riss, seine kalten Arme ausbreitete und sie mit seinen Wassern, einem Leichentuch gleich, umschloss.

Saruman blickte den Schwimmern hinterher. Nach mehr als einer kleinen Ewigkeit hatten sie das andere Ufer erreicht und sie verknoteten die Seile, die sie über das Wasser gebracht hatten, an den kräftigen Stämmen der Bäume auf der gegenüberliegenden Seite. Die Taue wurden straffgezogen und die Orks befestigten sie an den Flössen. Seine Streitmacht ging auf die Planken der grossen Flösse und sie begannen, sich an den Seilen ans andere Ufer zu ziehen. Dadurch wurde verhindert, dass die Flösse zu weit in den Süden abgetrieben wurden. Später, die Sonne spendete noch ausreichend Licht, hatte das Heer fast vollzählig übergesetzt, als plötzlich das Seil eines der letzten Flösse riss. Die Orks, sie sich darauf befanden, schrien entsetzt auf und stürzen in den Anduin. Saruman fuhr mit seinen Blicken herum und sah dem schaurigen Geschehen zu. Die

Plattform des Flosses kippte seitlich nach hinten und der Bug erhob sich drohend aus dem tosenden Wasser. Die Orks fielen nun in Scharen von dem Schwimmgefährt und nur wenige konnten sich halten. Als es drohte umzuschlagen, liessen auch die restlichen Orks die Planken los und fielen klatschend in den Anduin. Wasserschluckend, prustend und röchelnd kämpften sie sich an Land.
Johlend verfolgten ihre Gefährten ihren Kampf ums Überleben. Die meisten von ihnen schafften es, völlig durchnässt, halb ertrunken und schwer atmend, ans Ufer zu gelangen. Sie gingen die vielen Meilen, die sie südlich abgetrieben wurden, am Ufer entlang und kehrten zu ihrem Heer zurück, das sie freudig schreiend empfing, jedoch auch mit Häme bedachte und sie in ihre Reihen zurückjagten.

Der breite, gefährliche Anduin war nun ohne grössere Verluste überquert. Die starken Orks zerrten die Flösse vom Flussufer weg, in den Wald hinein, der sich hier wie ein schmaler Gürtel zwischen den Braunen Landen und dem Anduin erstreckte. Sarumans Blick glitt hinüber ans andere Ufer. Die mächtige Barriere war bezwungen und sein Weg war nun frei zum Düsterwald, der Heimat der Waldelben.

Sie mussten nur noch das Ödland, die Braunen Lande genannt, durchqueren, bis die riesigen Wälder vor ihnen auftauchen würden. Sein Ziel war so nah und er fühlte in sich Erregung ansteigen. Seine Haut schien zu vibrieren und ihn durchfuhr ein Schauer, denn die dunkle Macht, die sich in ihm ausgebreitet hatte, sehnte sich an die finsteren Orte zurück, verzehrte sich geradezu danach. Einen Hauch von ihm entfernt lag die alte, mächtige Festung des Bösen und er wollte keine Zeit mehr verlieren. Bald schon, bald, sollte sie ihm gehören, die dunkle Burg, die im südwestlichen Randgebiet des Düsterwaldes verborgen lag. Einst von Sauron, dem Hexenmeister, errichtet, lebte der grausame Diener Melkors hier viele tausend Jahre und verseuchte den Wald. Vertrieben vom Weisen Rat verliess Sauron die Burg und zog sich nach Mordor zurück. Erst zu Zeiten des Ringkrieges besetzten die Nazgúl die Festung erneut und führten Krieg gegen die Elben, Menschen und Beorninger.

Die Elben des Düsterwaldes lebten in den nördlichen Gefilden, in der

Nähe der Menschen von Esgaroth. Sie lebten in einer Abhängigkeit voneinander und versorgten sich gegenseitig. Ihr Handel war daher rege und sie teilten sich die Arbeit. Der Umgang untereinander war herzlich und die verschiedenen Völker mischten sich. Doch nur selten wurden Ehen zwischen Elb und Mensch geschlossen. Zwar lebten sie noch immer getrennt, die Menschen in ihren Pfahlbauten auf dem langen See Celduin und die Elben in den Tiefen der Wälder, doch ihre Späher erkundeten gemeinsam die Wälder, die grossen Ländereien und waren im ganzen Land verteilt. Ganz Rhovanion war in fester Hand der freien Völker. Nun hatte Saruman die Grenzen ihres Landes überschritten und bald würden sie von seiner Streitmacht erfahren, die auf ihren Wald zumarschierte.
Die Elben verstanden sich meisterhaft in der Tarnung und wenn auch viele Elben den Düsterwald verlassen hatten, um zu den unsterblichen Landen zu segeln, so waren die Menschen nicht zu unterschätzen, die von ihnen diese Kunst erlernt hatten. Die Zahl der Bardinger, wie die Menschen von Esgaroth und Erebor genannt wurden, war beachtlich und ihre Stärke und Kampferfahrung waren weit über ihre Lande hinaus berühmt. Saruman spürte die Nähe von Elben und Menschen gleichermassen, da sie seinen Weg durch die Öde beobachteten. Sein Heer blieb jedoch von Kämpfen unbehelligt und zum Ende des Herbstes betraten sie die ersten Ausläufer des Düsterwaldes.

Ein dichtes Meer von Tannen, Kiefern, Fichten und anderen Nädelbäumen ragte vor ihnen auf. Dunkelheit umschloss sie, kaum ein Lichtstrahl brach sich einen Weg durch die Wipfel und erhabenen Kronen der Bäume. Alles lag in einer dichten Schwärze und nur graues, unbehagliches Licht warf einen matten Schein in die Finsternis. Das Unterholz bestand aus riesigen Farnen, die sich wie eine dunkle Masse auf dem Waldboden verteilten. Grosse, rankende Pflanzen breiteten ihre schwarzen hundertfingrigen Arme aus, umschlangen die Bäume und verwoben sie zu einer dichten Einheit. Saruman liess das Licht des schwarzen Turmalin aus seinem Stab erstrahlen und dieser liebkoste die Finsternis und fügte sich in die Schwärze ein. In den Strahlen des schwarzen Edelsteines erhielt der Ort einen mystischen Glanz, die Bäume schienen zu erwachen und dunkle Gespenster krochen aus ihren Erdspalten, Löchern und Felsgestein. Sie folgten dem Licht. Die Reihen der Orks waren aufgelöst und zerfielen in ein breites Band, ein wimmelnder Haufen, tausenden Ameisen gleich. Sie krochen flink am Erdboden hinter dem unheimlichen Licht ihres mächtigen Herrn hinterher. Ihnen begegneten schwarze Eichhörnchen und viele grässliche schwarze Spinnen, die mehr als einen Fuss gross waren und einige wenige, die es in der Grösse mit einem kleinen Ork aufnehmen konnten. Ihre riesigen, zwischen den Bäumen gespannten Netze, wurden zu einer gefährlichen Falle. Einige Orks blieben in ihren dichten Seilen hängen, die so stark waren und sie fest umschlossen, dass ihr Leben verwirkt war. Dem Tode ausgeliefert, sahen sie, wie sich ihnen kalt glühende Augen langsam näherten. Ihre stechenden Blicke waren unbarmherzig und sie bissen ihre Opfer grausam zu Tode oder stachen ihren spitzen Stachel in die angsterfüllten, zuckenden Leiber. Das Gift der Spinnen wirkte sofort und die gefangenen Orks fielen in einen todesähnlichen Schlaf. Sobald sie sich nicht mehr regten, wurden sie von den schwarzen Kreaturen verpuppt und in den Bäumen aufgehängt. Die betroffenen Orks, die in die Netze gerieten, schrien dem Wahnsinn nahe und bettelten jammernd ihre Gefährten um Hilfe an.

Doch Saruman erlaubte nicht, sie zu befreien. Die Spinnen waren gefährliche, dunkle Wesen und er wollte sie als Verbündete gewinnen. Alle dunklen Mächte wollte er um sich scharen. Die Spinnen folgten ihm in gebührendem Abstand, doch sie wurden von ihnen nicht angegriffen. Sie unterwarfen sich der dunklen Macht, da ihre Seelen ebenso schwarz, wie grausam und machtgierig waren.

Saruman und seine Streitmacht gingen nun stetig den Hügel des Amon Lanc bergan. Ihr Weg war beschwerlich und sie kamen nur mühselig im dichten Unterholz vorwärts. Zwei Tage später lichteten sich die Wälder und sie erblickten den Gipfel des nackten Hügels. Saruman frohlockte, er hatte sein Ziel erreicht.
Endlich!, dachte Saruman, die Festung von Dol Guldur. Sein Herz schlug wild, Ströme der Erregung wallten durch seinen Körper, sein Geist war von Irrsinn erfüllt und er beschleunigte seine Schritte und lief schnell durch das Dickicht auf die Lichtung zu.
Er hielt in seiner Bewegung abrupt inne. “Das ist nicht wahr”, murmelte

Saruman und schrie es dann wutentbrannt gegen die Winde.
Vor ihm standen nur noch die Ruinen der mächtigen geheimnisvollen Burg. Die steinernen Mauern waren eingerissen. Unablässig fluchte Saruman und rief Lómbagh, Recthor und Garbag zu sich. Er ging mit ihnen die Ruinen ab. Doch äusserlich sah alles schlimmer aus, als die Verwüstungen letztendlich waren.
Der Schutzwall, eine Mauer aus grossen Felssteinen, war eingerissen und zerstört. Die Orks strömten über die nun flachen Mauern und belagerten den äusseren Ring der Burg. Saruman schritt durch das zerstörte riesige Tor in das Innere der Festung. Die Torflügel hingen zerschlagen in den Angeln, doch sie waren noch gut erhalten und konnten leicht ausgebessert oder neu angefertigt werden. Im Inneren war ein grosses, mit schwarzen Steinen gepflastertes Rund. Unzählige Speere stakten im Boden und auf ihren spitzen Enden schrumpften die Köpfe von getöteten Orks. Wut zeichnete sich auf den Gesichtern von Sarumans Begleitern ab und eine Welle des Hasses schwappte hervor.

Um das Rund war die Burg kreisförmig, drei Stockwerke hoch, errichtet. Vier grosse mächtige Türme standen einst in jeder Himmelsrichtung aber nur einer war noch vollständig erhalten. Die anderen drei waren eingestürzt. Ihre bruchstückhaften Reste ragten noch in die Luft. Die Gesteinsbrocken der Türme lagen im inneren Rund und am äusseren Wall verstreut. Die Ringburg war an vielen Stellen, vor allem aussen, stark beschädigt. Die vielen Verliesse, Platz für viele hundert Gefangene, in den unteren Kellergewölben waren grösstenteils eingestürzt und verschüttet. Doch die Zerstörung lies Saruman schnell kalt, denn seine schwarze Seele war gewillt, die Burg so schnell als möglich, neu zu errichten und zu alter Stärke aufzubauen.

Garbag unterteilte die Orks in verschiedene Arbeitstrupps. Die grösste Gruppe von ihnen, beräumte als erstes die Verliesse von herumliegenden Geröllmassen, stützte das Mauerwerk ab, besserte Schäden aus und richtete die Gewölbe, grösser und verzweigter als je zuvor, wieder her. Riesige, meilenweite Gänge breiteten sich bald unterirdisch aus und Platz für tausende Gefangene wurde geschaffen. Andere Orks bauten grösstenteils die Türme des Nordens, des Ostens und des Westens wieder auf, wieder andere beseitigten Löcher und Risse im Gemäuer, verstärkten die Mauern und legten so die Festung neu an. Die Arbeitstrupps arbeiteten unermüdlich Tag und Nacht und kamen dementsprechend rasch voran. Nach einem Monat waren die groben Arbeiten erledigt und Saruman bezog mit seinem riesigen Heer die Burg. Die unteren Etagen der gewaltigen Festungsanlage waren seiner Streitmacht vorbehalten. Er selbst bezog den erhalten gebliebenen höchsten Turm, der im Süden über der Burg thronte und der sogar über die Wipfel der grössten Bäume ragte. Er hatte von dem Wehrgang, der an der Spitze des Turmes herumführte, einen guten Blick über den Düsterwald und in die entfernt angrenzenden Länder. Am Horizont, in westlicher Richtung, türmte sich das Nebelgebirge und im Osten das Schattengebirge von Mordor auf. Er hatte sich in der alten Festung Saurons niedergelassen und sie war durch ihn zu neuen Glanz erstrahlt. Noch immer waren die Bauarbeiten nicht abgeschlossen, doch nun konnte er endlich von hier aus agieren.

Dunkle Wogen der Macht erfüllten und berauschten Saruman. Er war an seinem ersten, langersehnten Ziel angekommen. Von hier aus würde er seinen Feldzug gegen Mittelerde führen und Stück für Stück die einzelnen Länder erobern. Immer mehr Erregung befiel ihn und wohlige eisige Schauer rannen ihm den Rücken hinab. Er schüttelte sich und warf seinen Kopf in den Nacken. In seiner Machtbesessenheit dachte er : Ich bin der grösste Istari! Nur mir allein ist die dunkle Macht zugetan!

Er breitete die Arme aus und sog die Energien der finsteren Wogen in sich auf und er fühlte, wie sie sich in seinem Körper ausbreiten. Die dunkle Seite hatte ihn mächtig werden lassen. Saruman war nun der grösste Herrscher in Mittelerde und voller dunkler, grausamer Kräfte. Er hatte es endlich geschafft!

Bis die freien Völker geknechtet und vernichtet waren, war es jetzt nur noch eine Frage der Zeit.

SIEBZEHNTES KAPITEL

DER RAUBZUG

Gorlog hetzte mit seinen Orks zum Ufer des Anduin. Sie waren schnell und ausdauernd. Nur die Trolle stöhnten und jammerten unablässig. Der Uruk-hai hasste sie und trat die Riesen mit seinen Füssen. Er fürchtete die dummen Gestalten nicht, da sie unter dem Einfluss seines mächtigen Herrn standen. Als sie den Anduin erreichten, rannten sie entlang des Flusslaufes in südliche Richtung. Nach vielen Tagen erreichten sie die Sarn Gebir, die Stromschnellen des Anduin, und rasteten für kurze Zeit. Doch bald schon trieb Gorlog sie nach der Verschnaufpause weiter bis zu den Nen Hithoel, dem Ostufer des Flusses vor den Rauros Fällen, deren Rauschen bereits zu ihren Ohren gelangte. Erst hier gab er den Orks und den Trollen zu verstehen, dass sie einen Tag lang ruhen konnten. Die Trolle liessen sich auf den Boden plumpsen und fielen sofort in einen todesähnlichen Schlaf. Gorlog stiess sie verächtlich mit den Eisenkappen seiner Stiefel. "So nörgeln sie zumindest nicht", sprach er voller Hass. Sie waren noch sehr wichtig, sonst hätte er sie im Schlaf eiskalt gemeuchelt. Gorlog liebte nur sich selbst und fürchtete niemanden mehr als seinen dunklen Herrn. Er war so klug gewesen, die Stärke Sarumans nie anzuzweifeln und sich unterwürfig zu zeigen. Die dunklen Kräfte zogen auch ihn an und nur der Macht fühlte er sich verbunden. Saruman strahlte die wohlige Kälte ab und er ertrug genüsslich Schmerzen und Qualen. Sein dunkler Herr würde stolz auf ihn sein, denn er hatte sich geschworen, dass diese Mission ein Erfolg werden würde, auch wenn alle dafür sterben mussten. Er ging den Hügel hinauf, bis er zum Aussichtsturm des Amon Hen gelangte. Er stand auf dem Höchsten der drei Gipfel dieser bergigen Erhebung. Der Bau war dort vor langer Zeit von den Königen von

Gondor errichtet worden, der auch Sitz des Sehens genannt wurde, da man von ihm aus bis weit nach Rohan, Ithilien und Mordor blickten konnte. Bei guter Sicht sah man die Gipfel der Ered Nimrais, das Gebirge, das Rohan vom Süden Gondors trennte und die Ephel Duath, das Schattengebirge genannt und Grenze zum Ödland von Mordor. Das Feuer des Schicksalsberges war zu Saurons Zeiten bis hierher zu sehen gewesen, doch der Krater spuckte derzeit nur noch Rauch.
Von dem Turm, auf dem er sich nun befand, standen nur noch die Fragmente der Ruine, doch die Aussicht war dadurch nicht getrübt. Gorlog blickte entlang des Anduin und spähte mehrere Stunden unbeweglich ins Land. Als die Sonne tiefrot im Westen unterging, verliess er die Plattform und rannte den Hügel hinunter zu seinen Orks und legte sich am Feuer nieder und um zu schlafen.
Im Morgengrauen brachen sie auf. Sie erreichten unbemerkt den grossen Wasserfall und erblickten die lange Steintreppe, die nach unten führte. Es war der einzige, direkte Weg nach unten. Seine Späher meldeten keine Wachposten und so eilten sie die Treppe abwärts. Die Gischt brandete tosend bis zu ihnen herüber. Die Raurosfälle wurden dort, wo das Wasser in die Tiefe schoss, geteilt von der Felseninsel Tol Brandir. Die Orks, die sich umsahen, konnten sie mittlerweile hoch über ihren Köpfen aufragen sehen. Sie beeilten sich, die Nordtreppe schnell zu passieren.
Je mehr sie sich dem Abgrund näherten, desto lauter wurden das Branden und Rauschen des Wasserfalles. Unendlich viele Wasserspritzer sprühten in der Luft und feuchte Nebel stiegen auf. Wogen weisser Gischt türmten sich über dem Anduin und die Wassertropfen tauchten das Becken in glitzerndes Licht, gerahmt von einem grossen schillernden Regenbogen.

Sobald sie die Treppe überwunden hatten, liefen sie an den Ufern des Rauros nach Süden. Die Entwasser, der grosse Fluss, der von Rohan dem Anduin zuströmte, teilte sich zu einem riesigen Delta. Das Land dort war fruchtbar. Doch seit Jahren war die Gegend, Anorien genannt, dünn besiedelt. Nach den vielen Kriegen, die in Mittelerde ausgetragen wurden, flüchteten oder verstarben die meisten Bewohner. Nur noch in den Wäldern am Fusse des Gebirges lebten die wilden Menschen, Drúedain genannt. Dieses Waldgebiet wurde ihnen nach dem Ringkrieg von König Elessar zugesprochen und ohne Erlaubnis durfte es niemand betreten.

Die Orks überquerten das Delta und blieben in Deckung. Nun mussten sie vorsichtig sein, denn sie näherten sich ihrem Ziel. Gorlog rannte mit seinen Getreuen bis tief in die Nacht, dann suchten sie Schutz in den spärlichen Baumgegenden Anoriens, bis sie den Druadenwald, das Reich der Drúedain, erreichten und im Schutz der Bäume am Waldrand rasten konnten. Es war die vereinbarte Stelle und viele Stunden später trafen die Orkspäher am Lager ein. Die Augen von Gorlog leuchteten auf, als er die verschiedenen Nachrichten erhielt. Alles geschah, wie Saruman es vorhergesehen hatte : die Hälfte des Heeres von Gondor war in den Krieg gezogen. Gorlog, der in die Geheimnisse seines grossen Meisters eingeweiht war, berauschte die Weitsicht und die Berechnung mit der Saruman seine Pläne verfolgte und über sein hässliches Gesicht zog sich ein breites, hämisches Grinsen. Die Stadt war ohne die Stärke ihres Königs leichter anzugreifen und das gefährliche Schwert Anduril war mit seinem Herrn in den Nordwesten Mittelerdes entschwunden. Gorlog hoffte, dass die Trolle ein leichtes Spiel haben würden, denn alles hing davon ab, wie erfolgreich sie waren. Es war ein wagemutiges Unterfangen und die Gefahr, zu scheitern, war gross. Niemals in der Vergangenheit wurde die Stadt siegreich angegriffen, nur zu Zeiten des Ringkrieges war sie schwach und verletzlich gewesen. Nun erstarkte diese grosse Stadt zunehmend und der König des wiedervereinigten Königreiches war mächtig und eine gefährliche Bedrohung für die Orks. Es war ein listiger Streich Sarumans, ihn aus seiner Zitadelle an einen Kriegsschauplatz, weit von Gondor entfernt, zu locken. Gorlog bewunderte den Einfallsreichtum und die Macht, mit der sein Herr die Dinge plante und die dunklen Energien, die ihm die Kraft gaben, so ausserordentliche kluge Entscheidungen zu treffen.

Es war an der Zeit, dass Gorlog den ausgewählten Orks und den Trollen die wichtige Aufgabe erläuterte, die Saruman für sie vorbestimmt hatte. Und so sassen sie um eine kleine Feuerstelle und Gorlog erklärte jedem einzelnen, was er zu tun hatte und als die Sonne im Osten aufstieg, da wusste jeder, wohin er sich nun wenden musste. Die Orks blickten grimmig und ihre grässlichen Stimmen erfüllten die Luft mit ihren scheusslichen Tönen. Gorlog gab ihnen ein Zeichen und in kleinen Gruppen bewegten sie sich an ihre Zielorte fort. Sie rannten durch das fruchtbare Land in westliche und östliche Richtung. Doch die meisten der Orks schlugen einen Bogen um den Druadenwald und liefen auf die Ered Nimrais zu. Sie verbargen sich an verschiedenen Stellen des Gebirges im Schutz der Felsen und Sträucher. Die Orks bezogen in wenigen Tagen wichtige strategische Punkte, von denen sie eine gute Sicht auf die Stadt und die Strassen hatten, die zu ihr führten. Keiner konnte sie nun unbemerkt verlassen, ohne von den Orks beobachtet zu werden. Gorlog führte in der hereinbrechenden Nacht nun auch die Trolle in das nahegelegene Gebirge.

Sie mussten sehr vorsichtig sein, damit sie nicht von Drúedain, den Menschen oder von Kundschaftern der Rohirrim entdeckt wurden. Sie wählten einen Weg durch die bewaldeten Stellen der Berge und so konnten sie sich der Stadt unauffällig nähern. Wenn die Orks, die ihnen vorausgeeilt waren, keine groben Fehler begangen hatten, dann waren alle Späher und Kundschafter Gondors erledigt und die Stadt war nicht gewarnt. Doch die Grösse und die Behäbigkeit der Trolle waren im Anschleichen ein grosses Problem. Leider waren sie für die Ausführung des Planes unverzichtbar, denn ihre Kraft und Stärke waren im Kampf unentbehrlich. Ein paar Tage später hatten alle ihre Positionen erreicht und der Angriff konnte erfolgen.
Gorlog wartete bis die Nacht schwarz und dunkel hereingebrochen war. Dunkle Wolken schoben sich in den höheren Schichten über sie hinweg, so dass sie die Sterne und den hellen Mond verbargen. Dies war ausserordentlich hilfreich, kein silbriger Schein erleuchtete die Nacht. Sie blieben unter den dichten Wolkenbänken versteckt. Kein Licht erhellte die Felsen und keinen Schatten warfen er und die Trolle. Sie blickten von dem Berg Mondolluin auf Minas Tirith, die Hauptstadt Gondors. Das königliche Banner auf dem höchsten Turm der Zitadelle war nun auf halbmast gehisst. Dies bedeutete im allgemeinen, dass der König nicht in der Stadt weilte. Die Zinnen ragten wie schwarze Schatten, dunkel in die Nacht. Fackeln und Lampen tauchten die Stadt in rotgoldenen Schein. Die Strassen waren erleuchtet und noch herrschte reges Treiben. Die Menschen sahen von der Ferne wie kleine, unzählige Ameisen aus, die durch die nächtlichen Strassen geschäftig liefen. Auf den Türmen und den

Schutzwällen standen Wachen. Die Posten waren erwartungsgemäss nicht sonderlich zahlreich besetzt, man erwartete keine Übergriffe von Feinden und sie ahnten nichts von einer Bedrohung. Gorlog beobachtete, dass nach und nach die kleinen Punkte in ihren Häuser verschwanden und bald sah man in der Stadt nur noch den Schein der vielen Lampen. Zu später Stunde war die Strassen menschenleer und die Türen der Häuser schienen fest verschlossen; Ruhe kehrte ein. Als die Nacht ihren Scheitelpunkt erreicht hatte, erklangen helle Glocken und verkündeten den Bewohnern die Mitternacht. Gorlog erhob sich aus seinem Versteck und mit grösster Vorsicht bewegte er sich mit den Trollen den Berg abwärts, immer den Blick prüfend auf die Wachmänner von Minas Tirith gerichtet.

Doch die Wachleute waren sehr unaufmerksam, sie bemerkten nicht das Herannahen der drei riesenhaften Gestalten und des Orks aus westlicher Richtung. Langsam kamen sie vorwärts und zwei Stunden nach Mitternacht befanden sie sich in der Nähe des ersten Stadtringes. Sie schlichen, kriechend am Boden, an der äussersten Stadtmauer vorbei, dem Anduin zu, da sich der Eingang zur Stadt im Osten befand. Dann sahen sie das gewaltige Osttor, das neu geschmiedet und mit dem härtesten Metall der Erde, dem Mithril, verstärkt worden war. Das Tor war um diese Zeit verschlossen, mit dem letzten Glockenschlag wurde es von den Wächtern verriegelt und erst mit Sonnenaufgang wieder geöffnet. Es war nun nicht ohne Weiteres zu stürmen. Doch auch dieses Hindernis war von Saruman bedacht worden. Er hatte alles bis ins Kleinste geplant, so dass dieses riesige Eingangstor die Trolle in ihrem Sturm nicht aufhalten würde.

Gorlog und die Trolle verbargen sich hinter einem grösseren Hügel und drückten ihre massigen Leiber auf den Boden. Ihre Rüstungen knirschten leise, doch bis zu den Wachen drangen diese Geräusche nicht. Gorlog schlich sich allein langsam vorwärts und näherte sich dem Tor. Er tarnte sich meisterhaft und entging so den Blicken der Wachmannschaften. Es kam ihm sehr zupass, dass diese so unaufmerksam waren und ihren Dienst nicht mit der gebotenen Wachsamkeit erfüllten. Als er die Torflügel erreichte, machte er sich an ihnen zu schaffen. Eine klebrige

Masse befestigte er an den unteren Flügeln und streute schwarzes Pulver am Boden aus. Zum Schluss liess er das Pulver so auf den Boden rieseln, dass es eine Art Zündschnur bildete. Sie führte von dem Tor fort, an den schützenden Wall der hoch aufragenden ersten Mauer vorbei, bis er weit genug vom Explosionsort entfernt war. Nun war es soweit. Gorlog rieb zwei kleine Feuersteine aneinander und schlug Funken. Ein trockenes Hölzchen fing Feuer und langsam liess er seine Hand zu Boden sinken. Er entzündete das schwarze Pulver, das bläuliche Funken schlagend, aufflammte. Das Feuer züngelte schnell auf der gelegten Pulverstrasse entlang und näherte sich rasant dem Osttor, dem Eingang in die Stadt.
Ein zischendes Geräusch erklang in der Stille der Nacht. Einige der Wachleute sahen nach unten und erkannten ein sich schnell bewegendes blaues Licht aus Funken. Doch noch ehe sie reagieren konnten, hatte das Feuer die klebrige Masse an dem Tor erreicht. Es qualmte fürchterlich und weisse Nebelschwaden quollen an dem Holz empor. Dann krachte es plötzlich ohrenbetäubend. Die Erde zitterte und die Mauern schwankten von der Wucht der Explosion. Das Tor flog aus den Angeln und die Flügel sprangen auf.
Ein Teil der Mauer stürzte mit lautem Getöse ein, Staub wirbelte auf und versperrte die Sicht. Das Schreien der Torhüter, die durch die gewaltige Detonation verletzt wurden, hallte durch die Nacht. Es entstand ein chaotisches Durcheinander. Die anderen Wachen auf den Stadtringen standen starr vor Schreck und der Schock stand ihnen ins Gesicht geschrieben. Sie brauchten eine Weile, bevor sie sich überhaupt rühren konnten.
Für die Trolle war der laute Knall, den sie vernommen hatten, das vereinbarte Zeichen. Sie erhoben sich, stürmten los und rannten auf die erste Mauer zu. Der Boden bebte unter ihren Füssen und die Verwirrung ausnutzend, rannten sie zum Eingang der Stadt. Die noch lebenden Torhüter und Wachen an der äusseren Stadtmauer waren mit der Bergung der Toten und Verletzten beschäftigt. Sie konnten nur sehr wenig durch den aufgewirbelten Staub sehen. Als sich laute, scheppernde Geräusche dem Tor näherten, konnten sie diese zuerst nicht zuordnen und plötzlich türmten sich drei Trolle von riesigen Ausmassen vor ihnen auf. Die Wachen waren völlig überrascht und schrien entsetzt auf. Dann rasten auch schon die Ketten der finsteren Kreaturen mit den grossen, eisernen Kugeln durch die Luft. Die Trolle schlugen sich den Weg frei. Bill hieb seine

Steinkeule auf die Wachen, die sich ihm in den Weg stellten. In hohem Bogen flogen diese durch die Luft und krachten ein paar Häuser entfernt zu Boden, andere blieben gleich tot auf den Steinen der gepflasterten Strasse liegen. Die Trolle rannten die >Rath Cerlerdain< entlang und schlugen wild um sich. Die Fassaden der Häuser nahmen grossen Schaden durch die einstürzenden Mauern. Lampen und die Fackeln fielen auf die Strasse und entzündeten das Holz. In der Strasse der Lampenmacher brannten bereits zwei Häuser und Panik brach unter der Bevölkerung aus. Die Wachleute waren mit aller Kraft bestrebt, die Trolle aufzuhalten, doch ihre Bemühungen waren vergeblich. Wer sich ihnen näherte, starb einen grausamen Tod durch die Eisenkugeln, das Schwert oder die steinerne Keule.

Die Trolle rannten, ohne aufgehalten zu werden, zum Tor des zweiten Stadtrings. Dieses war zwar sehr gross, doch nur aus Holz gefertigt. Bert und Tom liessen ihre Kugeln mit voller Wucht gegen das Tor prallen und schon bald splitterte das Holz. Die Trolle kamen zum nächsten Tor und brachen auch dieses nieder. In der Stadt wurden die Glocken geläutet und die Hörner zum Alarm geblasen. Die Trolle interessierte dies wenig, sie setzten beharrlich ihren Weg fort. Die Menschen flohen aufgeschreckt und schreiend. Viele Häuser in der ersten, zweiten und dritten Strasse brannten lichterloh, Rauchsäulen stiegen auf und graue, ja fast schwarze Nebelschwaden vergifteten die Luft.
Es roch verbrannt und die Stadt begann in der Hitze des Feuers zu glühen. Die Menschen strömten in Scharen panikartig aus der Stadt, Frauen und Kinder rannten zu den Pelennorfeldern und flüchteten vor den mordenden Trollen und den stickigen Flammen. Nur die Männer blieben in der Stadt und versuchten, die Brände zu löschen. Jeder bewaffnete sich. Gerüchte kursierten schnell, von einem riesigen Heer, welches das Königreich angegriffen hatte. Mehr und mehr Trolle sollten gesehen worden sein und die geflohenen Menschen blickten angsterfüllt zur Zitadelle. Aus Minas Tirith hörten sie die Schreie von den zurückgebliebenen Menschen, die gegen die Feuerbrunst kämpften, starben oder verletzt wurden.

Immer höher brachen die Trolle sich den Weg in das Herz der Stadt und legten immer neue Brandherde. Der Lärm drang nun aus der >Rath Dinen< und war die ober- und unterhalb der Strasse zu hören. Sie hatten die Weihestätte von Minas Tirith passiert und näherten sich dem inneren Kern. Nun hallten neue Töne von den Türmen der Stadt. Trompeten bliesen zum Gegenangriff und ein Aufgebot von Bogenschützen trat an die Brüstungen der Stadtringe. Pfeile schossen von den Bogen zu hunderten auf die Trolle herab. Doch sie waren durch ihre Rüstungen gut geschützt und die Pfeile prallten von ihnen ab. Faramir, Fürst von Ithilien, schrie von der Zitadelle den Wachleuten und Kriegern Befehle zu. Diese Stadt kannte er genau, verbrachte er hier doch seine Kindheit, als zweiter Sohn des verstorbenen Stadthalters Denethor. Er hatte die alarmierte Turmwache und die Krieger von Gondor an der Zitadelle Aufstellung nehmen lassen. Sie zogen ihre Schwerter, als sie die Trolle kommen sahen. Es entstand ein grosser Kampf, bei dem viele der Männer starben.

Dann endlich konnte einer der Trolle verletzt werden : Bill sackte auf die Knie. Speere bohrten sich in seine weniger geschützten Stellen der Rüstung und dunkles Blut floss aus den ihm zugefügten Wunden. Er heulte vor Schmerzen und schlug mit ungebändigter Kraft um sich. Wurfgeschosse hagelten auf die Trolle nieder und auch Tom hatte nun kleinere Verletzungen. Bert schlug sich einen Weg zur Zitadelle frei und Tom rannte hinter ihm her. Bill war eingekeilt von den Kriegern Gondors. Er konnte der Umzingelung nicht mehr entkommen und hielt sie nur noch mit seiner Steinkeule davon ab, näher an ihn heranzutreten. Faramir schrie den Wachen einige, für den Troll unverständliche, Worte entgegen und aus der Waffenkammer wurde von vielen Menschen ein riesiger Amboss gezogen, in den ein gewaltiger Pfeil gespannt war, der die Grösse eines mittleren Birkenstammes hatte. Tom und Bert drangen in der Zwischenzeit in die Gemächer des Palastes ein. Ihnen folgte der hälftige Teil des Heeres, dass sich vor der Zitadelle gesammelt hatte. Die Palastwache und die Turmwache der Zitadelle stellten sich Tom und Bert in den Weg und wurden von den Trollen niedergetrampelt. Die Krieger, die den Trollen vom Hof her folgten, sahen ihre entstellten Leichen in den Hallen liegen.

Die Trolle zertrümmerten auf ihrem Weg durch die königlichen Hallen wunderschöne Säulen und rissen die gestickten Behänge von den

Wänden. Der weisse Marmorboden wurde an vielen Stellen zerschlagen und das Holz ging in Flammen auf. Die Brandherde wurden von den Bediensteten und Wachen sofort bekämpft. Die gesamte Stadt war von dem unerwarteten Angriff der Trolle völlig überrannt und so kam es, dass der Erfolg des Überfalls durch den Überraschungseffekt sehr gross war.

Die Trolle rannten durch die vielen Räume des Palastes und kamen zielgerichtet zu einem entlegenen Raum am Ende eines langen Ganges. Hier wurden sie durch eine eiserne Tür aufgehalten. Tom schlug mit aller Wucht auf sie ein, doch sie gab nicht nach. Nur schwere Dellen im Eisen zeichneten sich ab. Die Trolle schrien wütend und ihre Verfolger kamen ihnen näher. Die Trolle gerieten in Panik. Sie würden am Ende des Ganges vor der Eisentür schnell eingekeilt sein. Bert hatte plötzlich einen Einfall. Er hieb nicht mehr auf die schwere Türe ein, sondern rammte seine Kugeln in das Gemäuer daneben. Die Steine brachen und ächzten unter den schweren Hieben.

Dann gab die Wand nach und mit lautem Krachen brach sie zusammen. Sie wuchteten ihre massigen Körper hindurch und befanden sich in einer Schatzkammer.
Edelsteine und Juwelen lagen in offenen und geschlossen Kästchen und Kisten. Edle Festroben hingen auf silbernen Kleiderstangen. Gold beschlagene Rüstungen standen dort, mit wunderschönen Verzierungen. Schmuck aus Silber, Gold, Adamant und anderen edlen Metallen lagen verstreut auf den Wandtischen und quollen aus den Schubladen hervor. Tom konnte nicht widerstehen. Er behängte sich mit Ketten und griff mit seinen riesigen Pranken in eine der vielen Kisten mit den Schätzen. Er warf sie durch die Luft und ein Regen von Diamanten, Edelsteinen und Gold prasselte auf sie nieder. Bert hingegen suchte fieberhaft nach etwas. Seine grimmige Miene hellte sich auf, als er eine unscheinbare Kiste fand, in der er eine schwarze Kugel, von der Grösse eines Kinderkopfes fand, die in dunklem Samt eingeschlagen war. Er verbarg sie schnell in seinem Lederbeutel an seinem breiten, mächtigen Gürtel, der fest um seinen Leib geschlungen war. Er blickte sich um. Die Krieger Gondors waren auch an der Schatzkammer angekommen und standen kampfbereit in dem langen Gang. Bert griff auch noch einmal tief in die Kisten mit

dem Gold und winkte Tom zu sich. Sie sahen lächerlich aus, überall mit Gold behängt, wie eine wandelnde Schatzkammer und ihre dummen Gesichter glotzten umher. Tom konnte kaum von der glitzernden Pracht lassen, doch Pfeile schwirrten ihnen bereits um die Ohren. Einige Speere schlugen an ihre Rüstungen und beschädigten sie.
Den Trollen wurde schnell klar, dass sie die Kammer umgehend verlassen mussten, um nicht eingeschlossen zu werden. Bert und Tom rannten auf den Mauerbruch zu. Die Krieger versuchten erschreckt an die Seite zu springen. Doch einige wurden sofort von den Trollen zu Tode getrampelt. Tumult entstand. Die Trolle bahnten sich einen Weg durch die Schwerter und gaben grölende Laute von sich. Ihre Rüstungen hielten die tödlichen Schläge, die sich auf sie herabsenkten, ab. Bert rannte voran und wich den Pfeilen, die auf seinen grässlichen Schädel zielten, geschickt aus.
An die riesigen Helme war zwar ein Gitter mit Eisenstäben geschmiedet worden, welches ihr Gesicht schützen sollte, doch die Augen und ihr riesiges Maul waren frei geblieben und so war der Kopf die einzige Schwachstelle der Rüstung. Die beiden Trolle erschlugen auf ihrer Flucht aus dem Palast viele Krieger. Doch es wurden immer mehr, die sich ihnen in den Weg stellten.

Die Bogenschützen konzentrierten sich darauf, ihre Pfeile auf ihre Köpfe zu zielen und sie hatten Erfolg. Einer der Krieger traf das Auge von Tom. Dieser schrie entsetzlich auf. Aus seinem Auge floss gelbliche Flüssigkeit und der Pfeil stakte tief darin fest. Er wand sich und heulte grässlich. Die Wände erzitterten von dem mörderischen Gebrüll.
Der Schmerz und die Wut stachelten Tom an und mit Hass stürmte er auf die Krieger zu. Er hieb sein Schwert in die kämpfende Masse und er tötete und zertrampelte die Wachen. Die Trolle näherten sich rennend dem Ausgang des Palastes. Tom, von den furchbaren Qualen getrieben, überholte Bert und stürzte nach draussen. Entsetzt blieb er stehen. Das letzte Aufgebot hatte sich im Hof der Zitadelle formiert und die riesige Armbrust war auf ihn gerichtet. Er sah Bill tot am Boden liegen während der grosse Pfeil in seine Richtung raste und ihn traf. Das Metall seiner Rüstung krachte laut als sie zerbarst. Der riesige Pfeil bohrte sich tief in seinen Körper.
Ein Ruck ging durch seinen wuchtigen Leib und er sackte auf die Knie.

Sein verbliebenes Auge war weit aufgerissen und schwarzes Blut spritzte aus seinem Maul. Er hielt sich die Hand an der Stelle, wo der Pfeil seinen Körper durchbohrt hatte. Entsetzliche Laute drangen aus ihm hervor und sein Blick glitt über die Krieger von Gondor, die ihn grimmig aus sicherer Entfernung beobachteten. Er versuchte auf die Beine zu kommen, doch sie versagten ihm den Dienst. Ein letztes Zittern lief durch seinen Körper.

Bert trat hinter ihm aus der Zitadelle. Er sah den sterbenden Tom, dem er nicht mehr helfen konnte. In die Armbrust wurde ein neuer Pfeil eingelegt und gespannt. Bert stürzte an Tom vorbei und bahnte sich einen Weg durch die Krieger. Einige wichen seiner gewaltigen Grösse aus und andere stellten sich ihm in den Weg, doch konnten sie den Koloss nicht aufhalten. Bert verliess den Hof der Zitadelle und rannte die Strassen nach unten. Seine eisenbeschlagen Stiefel krachten auf die gepflasterten Steine und von der Wucht seines Gewichtes erzitterte der Boden und die Steine brachen.

Die Bevölkerung war grösstenteils geflohen und die Verbliebenen löschten hektisch die vielen Brände. Als der Troll angestürmt kam, stoben sie auseinander und drückten sich an die Wände. Doch er beachtete sie kaum und rannte in der Stadt auf den gewundenen Pfaden nach unten. Er passierte ein Tor nach dem anderen. Die Verfolger blieben zurück und von der Zitadelle klangen schreckliche Laute zu ihm herunter. Die Krieger töteten den verwundeten Tom und seine Todesschreie hallten markerschütternd durch die Nacht.

Doch Bert hatte es geschafft. Gehetzt erreichte er den Ausgang der Stadt. Ein letztes Aufgebot an Kriegern versuchte ihn aufzuhalten, doch ihre Pfeile schossen sie vergeblich nach ihm. Der Troll verschwand im Dunkel der Nacht und eilte hinunter an die Ufer des Brandywein. Dort wartete bereits Gorlog auf ihn. Als er ihn kommen sah, winkte er ihn zu sich und gemeinsam liefen sie in nördliche Richtung davon, am Ufer des Anduin entlang.

Faramir stand niedergeschlagen an der letzten Mauer in der Zitadelle und verfolgte mit seinen Blicken den Troll, bis er seinen Augen entschwand. Sein Schwert hielt er noch immer in der Hand. Er konnte dem Angriff der

Trolle kaum etwas entgegenhalten. Minas Tirith war verwüstet, doch zum Glück waren die meisten Brandherde schon eingedämmt oder sogar gelöscht. Mit dem anbrechenden Morgen rissen auch die dichten Wolkenbänke auf und der rötliche Feuerball stieg blass im Osten über dem Schattengebirge auf.
Über der Stadt hingen noch die Rauchschwaden und der Schrecken stand den Menschen noch immer in den Gesichtern. Aragorn würde ihn strafen, er hatte seine Pflichten mehr als schlecht erfüllt. Der Hauptmann Dergreth stand neben ihm. In dieser Nacht hatte er die Befehlsgewalt über die Turmwache. Er hielt die Augen schuldbewusst gesenkt, auch er hatte versagt. Die Sonne konnte ihren Gram nicht lindern. Arwen trat zu beiden und weinte Tränen der Trauer um die vielen Toten.

Die Verletzten wurden in das Haus der Genesung gebracht. Es war schrecklich! Knapp hundert Krieger hatten ihr Leben verloren und genau so viele von der übrigen Bevölkerung. Die Geflohenen kehrten im Schutz der Wachen von den Pelennorfeldern zurück. Es war ein Bild des Grauens. Faramir vergrub sein Gesicht in den Händen. Noch immer konnte er nicht verstehen, was geschehen war. Waren diese blutrünstigen Trolle auf die Schätze der Stadt aus gewesen? Oder was hatte sie bewegt diese Stadt anzugreifen? In der gesamten Geschichte Gondors war so etwas noch nie vorgekommen.
Er schloss Arwen in die Arme und tröstete sie und gleichzeitig sich selbst. Eowyn, Schildfrau aus Rohan und seine ihm angetraute Frau, fehlte ihm sehr. Er blickte sanftmütig auf die zierliche, wunderschöne Frau seines Königs. Man konnte schon deutlich sehen, dass sie einen Erben des Königs im Leibe trug. Sie war so unendlich traurig und lehnte sich an seine Schulter. Kein Wort des Vorwurfes kam über ihre Lippen. Zumindest konnte er ihr Leben schützen, als die Trolle in den Palast eingedrungen waren. Sie wischte sich die Tränen aus dem Gesicht und ging wortlos. Er fand sie später im Haus der Genesung. Sie half den vielen Schwestern, die sich aufopfernd um die Verletzten kümmerten. Jede Hand wurde gebraucht. Der Heilkundige bewunderte Arwen, denn sie pflegte die Kranken und kümmerte sich nicht um ihr eigenes Leid. Als er sie in der Nacht noch immer sah, ging er zu ihr.
“Herrin, ihr müsst euch schonen!”, sprach der Heilkundige. Doch Arwen

winkte ab und wandte sich wieder den Hilfsbedürftigen zu. Der Heilkundige rief Faramir und die Wachen zu sich, damit sie Arwen in ihren Palast zurückgeleiteten. Widerstrebend liess sie es zu und fiel erschöpft in einen tiefen Schlaf. Sie sah in ihren Träumen ihren geliebten Mann zu Pferde schnell reitend. Sie rief ihn, doch eine eisige Kälte hinderte ihre Stimme, zu ihm zu gelangen. Schweissgebadet erwachte sie.
Am nächsten Morgen bat sie Faramir zu sich.
"Faramir, ihr werdet den König über die jüngsten Ereignissen informieren müssen", sprach sie zu ihm.
"Meine Königin", sagte der Fürst. "Ich habe bereits gestern, mehrere Trupps zusammengestellt, die drei schnellsten und besten Kuriere sind bereits aufgebrochen, im Schutz einer kleinen Wachmannschaft. Wir können leider nicht viele Krieger entbehren."
Arwen blickte ihn an. Faramir wäre Stadthalter von Gondor geworden, wenn Aragorn auf sein Erbe weiterhin verzichtet hätte. Doch stets stand Faramir zu seinem König und war ihm treu ergeben. Sie schätzten einander sehr und Aragorn überliess Faramir Ithilien und verlieh ihm den Fürstentitel. Er war noch jung und schon im Ringkrieg zu Ruhm und Ehre gelangt.
Ihn trifft keine Schuld, dachte Arwen. Sein Leben hatte er riskiert, um das ihre und das der Menschen Gondors zu schützen. Doch auch ihre besänftigenden, wohltuenden Worte konnten Faramir nicht von seiner Schuld befreien oder trösten. In der Mittagszeit traf sich der Rat Gondors und würde über ihn und Dergreth, den Oberbefehlshaber der Turmwache, zu entscheiden haben. Faramir hoffte, sie würden ihn zum Tode verurteilen. Die Schande des Versagens grub tiefe Narben in seine Seele.

Dem Rat sassen die weisesten und gelehrtesten des Volkes von Gondor vor und sie blickten Fürst Faramir und Hauptmann Dergreth achtungsvoll an. Beide senkten ihre Blicke zu Boden. Doch entgegen ihrer Vermutung hörten sie kein Wort des Tadels oder des Vorwurfes, sondern wurden für ihren mutigen Einsatz im Kampf gegen die Trolle geehrt. Es war nicht abzusehen, dass ein solcher Übergriff erfolgen würde, kein Kundschafter hatte das Nahen der Trolle bemerkt. Die Verluste für die Stadt waren gross und fast jede Familie hatte einen Angehörigen verloren. Das war sehr tragisch. Doch Faramir und Dergreth hatten angesichts des Todes die

Trolle durch ihren mutigen und klugen Einsatz der Truppen und ihres eigenen Lebens vertrieben.
Sie wurden gebeten, nun die Reparaturarbeiten zu leiten und die Wachen neu einzuteilen. Faramir und Dergreth verliessen die Ratsversammlung. Dergreth teilte die Krieger neu ein und verdreifachte deren Anzahl an den Stadtringen. Faramir übernahm wieder die Führung der Stadt. Er ging die Strassen hinunter zum Eingangstor am äusseren Wall der Festungsmauer. Das Lachen der Kinder war verklungen, beklommene Trauer machte sich breit und er überblickte das Ausmass der Zerstörung. Es würde viele Monate dauern, bis alles wieder zu neuem Glanz aufgebaut sein würde.

Das Tor war vollkommen zerstört. Viele hatten sich versammelt und versuchten, die Überreste in die Angeln zu heben. Er besah sich die Explosionsstelle. Die Wucht, mit der das Tor zerschlagen wurde, gab ihm Rätsel auf. Es war eine seltsame Macht, der sich die Trolle bedient hatten. Es war ihm noch nie zu Ohren gekommen, dass Mithril zerstört worden war. Es war das härteste Metall, dass er kannte und hier am Tor hing es in losen Fetzen.
Sein König würde bald zurückkehren und ihm würde er Rede und Antwort stehen müssen. Bis dahin sollten zumindest die gröbsten Schäden der Stadt beseitigt sein. Er koordinierte sorgfältig die Bauarbeiten und sah nach den Verletzten in den Häusern der Genesung, die von erfahrenen Heilwarten gepflegt wurden.
Als Faramir die Wachen eingeteilt hatte, ging er zu seiner Königin. In ihren Gemächern konnte er sie nicht finden, doch die Palastwache teilte ihm mit, dass sie wieder bei den Kranken weilte. Er fand sie im Haus der Heilung/Genesung, als sie gerade einem Verletzten den Verband wechselte. Faramir ging zu ihr und bat sie, mit ihm zur Zitadelle zu kommen. Sie schritten schweigend zum Palast und Faramir ging mit ihr in die Schatzkammer.
“Herrin”, sprach er. “Wir müssen wissen, was hier gestohlen wurde.” Arwen nickte, sah sich im Raum um und schritt ihn ab. Nach langer Zeit sah sie zu Faramir auf.
“Es fehlen nur einige Schmuckstücke, Gold und Juwelen, nichts von wirklichem Wert.”
Faramir dachte nach. Es war ungewöhnlich, wie zielgerichtet die Trolle

hier gesucht hatten und sollte es wirklich so gewesen sein, dass sie nur auf die Schätze aus waren? Wieso waren sie zufrieden und wollten die Stadt schnellstmöglich verlassen, nachdem sie hier waren?
Er blickte ihr in die Augen. "Königin, seid ihr euch ganz sicher, dass nicht etwas Bedeutenderes von hier gestohlen wurde?" Sie schüttelte den Kopf und blickte sich noch einmal um. Sie ging auch in die verschiedenen Ecken des Raumes, doch ihr fiel nichts Besonderes auf. In der rechten, hinteren Ecke des Zimmers hob sie versonnen eine unscheinbare Kiste an und wollte sie schon wieder zu Boden stellen, als sie es sich anders überlegte und sie ehrfurchtsvoll öffnete. Sie schrie plötzlich auf, liess die Kiste fallen und sank blass zu Boden.

"Wachen!", schrie Faramir und kniete sich zu ihr nieder, hielt ihren Kopf und blickte in das wunderschöne Gesicht. Die Wachmannschaften eilten zu ihm und trugen sie in ihre Gemächer. Es wurde nach dem Heilkundigen gerufen und als dieser kam, war Arwen bereits wieder zu sich gekommen und sie blickte noch immer entsetzt in die Augen Faramirs.
"Der Palantir", murmelte sie entkräftet. Faramir erschrak. Der sehende Stein, das also haben sie gesucht, gefunden und mit sich genommen. Das war kein Werk der Trolle. Nur sehr Mächtige konnten mit diesem Stein etwas anfangen und ihn gebrauchen. Hier war etwas Dunkles am Werk, er spürte es plötzlich genau. Eisige Kälte rann ihm über den Rücken und liess ihn erzittern.

ACHTZEHNTES KAPITEL

DIE KURIERE

Die Kuriere verliessen Minas Tirith. Drei der besten und schnellsten wurden für diese Mission ausgewählt. Fürst Faramir hatte sie bereits am frühen Morgen, nach dem Angriff der Trolle zu sich gebeten und erklärte ihnen ihre Aufgabe. Der König musste umgehend von den neuesten Ereignissen informiert werden. Es konnte sehr gefährlich für die Boten werden, denn es stand zu befürchten, dass noch mehr Feinde in der näheren Umgebung lauerten. In der Nacht wurden sie zwar nur von den Trollen angegriffen, doch seit einigen Tagen kehrten die ausgesandten Kundschafter nicht zurück und fremde Boten erreichten Minas Tirith nicht mehr. Seine Späher, die für die Sicherheit Gondors zuständig waren, hatten sie nicht vor dem Angriff gewarnt und alles deutete darauf hin, dass sie alle nicht mehr lebten. Daher sollte jeder der drei Kuriere zehn Krieger als Begleitschutz erhalten. So konnten sie kleinere Angriffe von Feinden abwehren und doch schnell vorankommen. Wenn ein Heer vor den Toren Gondors lagerte, um die freien Völker zu unterjochen, so waren sie alle dem Tod geweiht. Doch Faramir hatte noch nicht die Anzeichen gespürt, die er immer fühlte, wenn seinem Volk vernichtendes Unheil drohte. Doch die Vorsicht gebot ihm, die Kuriere nach einem gut ausgeklügelten Plan auf die Reise zu schicken, damit zumindest einer von ihnen die feindlichen Linien durchbrach und die Botschaft dem König überbringen konnte.

Lamedan, der schnellste Kurier, sollte auf dem kürzesten Weg, auf der Nord-Süd-Strasse durch Anorien reiten, durch die Ost- und die Westfold von Rohan zum Auenland, an der das Heer lagerte. Tirionth, dem erfahrensten Boten, war der weiteste Weg vorbestimmt. Er wurde nördlich ausgesandt und sollte entlang des Anduin reiten, um über einen der Pässe des Nebelgebirges nach Eriador durchzubrechen. Tirionth kannte dieses Gebiet sehr genau, seit vielen Jahren unterhielt er die ständige Verbindung nach Rhovanion. Der dritte im Bunde war Miragorn, ein Dunedain des Nordens. Er galt als ungestüm und war ein Einzelgänger. Er konnte sich nicht unterordnen, doch war er überaus listig und klug und hatte ein gutes Gespür für Gefahren. Aragorn schätzte seine Dienste sehr, wenn auch Belegond, der Hauptmann der Turmwache, an den Eigenarten dieses Kriegers fast verzweifelte. Miragorn stand schon seit Ewigkeiten in den Diensten der Stadthalter Gondors und nachdem Aragorn zum König gekrönt wurde, diente er, wie es seine Bestimmung war, wieder der Linie Isildurs.

Miragorn wurde der Weg seiner Reise zum König nicht vorbestimmt. Dies wäre auch schwierig gewesen, denn er liess sich niemals vorschreiben, wie er sein Ziel erreichte. Da er bisher immer seine Aufgaben zur Zufriedenheit seiner Herren erfüllt hatte, gab man es schliesslich auf, Miragorn Befehle zu erteilen und ihn zu belehren. Faramir sandte ihn lediglich zur Sicherheit aus, falls es die beiden anderen nicht schafften. Der Fürst war nun vorsichtig geworden, der Angriff letzte Nacht hatte ihn für derartige Gefahren sensibilisiert. Alle drei Kuriere verliessen nach einem ausführlichen Gespräch mit dem Fürsten die Stadt und sie ritten auf den besten Pferden, die Gondor ihnen zur Verfügung stellen konnte.

Lamedan und die zehn Krieger, die ihn begleiteten, verschwanden schnell in westliche Richtung. Sie erblickten nach einigen Stunden den Grauen Wald, ein Teilgebiet des Druadenwaldes, doch als sie die ersten Ausläufer erreichten, gerieten sie in einen Hinterhalt. Pfeile rasten auf sie zu und diesem Überraschungsfeldzug fielen acht der Krieger zum Opfer. Leblos stürzten sie von ihren Pferden. Lamedan, der den Angriff unverletzt überlebt hatte, gab seinen Pferd die Sporen und jagte davon. Die übrigen zwei Krieger kämpften gegen die Übermacht der Orks und verschafften ihm einen Vorsprung, bevor auch sie getötet wurden. Der Abstand zwischen Lamedan und seinen Verfolgern vergrösserte sich schnell. Er sah unentwegt hinter sich und mass die Abstände. Lamedan war ausserhalb eines Pfeilschusses. Noch immer preschte er schnell am Waldrand entlang und

schüttelte langsam seine Verfolger ab. Doch er vergass ein Auge nach vorn zu richten und geriet in das Netz der nächsten Orkbande, die bereits auf ihn wartete und ihm schnell den Garaus machte. Die Orks jubelten zufrieden und grölten Siegesrufe, dann hielten sie ihre Nasen in die Luft und schnüffelten.
“Einige Meilen von hier, reitet noch eine weitere Schar Menschen!”, brüllte der Anführer der Orks.
“Lasst sie uns jagen!”, schrie er den anderen zu und sie liefen mordlüstern der Reiterschar hinterher.
Sie trafen die Abteilung der Orks, die Lamedan zuerst in den Rücken gefallen waren und rannten gemeinsam zu den Ufern des Anduin

Tirionth ritt zur gleichen Zeit wie Lamedan aus den Toren von Minas Tirith. Der Troll war vor einigen Stunden in dieselbe Richtung geflohen, in die er nun reiten sollte. Die grösse Sorge, die ihn beschäftigte, war die Frage, ob er auf eine Streitmacht oder nur vereinzelte Feinde treffen würde, die sein Unternehmen vereiteln könnten oder ob er noch andere Trolle treffen würde. Beides wäre das Ende seiner Mission, denn gegen eine Übermacht konnten sie nicht ankommen. Doch die Chancen standen um ein Vielfaches besser, wenn dem nicht so war. Und er hatte noch einen anderen grossen Vorteil gegenüber Lamedan. Seine Feinde würden sicher nicht vermuten, dass er den selben Weg wie sie nehmen würde, denn er ritt in die Richtung, in die der Troll verschwunden war. Wenn sie geschickt vorgingen, hatten sie die Möglichkeit im Rücken der Feinde unbeobachtet zu bleiben.

Anfänglich ritten sie mit ihren Pferden am Ufer des Anduin und kamen gut voran. Tirionth hatte die Hälfte seiner Männer als Späher eingesetzt. Sie erkundeten zu Fuss die fruchtbare Ebene. Die anderen führten während der Abwesenheit der Krieger deren Pferde mit. Ohne bemerkt zu werden, passierten sie Osgiliath und ritten zum Cair Andros. Tirionth war ein erfahrener Kundschafter, der auch schon reichhaltige Informationen im Hinterland des Feindes gesammelt hatte. Er wusste, wie er sich im feindlichen Gebiet verhalten musste. Sie ritten durch Nord-Ithilien. Die Wachen dort wurden bereits verstärkt, das Land rüstete sich gegen einen möglichen Überfall. Die Nachricht vom Angriff der Trolle ging bereits um und zur Abwendung einer Gefahr patrouillierten die Krieger an den Grenzen des Flusses.

Gegen Abend erreichten sie Cair Andros. Sie machten ein kleines Feuer. Der Wind stürmte kalt durchs Land und entlaubte die Bäume. Die meisten Blätter lagen schon am Boden und bildeten einen wunderschönen rotgoldenen, braun und gelb wirkenden Teppich. Die Wolken spannten ihre weiten Flügel auf den Schwingen der Nacht und versperrten die Sicht auf den Abendhimmel, auf die Sterne und die silberne Sichel des Mondes. Sie sassen um das flackernde Feuer und rieben sich die Hände. Es war sehr kalt geworden. Die Hälfte der Krieger war auf Wachgang und erkundete die nähere Umgebung, um sie vor Feinden zu warnen. Die anderen hüllten sich in ihre langen Mäntel und assen von ihren Vorräten. Sie sprachen nur leise und immer wieder war es das gleiche Thema : der überraschende Angriff auf die Stadt.

Sie sahen hinüber zu dem grossen Gebirge, den Ered Nimrais.
Die grossen Leuchtfeuer, sieben an der Zahl, strahlten hell zu ihnen herüber. Tirionth spürte von ihnen eine starke Wärme ausgehen und er schöpfte Zuversicht, wann immer er sie erblickte. Solange sie brannten, war die Herrschaft der freien Völker nicht gebrochen und Gondor war ein starkes Königreich.
Am Morgen sattelten sie ihre Pferde und warteten auf die Kundschafter. Doch nur drei von ihnen kehrten zurück. Auf die beiden anderen warteten sie vergeblich. Sie blieben verschwunden. Unruhe befiel die Krieger. Niemand hatte etwas vom Verschwinden der Späher bemerkt.
“Wir müssen sie suchen!”, rief einer aus.
“Nein! Unser Befehl lautet, Tirionth zu schützen”, rief ein anderer dazwischen. Die Männer gerieten in Streit. Tirionth fasste einen Entschluss.
“Zwei Krieger suchen die beiden und die anderen reiten mit mir weiter. Sobald Kunde vom Verbleib der zwei vermissten Krieger zu euch dringt, kehrt ihr mit ihnen oder wenn es das Schicksal so will, allein zu uns zurück.”
Schnell wurden der kleine Suchtrupp gebildet und die beiden Auserwählten ritten mit der Morgensonne im Rücken davon. Keiner der Zurückgebliebenen sah sie wieder. Nun waren sie nur noch zu siebt.

Für den Kundschaftsritt wurden vier Krieger eingeteilt und nur zwei ritten als Begleitschutz für Tirionth. Sie erreichten die Mündungen der Entwasser und überquerten das breite Delta an den Furten. Das Schilf wuchs hoch und weit reichte der Blick ins Land. Grosse Marschen erstreckten sich bis tief in den Westen. In der Nacht lagerten sie in der Nähe des Flusses, am Ufer des Anduin. Die Männer waren erschöpft. Sie hatten nur wenig geschlafen und es wurden lediglich zwei Wachen zum Schutz der anderen aufgestellt. Als sie am Morgen erwachten, lagen Nebelschwaden über dem Anduin. Sie verzehrten ein wenig ihrer mitgebrachten Speisen und tranken von dem klaren Wasser.
Tirionth ahmte das Rufen eines Wasservogels nach und wartete auf eine Antwort. Doch alles blieb ruhig. Nur das Rauschen des Flusses und das leise Säuseln des Schilfes drang an sein Ohr. Immer und immer wieder ahmte er die Rufe nach, doch alles blieb still. Die Krieger sahen sich an und sie wussten, dass ihre Gefährten nicht zurückkehren würden.
Todesangst stand in den Gesichtern der Männer und ihr Mut sank. Doch an eine Umkehr war nicht mehr zu denken. Der Feind hatte sie bereits im Visier und es war egal in welche Richtung sie ritten, er beobachtete sie.
Tirionth plante eine List. Am Abend erreichten sie die Rauros-Fälle. Sie errichteten eine Lagerstatt und machten ein grosses Feuer. Ihre Feinde sollten wissen, wo sie sich befanden. Die Krieger bereiteten sich auf einen Kampf vor, der ihr aller Ende sein würde und doch die einzige Hoffnung Tirionths war, die feindliche Linie unerkannt zu durchbrechen. Alle würden in dieser Nacht ihr Leben für den einen geben, der es schaffen musste den Orks zu entkommen.

Gorlog verfolgte die Menschen schon kurz nach ihrem Aufbruch aus Minas Tirith und fing im Hinterhalt die Kundschafter Tirionths ab und tötete einen nach dem anderen. Als seine Orktruppe am Abend die Rauros-Fälle erreicht hatte, bemerkte er, dass die Menschen, die er verfolgte, schon keine Wachen mehr postierten und frohlockte.
Gorlog überfiel mit seinen Schlächtern das Lager, in einer Zeit, in der die Menschen am meisten erschöpft waren, eine Stunde bevor die Morgendämmerung hereinbrach. Es waren nur noch wenige Krieger, die viermal so vielen bösen und brutalen Orks gegenüberstanden, die hart und unerbittlich gegen sie vorgingen. Sie erschossen die unterlegenen

Menschen mit ihren Pfeilen oder erschlugen sie erbarmungslos. Tirionth liess sich an die Ufer des Anduin im Schutz seiner Begleiter zurückdrängen. Dann schrie er auf. Ein Pfeil traf ihn tief in seiner Brust und er krümmte sich unter lautem Schreien. Er kippte nach hinten über und fiel in die Fluten, begleitet von dem gehässigen Blick Gorlogs. Die Wasser zerrten seinen leblosen Leib mit sich und in der Mitte des Flusses tauchte er gurgelnd in einem Strudel ab und wurde in die Tiefe gezerrt. Das Kampfgeschehen ging unterdessen seinem Ende entgegen. Die Krieger fielen alle und starben durch die Pfeile oder Schwerter der Orks.

Tirionth fühlte das Wasser. Es war eiskalt und zerrte an seiner Kleidung. Er nahm die Hand von der Brust und liess den Pfeil sinken, den er vor seinen Körper gehalten hatte. Für die Orks musste es so ausgesehen haben, als wäre er tödlich getroffen worden. Doch er lebte und wenn seine List geklappt hatte, dann war er für sie tot. Die Rüstung hatte er bereits vor dem Kampf abgelegt und nur die wichtigsten Körperteile mit seinem Kettenhemd geschützt. Das Gewicht des Eisens und die mit Wasser vollgesogenen Sachen zogen ihn tief nach unten. Er hielt den Atem an, denn er brauchte die Luft dringend, wenn er im Wasser überleben wollte.
Er versuchte zu schwimmen und kam langsam in die Nähe der Oberfläche. Sein Schwert stiess ihm in die Beine und behinderte ihn fürchterlich. Er drehte es mühevoll auf seinen Rücken und schwamm mit kräftigen Schwimmbewegungen unterhalb der dunklen Wogen, mit der Strömung des Anduin. Als ihm die Luft knapp wurde, tauchte er vorsichtig auf und hoffte, dass die Orks nicht nach ihm sehen würden. Wenn alles gut gegangen war, schenkten ihm die Kreaturen keine Beachtung mehr und er hatte von dieser Abordnung nichts mehr zu befürchten. Er tauchte auf und blickte in die Schwärze der Nacht. Er hörte das wilde Kampfgeschrei der hässlichen Mörderorks und die verzweifelten Bemühungen seiner Mannen, doch ihre Stimmen erstarben und das Siegesgeschrei der Orks übertönte das Rauschen des Flusses. Tirionth spürte einen Stich im Herzen. Die Krieger hatten Familien, die sie nun allein zurückliessen und er schwor bei seinem Leben, dass, wenn er die ihm auferlegte Aufgabe erfolgreich zu Ende gebracht hatte, nicht eher ruhen würde, bevor seine Krieger nicht gerächt waren. Mit Mühe schleppte er sich ans Ufer und blieb völlig erschöpft liegen. Die Kälte

kroch durch seine Glieder nach oben und lähmte ihn. Er musste sich bewegen, sonst unterkühlte er völlig und starb. Tirionth stand unter Mühen auf und lauschte. Aus der Ferne hörte er leise das Geschrei der Orks zu ihm herüberwehen. Dann machte er sich auf. Unter Aufbringung aller Vorsichtsmassnahmen eilte er am Ufer entlang zu den Rauros-Fällen.

In der Morgendämmerung näherte er sich seinem Lager und der Kampfstelle. Im Schutze des Nebels glitt er voran. Als er die Stelle erreichte, sah er seine Gefährten und einige Orks tot am Boden liegen. Die anderen Feinde waren verschwunden. Er ging an seinen Kameraden vorbei und starrte auf die von Grauen und Qual erfüllten, schreckensstarr geweiteten Augen, die kalt und leer in den Himmel blickten. In unendlicher Trauer drückte er ihnen sanft die Lider zu, stand auf und sah in nördliche Richtung. Dann eilte er davon. Flink glitt er im Verborgenen des Ufers auf die Rauros-Fälle zu und das Tosen wurde lauter, je näher er sich der aufschäumenden Gischt näherte. Niemand folgte ihm und so schöpfte er neue Hoffnung für sein Vorhaben.

Miragorn war nun der dritte im Bunde und er ritt als letzter aus dem zerstörten Tor der angeschlagenen Stadt Minas Tirith. Es war kalt geworden und der Wind fegte stürmisch über das Felsgestein. Die Rauchschwaden wurden schnell davongetrieben, doch die noch nicht gelöschten Feuer loderten neu auf. Miragorn wandte seinen Blick von der Stadt und trieb sein Pferd in einen wilden Galopp, einem Wettrennen zwischen dem Wind und seinem schnellen Hengst, für ihn das schönste und beste Pferd aus den Stallungen des Königs. Im Gespräch mit Faramir bat er als einziger, auf die Schutztruppe verzichten zu dürfen. Er konnte sich allein viel besser verbergen und fiel weniger auf, als wenn eine Reiterschar Staub aufwirbelte. Faramir liess ihn gewähren und teilte die ihm zugewiesenen Krieger sofort zum Wachdienst auf der Zitadelle ein.

Miragorn ritt sehr schnell und dachte nach. Er hatte nicht den Eindruck, dass der Angriff der Trolle ein Zufall gewesen war und erwartete auch nicht, dass er sein Ziel in einem Spazierritt erreichen würde. Worüber bisher nur wenig gesprochen wurde, sei es, weil es nur wenigen aufgefallen war oder weil man keine Antworten finden konnte, war die Tatsache, dass das Tor nicht von den Trollen gesprengt wurde. Diese riesigen Kreaturen näherten sich der Festung doch erst, als das Tor in Fetzen hing. Sie hatten Helfer und diese warteten möglicherweise in der umliegenden Landschaft, wie dies Faramir bereits vermutete. Vielleicht war es auch kein Zufall, dass der König mit der grossen Streitmacht nicht im Lande weilte? Vielleicht sollte dieser auch nichts von dem Angriff auf die Stadt erfahren? Wenn seine Vermutungen sich bewahrheiteten, so war ihm ein grosses Aufgebot von Feinden bald auf den Fersen, denn kein Kurier durfte lebend sein Ziel erreichen. Er musste sehr vorsichtig sein. In der Nähe der Stadt hatte er nichts zu befürchten, doch sobald Minas Tirith seinen Blicken entschwand, war er auf sich gestellt und musste mit feindlichen Übergriffen rechnen.

Lamedan war auf dem direkten Weg nach Eriador entlang der Nord-Süd-Strasse mit seinen Mannen geritten. Miragorn hatte ihn in ihrem Gespräch gewarnt, doch Lamedan hatte für die Vermutungen Miragorns nichts übrig und teilte seine Auffassung nicht. Lamedan war sich sicher, als erster den König zu erreichen, nur Miragorn hatte da seine Zweifel. Die Nord-Süd-Strasse würde von den Feinden am meisten bewacht sein und wenn es stimmte, was er dachte, war dies der gefährlichste Weg überhaupt. Er würde sich von dieser Strasse fernhalten, soviel stand für ihn fest.
Miragorn blickte zum kargen Felsgestein des Mindolluin-Berges. Nur wenige Bäume ragten über den Felsspalten und nur wirres, dorniges Gesträuch bot ausreichend Schutz vor suchenden Blicken. Wäre er der Feind, würde er von dort die Stadt beobachten. Er konnte dann zwar das Osttor nicht frontal einsehen, doch jeder, der die Stadt verlassen oder erreichen wollte, musste zwangsläufig vor oder hinter dem Felsen, auf dem Minas Tirith errichtet wurde, auftauchen. Und so konnten die Feinde jede Bewegung nachvollziehen, auch ohne die direkte Sicht auf das erste Stadttor. Miragorn nahm an, dass auch er den Feinden nicht verborgen geblieben war. Doch er vertraute auf die Ausdauer und Schnelligkeit seines Pferdes und hoffte, genügend Vorsprung zu erhalten. Seine zusammengekniffenen Augen huschten unauffällig an dem Felsgestein entlang, untersuchten die Zacken und Spalten. Und da, plötzlich, Miragorn hatte sich nicht getäuscht. Ihm war, als hätte er den Hauch eines Schattens gesehen. Auf keinen Fall würde er entlang des

Druadenwaldes reiten. Dort war er den Feinden schutzlos ausgeliefert. Lamedan musste die ersten Ausläufer dieses Waldes bereits erreicht haben und Miragorn war sich sicher, dass Lamedan und die Krieger, die ihn begleitet hatten, bereits tot waren. Er trieb sein Pferd östlich, in ausreichendem Abstand von der Handelsstrasse entlang. Das Tal des Anduin war eben und fruchtbar und nur in der Nähe des rasch ansteigenden Gebirges felsig und steinig. Er ritt durch die steinige Öde und schwenkte dann in die fruchtbaren Täler des grossen Stromes, deren Fluten im breiten Flussbett nach Süden zustrebten. In diese Richtung war der Troll entschwunden. Tirionth hatte zu Beginn seiner Reise diesen Weg eingeschlagen und war, wie er, entlang des Anduin geritten. Doch schon bald würde Miragorn Haken schlagen und diesen Weg wieder verlassen. Er gab seinem Pferd die Sporen und jagte in die Weite.

Tirionth erreichte den Rauros, der tosend in die Tiefe fiel. Die Gischt schäumte viele Fuss hoch und unendlich viele Tropfen glitzerten in riesigen Wasserwolken. Weit oben und für das Auge nur undeutlich zu erkennen, lag die Insel Tol Brandir, die den breiten Strom teilte.
Er näherte sich dem grössten Wasserfall Mittelerdes. Niemand war in seiner Nähe. Die Feinde hatten den Anduin in westliche Richtung verlassen. Er war sich sicher, dass die Orks nun in die Ebene der Entwasser vordrangen und Lamedan und Miragorn versuchten aufzuhalten oder zu töten. Tirionth blieb wachsam und liess die gebotene Vorsicht walten. Er bewegte sich zwischen den dichten Schatten der entlaubten Büsche und Bäume oder er verbarg sich zwischen den immergrünen Tannen. Er erreichte die lange Treppe neben dem Rauros und stieg die Stufen schnell empor. Hier lauerten die grössten Gefahren, denn es bestand nur die Fluchtmöglichkeit nach oben oder unten und wenn ihm der Weg abgeschnitten wurde, war er eingeschlossen zwischen den Feinden. Dann war er verloren. Doch keiner hinderte ihn am Fortkommen, er war absolut allein. Als er das obere Ende der Treppe erreichte, schlug sein Herz stechend vor Aufregung. Hier war es gut möglich, dass Wachposten von Orks die Treppe sicherten. Tirionth war sichtlich erleichtert, dass kein Angriff auf ihn erfolgte. Schnell tauchte er in den schützenden Waldstreifen ab, der sich entlang des Ufers auf der linken und rechten Seite des Anduin hinzog. Das Tosen des Wasserfalls wurde immer leiser

und nun vernahm er immer deutlicher das Rauschen und Branden der Stromschnellen von Sarn Gebir. Die Wassermassen bahnten sich hier sehr schnell ihren Weg und schäumten wild an dem Felsgestein auf. Mit Booten konnte man hier den Fluss nicht mehr befahren, es sei denn, man riskierte sein Leben, welches man hier schneller verlieren konnte, als einem lieb war. Die Wogen krachten schwarz und dunkel über die glänzenden Steine, die sich drohend aus den Fluten des Anduin erhoben.

Grosse Strudel verwirbelten das Wasser und konnten einen unerfahrenen Bootsmann leicht in die Tiefe reissen. Unterschiedliche Strömungen machten das Manövrieren eines Bootes fast unmöglich und die Felsen, die zur Linken und Rechten aufragten, waren spitz und scharfkantig und konnten nicht erklommen werden.

Man hatte daher am Ufer einen Weg angelegt, auf dem die Boote an den Stromschnellen vorbeigetragen werden konnte. Tirionth lief nun in sicherer Entfernung parallel zu diesem Weg und liess die Sarn Gebir bald hinter sich. Er schlief nur wenig und bewegte sich schnell laufend fort. Am Tag legte er sich schlafen, wenn die Sonne am höchsten stand und wenn die Dämmerung hereinbrach, war er schon wieder unterwegs.

Nach einigen Tagen näherte er sich den Wäldern Loriens. Die Elben dort standen im Bund mit dem König des wiedervereinigten Königreiches, Elessar Elbenstein, und sie würden ihm Schutz gewähren. Fürstlich würde er tafeln und erlesene Speisen kosten, karminroten Wein trinken und endlich würde er unbesorgt schlafen können. Seine Gedanken waren schon dort und verliehen seinen Füssen Flügel.

Er erreichte den Celebrant und die Leichtigkeit seines Herzens verschwand.

"Was war hier nur geschehen?", fragte sich Tirionth, denn er spürte deutlich drohendes Unheil. Die Bäume am Ufer des Anduin, an der Stelle, in der der Fluss des Waldes in das grosse Wasser mündete, waren zu Hauf gefällt. Das Blut der geschundenen, riesigen Stämme war noch frisch und an den Fussspuren konnte er erkennen, dass hier ein ganzes Heer gelagert hatte. Tausende klobiger Füsse hatten alles niedergetrampelt. Orks, dachte er entsetzt. Die eisenbeschlagenen Stiefel hinterliessen tiefe Abdrücke. Seine Hoffnung schwand. Erst vor zwei Tagen hatte diese riesige

Streitmacht an das andere Ufer übergesetzt. Gehetzt rannte er in die Tiefen des Waldes und verbarg sich vor den Feinden, die hier noch immer verborgen sein konnten. Seine Ohren waren weit geöffnet und er lauschte unentwegt auf die Geräusche des Waldes. Die Gefahr war nah. Als er weiter in den Wald eindrang, heftete er seine Augen auf den dicht bewachsenen Boden. Hier streiften noch immer zahlreich Orks umher.
Er gelangte an den Fuss eines riesigen Mellornbaumes und entdeckte einen Hauch von Blut, der silbrig schimmerte. Sein Blick glitt umher. Ein verletzter Elb war hier erst kürzlich vorbeigekommen. Tirionth berührte den Fleck mit seinen Fingern, dieser war noch feucht. Er sah sich um, konnte jedoch keinen weiteren Blutstropfen sehen. Der Morgen war nicht mehr weit und bald würde die Nacht enden. Sein Blick glitt an der glatten Borke des Mellornbaumes vor ihm hinauf und er beschloss, in den oberen grossen Ästen, verborgen vor suchenden Blicken, zu rasten.
Mit Mühe erklomm er den mächtigen Stamm. Plötzlich vernahm er ein surrendes Geräusch und drückte sich schnell eng an den Stamm. Ein Pfeil schoss an seinem Kopf vorbei und schlitzte seine Kleider. Brennender Schmerz durchzuckte seinen Arm, er war getroffen. Der feste Griff um den Baum liess nach und er stürzte in die Tiefe und fiel krachend zu Boden. Trotz der Schmerzen duckte er sich flink in das Dickicht eines Strauches.
"Mae govannen, edhel" , stiess er hervor. Ein freundlicher Gruss an den Elben, den er nun hier vermutete.
"Daro ! Man ech, edain? Haltet an, wer seid ihr?", fragte ihn der Elb vom Baum herab.
"Tirionth, *edain* Gondors."
"Si dartho!, bleibt stehen!", rief der Elb ihm zu.
Tirionth bewegte sich nicht und blickte unverwandt den Stamm nach oben in die mächtige Krone. Ein Elb mit hellen Haaren zeigte sich. Sie tauschten prüfende Blicke aus, dann wurde eine Strickleiter herabgelassen. Tirionth kletterte mit Mühen und schmerzverzerrtem Gesicht an den schwankenden Strickstufen hinauf. Der Pfeil, der ihn verwundet hatte, war zwischen seinen Zähnen eingeklemmt, damit die Feinde ihn nicht fanden. Langsam entfernte er sich vom Boden und kam immer höher. Auf einem breiten Ast auf halber Höhe endete die Leiter und er blickte in die Augenpaare von fünf Elben.

Sie halfen ihm, sicheren Halt zu finden und zogen geschwind die Leiter ein.
“Was ist hier geschehen?”, fragte Tirionth.
Aus der Menge trat ein Elb hervor. Er hatte eine tiefe Wunde am Bein und das Blut quoll trotz des Verbandes schwach hervor.
“Mein Name ist Celeborn”, sprach der Elb mit sanfter und doch gebieterischer Stimme.
“Ich bin oder sollte ich sagen, war?, der Herr dieses Landes, bevor die finsteren Ausgeburten unsere Wälder überfielen und sie besetzten. Dies hier sind meine Getreuen, die als einzige den Kampf lebend überstanden haben.” Sein Gesicht war von Leid erfüllt und dies war nicht nur auf die Verletzung zurückzuführen, die er davongetragen hatte.
“In Caras Galadhon, einige Meilen westlich von hier, hausen nun diese Missgeburten unter Führung eines gewalttätigen Uruk-hai in unseren Telains und zerstören die Gärten Loriens. Sie schlagen die Bäume und schänden den Wald, die Höhen und die vielen Blumen und Pflanzen. Rauch steigt von dort auf und verdunkelt den Himmel auch bei Tage. Doch was verschlägt euch nach Lorien?”, fragte Celeborn den Menschen und sah ihm tief in die Augen.
Tirionth spürte den Blick in seinem Herzen. Er hatte den Eindruck, das der Elb in ihm lesen konnte, wie in einem aufgeschlagenen Buch und schon alles wusste, bevor er überhaupt ein Wort gesprochen hatte.
“Vor einigen Tagen”, hob er flüsternd an zu sprechen, “haben drei riesige Trolle Minas Tirith überfallen. Die Stadt war unzureichend geschützt. Die Streitmacht unseres Königs Elessar und er selbst, weilen in Eriador an den Grenzen des Auenlandes. Dort bekämpfen sie riesige Wölfe, die mordend durch das Land ziehen.” Die Elben hörten ihm interessiert zu. “Drei Kuriere wurden ausgesandt, um unseren König von den neuesten Vorkommnissen zu berichten. Einer von ihnen bin ich. Mein Weg sollte entlang des Nebelgebirges führen. Ein anderer reitet auf der Nord-Süd-Strasse und der letzte von uns hat keinen vorbestimmten Weg. Unweit der Rauros-Fälle wurde meine Gruppe von Orks angegriffen, die bereits ungestraft durch die Täler des Anduin ziehen. Von meinem Begleitschutz hat keiner überlebt. Nur ich entkam, aufgrund einer List.” Tirionth beendete seinen Bericht. Auf eigenartige Weise fühlte er sich zu dem verletzten Celeborn hingezogen, der sein gesamtes Volk im Kampf verloren

hatte, so wie auch seine Krieger, die er kannte und mochte, im Kampf gefallen waren. Er bewunderte die edle Gestalt und die Weisheit des Elben, die aus seinem Inneren leuchtete.

Einer der neben ihm stehenden Elben trat einen Schritt nach vorn und ergriff das Wort : “Dein Weg ist noch weit und gefahrenreich. Doch wenn ihr es schafft, bis zu Aragorn vorzudringen, dann berichtet ihm auch von mir. Mein Name ist Elrohir, Elb aus Bruchtal. Auch dort ist Schreckliches geschehen. Kein Stein steht dort mehr auf dem anderen. Ein mächtiger Diener der Finsternis hat es von Grund auf zerstört. Diejenigen meines Volkes, die sich in dieser unheilvollen Nacht in Bruchtal befanden, wurden allesamt getötet, auch mein Zwillingsbruder Elladan. Mit zwei anderen Elben verliess ich unseren angestammten Ort und zog mit ihnen hierher nach Lorien, dem Elbenreich des Fürsten Celeborn. Doch nur wenige Monate später wurde auch dieses Land angegriffen und wir fochten einen ungleichen Kampf gegen ein grosses Heer von Orks. Von meinem Volk lebt nun keiner mehr. Meine zwei Begleiter und viele der Galadhrim verloren ihr Leben. Dieser Übermacht waren wir nicht gewachsen und konnten nichts gegen sie ausrichten.”
Tirionth war bestürzt. Das Grauen zog mit einer riesigen Streitmacht von Orks durch Mittelerde und nicht nur Minas Tirith, wie er anfänglich glaubte, war davon betroffen. Sie sprachen noch lange und der Mond zog langsam seine Bahn entlang der Sterne. Tirionth legte sich schlafen und die Elben wachten über ihn. Am Morgen weckten sie ihn und empfahlen, dass er den Wald verlassen und an seinen nördlichen Ausläufern bis zum Nebelgebirge ziehen sollte.
Er stärkte sich an köstlichen Lembas und die Elben reichten ihm einen grösseren Vorrat für seine weitere Reise. Sein Blick hing an Celeborn und er konnte nicht umhin, den Elben in sein Herz zu schliessen. Bevor er ging, umarmte er ihn unvermittelt und ein Lächeln huschte um die ernsten Züge des Fürsten. Sie liessen die Strickleiter nach unten und Tirionth kletterte abwärts. Die Seile waren dünn und doch so fest, dass sie ihn ohne weiteres trugen. Sie schimmerten silbrig und waren aus einem ihm nicht bekannten Material gefertigt. Die Wunde an seinem Arm war bisher gut geheilt und er spürte kaum noch Schmerzen. Die Elben hatten ihm einen Verband mit heilenden Kräutern angelegt und die Wunde mit elbi-

schen Worten besprochen. Er meinte, dass es eine abgewandelte Form des Sindarin war. Das Ziehen und Brennen des aufgeschlitzten Armes liess augenblicklich nach und er spürte die heilsamen Kräfte wirken. Tirionth folgte dem Rat der Elben und lief zum westlichen Ende des Waldes.

Kein Ork streifte seinen Weg und doch hatte er den Eindruck, verfolgt zu werden. Er lauschte in den dichten Wald, kein Laut verriet den Feind und nicht der Schatten einer Bewegung war zu sehen. Er beschleunigte seinen Schritt, doch dieses unbestimmte Gefühl konnte er nicht abschütteln. Bald glaubte er einer Sinnestäuschung erlegen zu sein und wurde ruhiger. Tirionth konnte bereits das helle Sonnenlicht zwischen den Bäumen sehen, als er ein Rascheln in unmittelbarer Nähe hörte. Schnell drehte er sich im Kreis und zog sein Schwert.
Doch wohin er auch blickte, er konnte keine Seele erblicken. Tirionth überfiel ein Gefühl gefahrvoller Bedrohung.
Gerade als er seinen Weg fortsetzen wollte, sprang hinter einem Baum unvermittelt ein Wolf hervor und stellte sich ihm in den Weg. Seine Augen funkelten grimmig, dann fiel er ihn an. Tirionth holte aus und wollte sein Schwert in den Körper des kräftigen Tieres stossen, doch noch ehe die scharfe Spitze den Wolf erreichen konnte, spürte er die reissenden Zähne an seiner Kehle. Sie drangen tiefer und tiefer in sein Fleisch. Warmes Blut sickerte ihm am Hals herunter und um ihn wurde es allmählich Nacht. Seine Beine gaben nach und er sank schwer verwundet vom Biss des Wolfes zu Boden.

Warga liess von ihm ab und beschnüffelte den Sterbenden. Er witterte den unverkennbaren Geruch des Elben, den er aufspüren und töten sollte. Endlich war der Gesuchte gefunden und lag nun zugrunde gehend vor ihm. Sein Herr konnte stolz auf ihn sein. Er liess von dem Dahinscheidenden ab und mit lautlosen Bewegungen entfernte er sich. Nun konnte er zu seinem dunklen Herrn zurückkehren. Warga ahnte nicht, dass der Versehrte nicht der Gesuchte war, sondern ein Mensch aus Gondor, der nur die Gerüche Celeborns aufgenommen hatte, als er ihn umarmte. Tirionth lag am Boden und seine Augen waren kalt und leer. Blütenstaub wirbelte auf und ein feiner goldener Regen fiel auf ihn nieder und bedeckte sein Antlitz. Ihm war die Nähe und Zuneigung zum Elbenfürsten zum Verhängnis geworden.

Miragorn kam schnell auf der weiten Ebene voran. Am Abend hatte er bereits die Ufer der Entwasser in Anarion erreicht. Er stieg vom Pferd und rastete am Rande einer Böschung. Sein Pferd zupfte die spärlichen Halme der weiten verdorrten Wiesen. Die Pause war jedoch kurz, die er sich und seinem Hengst gönnte und als der Mond am Abendhimmel seine Bahn zog, sprang er wieder auf und ritt weiter. Er wusste, dass er schon bald von seinen Feinden verfolgt werden würde und dass die Jagd auf ihn begann. Noch aber konnte er seinen Vorsprung ausbauen. Er spürte, dass die Orks an verschiedenen Orten verteilt waren und die anderen Kuriere belagerten. Doch wenn sie diese beseitigt hatten, würden sie ihm auf den Fersen sein. So lange er zu Pferde war und in keinen Hinterhalt geriet, konnte er schneller sein als sie.
Miragorn preschte schnell dahin und der kühle Nachtwind fuhr durch die Mähne des Braunen. Miragorn lag eng an seinem Hals geschmiegt. Weit nach Mitternacht erreichte er eine kleine Senke, in der er sich gut verbergen konnte. Er band seinem Pferd die Vorderfüsse locker zusammen, so dass es nicht fliehen konnte. Dann legte er sich auf den Boden und fiel in einen leichten Schlaf. Der frische Morgen weckte ihn. Sein Pferd schnaubte und rieb die Nüstern an seiner Wange. Miragorn streichelte es und fuhr leise singend mit seinen Fingern durch das weiche Fell. Dann legte er sein Ohr auf den Boden. Er hörte es ganz deutlich, nun waren sie ihm auf den Fersen. Nicht viele, doch sie näherten sich schnell. Er durfte keine Zeit mehr verlieren und galoppierte schnell an einem Arm der Entwasser im grossen Delta in Richtung Westen davon, passierte den Meringbach und erreichte spät in der Nacht die Schneeborn. Er war in Rohan. Die Verfolger waren noch immer hinter ihm her. Es wurden mehr und mehr und ihm wurde klar, das Lamedan oder Tirionth es nicht geschafft hatten. Sein Pferd war müde und abgeritten. Er gönnte sich und ihm etwas Ruhe, doch seine Besorgnis stieg. Die Feinde schienen nicht müde zu werden und machten keine Rast. Unermüdlich folgten sie seinen Spuren und verringerten den Abstand zu ihm. Miragorn hatte Sorge, dass sein Pferd das Tempo nicht mehr lange durchhalten würde. Er wurde unruhig und lauschte dem näher kommenden Fussgetrappel. Weit in der

Ferne konnte er schon kleine schwarze Punkte erkennen, die sich ihm näherten. Er sprang auf sein Pferd und jagte Edoras entgegen. Dort war er sicher.

Sein Blick schweifte zurück, die Feinde waren ihm nah, kamen näher und näher. Sein Pferd strauchelte, es war völlig erschöpft und begann zu lahmen. Es hatte keinen Sinn, dass er es weiter zur Eile trieb. Miragorn sprang vom Rücken seines Braunen und begann zu laufen. Schnell fand er einen ausdauernden Rhythmus. Doch Edoras war noch einige Meilen entfernt und der Abstand verringerte sich immer deutlicher zwischen ihm und seinen Verfolgern. Schon war ihm, als könnte er den Atem seiner Feinde im Nacken spüren. Sein Ross wollte ihm nicht mehr folgen und so liess er es in der Weite Rohans zurück. Er sprang über die Hügel und rannte um sein Leben. Der kalte Nordwind blies rauhe Luft, doch er spürte die Kälte nicht mehr. Seine Kräfte liessen nach und er wurde merklich langsamer.
Die Kreaturen waren ausdauernder als erwartet. Ein Blick zurück und er erkannte grobschlächtige Orks von gelblicher und schwarzer Hautfarbe, es waren Halb-Orks und die gefürchteten Uruk-hai. Das Sonnenlicht machte ihnen nichts aus. Sie waren gezüchtete Kampfmaschinen, darauf ausgerichtet, alles zu töten, was ihnen in die Quere kam. Er zählte an die dreissig ihrer Art. Sie waren aussergewöhnlich. Sie folgten ihm ohne Pause schon seit längerer Zeit und mussten auf Schnelligkeit getrimmt worden sein, denn sie konnten es mit einem der besten Pferde Gondors aufnehmen. Bald hatten sie ihn eingeholt. Miragorn hörte bereits das leise Aneinanderschlagen der metallischen Rüstungen und das dumpfe Grollen, das ihren grässlichen Kehlen entwich. Als er die höchste Stelle eines langgestreckten Hügels erreichte, waren sie da. Pfeile flogen in seine Richtung, doch noch trafen sie nicht. Miragorn spähte in die nähere Umgebung. Edoras war nicht mehr weit, doch er konnte es noch nicht sehen.

Etwas seitlich auf einer Erhebung stand ein grosser Felsblock, der mehrere Fuss hoch vom Boden aufragte. Schnell rannte er zu diesem Gesteinsbrocken und erklomm ihn. In der Mitte war eine natürliche Vertiefung, von der Grösse eines menschlichen Körpers, in der er sich verbergen konnte und vor den Pfeilen der Orks geschützt war. Nun war sein Weg zu Ende.

Die Feinde hatten ihn erreicht und eingekeilt. Langsam zogen sie ihren Ring enger um den Felsen. Miragorn beobachtete sie. Als ein Ork ihm zu nahe kam, schoss er blitzschnell einen Pfeil nach ihm. Er traf ihn in den Hals, einer ungeschützten Stelle der Rüstung. Ächzend brach er zu Boden. Die wütenden Orks schossen einen Pfeilhagel auf den Felsen zu. Miragorn duckte sich und hielt sein Schild schützend über seinen Leib. Die Pfeile krachten an den Stein oder flogen über ihn hinweg. Nach und nach verschoss Miragorn seine Pfeile, von denen fast jeder sein Ziel fand. Doch sie gingen zur Neige.

Mehr als zehn Orks lagen bereits tot am Boden, da änderten sie ihre Taktik. Sie zerrten erst einmal die toten Orks in sichere Entfernung aus der Flugbahn seiner Pfeile. Dann wuchteten sie deren schlaffe Körper vor ihre eigenen und trugen sie als Schilde, um sich geschützt Miragorn zu nähern. Nun konnte er sie nicht mehr treffen. Die Orks kamen seinem Felsen immer näher und erreichten den Stein, ohne dass er etwas dagegen tun konnte. Er stand auf, zog sein Schwert und hieb auf die Kreaturen ein. Einige liessen die toten Schutzschilde fallen und stellten sich dem Kampf. Von denen konnte er mehrere erschlagen.

Er kämpfte verzweifelt gegen die Übermacht, der er nicht gewachsen war. Die Orks kamen ihm gefährlich nahe und er wich ihren geschickte Schwerthieben aus. Pfeile surrten an ihm vorbei. Es war aus. Ein besonders grimmig aussehender Ork hieb ihm sein Schwert ins Bein, er strauchelte. Es roch nach Blut und Tod und sein Bein brannte wie Feuer. Miragorn konnte nicht mehr standhalten.

Doch was war das? Mit einem Schlag war die Aufmerksamkeit der Orks geteilt und sie hieben ihre Schwerter nicht mehr auf ihn ein.

Einige liessen völlig von ihm ab und liefen den Hügel zur höchsten Erhebung hinauf. Sie schrien sich an und redeten wild aufeinander ein. Unruhe hatte sie befallen und sie blickten prüfend nach Miragorn und dann wieder in das Dunkel der Nacht. Er hörte ein Horn über die Ebene schallen und die Geräusche von vielen Hufen, die das Herannahen einer Reiterschar ankündigte.

Die Rohirrim, dachte er. Miragorn fasste neuen Mut und schöpfte

Zuversicht. Er schlug sein Schwert in den Rücken eines ihm abgewandten Orks und das Metall gab unter lautem Krachen nach. Sein Schwert fuhr in das Fleisch der Kreatur und durchbohrte sie. Und dann tauchte die Reiterschar auf der Höhe des Hügels auf. Die Orks und die Rohirrim standen sich gegenüber und mit lautem Kampfgeschrei preschten die Pferdemenschen auf sie zu.

Sie zogen einen äusseren Kreis und versuchten, sie einzuschliessen. Andere ritten in die Gruppe und ihre Speere trafen die Feinde tödlich. Um den Felsen galoppierten die Krieger auf ihren Pferden und Miragorn hielt sich hinter dem Gestein verborgen. Er sah Schwerter aufblitzen und die blanken, silbrig glänzenden Rüstungen. Staub wirbelte auf und Grasbüschel flogen umher. Die Luft war von metallischem Klirren erfüllt und dem Wiehern der Pferde, dem Geschrei der Rohirrim und dem Grollen der Orks.

Der Kampf währte nur kurze Zeit, dann wurde es ruhiger. Er sah, wie einige Orks versuchten zu fliehen und von den Reitern verfolgt wurden. Der Boden war übersät mit Leichen der Uruk-hai. Dann brach die Dämmerung herein und tauchte das Schlachtfeld in grauen Nebel. Die Erde war blutdurchtränkt. Miragorn sah zwei Pferde, die tot am Boden lagen und auch einige der Rohirrim. Ihre hellen Rüstungen hoben sich von den schwarzen, eisernen der Orks ab. Der Staub legte sich allmählich und der Ruf des Hauptmannes erschallte und die Reiter sammelten sich um ihn herum.

Miragorn beobachtete sie. Sie sprachen miteinander und zeigten auf den Felsen, dann ritten sie auf ihn zu. Er versuchte aufzustehen und kam schwankend zum Stehen. Als die Reiter ihn erreicht hatten, sprach der Hauptmann ihn an :

“Mein Name ist Pheleon, Hauptmann der zweiten Torwache von Edoras. Die Späher berichteten von dem dunklen Pack, die es gewagt haben, in unsere Ländereien einzufallen. Ungestraft verlässt niemand Rohan, der nicht in friedlicher Absicht kommt.” Pheleon sah fragend und misstrauisch auf Miragorn.

“Da sind wir ja gerade noch rechtzeitig gekommen? Es ist lange her, dass sich die finstere Brut über unsere Grenzen gewagt hat. Mir scheint, der Grund seid ihr? Ihr werdet Tharodrim, dem Vertreter des Königs, Rede

und Antwort stehen müssen!"
Miragorn kannte den Stolz und die Unzugänglichkeit der Rohirrim, doch der schroffe und feindselige Ton überraschte ihn.
"Kommt!", sprach Pheleon und er half ihm auf ein mitgeführtes Pferd. Miragorn fühlte sich schwach und die Schmerzen in seinem Bein wurden unerträglich, doch er biss die Zähne zusammen und sie ritten los. Die Banner Rohans wehten im Wind und stolz erhobenen Hauptes ritten die Sieger der Schlacht nach Edoras zurück. Miragorn sah sich um. Ein paar Reiter der Riddermark blieben zurück. Sie schichteten die leblosen Orks übereinander und zündeten den aus toten Leibern errichteten Scheiterhaufen an. Die Flammen züngelten an den verstorbenen Orks und dichte Rauchschwaden stiegen in den klaren Morgenhimmel.
Weithin war für jedermann zu sehen, dass die Riddermark sich zu wehren wusste. Es war eine Warnung an die Feinde Rohans.

Sie ritten in leichtem Trab. Die Berge der Ered Nimrais türmten sich wie eine Wand vor ihnen auf, steil, schroff und kantig, graues Felsgestein bis in die Nebelbänke der Wolken. Schnee glitzerte von den Felsvorsprüngen bis hinunter an ihr Fussende. Die Gegend hier war steppenartig und ein kräftiger, eiskalter Wind pfiff um ihre Ohren. Es war sehr kalt und die Schneeborn war an einigen Stellen bereits zugefroren. Der Hauptmann Pheleon ritt mit seinen Kriegern um einen grossen Ausläufer der Berge und vor Miragorns Auge tauchte Edoras auf, die Hauptstadt, die auf einer grossen Erhebung im Schatten der Berge errichtet worden war. Schon von weitem war die goldene Halle zu sehen. Jetzt schimmerte sie im Morgenlicht der Sonne und verbreitete gleissendes Licht. Die mächtige Stadt war von einem grossen Wall umgeben und ihr erhabener Glanz berauschte Miragorn.
Er ritt mit der Reiterschar auf die Stadt zu und blickte in das weite Land, das sich um ihn herum bis zum Horizont erstreckte. In der Ferne sah er ein braunes Pferd, dass ihnen folgte. Ein warmes Gefühl regte sich in ihm und er spürte, das es das seine war.
"Hauptmann Pheleon, haltet bitte an!", bat Miragorn. "Mein Pferd folgt mir!"
Der Hauptmann liess die Reiterabteilung halten und sie warteten. Langsam näherte sich das lahmende Pferd. Miragorn glitt vom

Pferderücken und trat aus der Reiterschaft hervor. Verunsichert und verängstigt näherte sich sein Ross. Miragorn begann leise zu singen und der Braune hob seine Ohren und wieherte freudig. Die Pferdemenschen lauschten den Klängen der wohlklingenden Stimme und sahen, wie das Pferd zu Miragorn kam, der ihm um den Hals fiel und es liebkoste.

“Mein treuer Freund”, flüsterte er in das Ohr des Tieres, denn er war selbst überrascht, dass es ihm gefolgt war. Es war nur ein Pferd aus den Stallungen Gondors, von dem er nicht einmal den Namen wusste, doch es mochte ihn und er schloss es in sein Herz.
“Ich werde dich >Thenidároch< (treues Pferd) rufen”. Der Braune wieherte und schnaubte, sodass für alle der Eindruck entstand, als wäre es mit der Wahl einverstanden. Doch noch immer hinkte es.
“In unseren Stallungen wird es gesunden”, rief ihm Pheleon zu und seine Stimme war mit einem Mal freundlicher. Sie erreichten nach einiger Zeit Edoras, passierten das grosse Tor und stiegen zur goldenen Halle hinauf. Miragorn gab sein Pferd den Stallburschen in Obhut und begleitete Hauptmann Pheleon in den Palast. Die Wachen blickten starr gerade aus, mit unbeweglichem Gesicht und grimmigem Ausdruck. Sie rührten sich nicht und man hätte denken können, sie wären versteinert. Er war froh, dass die Rohirrim ihre Verbündeten waren. Diese Krieger waren erfahren im Kampf und in der unwirtlichen Umgebung abgehärtet. Nur die Stärksten und Kräftigsten überlebten die harten Winter Rohans, die alljährlich in das Land hereinbrachen. Pheleon geleitete ihn in den Thronsaal, wo er bereits von seinem Bruder Tharodrim erwartet wurde. Er verneigte sich vor ihm und Miragorn tat es ihm gleich. Pheleon stellte Tharodrim als Vertreter von König Eomer vor.
Er war der höchste Hauptmann und von Eomer zum Dritten Marschall der Mark ernannt worden. Zu Zeiten der Abwesenheit des Königs übernahm er regelmässig die Führung des Landes. Tharodrim war stolz und eigensinnig, doch auch weise und gebildet. Seine hohe Position wurde von seinen Kriegern unumstritten akzeptiert und sie folgten ihm treu in jeden Kampf. Er wurde von allen geachtet und Eomer wusste seine Dienste zu schätzen. Nun war der König seit den Sommermonaten nicht zurückgekehrt. Doch die Kuriere und Boten pendelten unentwegt hin und her.

“Wer seid ihr, Mensch Gondors?”, fragte Tharodrim argwöhnisch.
“Miragorn, Kurier König Elessars, mein Herr.”
“Nun Miragorn”, sprach Tharodrim, wenig beeindruckt, “warum folgten euch die Orks durch die Riddermark?”
Der Waldläufer berichtete von den Vorfällen in Gondors Hauptstadt und seinem Auftrag, König Elessar umfänglich zu informieren.
Tharodrim folgte den Ausführungen. Doch Miragorn fühlte etwas gefährliches von ihm ausgehen und sah ihm tief in die Augen. Schemenhaft leuchtete aus ihnen Gier und das Streben nach Macht. Doch die Worte Tharodrims waren weise gesprochen und Miragorn zwang sich, seinen Argwohn abzuschütteln.
Tharodrim beschloss eine Eskorte von tapferen Kriegern als Begleitung für Miragorn zur Verfügung zu stellen. Er gab Pheleon entsprechende Anweisungen und dieser eilte aus der Halle, um alles Weitere in die Wege zu leiten. Bereits am nächsten Morgen sollte der Trupp bereitstehen und Miragorn zu den Königen begleiten, damit er seine Botschaft überbringen konnte.

Bei Tagesanbruch brachen sie auf. Miragorn ritt auf seinem Pferd, Thenidároch, und mit einer Begleitmannschaft von dreissig Rohirrim zur Pforte Rohans. Die Gelenke seines Braunen waren unter der sachkundigen Pflege der Pferdemenschen rasch geheilt und waren schon wieder fast vollständig abgeschwollen. Zur Stütze jedoch hatten die Pferdemenschen die Vorder- und Hinterfesseln der Beine mit Kräuterverbänden bandagiert. Thenidároch war gestriegelt und sein dunkelbraunes Fell glänzte in der Sonne. Miragorn begann ihn mehr und mehr zu lieben.
Die Rohirrim und er ritten schnell über die Ebene Rohans. Noch immer hatte Miragorn den Eindruck, dass Orks in der Nähe waren. Doch zeigten sie sich nicht. Nach Tagen erreichten sie die Isenfurt. Miragorn zog mit seinem Begleitschutz auf der Nord-Süd-Strasse in die Länder Eriadors. Es war der Weg, den Lamedan nehmen sollte. Doch er und seine Wachen hatten Edoras nicht erreicht. Als Miragorn und seine Eskorte in die Nähe der Umfriedung Isengards kamen, lauerten ihnen Orks auf und sie wurden überraschend von ihnen angegriffen. Die

Kreaturen hatten Verstärkung erhalten. Der Angriff wurde mit hohen Verlusten siegreich abgewehrt. Nur wenige Orks entkamen, doch der Preis dieses Sieges war sehr hoch. Zwanzig der Krieger aus Rohan lagen tot am Boden. Bestürzung und Trauer brach über die anderen herein. Sie sassen neben ihren Kameraden und konnten das Geschehene kaum glauben.
Héomren, ihr Führer, stellte fünf der überlebenden Krieger ab. Sie sollten sofort zurück nach Edoras reiten und Tharodrim unterrichten, damit die Toten nach Rohan gebracht werden konnten. Es war unter den Rohirrim üblich, dass sie ihre Toten, sofern möglich, in die Heimat brachten. Miragorn war der Ansicht, dass zu viele Krieger zurück nach Edoras geschickt wurden. Doch er sah die finsteren Blicke Heomrens und schwieg. Kurz nachdem die Krieger nach Rohan aufgebrochen waren, ritten auch er, Heomren und die letzten vier Rohirrim weiter. Als die Nacht hereinbrach, errichteten sie ein kleines Lager und setzten sich an das wärmende Feuer. Miragorn war kalt und er beobachtete seine wenigen Begleiter. Sie hielten ihre Blicke gesenkt und starrten schweigend in die Flammen. Miragorn besah sich die Vorräte, sie hatten nur noch wenig zu essen, das meiste hatten sie im Kampf verloren. Mit kaum gefülltem Magen ging er zu seinem Pferd und streichelte es. Es liess sich zu Boden sinken und er legte sich dazu. Der Pferdekörper war warm und er schmiegte sich eng an ihn. Vom Kampf und dem langen Ritt erschöpft, fiel er in einen tiefen Schlaf.

Weit nach Mitternacht weckte ihn Thenidároch. Miragorn öffnete die Augen einen Spalt. Er konnte seine Umgebung nur schemenhaft erkennen. Es war aussergewöhnlich still und er spürte eine sich nähernde drohende Gefahr. Langsam griff er an den Schaft seines Schwertes.
Er blickte hinüber zur Feuerstelle. Keiner der Rohirrim sass dort am Feuer oder hatte sich im Schutz der Wärme schlafen gelegt. Miragorn spürte die Gefahr immer deutlicher. Wahrscheinlich griffen die Orks das Lager erneut an. Er blieb leise und gab keinen Laut von sich. Die Rohirrim hatten die Feinde sicher bereits bemerkt und hielten sich verborgen, oder sie waren schon tot. Miragorn senkte sein Ohr langsam auf den Boden. Er hörte, wie sich ihm leise, leichte Schritte näherten. Aus allen Richtungen kamen sie auf ihn zugekrochen. Wenn er sich nicht irrte,

waren es fünf Feinde. Er stutzte, ihr Schritt war leicht, viel zu leicht für Orks. Doch es war möglich, dass noch andere Kreaturen ausser Orks sie verfolgten. Sie kamen näher. Er blieb ruhig hinter dem Pferderücken und tat so, als ob er schliefe. Die Feinde mussten denken, dass sie ein leichtes Spiel mit ihm haben würden. Die Pferde um ihn herum wurden unruhiger, schnaubten, scharrten mit ihren Hufen und drängten sich zusammen. Plötzlich ertönte ein leiser Pfiff. Dann griffen seine Feinde an. Miragorn wartete, bis einer der Angreifer über dem Rücken seines Pferdes auftauchte und stiess zu. Sein Gegner brach über Thenidároch zusammen. Als er in das Gesicht des Toten blickte, war er fassungslos, es war einer der Rohirrim. Miragorn blieb wie versteinert liegen und rührte sich nicht mehr. Unablässig sah er auf den Krieger hinab, der sein Schwert gegen ihn erhoben hatte.
"Verrat", murmelte Miragorn entsetzt. "Verrat!". Ein Pfeil der seinen Kopf nur knapp verfehlte, machte ihn sofort wieder der Gefahr bewusst, in der er sich befand. Seine Feinde waren seine Beschützer, kein Ork, kein dunkles Wesen Melkors, nein, es waren Menschen aus den eigenen Reihen. Er sprang in Deckung zwischen die Pferde der Rohirrim, die bereits unruhig tänzelten und versuchten, sich aufzubäumen. Einer der Rohirrim folgte ihm und ihre Schwerten trafen sich. Miragorn nutzte die Deckung der Pferde geschickter und tötete den Menschen. Hinter einem Baum sah ein anderer hervor. Blitzschnell legte er einen Pfeil in den Bogen und traf ihn in die Stirn. Der Krieger brach lautlos zusammen. Nun hatte er nur noch zwei Gegner und sie näherten sich ihm aus unterschiedlichen Richtungen. Miragorn erkannte Heomren und seinen Vasallen.
War er der Verräter? Oder war es Tharodrim oder dessen Bruder Pheleon? Wer hatte Interesse oder einen Grund, ihn in diese Falle zu locken?
Miragorn beobachtete beide Krieger, die sich ihm näherten. Sie hatten ihre Bogen abgelegt und hatte nur ihre Schwerter zur Hand. Sie würden ihm seine Fragen nicht freiwillig beantworten.
Dann sprangen Heomren und sein Gefährte auf ihn zu und nach einem lang währenden Kampf konnte Miragorn die beiden besiegen. Der eine Krieger erlag sofort seinen schweren Verletzungen. Heomren hingegen atmete schwer und hielt sich seinen Leib, aus dem Blut sickerte. Miragorn kniete zu ihm nieder und sah ihm fragend in die Augen.

“Warum?”, fragte er.
Heomren zitterte am ganzen Körper und starrte ihn unentwegt an. Seine Lippen bewegten sich und ein leises Röcheln entfuhr ihm. Miragorn beugte sich nah zu ihm herunter. Das Sprechen fiel dem Rohirrim schwer. Er versuchte ein paar Worte herauszupressen, doch mit einem Mal schloss er seine Augen und erschlaffte, ohne das der Waldläufer sein unverständliches Geflüster entschlüsseln konnte.
Miragorn erhob sich und blickte auf die Toten, die um ihn herum am Boden lagen und er fühlte eine abgrundtiefe Leere. Sein Kopf war schwer und in seinem Innern begann sich alles zu drehen. “Verrat in den eigenen Reihen! Wie weit reichten die Verschwörungen, die Intrigen und warum wollten sie den Kurier des Königs töten?” Diese Frage beschäftigte ihn am meisten und vor der Antwort graute ihm. Sollten sich bereits die Menschen der Riddermark mit der Finsternis verbündet haben? Er konnte dies nicht glauben, da sie wie er gegen die Orks gekämpft und sie getötet hatten, auch, um sein Leben zu schützen.
Miragorn wollte eilends zu seinem König gelangen. Es wurde Zeit, dass die Könige an ihre Höfe zurückkehrten um Schlimmeres zu verhindern. Doch er musste auf der Hut sein. Er schwang sich mit letzter Kraft auf den Rücken seines Braunen und dieser trug ihn schnell galoppierend davon.

NEUNZEHNTES KAPITEL

DIE RÜCKKEHR DER FINSTERNIS

Aragorn verfolgte mit seinen Kriegern und den Rohirrim die Wölfe, doch sie konnten sie nicht mehr einholen. Niemand hielt sie auf und so folgten sie lediglich den Spuren bis zur Westgrenze des Auenlandes. An der Sarnfurt verschwand die Fährte der Wölfe in den Fluten des Brandywein.

Legolas und Aragorn ritten mit den Kriegern Gondors viele Meilen südlich und Meoseld und Arodan ritten mit Elmfold und anderen Rohirrim nördlich entlang des Ufers. Sie folgten dem braunen Wasser bis zum alten Wald. Der Trupp der dort lagerte, hatte die Wölfe nicht mehr beobachtet und so konnten sie ausschliessen, dass die Wölfe in den alten Wald zurückgekehrt waren. Sie ritten wieder über hundert Meilen südlich und suchten akribisch den Boden ab, doch sie fanden nicht den Hauch einer Spur. So kehrten sie um und nach und nach versammelten sich alle Krieger in dem riesigen Lager am Grünweg.
Auch Aragorn kehrte unverrichteter Dinge mit Legolas und den anderen zurück.
Im Zelt der Könige sassen zu später Stunde alle um das flackernde Feuer und besprachen die neue Situation. Man kam nach langen Debatten endlich zu dem Schluss, dass die Wölfe nicht weiter verfolgt werden sollten. Vielen der Versammelten war klar geworden, dass die Bestien gezielt ins Auenland eingedrungen waren, um dort etwas zu holen oder zu sichern, dass von Wert für sie oder jemand anderen war. Doch den Ring Sarumans kannte keiner und niemand wusste bisher, dass es einen solchen überhaupt gab, geschweige denn, was für eine Macht er besass. Doch wer begehrte ihn? Die Hobbits traf keine Schuld, dass sie dem Ring keine

grössere Bedeutung beigemessen hatten. Sie konnten nicht wissen, dass sich Wölfe dafür interessieren würden. Doch am meisten bedrückte die Anwesenden, dass sie die Ausführung des Planes nicht verhindern konnten. Meoseld fragte sich unentwegt, warum sich die Wölfe so lang im alten Wald aufgehalten hatten, bevor sie die Reihen der zahlreich aufmarschierten Krieger, durchbrachen. Die schwarzen Vögel hatten ihnen ein Zeichen überbracht. Eine finstere Macht, dem die dunklen Geschöpfe gehorchten, musste ihnen durch die Raben befohlen haben, zuzuschlagen.

Der Eingang des Zeltes bewegte sich und einer der Wachen trat in die versammelte Runde. Er verneigte sich vor den Königen.
"Herr", sprach er und sah Aragorn an, "draussen wartet ein Kurier Gondors".
"Endlich!", rief Aragorn, "führt ihn herein!".
Der Wachmann geleitete Miragorn in die Runde und sein Blick ruhte auf den vielen Menschen. Hier waren die bedeutendsten Krieger Mittelerdes versammelt. Ihm gegenüber sass König Elessar, der höchste Würdenträger der Menschen, dem er die Treue geschworen hatte, neben ihm Eomer, König von Rohan, dann sah er Gimli, Gloins Sohn, ein Grosser unter den Zwergen, Herr von Aglarond, daneben Legolas, Sohn des Elbenfürsten Thranduil, Meoseld, der Anführer der Waldläufer des Nordens und einige mehr von Rang und Namen, Hauptmänner und Krieger aus den Reihen Gondors und Rohans.
Miragorn war völlig abgehetzt. Er konnte sich kaum noch auf den Füssen halten und ein geübtes Auge sah deutlich, dass ihm das Grauen begegnet war. Die tiefe Verletzung am Bein war erneut aufgebrochen und das Blut besudelte seine Kleider, die schmutzig und zerschlissen an ihm hingen. Er war noch an vielen anderen Stellen leicht und mittelschwer verwundet und seine Augen leuchteten im Fieberglanz.
"Mein König!", sprach Miragorn jedoch klar und deutlich. "Ich wurde von Fürst Faramir gesandt, um euch mitzuteilen, dass Minas Tirith angegriffen und in ein Schlachtfeld verwandelt wurde."
Totenstille herrschte im Zelt. Keiner sagte oder sprach auch nur ein Wort. Ungläubig und fassungslos blickten ihn die Versammelten an, so als wäre er eine Truggestalt und brächte schlechten Zauber.

Aragorn sprang auf, lief auf den Kurier zu und schüttelte ihn an der Schulter. “Wie konnte das nur geschehen?”, rief er laut fragend. Es sah fast so aus, als ob Aragorn augenblicklich seine Fassung verlieren würde, doch dann rief er sich zur Ruhe und sah dem Kurier tief in die Augen, so als könne er in diesen die Wahrheit ablesen. Miragorn berichtete nun von dem Überraschungsangriff der Trolle, der Sprengung des Tores und dem Raub des Palantir. Aragorns Mundwinkel zuckten unmerklich, als er von dem sehenden Stein sprach, doch er sagte nichts. Sein Blick war in sich gekehrt und er schien mit seinen Gedanken weit entfernt zu sein und doch hörte er aufmerksam zu.

Miragorn sprach von den vielen Verlusten die Gondors Menschen erlitten hatten und den Verwüstungen der Stadt. Er berichtete, dass Faramir den hohen Rat einberufen hatte, und sein Amt niederlegen wollte, dem der Rat jedoch widersprochen hatte. Aragorn nickte zustimmend, als er die Entscheidung der Ratsversammlung vernahm. Dann erzählte Miragorn, dass Faramir drei Kuriergruppen hierher gesandt hatte, von denen wahrscheinlich nur er das Ziel erreichte. Doch er unterliess es zu berichten, was ihm auf dem Weg hierher geschehen war, kein Wort von dem verübten Verrat kam über seine Lippen. Doch er wollte König Elessar davon berichten, wenn sich die Gelegenheit ergab und er ihn allein sprechen konnte. Und so beendete er vorläufig seinen Bericht und verneigte sich vor den hohen Herren.

Tiefe Bestürzung befiel die Anwesenden und hektische Unruhe brach unter einigen Kriegern aus. Stimmen wurden laut und manche riefen, man müsse sofort aufbrechen und Ordnung im Land schaffen. Andere meinten, man solle erst den Marsch der Streitmacht planen. Aragorn war auffällig schweigsam und sagte gar nichts zu den geäusserten Meinungen. Er schien seine Gedanken zu ordnen und zu überlegen, was nun das Richtige war. Befürchtungen wurden von einzelnen Kriegern geäussert, dass eine dunkle Kraft nach der Herrschaft über Mittelerde strebte und Gerüchte wurden schnell im Lager laut. Die Phantasie der Männer trug Blüten und bald wurde von nichts anderem gesprochen. Sie drängten, in ihre Heimat zurückzukehren und ihre Heere zu stärken. Damit entsprachen ihre Wünsche denen der Könige und so formierten

Eomer und Aragorn einen Tag später das grosse Heer der Menschen. An einem kalten Morgen brachen die Hundertschaften auf. Der riesige Zug war mehrere Meilen lang und marschierte stetig gen Süden. Aragorn ritt mit Eomer an der Spitze. Des Tages legten sie Meile um Meile zurück und in der Nacht ruhte die mächtige Streitmacht. Miragorn hatte seitdem nicht mehr die Gelegenheit gehabt, mit seinem König zu sprechen.

Sie näherten sich Rohan und der Stelle, an der er mit den Rohirrim gekämpft hatte. Er wurde nervös, doch er wurde nicht mehr in die Nähe Aragorns gelassen. Und so konnte er nichts anderes tun, als zu warten, was geschehen würde. Schon von weitem sah er den Unterstand unter den Bäumen, an denen sie vor einigen Tagen gelagert hatten. Die Kundschafter eilten zu der Kriegsschar zurück und erstatteten Bericht. Er beobachtete, wie sich Eomer und Aragorn mit Kriegern aus der Gruppe lösten und dem Kriegsschauplatz näherten. Sie untersuchten die Umgebung und liessen dann das grosse Heer halten. Er konnte sehen, das nach etlicher Zeit die Toten begraben wurden. In den Reihen der Krieger wurde heftig gestritten und die Wut gegen die Orks, die mordend und meuchelnd ungestraft durchs Land streiften, keimte auf. Miragorn beobachtete alles unauffällig und lauschte den verschiedenen Geschichten.

Dann kam Bradomir zu Miragorn.
“Komm!”, sprach er ihn an und bedeutete ihm mit einer Handbewegung, ihm zu folgen.
Entgegen seiner Annahme gingen sie zu den Pferden und Miragorn fand seinen Braunen aufgezäumt vor und stieg in den Sattel. Neben ihm tauchten einige berittene Krieger auf und führten sein Pferd aus der Umzäunung. Miragorns Herz schlug schnell und klopfte heftig in der Brust. Er sah Bradomir an, doch keiner sprach auch nur ein Wort mehr als nötig mit ihm. Sie entfernten sich schnell vom Lager. Die Nacht war klar und kühl. Der Schnee, der in der Ebene gefallen war, schimmerte im Mondlicht silbrig und der Blick reichte weit. Auf einem Hügel in einiger Entfernung stand erhaben ein edles Ross und ein stattlicher Reiter sass unbeweglich auf seinem Pferd.

Miragorn ahnte, wen er dort treffen würde. Die Krieger, die ihn begleite-

ten, blieben zurück und er näherte sich allein seinem König, der dort auf ihn wartete. Er spürte die Blicke der Krieger im Rücken, die ihn scharf beobachteten. Als er ihn erreichte, blieb er stehen.
"Lasst uns ein wenig reiten", sprach Aragorn ihn an und wendete sein Pferd, das nun neben Miragorns Braunen durch den Schnee stapfte.
Sie ritten eine Weile schweigend, doch die Luft war zum Zerreissen gespannt.

"Wenn ich nicht genau wüsste, dass du, Miragorn, einer meiner treuesten und ergebensten Waldläufer bist, so müsste ich deine Worte Lügen strafen", sprach Aragorn und blickte tief in die Augen Miragorns, der dem fragenden Blick standhielt.

"Mein König", sprach er. "Verrat ist in den Reihen der Menschen. Ich wurde von den Rohirrim, die mich begleiteten, angegriffen. Ich wagte nicht, in Anwesenheit von König Eomer davon zu sprechen und es gab keine Möglichkeit mehr, euch allein zu treffen", sagte Miragorn und berichtete nun Aragorn von den Geschehnissen vom Beginn seiner Reise bis zur Ankunft am königlichen Zelt am Grünweg.
Aragorns Züge waren voller Misstrauen und Sorge.
"Verrat in den eigenen Reihen, ich kann es kaum glauben?", sprach er und Miragorn sah seine gequälten Züge. "Habt ihr eine Ahnung, wer hinter dieser Intrige stecken könnte?", fragte Aragorn und blickte ihn fragend an, doch Miragorn verneinte.
"Nun kehren wir zurück, Verluste beklagend, in unser eigenes Land und müssen feststellen, dass während unserer langen Abwesenheit so viel Böses dort geschehen ist. Ich frage mich, wer ist Freund und wer Feind? Wenn wir uneins werden im Kampf gegen die dunkle Macht, wird sie siegreich sein", sagte Aragorn und er starrte in die Weite der Nacht.
"Du wirst nicht mehr mit uns reiten, Miragorn", sprach er zu ihm. "Am Hofe Edoras wirst du nicht sicher sein, da ich dich nicht schützen werde. Ein Krieg zwischen Gondor und Rohan wäre das Schlimmste, was jetzt noch geschehen kann. Daher wird es eine weitere Begegnung mit dir und Tharodrim nicht geben. Streit und Misstrauen zwischen König Eomer und mir wäre der Tod der freien Völker. Ich hoffe, du verstehst?!"
Miragorn nickte zustimmend.

“Was soll ich jetzt tun, Aragorn?”, fragte er und fühlte sich für einen Augenblick zurückgesetzt in vergangene Zeiten, als beide noch als Waldläufer in den Wäldern umherstreiften.
“Du wirst es noch erfahren”, sprach Aragorn. Dann ritten sie gemeinsam zu den Kriegern zurück, die sie in grossem Abstand begleitet hatten und preschten dann mit ihnen gemeinsam zurück zum Heerlager.

Am Morgen rief Aragorn Legolas und die Waldläufer zu sich. Lange sprachen sie im Zelt des Königs. Aragorn bat den Elb Legolas nach Bruchtal, Lorien und zum Düsterwald zu reiten. Seit langer Zeit hatten sie keine Kunde mehr von den Elben. Noch ahnten sie nicht, was dort geschehen war. Aragorn brauchte Sicherheit im Norden Eriadors und am Rande des Nebelgebirges.
Die Täler des Anduin standen unter der Herrschaft Celeborns und die Elben und Menschen von Rhovanion mussten bereitstehen, um mit ihm gemeinsam gegen eine dunkle Bedrohung, Seite an Seite zu kämpfen. Das Bündnis der freien Völker musste nun für den Erhalt der Freiheit einstehen.

Er bat Meoseld und Arodan, den Elben Legolas zu begleiten. Dann sprach er leise von dem möglichen Verrat Rohans, von dem Miragorn berichtet hatte. Niemand seiner Getreuen zweifelte an der Glaubwürdigkeit Miragorns, doch diese Nachricht war ungeheuerlich. Dass Miragorn sie nun zu seiner eigenen Sicherheit und seinem Schutz begleiten würde, stand für sie ausser Frage. Es war viel zu gefährlich, Rohan jetzt mit dem Verrat zu konfrontieren. Als die Sonne im Zenit stand, sattelten sie ihre Pferde. Sie waren übereingekommen, dass man als erstes nach Bruchtal reiten wollte.
Und so verliessen Meoseld, Arodan, Legolas und Miragorn die Streitmacht in der Nähe der Brücke von Tharbad, die weiter nach Süden zog, während sie in östliche Richtung ritten und sich auf die Ausläufer des Nebelgebirges zubewegten, entlang des Ufers des Glanduin, in das angestammte Land der Noldor, nach Eregion. Ihre schnellen Pferde trugen sie geschwind in Richtung der Berge und bald waren sie, auch für das scharfe Auge Aragorns, zwischen den schneebedeckten Höhen verschwunden.

Aragorn sah ihnen noch lange nachdenklich hinterher und seine Gedanken schweiften mit ihm fort : Zuerst erfolgte der Angriff der Wölfe auf das Auenland, dann berichtete Miragorn vom dem Überfall auf Minas Tirith und nun schweifen Orks wieder zahlreich durch das Land. Wie konnte dies in nur so kurzer Zeit geschehen? Welche dunkle Macht regte sich in Mittelerde? Und wer hatte die Stärke und die Gier, die Macht an sich zu reissen? Sauron? Nein, er sicher nicht. Er und alle anderen Geschöpfe mit dunklen Kräften, die nach Macht strebten und diese auch erringen konnten, waren besiegt. Er zermarterte sich sein Hirn und suchte nach Antworten, doch es ergab alles keinen Sinn. Dieser *Jemand*, hatte nun einen Ring, dessen Kräfte keiner kannte und den gefährlichen Palantir. Dieser *Jemand*, war ein grosses Rätsel, das er nicht zu lösen vermochte.

Aragorn sehnte sich an die Seite seines Volkes und vor allem an die, seiner Frau. Und er spürte tief in sich die leise Vorahnung, dass es bald wieder Krieg in Mittelerde geben würde. Er musste sein Land umgehend für den Krieg rüsten. Er hatte keine Furcht vor dem Kampf oder dem Tod. Nur der Verlust der Freiheit war für ihn unerträglich. Er würde bis zum Ende kämpfen, auch wenn der Preis der Ungebundenheit nur durch Blut und Tod zu erringen war. Doch sein Volk würde eher Leid und Elend ertragen, als unter dem Joch der Knechtschaft und Sklaverei zu darben.

Doch noch war es nicht soweit. Die Pläne des Unbekannten waren nicht offenbart. Aragorn wusste weder, ob dieser *Jemand* überhaupt nach der Herrschaft in Mittelerde strebte, noch, ob er stark genug war, diese zu erringen und es blieb die Hoffnung, dass der Feind noch nicht sicheren Fuss gefasst hatte. Solang die Fürsten und Könige einander treu zur Seite standen und miteinander für den Erhalt der Freiheit kämpften, war kein Krieg verloren.

Saruman blickte von der Zinne seines Turmes auf das weite Land. Die Bäume des Waldes waren vom Schnee, der in den vergangenen Tagen gefallen war, bepudert. Doch nicht weiss schimmerte das eisige Nass, sondern es glänzte in mattem, dunklem Grau. Die schwarze Düsternis hatte es in sich aufgesogen. Zu Füssen der Burg wimmelte es von Orks und anderen finsteren Gestalten. Sie hatten in kurzer Zeit Dol Guldur neu aufgebaut und die hohen Mauern befestigt. Die alte Pracht und Herrlichkeit dieser finsteren Festung erstrahlte in neuem dunklen Glanz. Das Grauen war an diesen Ort in Gestalt eines mächtigen Istari zurückgekehrt. Die dunkle Macht breitete ihre Fangnetze weit über die Mauern Dol Guldurs hinaus aus und zog immer grössere Kreise. Die finsteren Kreaturen fühlten sich von ihr angezogen und strömten zahlreich aus ihren verborgenen Löchern und aus der Dunkelheit hervor. Jeden Tag kamen neue widerliche Kreaturen und verstärkten das Heer der Orks. Sie beherrschten schon bald den gesamten Süden des Düsterwaldes, die Braunen Lande bis zu den Totensümpfen und den Wäldern Loriens. Händler und Reisende, die an der Westseite des Nebelgebirges entlangzogen, wurden nie wieder lebend gesehen. Bald erstarb der Verkehr und niemand wagte sich mehr in die Gegend. Dunkle Gestalten wurden in vielen Ländern gesichtet, Dörfer wurden niedergebrannt, es wurde gemordet und Unschuldige wurden verschleppt.
Die Kerker von Dol Guldur begannen sich zu füllen. Schnell verbreitete sich Angst und Schrecken. Dunkle Wolken waren nun ständig über den Hügeln der Magie zu sehen. Nebelschwaden, von einer bisher noch nicht dagewesenen Dichte krochen durch die Lande und brachten in ihrem Schatten Orks und andere Bestien mit sich, die raubend und tötend umherstreiften.

Immer neue Gerüchte wurden von Ohr zu Ohr getragen und bald wusste jeder östlich des Nebelgebirges, dass eine neue dunkle Macht den Amon Lanc besetzt hatte. Andere wussten zu berichten, dass die finstere Festung wieder aufgebaut worden war und sich dort die bösen Geschöpfe zusammenzogen. Die finsteren Orks kamen zahlreich von dort und man berichtete, dass sie sich im Äusseren sehr von den bekannten Orkarten des Nebelgebirges unterschieden, sie waren grösser, stärker und noch grausamer als ihre Artgenossen. Andere wussten zu berichten, dass täg-

lich neue Scharen von ihnen zu den Toren Dol Guldurs marschierten. Niemand wagte es jedoch, die Kreaturen zu bekämpfen und sie in ihre finsteren Höhlen zurückzudrängen.
Saruman sah es mit Befriedigung und scharte alles Böse um sich. Der Herbst war vergangen und der Winter hatte bereits seit längerem Einzug im Düsterwald gehalten. Als erstes kehrte Warga zurück und berichtete ihm vom Tod Celeborns. Saruman war überaus erregt, als er vom dahinscheiden des Elbenfürsten erfuhr. Nun stand ihm dieser nicht mehr im Weg. Celeborn, dessen Macht und Weisheit weithin bekannt gewesen waren, war nun mit seinem Land untergegangen.

Die Herren von Bruchtal und Lorien waren besiegt und keiner von ihnen konnte ihm, von ihren zerstörten Orten aus, gefährlich werden. Warga wich seit seiner Rückkehr aus Lothlorien seinem Herrn nicht mehr von der Seite und begleitete ihn überall hin.

Rohivor, sein treuer Rabe, brachte ihm unablässig Kunde aus den verschiedenen Ländern. Und eines Tages kündete er die Heimkehr seines höchsten Hauptmannes an.
Gorlog kehrte mit dem Troll an den Hof seines Herrn zurück. Saruman empfing ihn augenblicklich. Gorlog überreichte ihm seinen ledernen Beutel, mit dem schweren runden Stein. Sarumans Augen glänzten gierig. Mit irrer Verzückung liess er sich den Vormarsch und den Kampf der Trolle immer und immer wieder beschreiben. Dabei umschlossen seine Hände den umhüllten Palantir. Als Gorlog seinen Bericht beendet hatte, erhielt er die Oberbefehlsgewalt zurück und marschierte zu seinen Hauptmännern in die unteren Flügel der Festung. Saruman öffnete den Lederbeutel und holte den Palantir hervor. Nebel fingen an, in ihm zu wallen.

Saruman war entrückt und der Wahnsinn stand in seinen Augen. Dann lichtete sich der Dunst und er sah in die Augen von Aragorn, der hoch zu Ross, begleitet von einem riesigen Heer, auf Isengard zusteuerte. Isengard, dachte Saruman und seine Gedanken wanderten zurück, an den Tag, als das Ende seiner damaligen Herrschaft von den lebenden Bäumen eingeleitet wurde. Gefühle der Rache stiegen in ihm auf und er sah wieder in die Kristallkugel, die von den Elben geschaffen, nun ein Werkzeug des Bösen war.

Saruman betrachtete befriedigt das sorgenvolle Gesicht Aragorns, sah Misstrauen und Uneinigkeit in den Reihen der Menschen. Er streichelte den kalten Stein. Es ist nun an der Zeit, die Zwietracht noch weiter zu schüren, dachte Saruman finster. Er bedeckte den Stein und arbeitete fieberhaft an seinem Plan, die Menschen zu entzweien.
Oft starrte er lange in den Palantir und beobachtete jede Handlung des Heeres. Gorlog übernahm in dieser Zeit die Führung der Orks und der anderen finsteren Geschöpfe. Er leitete sie in Absprache mit seinem dunklen Herrn.

Eines Tages liess Saruman ihn kommen und berichtete ihm, dass ein Rudel riesiger schwarzer Wölfe auf dem Weg zu ihm waren.
"Sobald sie den Wald erreicht haben, erstatte sofort Meldung!", befahl er Gorlog.
Saruman erwartete bereits seit längerer Zeit ihr Kommen und erfuhr ihr Nahen durch die Macht des sehenden Steines. Als sie den Düsterwald erreicht hatten, erhielt er ein Zeichen von Gorlog. Er stieg die Treppen seines Turmes nach unten und erwartete die Wölfe vor den Toren Dol Guldurs.

Seinen Stab Tordas hielt er fest umschlossen, denn die Wölfe gehorchten ihm nur widerwillig. Doch die Macht und die Wirkung des Stabes, bändigte sie und machte sie für ihn dienstbar. Aus den Tiefen von Angband waren die Bestien gekommen. Sie waren aggressiv, bösartig und gefährlich. Dunkle Geistwesen lebten in ihnen, die nie zur Ruhe kamen.
Die Wölfe tauchten am Rand des Waldes auf. Die Augen des Anführers der Wölfe blitzten ihn an und glühten feurig. Tiefes böses Knurren drang aus seiner Kehle. Er öffnete sein riesiges Maul und liess einen Ring zu Boden fallen. Saruman verzog sein Gesicht zu einem hässlichen Grinsen. Die Wölfe hatten es geschafft. Sie hatten ihm seinen Ring gebracht. Enya war wieder sein.

Zum Dank liess er ihnen von Lómbagh aus den Verliesen einige der

Gefangenen bringen und überliess sie dem Schicksal der Bestien. Saruman sah zu, wie die Wölfe ihre Opfer zu Tode bissen, sie zerfleischten und sie in die Tiefe des Düsterwaldes zerrten. Ein roter Streifen frischen Blutes markierte ihren Weg und grünlicher Schleim von verspritztem Geifer. Saruman überhörte das Flehen der Menschen und lauschte den entsetzlichen Schreien, als sie von den Wölfen mit in den Wald verschleppt wurden. Er war kalt und grausam und gewährte keiner Seele Gnade. Das Schicksal seiner Gefangenen war ihm egal, ob sie in den Verliessen zu Tode gefoltert wurden, des Hungers starben oder den Wölfen als Frass dienten, scherte ihn wenig. Des Nachts hörte er oft die gequälten Laute der Gefolterten und ergötzte sich lediglich daran.
Als endlich der letzte Wolf im Dickicht des Waldes mit der Beute verschwunden war, ging er gemächlichen Schrittes zum Turm zurück. In seiner Hand ruhte der Ring. Er war eine Meisterarbeit, die er vor langer Zeit vollbracht hatte. Zwar standen seine Kenntnisse in der Schmiedekunst weit hinter denen der Noldor und der Zwerge zurück, doch unerreicht war die Magie, mit der er in ihm das Böse zum Leben entfacht hatte. Der Ring fühlte die Nähe seines Herrn und Schöpfers und strebte zum gewohnten Finger der Hand und schmiegte sich an die Haut. Saruman berührte die Steine und die Rotaten flammten auf. Der kreisrunde kleinere Stein leuchtete in hellen rötlichen Tönen, während der grössere tränenförmige blutrot glühte. Sie hatten ihren Meister erkannt.
Er spürte ihre tastenden Wellen, die sich ausbreiteten und die Orks und die anderen grauenhaften Wesen auf ihre Treue zu ihrem Herrn prüften. Nun war er vor Intriganten und Feinden geschützt und konnte jeden entlarven, der es wagte, ihn zu belügen.

Saruman liess die Festung immer weiter ausbauen und errichtete eine weitere Mauer um Dol Guldur. Gorlog und Lómbagh kommandierten das stetig wachsende Heer. Die Orks und Halborks arbeiten Tag und Nacht in den Schächten, in den Schmieden und an den Öfen. Sie fällten die Bäume, bauten unterirdische Gänge und Verliesse, fertigten Schwerter, Helme und Kettenhemden, Rüstungen, Äxte und Dolche, vergifteten die Pfeile und gingen auf Jagd nach Menschen, die sie versklavten. Den finsteren Neuankömmlingen, die sich um die Festung scharten, brannten sie die schwarze Hand auf die Stirn, dem neuen Zeichen Sarumans.

Schon bald, dachte Saruman, würde er ganz Mittelerde mit Krieg überziehen und die Macht an sich reissen. Viele finsteren Kreaturen standen ihm bereits zur Seite und noch mehr würden seinem Ruf folgen. Es war nur noch eine Frage der Zeit, wann die freien Völker unter seine Herrschaft gerieten.

HIER ENDET DER ERSTE TEIL DER GESCHICHTE !
DIE FORTSETZUNG IST ZU LESEN IM ZWEITEN BUCH MIT DEM TITEL:

DAS GEHEIMNIS DER FINSTERNIS